U0163934

# 王向遠教授
# 學術論文選集

●第六卷●

中日現代文學關係研究

(上)

# 《王向遠教授學術論文選集》<br>編輯委員會

# 編輯弁言

萬卷樓圖書股份有限公司與王向遠教授部分的學生，組成編輯委員會，於王向遠教授從事教職滿三十週年（1987-2016）之際，推出《王向遠教授學術論文選集》。

《王向遠教授學術論文選集》是王向遠教授的論文選集，選收一九九一至二〇一六年間作者在各家學術刊物公開發表的學術論文二百二十餘篇，以及學術序跋等雜文五十餘篇，共計兩百五十餘萬字，按內容編為十卷，與已經出版的《王向遠著作集》全十卷（寧夏人民出版社，2007年）互為姊妹篇。

各卷依次為：

第一卷《國學、東方學與東西方文學研究》

第二卷《比較文學學科理論研究》

第三卷《比較文學學術史研究》

第四卷《翻譯與翻譯文學研究》

第五卷《日本文學研究》

第六卷《中日現代文學關係研究》（上）

第七卷《中日現代文學關係研究》（下）

第八卷《日本侵華史與侵華文學研究》

第九卷《日本古典文論與美學研究》

第十卷《序跋與雜論》

以上各卷所收論文，發表的時間跨度較大，所載期刊不同，發表時的格式不一。此次編入時，為統一格式原刊有「摘要」（提要）、關鍵詞等均予以刪除；「注釋」及「參考文獻」一般有章節附註與註腳兩種形式，現一律改為註腳（頁下註）。此外，對發現的錯別字、標點符號等加以改正，其他一般不加改動。

感謝王向遠教授對本書編輯出版的支持，也感謝本書編委會諸位成員為本書的編校工作及撰寫各卷〈後記〉所付出的辛勞。

萬卷樓圖書股份有限公司

二〇一六年六月

# 目次

# 中日啟蒙主義文學思潮與「政治小說」比較論[1]

在中國現代文學研究中，「啟蒙文學」或「啟蒙主義文學」作為一個文學史概念，至今仍沒有統一的定義和明確的內涵。有人把啟蒙主義看成是清末民初直到五四文學革命時期的一種文學思潮，有人把清末民初作為中國文學的啟蒙主義時期，有人把晚清改良派的啟蒙文學稱為舊民主主義時期的啟蒙主義文學，把五四文學稱為新民主主義時期的啟蒙主義文學，等等。在日本，人們對啟蒙主義文學的時期劃分則是基本一致的。各種文學史著作大都把明治維新初期以宣傳資產階級民主自由（自由民權）為中心的社會思潮劃歸為啟蒙主義思潮，把這一時期的翻譯文學與「政治小說」作為啟主義文學的兩個基本組成部分，並把它們視為日本文學由傳統向現代轉折和過渡的「黎明期」。鑒於中國和日本的啟蒙主義文學在性質和形式上都十分相似，根據啟蒙主義文學的根本特點和性質，參照日本學術界對啟蒙主義文學的界定，我們且將十九世紀末二十世紀初以梁啟超為代表的維新派的文學改良運動作為中國的啟蒙主義文學時期，也就是中國現代文學承前啟後的「黎明期」。而五四文學雖然也具有強烈的思想啟蒙性質，但從文學思潮發展嬗變的意義上看，五四文學已是黎明過後的「早晨」，是完成了轉折的嶄新的文學時代。

「啟蒙」一詞在西語中的原意是「照亮」的意思。如果說，歐洲

1 本文原載《外國文學評論》（北京），1995年第3期。

的啟蒙主義是自己點燃火把「照亮」，日本的啟蒙主義是從歐洲借來火把「照亮」，那麼，中國的啟蒙主義則是從歐洲和日本兩方面借來火把「照亮」了自己。由於歐洲十八世紀的啟蒙主義文學思潮距中國啟蒙主義的發生已有百年之隔，而日本的啟蒙主義運動的形成則略早於中國，這就為中國學習和借鑒日本的啟蒙主義文學提供了方便。事實上，和西方的影響比較而言，日本啟蒙主義文學對中國的影響和啟發更為巨大。中國的啟蒙主義文學運動，包括早期白話文運動、「文界革命」及「新文體」、「詩界革命」、「小說界革命」等，無不受到日本啟蒙主義文學影響。如早期白話文的主張，就是由常駐日本的黃遵憲於一八七六年在《日本國志》中最早提出來的。他參照當時日本的「言文一致」的文字改革方針，提出「言文一體」的主張。其後，陳榮袞、梁啟超等人也參加日本的「言文一致」，提出了「言文合一」。梁啟超還在此基礎上，進一步提出「文界革命」。他受到日本啟蒙主義思想家德富蘇峰的啟發，提出要引進「歐西文思」，創造出新的時代語言和文體，即所謂「新文體」。「新文體」的主要特點除了「平易暢達」之外，就是「仿效日本文體」，「以日本語句入文」（梁啟超語）。與此相聯繫，梁啟超、夏曾佑、譚嗣同等發起的「詩界革命」，其「革命」的內容之一，就是提倡「新語句」，主要是以「日本譯西書之語句」入詩。至於「小說界革命」，作為聲勢最大、影響最深遠的文學啟蒙革新運動，則更多、更直接地受到了日本的影響。明治維新之後，日本大規模地翻譯西洋文學作品，尤其是西洋小說。早在一八九七年，康有為就通過自己閱讀和收藏的日本書目，看出了「泰西（西洋）尤隆小說學哉」。[2] 日本翻譯小說的興盛直接引發了中國翻譯小說的熱潮，從而為小說觀念的更新打下了基礎。日本人在翻譯和

2 康有為：〈日本書目志・識語〉，載陳平原、夏曉虹編：《二十世紀中國小說理論資料》（北京市：北京大學出版社，1989年），第1卷，頁14。

歸納西洋小說時所創立的小說分類概念也傳入中國，並被廣泛接受，如「政治小說」、「歷史小說」、「地理小說」、「科學小說」、「偵探小說」、「社會小說」、「家庭小說」、「冒險小說」、「理想小說」等，都作為「新小說」，成為中國近代小說理論中的基本概念，深化了人們對小說的理解和認識。而在這許多種類的「新小說」中，日本的「政治小說」對中國啟蒙主義文學的影響最為引人注目。因此，探討中日兩國「政治小說」的聯繫性、相通性和差異性，是中日兩國啟蒙主義文學比較研究和中日現代文學比較研究中的一個十分重要的課題。

「政治小說」作為小說之一種，來源於歐洲。明治維新以後，日本譯介了英國的布韋爾・李頓的小說《花柳春話》、《寄想春史》，迪斯雷理的《春鶯傳》、《政海情波》等作品，大受讀者歡迎。李頓等人既是政治家，又是小說家，所寫小說均為政治題材，當時日本便把他們的小說稱為「政治小說」。歐洲政治家寫小說，並以小說宣揚政治思想，這一發現極大地動搖了認為小說只是婦女兒童消遣讀物的傳統觀念。於是，日本的達官顯貴也紛紛操筆，做起了政治小說，使政治小說成為日本啟蒙主義文學的主要形式。日本文壇這一新氣象，很快引起了中國啟蒙主義者的高度注意。一八九八年，梁啟超因戊戌變法失敗而亡命日本，他在東渡的輪船上讀完了當時頗為流行的日本政治小說《佳人奇遇》，讚歎不已，很快把它譯成中文並發表在自己主辦的《清議報》上。梁啟超在日本也十分關注日本的政治小說，並把日本文壇的有關近況轉告國內，他指出：「明治十五、六年間，民權自由之聲遍於國中，於是西洋小說中言法國、羅馬革命之事者，陸續譯出。……翻譯既盛，而政治之著述亦漸起，如柴東海之《佳人奇遇》，末廣鐵腸之《花間鶯》、《雪中梅》，藤田鳴鶴之《文明東漸史》，矢野龍溪之《經國美談》等，著書之人，皆一時大政治家。」[3]

---

3　梁啟超：〈飲冰室自由書〉，載陳平原、夏曉虹編：《二十世紀中國小說理論資料》（北京市：北京大學出版社，1989年），第1卷，頁23。

這一發現，使中國傳統小說觀念為之一變。既然西洋和日本都如此看重小說，中國也勢必將小說刮目相看。正如丘煒萲所說：「吾聞東西洋諸國之視小說，與吾華異，吾華通人素輕此學，而外國非通人不敢著小說。」[4]於是，「小說為文學之最上乘」這一日本文壇的共識也很快成為中國文壇的共識。不過，中國啟蒙主義者對小說如此看重，主要不是看重小說本身，而是看重小說的政治功用。康有為在〈日本書目志・識語〉中就對小說寄予了這樣的厚望：「故六經不能教，當以小說教之；正史不能入，當以小說入之；語言不能喻，當以小說喻之；律例不能治，當以小說治之。」[5] 梁啟超在一八九九年也曾說過，英國和日本的政治小說「寄託書中之人物，以寫自己之政見，固不得專以小說目之」。[6] 可見，他不是把「政治小說」單單看成「小說」。

正是在對小說的功用價值的認識上，中日兩國的啟蒙主義者顯出了值得注意的差異。在中國，小說的政治作用被人為地誇大了。如梁啟超一再強調：「彼英、美、德、法、奧、意、日本各國政治之日進，則政治小說，為功最高焉。」[7]「日本之變法，賴俚歌與小說之力。」[8] 於日本維新之有大功者，小說亦其一端也。」[9] 丘煒萲也認為：「如東瀛柴四郎氏（前任農商部侍郎）、矢野文雄氏（前任出使中國大臣）近著《佳人奇遇》、《經國美談》兩小說之類，皆於政治界上

4 丘煒萲：〈小說與民智關〉，載陳平原、夏曉虹編：《二十世紀中國小說理論資料》（第1卷）（北京市：北京大學出版社，1989年），頁31。

5 康有為：〈日本書目志・識語〉，載陳平原、夏曉虹編：《二十世紀中國小說理論資料》（第1卷）（北京市：北京大學出版社，1989年），頁14。

6 梁啟超：〈飲冰室自由書〉，載陳平原、夏曉虹編：《二十世紀中國小說理論資料》（第1卷）（北京市：北京大學出版社，1989年），頁23。

7 梁啟超：〈譯印政治小說序〉，載陳平原、夏曉虹編：《二十世紀中國小說理論資料》（第1卷）（北京市：北京大學出版社，1989年），頁22。

8 梁啟超：〈蒙學報演義報合敘〉，見《時務報》，第44冊。

9 梁啟超：〈文明普及之法〉，原載《清議報》，第26冊，1899年。

新思想極有關涉。」[10] 誠然，日本政治小說對日本維新政治思想的宣傳起過一定作用，但卻沒有中國啟蒙主義者所說的那麼重要和那麼巨大。一方面，中國的啟蒙主義者顛倒了日本政治小說與日本政治之間的前後關係和因果關係。在他們看來，是日本政治小說推動了日本的維新政治，而不是維新政治促進了政治小說的產生與繁榮。事實上，政治小說是日本自由民權運動的產物。自由民權運動是在野新興政黨要求設立民選議院，反對藩閥的官僚專制，爭取自由民主的政治權力的一場政治運動。那場運動採取的主要形式是向政府提出「建白」（建議），組織請願活動，並以報紙、演講向群眾宣傳。小說自然也被當作一種宣傳手段應運而生，但用小說做政治宣傳始終是次要的。從時間上看，政治小說的產生大大地晚於自由民權運動的興起。自由民權運動興起於一八七四年，直到一八八〇年，被稱為政治小說嚆矢的《民權演義・情海波瀾》才出版。有的政治小說出版於自由民權運動末期，大部分則出版於民權運動消歇之後。另一方面，在對政治小說功用的理論認識上，中國的啟蒙主義者比日本走得更遠。在日本，一八八三年最早有人提出，小說戲曲「實乃於我國播撒、培養自由種子之一良好手段」。[11] 政治小說作家尾崎行雄在為末廣鐵腸的政治小說《雪中梅》所寫的序言中也指出：「邦人不知小說為何物，常視之為婦女兒童消閒之玩具，士人君子不屑沾手。焉知小說乃近世文學一大發明，實於文化發展有不少助益……故小說不可輕視之也。」他認為小說是政治家「化導」「三千年來昏昏欲睡之三千餘萬民眾」的方便手段，並號召政治家們用小說「指陳時弊」，讓讀者「於不知不覺

---

10 丘煒萲：〈小說與民智關係〉，載陳平原、夏曉虹編：《二十世紀中國小說理論資料》（北京市：北京大學出版社，1989年3月），第1卷，頁31。

11 小室信介：〈於我國播撒自由種子手段之一即在改良稗史戲曲〉，載吉田精一、淺井清編《近代文學評論大系》（東京：角川書店，1978年），第1卷。

中識政界之妙味」。[12] 像尾崎行雄這樣在理論上明確闡述小說的社會功用，在當時的日本並不多見。日本的「政治小說」作品不謂不多，但小說理論卻比較貧乏，對政治小說的功用做明確的理論表述者更少。這一點與中國晚清小說理論的繁榮恰成對照。把尾崎行雄的上述議論與梁啟超等中國啟蒙主義者的有關議論比較起來，便會見出各自觀點上的輕重緩急。尾崎行雄只不過是把小說看成是一種「化導」民眾的一種文化手段，而中國的啟蒙主義，則把國家興衰、政治清濁、人民命運，全都繫於小說。梁啟超認為，「欲新一國之民，不可不先新一國之小說。故欲新道德，必新小說；欲新宗教，必新小說；欲新政治，必新小說；欲新風俗，必新小說；欲新學藝，必新小說；乃至欲新人心，欲新人格，必新小說」，甚至認為「中國群治腐敗之根源」全在於舊小說。[13]另一位啟蒙主義者陶佑曾的觀點更是有過之而無不及：「小說，小說，誠文學界中占最上乘者也。其感人也易，其入人也深，其化人也神，其及人也廣。是以列強進化，多賴稗官；大陸競爭，亦由說部。」[14] 而在日本，更多的政治小說作者沒有像尾崎行雄那樣取意在「化導」，而是標榜遊戲消閒。如《經國美談》的作者矢野龍溪認為：「世人常有言曰：稗史小說亦有補於世道，蓋過言耳！若夫明真理，說正道，世間自有其書，何待稗史小說為之！唯創造讀者不易涉足之別一天地，使人開券有益，游苦樂之境，乃稗史小說之本色也。故當今之世，稗史小說與音樂繪畫諸藝術同，不過尋常遊戲之具耳。讀是書者，將其視為遊戲之作可矣。」他還聲稱，《經國美談》模仿的是「戲作小說體」，並歎曰：「嗚呼，一部戲作，耗我

---

12 尾崎行雄：〈雪中梅序〉，載《日本現代文學全集3．政治小說集》（東京：講談社，1980年），頁280。

13 梁啟超：〈小說與群治之關係〉，載陳平原、夏曉虹編：《二十世紀中國小說理論資料》（北京市：北京大學出版社，1989年3月），第1卷，頁33、36。

14 陶佑曾：〈論小說之勢力及其影響〉，載陳平原、夏曉虹編：《二十世紀中國小說理論資料》（北京市：北京大學出版社，1989年3月），第1卷，頁226。

數旬光陰，余知難免被譏為有閑文字。」[15] 另一位政治小說家東海散士在《佳人奇遇》的「自序」中，預感到別人會指責《佳人奇遇》「文字常傾於戲作之體」，於是辯護說：「若書中缺少癡話情愛之章，無青樓歌舞伎之談，徹頭徹尾全為慷慨悲壯之語，則恐讀者一見，即易生厭倦之意也。」[16]末廣鐵腸雖然聲稱自己的政治小說《雪中梅》「乃一部政事論，讀者不可將此視為普通的人情小說」，但他又承認，《雪中梅》是「假託情話以寫政治上之狀況」。[17]

中日兩國啟蒙主義者對小說功用的這種認識上的差異，具有複雜的歷史和現實根源。在啟蒙主義文學運動發生之前，中日兩國有著大體相似的文學傳統及小說傳統。一方面，傳統的儒家思想和經世致用的儒家文學觀，是中日傳統文學觀念的基本內核。中國不消說，日本到了十七世紀以後的江戶時代，儒家思想被官方進一步提倡和強化，朱子學、陽明學成為日本的官方哲學。在文學觀上，朱子學的代表、十七世紀的林羅山提出的「道存則文存，道不存則文不存；道為文之本，文為道之末」的主張，成為不少上層文人學士的信條。借小說宣傳政治思想的政治小說，自然也受到這種「文以載道」觀念的潛在影響。不過，江戶時代後期，日本朱子學的集大成者荻生徂徠對這種「文道」觀念做出了新的解釋。他不僅主張「政教分離」，而且也主張學問（含文學）與政治分離，認為學問是「私事」，政治是「公事」。日本最重要的啟蒙主義思想家福澤諭吉更是以身作則，一生堅持不入仕途，而作為民間人士進行學問、思想的啟蒙工作。他在《勸

15 矢野龍溪：〈經國美談自序〉，載《日本現代文學全集3．政治小說集》（東京：講談社，1980年），頁6。

16 東海散士：〈佳人奇遇．初篇．自敘〉，載《日本現代文學全集3．政治小說集》（東京：講談社，1980年），頁87。

17 末廣鐵腸：〈訂正增補雪中梅序〉，載《日本現代文學全集3．政治小說集》（東京：講談社，1980年），頁225。

學篇》中認為，「文學」是游離於現實的「虛學」，並無經世致用的價值。這種「公事」、「私事」嚴格區分，政治與文學相互分工的觀念，比起「文以載道」來，對日本政治小說作者的影響更大，使得政治小說作者在提筆寫作時有意無意地轉變自己政治家的角色。另一方面，中國在明清之際，日本在江戶時代，作為下層世俗文化之重要組成部分的市井通俗小說悄然興起，並成為封建社會末期中日文學的主流。中國和日本的市井小說均以「勸善懲惡」與傳統的「文以載道」的文學觀相連接，同時又以遊戲消閒為其主要特色。但是，在中國的明清小說中，勸善懲惡的觀念是占統治地位的小說觀念，即使是「誨盜誨淫」的作品，也標榜「勸善懲惡」。而在日本江戶時代的市井小說中，包括「灑落本」、「人情本」、「滑稽本」、「浮世草子」等在內的所謂「戲作」則占主導地位，遊戲主義是其基本的創作原則。只有受中國小說《水滸傳》影響的《八犬傳》等少數所謂「讀本」小說，才是意在勸懲。中日兩國的啟蒙主義者正是在這兩種相似而又不盡相同的文學傳統的制約中，對政治小說做出各自的理解與規定的。在中國，啟蒙主義者順乎其然地把傳統文學中的「文以載道」轉換為「以小說載道」，又把傳統的封建之舊「道」轉換成近代資產階級啟蒙思想之新「道」。至於遊戲消閒，則基本被排斥在外。甚至把「政治」與「遊戲消閒」兩種因素對立起來，認為政治小說就是政治小說，「政治小說者，著者欲藉以吐露其所懷抱之政治思想也」，[18]因而不能有遊戲消閒之動機。他們甚至因傳統小說不宣傳政治思想而把它們歸為「消閒」之作，認為歐美小說「其立意莫不在於益國利民……至我邦小說，則大反是，其立意則在消閒，故含政治思想者稀如麟角」。[19]

---

18 新小說報社：〈中國唯一之文學報《新小說》〉，載陳平原、夏曉虹編：《二十世紀中國小說理論資料》（北京市：北京大學出版社，1989年），第1卷，頁44。

19 衡南劫火仙：〈小說之勢力〉，載陳平原、夏曉虹編：《二十世紀中國小說理論資料》（北京市：北京大學出版社，1989年），第1卷，頁33。

所以他們對傳統小說大都採取了徹底否定的態度，認為「綜其大較，不出誨盜誨淫兩端」（梁啟超語）。梁啟超主辦的《新小說》報在闡述辦報宗旨時稱：「本報宗旨，專在借小說家言，以發起國民政治思想，鼓勵其愛國精神。一切淫猥鄙野之言，有傷道德者，在所必擯。」[20] 與中國不同，日本的啟蒙主義者們在這個問題上雖有一些爭議，但大都傾向於把載道與遊戲消閒結合起來，也就是把近世以來經世致用的所謂「上的文學」（正史和經學）與消遣娛樂的所謂「下的文學」（稗史小說）結合起來，而且在理論表述上更傾向於遊戲消閒。許多日本政治小說作者聲稱其寫作的直接動因主要不是想借小說做政治宣傳，而是為了打發閒暇無聊。矢野龍溪在其《經國美談》的自序中就談到：「明治十五年春夏之交，余有疾，臥床數旬，百無聊賴，看倦史書，即求和漢小說讀之。然諸書均為陳詞濫調，文辭粗鄙，余不滿且引以為憾。數日後，順手取枕邊一書翻閱，見書中記希臘、齊武勃興之事，其事奇異，若稍加修飾，足以悅人耳目，於是，余決意據此撰述。」[21] 無獨有偶，《佳人奇遇》的作者東海散士也稱自己的《佳人奇遇》為病中所做：「今年歸國，於熱海浴舍養病，始得六旬閒暇，乃仿效本邦流行之文，集錄篩選成書，取名曰《佳人奇遇》。」並聲明該作品「皆為偷閒之漫錄」。[22]可見，日本的政治小說作者主要是以小說寄託自己的政治理想，並兼以消閒自娛。其政治小說固然在客觀上起到了一定的政治宣傳作用，但主觀意圖並不全在以文從政，因而也較明顯地繼承了江戶時代以來市井文學中的遊戲小說、人情小說的某些傳統。再從現實條件與環境上看，日本的自由民

20 新小說報社：〈中國唯一之文學報《新小說》〉，載陳平原、夏曉虹編：《二十世紀中國小說理論資料》（北京市：北京大學出版社，1989年），第1卷，頁41。

21 矢野龍溪：〈經國美談自序〉，載《日本現代文學全集3・政治小說集》（東京：講談社，1980年），頁5。

22 東海散士：〈佳人奇遇・初篇・自敘〉，載《日本現代文學全集3・政治小說集》（東京：講談社，1980年），頁87。

權運動畢竟是一場溫和的政治運動，其成敗得失全在政治手段本身，而且最終也部分地實現了開設國會議院等政治目標，因而政治小說在自由民權運動領導者那裡，只是政治手段之外的一種餘技。相反，中國的啟蒙主義者卻因變法失敗，難以實現其政治抱負，便把改良政治、啟發民智、宣傳新思想等「一寄於小說」。而且中國的變法維新是在遠比日本困難與嚴酷的條件下進行的，在那樣的環境中，很容易對文學（小說）產生一種急切的功利主義要求，無心欣賞才子佳人、風花雪月，因而也就不能像日本的政治小說那樣，容許遊戲消閒因素的存在。

中日兩國啟蒙主義者對政治小說理解與認識的這種差異性，也明顯地反映在具體的創作實踐中。我們只要對兩國有代表性的政治小說做一比較分析，就會對這種差異性有更加清楚的認識。如日本第一部政治小說《民權演義·情海波瀾》在構思上完全襲用了男女相悅，歷經波折，以大團圓收場的才子佳人小說的老套子。小說寫一個名叫「魁屋阿權」（暗指「民權」）的藝妓與一個名叫「和國屋民次」（暗指「日本國民」）的青年相戀，橫遭「國府正文」（暗指「政府」）的干涉，經過一番曲折坎坷，兩人終成眷屬，象徵著「國民」擁有了「民權」。正如日本學者中村光夫所說，這篇小說「不過是幼稚的戲作罷了」。[23] 東海散士（柴東海）的《佳人奇遇》寫的是一個青年紳士與一個白人姑娘邂逅相遇，一見鍾情，終結秦晉之好的故事。小說通過白人姑娘所象徵的西洋文化對日本青年所象徵的日本文化的傾慕，宣揚了以日本為主體的國權主義與民族主義思想，諷刺了鹿鳴館時代的歐化風氣。另外幾部著名的日本政治小說，如《雪中梅》、《花間鶯》、《新之佳人》等也無不採取傳統小說的套路和手法。再來看一下以梁啟超的創作為代表的中國的「政治小說」。梁啟超在譯出柴東

23 中村光夫：《明治文學史》（東京：筑摩書房，1963年），頁74。

海的《佳人奇遇》之後曾有詩云：「從今不慕柴東海，枉被多情惹薄情」，便流露出了對《佳人奇遇》中志士美人舊模式的否定態度。他的《新中國未來記》採用了日本政治小說常用的「未來記」的形式，在構思、風格上受到了政治小說的直接影響，通篇都是展望未來的「幻想」，充滿強烈的政治論辯性和理想主義色彩，卻沒有日本政治小說那樣的才子佳人式的老套子，寫的全是國內國際政治大事，與男女情愛、兒女恩怨等傳統小說內容無涉。全書皆由孔覺民老先生一人的演講構成、其中雜有大量的「法律、章程演說、論文」等內容，連作者自己都覺得，這部作品「似說部非說部，似稗史非稗史，似論著非論著，不知成何種文體」，他只好說如果讀者感到「毫無趣味」，「願以報中他種有滋味者償之」。[24]像這樣否認小說本身具有娛樂成分，把遊戲娛樂因素完全逐出小說，其結果就使得中國的政治小說徒有小說之名，實為單純的政治宣傳品，日本評論家高田半峰當時就認為《佳人奇遇》等日本政治小說是論文式的，其中的人物不過是表達作者思想的傀儡，因而算不上什麼小說。相形之下，中國政治小說在這方面的問題更大。可以說，以政治小說為主要形式的中國「小說界革命」，本質上是借助小說進行的維新思想「革命」，而不是文學觀念、小說觀念本身的「革命」。尾崎行雄曾斷言，中國歷史上「雖有文學思想，而無政治思想」，[25] 而到了晚清啟蒙主義者那裡，某種意義上卻可以說是雖有政治思想，而無文學思想了。這種無視文學內在規律的小說「革命」，作為文學「革命」來說顯然是不成功的。既要把「政治小說」寫成「小說」，又根本無視小說的審美特性，理論上太偏頗，創作上就難免走進死胡同。梁啟超原本計畫撰寫三部政治小說，並在報上做了廣告，但最終只寫了《新中國未來記》，而且還沒

---

24 梁啟超：〈新中國未來記．緒言〉，載陳平原、夏曉虹編：《二十世紀中國小說理論資料》（北京市：北京大學出版社，1989年3月），第1卷，頁38。

25 尾崎行雄：〈論支那之命運〉，載《清議報》，第25冊，1899年。

有寫完，其他兩部（《舊中國未來記》、《新桃園》）則胎死腹中。除梁啟超的《新中國未來記》之外，陳天華的《獅子吼》、蔡元培的《新年夢》、魯迅早期的《斯巴達之魂》等也是政治小說。總的看來，中國的政治小說在理論提倡上大張旗鼓，在創作數量上遠不及日本，這也許是因為那種純粹的「政治小說」實在太不好寫了。倒是清末民初大行於世的社會小說（魯迅稱之為「譴責小說」），直接受到政治小說的影響，揭露社會腐敗，宣傳反帝愛國，明顯帶有政治小說的印記，而且在一定程度上迴避了政治小說無視小說特性的弊病，從而成為清末民初小說的主流。有人把「譴責小說」稱為「中國的政治小說」，但「譴責小說」與上述嚴格意義上的「政治小說」並不是一回事。正如楊義先生所說：「譴責小說的特點與政治小說不同，它的成就在於痛斥黑暗現實，它的缺陷在於缺乏理想光輝。它折斷了政治小說那種扶搖而上的理想翅膀，蹭蹬於強盜官場和畜生人世的泥濘濁水之中。政治小說是憤世而濟世者的文學，譴責小說是憤世而厭世者的文學。」[26]

總之，中日兩國的現代文學都起步或孕育於政治小說，都通過政治家創作小說或借助於政治小說的提倡確立了小說的重要地位，但是在政治與小說的關係問題上，兩國的政治小說從理論到創作都存在著一些內在的差異。這種差異對各自現代文學的發展進程都發生了深刻的影響，並在一定程度上規定了中日兩國現代文學親和政治與疏離政治的兩種不同的基本傾向。在日本，小說借助政治把自己的地位提高了之後，隨後就與政治分道揚鑣，走上一條超越政治但又緊貼人情世態的所謂「純文學」的道路。在政治小說盛行過之後，不少評論家，如高田半峰、德富蘇峰等都對其概念化傾向和主觀功利性做了尖銳批評。一八九六年，日本現代小說理論的奠基者坪內逍遙在《小說神

26 楊義：《中國現代小說史》（北京市：人民文學出版社，1986年），第1卷，頁24。

髓》一書中，明確提出「小說的主眼在寫人情，世態風俗次之」，他反對借小說宣傳思想觀念，認為「作者只有客觀如實地加以描寫，才稱得上小說」，[27] 這就從根本上否定了以表現主觀思想為基本特徵的政治小說。另一方面坪內逍遙又吸收了政治小說作家關於小說非功利性的一些觀點，正如中村光夫所指出的，政治小說家矢野龍溪「排斥當時小說須有益於世道人心的流行見解，認為小說的目的是『唯創造讀者不易涉足之別一天地，使人開卷有益，游苦樂之境』，可以說正是在這一點上，他是坪內逍遙的先驅者」。[28] 而在中國，從啟蒙主義時期「政治小說」的提倡一直到五四文學革命時期，人們對小說與政治的密切聯繫大都不持異議。儘管一九〇七年《小說林》雜誌創刊後，黃摩西、徐念慈等人對梁啟超等人過分誇大小說的社會作用做了矯正，認為「所謂風俗改良、國民進化，咸惟小說是賴，又不免譽之過當」，[29] 但同時又對「近年所行之新小說」[30]（當然包括政治小說）給予了高度評價。只有王國維接受了德國的康德、叔本華美學的影響，提倡「遊戲」與「非功利」說，但在當時幾乎無人呼應。到了五四時期，梁啟超等啟蒙主義者對小說的社會政治功用的認識，事實上為大多數五四文學革命的發起者所接受。所以他們對鴛鴦蝴蝶派的遊戲消遣之作大加撻伐，同時又視梁啟超為「新文學第一人」。[31]如果說，日本文學主要是通過反對文以載道、勸善懲惡的功利主義，主張文學的超越性來確立文學的現代性的，那麼，中國文學則主要是通過

27 坪內逍遙：《小說神髓》，載《日本現代文學全集4》（東京：講談社，1980年），頁164。

28 中村光夫：《明治文學史》（東京：筑摩書房，1963年），頁75。

29 徐念慈（覺我）：〈余之小說觀〉，載《二十世紀中國小說理論資料》，第1卷，頁310。

30 徐念慈：〈《小說林》緣起〉，載陳平原、夏曉虹編：《二十世紀中國小說理論資料》（北京市：北京大學出版社，1989年3月），第1卷，頁235。

31 錢玄同：〈寄陳獨秀〉，原載《新青年》第3卷1號（1917年）。

反對文學的遊戲主義，主張「為人生」的目的性來確立文學的現代性的。在這個意義上講，作為中日啟蒙主義文學主要樣式的政治小說，既是兩國現代文學的共同出發點，也是最初的分歧點。

# 中國早期寫實主義文學的起源、演變與日本近代的寫實主義[1]

我在這裡所說的「早期寫實主義」，是指中國的左翼現實主義形成之前的寫實主義。之所以要拿中國的早期寫實主義文學與日本的近代寫實主義文學做比較闡發，是因為迄今為止大量的有關中國寫實（現實）主義文學研究的論文和著作，對中國早期寫實主義與日本近代寫實主義的關係均未引起應有的注意。日本的寫實主義文學對中國早期寫實主義文學的產生有何影響，中日兩國寫實主義文學的發展演進有什麼相關性和相似性，在兩國早期寫實主義同軌跡演進的過程中，潛在著哪些本質的差異，兩國的寫實主義在發展嬗變的哪個環節上出現了分道揚鑣的趨勢等等問題，現有的論著語焉不詳。而這些又都是中日兩國寫實主義文學研究和中日現代比較文學研究中不能迴避、需要講清的問題。

首先需要講一下「寫實」、「寫實主義」這一譯詞的由來。這本來應屬於基本的常識問題，但由於以前對中日兩國早期寫實主義缺乏比較探討，許多論著對此不甚了了。直到最近出版的一套有特色的中國文學思潮史，仍以為「寫實主義」這一譯詞出於中國作家之手。其實，「寫實」、「現實主義」是日本學者從西文的 real、realism 譯出來的漢字詞彙。[2] 從史料上看，這兩個詞彙在明治二〇年代（19 世紀

1 本文原載《中國文化研究》（北京），1995年第4期，中國人民大學複印資料《文藝理論》1996年第2期轉載。

2 參見中村光夫、田中保隆分別為《新潮日本文學小辭典》（東京：新潮社，1968年）、《日本近代文學大辭典》（東京：講談社，1977年）撰寫的「寫實主義」詞條。

80年代）前後的日本已被經常使用，從日本輸入到中國大約是在二十世紀初。如梁啟超在一九〇二年撰寫的〈小說與群治之關係〉一文中，就把小說分為「理想派小說」和「寫實派小說」。人們都知道，梁啟超是近代中國最熱心從日本輸入新名詞的人，梁的這篇文章恐怕是中國最早引進「寫實派」一詞的例證，此後該詞便在中國文壇流行開來。如王國維在《人間詞話》（1906）中也有「有造境、有寫境，此理想與寫實二派之所由分」的說法。陳獨秀在一九一五年發表的《現代歐洲文藝史譚》一文中，較早地使用了「寫實主義」一詞。周作人一九一八年在北京大學做了〈日本近三十年小說之發達〉的講演，認為坪內逍遙的理論著作《小說神髓》是「提倡寫實主義」的，並熱情地加以推讚。我認為「寫實主義」這個日譯漢字詞的輸入，不僅給中國文學家提供了方便。還在一定時期內規定和影響了中國文學家對 realism 的理解。

考察中日兩國現代文學史，不難發現，正如晚清的政治小說是在日本文學的啟發和影響下發展起來的一樣，中國新文學中的早期寫實主義也首先是在日本近代寫實主義文學的影響和啟發之下形成和發展起來的。誠然，寫實主義本是西方的一種文學思潮，日本的寫實主義也是在西方寫實主義的影響下生成的。但是，中國最早接觸了解寫實主義不是直接地取自西方，而是間接地通過日本。也就是說，中國最早接受的是日本化了的寫實主義。歷來中國現代文學的研究者，都在論證和強調俄國現實主義文學對中國寫實主義的影響，但卻忽視了日本寫實主義的中介和引發作用。中國寫實主義文學之所以要借助於日本寫實主義的中介和引發作用，是有原因的。首先，正如朱光潛先生所說，在西歐，現實主義文學「是靜悄悄地走上歷史舞臺的」。[3] 從十八世紀的樸素的現實主義到十九世紀的批判現實主義，都是自然而

3 朱光潛：《西方美學史》（北京市：人民文學出版社，1964年），頁729。

然出現、不事聲張地生成發展的。被尊為現實主義大師的司湯達、巴爾扎克、狄更斯、薩克雷、果戈理等都不曾使用、也沒有標榜過「現實主義」。現實主義漸漸地、緩慢地脫胎於十七世紀前後的新古典主義，而不像浪漫主義那樣大張旗鼓地反對古典主義。甚至對餘緒尚存的浪漫主義文學也採取寬容的態度。同時，歐洲的現實主義（除後起的俄國外），都沒有系統的理論標榜，作家們一般只在作品的前言後記和私人通信中談到自己的創作主張。所以，中國新文學的建設者們在當時尚不能很方便地從歐洲輸入現實主義理論。至於俄國的現實主義理論，則是在二十世紀二、三〇年代前後才直接介紹到中國、影響到中國。再加上中國新文學的骨幹人物，如陳獨秀、魯迅、周作人等，大都留學日本，日本對歐洲文學思潮（包括寫實主義）的介紹要比中國早若干年，所以，中國的寫實主義首先受到日本的影響就是很自然的事情了。

中國新文學初期寫實主義文學思潮的興起，固然有著深刻的內在原因，但就外部條件而言，日本寫實主義文學的刺激和啟發也至關重要。不少論者已注意到：五四新文學的發難者們已經清楚地了解到歐洲的文學在經歷了古典主義、浪漫主義、寫實主義、自然主義諸階段之後，當時已發展到新浪漫主義（現代主義）了。他們都是進化論的信奉者。進化論的基本信條是舊不如新，先不如後，他們明明知道寫實主義已經是過時的了，並且有些人還傾心於當時的新浪漫主義，但卻在理論上大力提倡寫實主義。這個有趣的矛盾現象也主要應從日本文學的啟發中尋求解釋。自晚清時期，中國文學的近代化一直是效法日本的。有的研究者已經正確地指出：「日本小說的近代變革的流程與中國相似到如此程度：幾乎可以說中國小說的近代變革，是在重複日本小說近代變革的路程。」[4] 在中國五四新文學發軔之前，主導日

4 袁進：《中國小說的近代變革》（北京市：中國社會科學出版社，1992年），頁201。

本文壇的是寫實主義文學思潮。儘管寫實主義在二十世紀初年以後慢慢地向自然主義演化，但當時無論在日本還是在中國，人們普遍認為寫實主義是包含著自然主義的。日本寫實主義文學的成功顯然對中國文壇產生了直接刺激。周作人在一九一八年發表的〈日本近三十年小說之發達〉的著名演講，其宗旨就是以日本近代小說的發展流程來預測指導中國新小說的發展，他所論述的日本小說的「發達」，其實主要就是寫實主義文學的「發達」。所以說中國新文學選擇寫實主義，不是步西方的後塵，而是緊跟日本的腳步的。

日本的寫實主義不僅對中國新文學寫實主義的生成起了重要的啟發和促進作用，而且，日本的寫實主義理論──主要是坪內逍遙的寫實主義理論──也對中國的寫實主義理論產生了直接或間接的影響。《小說神髓》雖然借助了西方的文學的史實材料，但主要是坪內逍遙自己的理論創造。所以，可以說，《小說神髓》的寫實主義理論對中國的影響，也就是日本式的寫實主義理論對中國的影響。關於這一點，謝六逸早在一九二四年就已經談到：「當逍遙做此書時，可以依賴的參考書很少。據他自己說，做此書時所用的參考書，只有幾種英國文學史和其他幾種雜誌及其他幾種修辭學。美學的書一冊也未用，文學概論的講義也沒聽過。……照此看來，逍遙的書是確有創造性的。現在的歐美關於小說原理的著作已不少，但有好幾種都是出版於《小說神髓》之後的。……」[5]接下去，謝六逸還列舉了在《小說神髓》之後或同時出版的幾種英文同類著作。看來，即使在當時的歐洲，像《小說神髓》那樣的系統的寫實主義理論著作也是比較缺乏的。這就難怪周作人把《小說神髓》視為寫實主義的圭臬，並且熱切地呼喚中國的《小說神髓》的誕生了。由於《小說神髓》的寫實主義理論在明治時代的日本文壇影響極大，其中的有些觀點已成為文壇的

5　謝六逸：《日本文學史》（北京市：北新書局，1929年），頁62。

共識。當時留學日本的中國新文學家們身處那樣一種文學氛圍中，就自覺不自覺、直接或間接地受到《小說神髓》寫實主義理論的薰陶和影響。這種影響首先表現為進化論的、樸素科學的文學史觀。坪內逍遙在《小說神髓》上卷「小說的變遷」一章中，從人類文明進化的角度論述了小說的形成和發展。他認為，從神話、傳奇到寓言故事、寓言小說，都遵循著一個進化規律，即「荒誕不稽」的成分逐漸減少，人類的文明程度越高，神秘荒誕的東西就越少。因此，近代小說就應「拋卻荒唐的構思，描繪出世態的真相」，並認為「這是進化的自然法則」。[6] 在他看來，近代小說最大的弊端在於荒誕不真實，他反對為了「勸善懲惡」而違背真實，虛構情節，據此，他也就排斥了作家的想像。坪內逍遙的這種理論思維的偏頗在中國寫實主義理論家中也頗為流行。如陳獨秀在一九一五年九月發表於《青年雜誌》上的《敬告青年》一文中，曾對青年提出了六條要求，其中第六條便是「科學的而非想像的」。周作人在一九一八年發表的〈人的文學〉中，把《封神傳》、《西遊記》、《綠野仙蹤》、《聊齋志異》等想像虛構的非寫實的文學作品分別歸於「迷信的鬼神書類、「神仙書類」和「妖怪書類」，認為這些書「統統應該排斥」。錢玄同在一九一八年發表的《中國今後的文字問題》中也斷言，兩千年來用漢字寫的書，除了宣揚奴隸道德、頌揚君主的以外，「還有更荒謬的迷信、神話和鬼話」，「無論打開哪一部，打開一看，不到半頁，必有發昏做夢的話」。看來，中國新文學家對傳統文學的評價標準，與坪內逍遙的進化論的寫實主義標準如出一轍。其次，《小說神髓》的影響還表現為「寫人情」的理論主張。坪內逍遙在《小說神髓》的〈小說的主旨〉一章中，力主「小說的主旨是寫人情，世態風俗次之」。他認為，「人情就是人的情欲，就是所謂一百零八種煩惱」，要寫出人內心的理智與情感的衝

6 坪內逍遙：《小說神髓》，載《日本現代文學全集4》（東京：講談社，1988年）。

突，注意「心理刻畫」，即使虛構，也不能「有悖於心理學規律」。他還引用英國學者約翰．穆雷的話說：「文學等一切學科都是有關『人』的，都是為了巨細無遺地說明『人』的性格，『人』的命運……」這種以「人」為中心，把寫人情作為文學主旨的理論主張，與歐洲現實主義文學有所不同，是坪內逍遙在理論上的獨創。而這種寫人情的理論主張，也是中國新文學家們所極力提倡的。陳獨秀在《儒林外史新敘》（1920）中就曾說過：「中國文學有一層短處，就是，尚主觀的無病而呻吟的多，知客觀的刻畫人情的少。」他認為：「只應該作善寫人情的小說，不應該作善寫故事的小說。」傅斯年在《怎樣做白話文》（1919）中說：「我們所以不滿意舊文學，只因它是不合人性、不近人情的偽文學，缺少人化。……文學的人化，只是普通的『移人情』；文學的根本只是『人化』。」周作人在〈人的文學〉一文中也說，文學應「表現個人的感情」，「只應記載普通男女的悲歡成敗」。此外，坪內逍遙還主張文學作品應「是批評人生的書」，文學家的創作「應以批判人生為第一目的」。這與二〇年代初期中國寫實主義文學團體「文學研究會」的「為人生」的主張也是相通的。

如上所述，以坪內逍遙為代表的日本寫實主義文學思潮對中國早期寫實主義產生了較大的啟發和一定的影響。但是，隨著中國新文學的進一步發展，《小說神髓》的日本式寫實主義理論的侷限性也就顯得越來越明顯了。我以前在評價《小說神髓》寫實主義理論的缺陷時曾說過：「《小說神髓》對小說的探討僅僅侷限在小說的寫法上，未能建立起近代的新的世界觀、哲學觀和美學觀，沒有談及近代新小說與傳統小說在思想意識上的本質區別，沒有論及究竟如何描寫社會和人，怎樣描寫和反映人與社會的關係，一般和個別，個性和共性的關係，現象和本質的關係，理想和寫實的關係等等。他的理論給人留下的印象是：近代新小說只要忠實地摹寫世態人情就夠了。他對近代西方現實主義文學的代表司湯達、巴爾扎克等均未提及，卻十分推崇日本傳統小說《源氏物語》與江戶時代末期本居宣長的文學理論，這就使他未能擺脫傳統小說觀念的束縛。可以說，他的小說理論是日本文學傳統與西方近代的寫實手法相結合的日本式的寫實主義，它與西方全面深刻地把握社會與人之實質的現實主義相去甚遠。」[7]不過，所幸的是，中國的寫實主義提倡者們儘管推崇《小說神髓》，但又在許多方面努力超越它，衝破它的理論侷限，甚至在一開始就顯示出與《小說神髓》的寫實主義理論相背離的傾向。正是在這種背離中，中國的寫實主義才顯出它的民族精神和時代特色來。首先，在文藝的「目的論」上，坪內逍遙只承認文藝的審美作用，而其他的作用是文藝「偶然的作用，不應該是文藝的目的」，並斷言：「在文藝的定義中，應該除去『目的』二字。」主張作者要持「旁觀」的「客觀地如實摹寫的態度」，而不應加入作者的主觀情感。這種純客觀主義的非功利的文學觀是中國寫實主義所不取的。中國的新文學倡導者，如《新青年》同仁陳獨秀、胡適、李大釗、魯迅、周作人、錢玄同等人，和坪內逍遙、尾崎紅葉、二葉亭四迷等日本寫實主義作家不同，他們都不是純文學家，而是努力推動思想革命、密切關注乃至積極參加社會運動的革命家和啟蒙主義思想家，他們一開始便把文學同改造社會、改造國民精神的目的聯繫起來。如魯迅就強調文學要深入剖析社會，「揭出病苦，引起療救的注意」，文藝「必須是『為人生』，而且要改良這人生」。葉紹鈞主張「寫出全民族的普遍的深潛的黑暗，使酣睡不願醒的大眾跳將起來。」。[8] 這一點是所有中國新文學者的共識。另一方面，坪內逍遙又從非功利的寫實主義主張出發，把江戶時代受中國儒家功利主義文學觀影響的以龍澤馬琴為代表的勸善懲惡、文以載道的小說作為寫實主義的對立面，反對「製造出一種道德模式，極力想在這個模式中安排情節」的小說。而中國的寫實主義雖

7　王向遠：《東方文學史通論》（上海市：上海文藝出版社，1994年），頁209。

8　葉紹鈞：〈創作的要素〉，原載《小說月報》第12卷第7號（1921年）。

也明確反對文以載道的傳統文學觀念，但他們反對的是傳統文學所載的封建之「道」，並不反對載道功能本身。所以，他們不但沒有排斥和日本平行出現的以梁啟超為代表的宣揚政治主張的「政治小說」，而是把梁啟超視為「新文學的第一人」（錢玄同語）。同時，中國的寫實主義提倡者極力排斥遊戲消閒的文學，猛烈抨擊當時仍盛行文壇的「鴛鴦蝴蝶派」，批判他們的「享樂主義」、「虛無主義」、「金錢主義」，罵他們是「文氓」、「文丐」、「文娼」、「文妖」等等。當吳宓一九九二年在〈寫實小說之流弊〉中把鴛鴦蝴蝶派的小說也稱為「寫實小說」時，茅盾即著文嚴加駁斥，認為那根本不屬於「寫實小說」。[9] 而在日本，寫實主義是包括當時與中國的「鴛鴦蝴蝶派」屬同一性質的「硯友社」作家作品的。硯友社的作家也都紛紛表示自己接受坪內逍遙的寫實主義主張。所以當時評論家中村光夫感歎道：「想不到《小說神髓》提出的論點所產生的直接後果，是由紅葉、露伴（即尾崎紅葉和幸田露伴，硯友社作家——引者注）而導引出西鶴（即井原西鶴，江戶時代遊戲文學家——引者注）的復興，這大概並不是逍遙的期望和心願吧。」[10] 事實上，日本的寫實主義一開始就沒有從根本上否定傳統，它是一種改良主義的寫實主義，它對日本傳統文學中的封建思想根本沒有觸及，更談不上什麼批判了。坪內逍遙之所以否定馬琴的作品，只是因為馬琴以文載道，失去真實性，而沒有否定馬琴作品中宣揚的孝悌忠信仁義禮智等封建道德本身。他把作品的描寫技巧與思想內容完全割裂起來了。從這個角度看，坪內逍遙的寫實主義其實又是一種形式主義的寫實主義。

中日兩國的寫實主義對坪內逍遙的這種改良主義、形式主義的寫實主義的超越，又都是將目光轉向俄羅斯，到那片廣袤而又深沉的土地上尋求寫實主義的厚度和廣度。正是在這一點上，中日兩國寫實主

9 茅盾：《茅盾全集》（北京市：人民文學出版社，1989年），第18卷，頁302-306。

10 中村光夫：《二葉亭四迷傳》（東京：講談社，1976年）。

義的取向又一次呈現出驚人的一致來。早在坪內逍遙的《小說神髓》發表的第二年（1887），日本寫實主義小說創作的奠基人二葉亭四迷發表了著名的論文《小說總論》。那篇短小精悍的文章，似乎在有意無意地彌補《小說神髓》的理論缺陷。二葉亭四迷是日本最早的一批文學翻譯家，對俄國文學十分熟悉。他在文章中標舉俄國批評家別林斯基的寫實主義理論。針對坪內逍遙只重形式、忽視內容的形式主義的寫實理論，他明確提出文學作品有「形」與「意」兩個方面，而「意」是根本的，「意依形而現，形依意而存」，「『形』是偶然的，變換不定的，『意』是必然的、萬古不易的」寫出現實的「形」不容易，寫出現實世界的「意」更難。顯然，二葉亭四迷的理論顯示了俄國現實主義理論重思想內容（「意」）的價值取向。他還明確地把寫實小說（他稱之為「模寫小說」）界定為「憑實相而寫出虛相」。這個定義充滿了俄國式的辯證，表明了寫實主義小說的真實與虛構、現象與本質、形與意的統一，比《小說神髓》的樸素的寫實觀前進了一大步。與此同時，日本還有一些評論家積極宣揚俄國文學。如評論家內田魯庵以俄國文學「為人生」的社會價值觀為標準，批評硯友社作家作品的遊戲性、無思想性和膚淺性。他極力推崇陀斯妥耶夫斯基的作品，主張文學必須嚴肅地直面人生。一八八三年以後，俄國文學翻譯在日本非常興盛，所譯作品，大都是果戈理、屠格涅夫、托爾斯泰、陀斯妥耶夫斯基等現實主義名家名作。至十九世紀末已譯出作品五十餘種，二十世紀初年平均每年譯出一百五十種左右。這種情況，不能不引起當時留學日本的中國新文學先驅者們的高度注意。而在此之前，中國文壇對俄羅斯文學顯然是忽略了的。在一九〇三年之前，中國幾乎沒有譯介俄國作品，正如有的論者所說，出現這種狀況的「主要原因就在於中國譯者和讀者對它採取了漠視的態度」。[11] 正是由於日本文壇的刺激，中國新文學先驅者們才得以關注俄國文學，並通過

11 王智量等：《俄國文學與中國》（上海市：華東師範大學出版社，1991年），頁352。

日文大量轉譯俄國作品。據統計，辛亥革命之前中國所譯俄國作品基本上是通過日文轉譯的。[12]這就促使中國寫實主義文壇的視野由日本擴大到了俄國。如果說，五四新文學發難的頭兩三年，中國的寫實主義文學是以日本寫實主義為榜樣的，那麼到了一九二〇年前後，在日本文壇的影響之下，他們便開始取法俄國寫實主義文學了。一九一八年極力推崇日本寫實主義文學的周作人，在一九二〇年十一月又發表了題為〈文學上的俄國與中國〉的講演，熱烈稱讚俄國文學，認為，「俄國近代的文學，可以稱為理想的寫實派文學，文學的本領原來在於表現及解釋人生，在這一點上俄國的文學可以不愧為真的文學了」，說「俄國的文學是理想的寫實主義」，便是對日本坪內逍遙的客觀主義的寫實理論的一種補正。周作人還看出俄國文學的「特色是社會的、人生的」，認為中國與俄國「多相似的地方，所以我們相信中國將來的新興文學當然的又自然的也是社會的、人生的文學」。魯迅則看出陀斯妥耶夫斯基是「人的靈魂的偉大審問者」，不但同情並描寫「貧病的人們」，而且「毫無顧忌地解剖、詳檢，甚而至於鑒賞」這些人的「全靈魂」，並提出要努力寫出未經革新的古國的「國民靈魂」來。除周作人、魯迅之外，當時文壇幾乎所有的作家，尤其是「文研會」的作家們，都對俄國的寫實主義文學予以極大的關注。俄國文學的翻譯在二十世紀二〇年代以後在數量上超過日、英、法等國，遙遙領先。俄國的現實主義文學理論也被陸續介紹過來。在這種情況下，中國文學家便以俄國文學為參照，對早期寫實主義理論進行反思和修正了。到了三〇年代初，文藝理論家瞿秋白在高爾基現實主義文學的啟發下，敏銳地發現了「寫實主義」這個一直為人所習用的日譯詞的侷限性。他指出：「寫實——這彷彿是只要把現實的事情寫下來，或者『純客觀地』分析事實的原因結果——就夠了。這其實至

12 王智量等：《俄國文學與中國》（上海市：華東師範大學出版社，1991年），頁354。

多也不過是自欺欺人的『客觀主義』，或者還是明知故犯的假裝的客觀主義。天下的事實多得很，你究竟為什麼只描寫這一些現實，而不描寫那一些現實？天下的現實每天都在變動著，你究竟贊助著或是反對著現實變動的哪一個方向？」他認為，像高爾基那樣的「最偉大的現實主義的藝術家」，絕不會想到我們會把 realizim 譯成「寫實主義」。[13] 因此，他把 realism 這個詞「寫實主義」改譯為「現實主義」。一字之改，便更新了「寫實主義」這個日譯詞組原有的內涵，顯示出了中國的 realism 與日本的寫實主義已形成了某些質的差異。從此以後，「寫實主義」一詞已基本廢棄不用，而「現實主義」便成為中國 realism 的通譯詞了。

在中日兩國先後從俄羅斯吸取現實主義的理論營養之後，兩國也先後出現了兩種相對應、相類似的創作傾向。到十九世紀末至二十世紀最初幾年間，日本的有些寫實主義作家不滿於坪內逍遙提倡的純客觀的寫實和硯友社作家膚淺的、無思想的寫實，強調文學干預社會，揭露社會，表現人民的疾苦，表達作家對人生及社會問題的見解，這就產生了以理論家田岡嶺雲、小說家廣津柳浪、川上眉山為代表的「深刻小說」（又稱「悲慘小說」），以理論家田岡嶺雲、宮崎湖處子、小說家泉鏡花、小栗風葉為代表的「觀念小說」以及由內田魯庵、德富蘆花等人為代表的社會小說。這三類小說與中國五四新文學時期出現的「問題小說」、「問題劇」在許多本質方面是相通的。他們都接受了俄國文學和挪威作家易卜生的影響，都注重文學的社會傾向性和作家的主觀意念，都努力表達作家對社會問題的觀察和見解，都尖銳地提出了當時兩國社會中存在的一些重大社會問題，如政治問題、家庭（婦女解放）問題、犯罪和自殺問題、自由戀愛問題、教育問題等等。同時也都具有同樣的優點和缺陷：文學的社會功用固然強

---

13 瞿秋白：〈高爾基論文選集・寫在前面〉，載《海上述林》（成都市：四川文藝出版社，1983年），上卷，頁244。

化了，作家的傾向性突出了，卻導致了作品的概念化、說教性和以小說圖解「哲學」的「深刻」化傾向。因而，兩國文壇都在不久之後意識到了這些問題。在日本，評論家金子筑水認為這類小說只是「以一種觀念為骨架，再在上面附上一些血肉」而已。在中國，沈雁冰認為這類小說的弊病在於「不忠實描寫」，鄭振鐸也認為這類小說「所欠缺的就是『真』字」。為了克服這些弊病，強調文學的客觀真實性，中日文壇都先後轉向或求助於自然主義文學。也正是從這裡開始，中日兩國寫實主義文學便結束了同軌道發展的歷史時期，並最終分道揚鑣：日本文學從此走上了自然主義的道路，造成了自然主義文學的長期興盛繁榮，而中國只是「以自然主義的技術醫中國現代創作的毛病」，[14]當主觀說教性不再被當作「毛病」，反而在一定條件下重新強調和認可的時候，自然主義的「技術」便很快被棄之不用了。所以自然主義在中國未能形成一種獨立的創作思潮。和日本的自然主義發展成為現代文學主潮形成鮮明對照，二十世紀二〇年代以後，中國的現實主義發展演變為左翼現實主義。

綜上所述，中日兩國的早期寫實主義文學的生成、發展和演變具有較為密切的關係，大體呈現出相同、相似的嬗變軌跡，在基本的發展階段和環節上具有明顯的相關性和對應性，而在許多基本的方面又具有某些深刻的差異。兩國早期寫實主義在發展演變過程中的這種相似性、相關性和對應性，可以用如下的圖式簡單地標示出來：

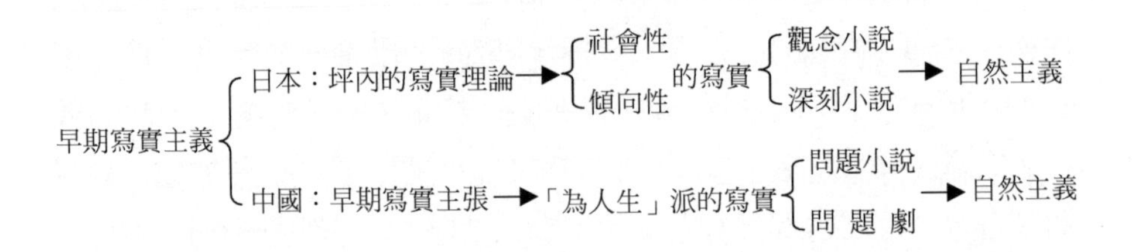


14 周作人致沈雁冰信，參見沈雁冰：〈致周志伊〉，原載《小說月報》第13卷第6號（1922年）。

再從橫向上看，中日早期寫實主義文學還有如下幾個方面的相通性。第一，兩國早期寫實主義無論在理論還是在創作上，都具有較大程度的超意識形態性，都是把寫實主義作為一種文學上的創作原則來看待的，階級鬥爭觀念、黨派政治觀念尚未滲透其中。早期寫實主義的基本的理論支撐點是以民主、科學為核心的近代樸素的人道主義思想。在日本，寫實主義提倡者一直有意無意地與政治意識形態保持足夠的距離，從而為整個日本現代文學奠定了超越現實政治和黨派觀念的純文學基調；在中國，早期寫實主義提倡者們雖不像日本作家那樣超越，但早期寫實主義的理論與創作基本上還是和日本一樣，將文學保持在思想啟蒙的文化層面上。中國的早期寫實主義提倡者，如陳獨秀、李大釗、沈雁冰等也有文學與階級政治聯姻的言論和意向，但總的來說，早期寫實主義不像後來興起的左翼現實主義，階級觀念、政治觀念尚未成為首要的或唯一重要的價值觀。鑒於五四新文學所關注的核心是舊文化的破壞和新文化的建設，所以至少到一九二五年前後，中國新文學一直沒有直接以文學干預社會政治，從而保持了其文化學上的品格。後來日本和中國的左翼現實主義很清楚地意識到了這一點，所以才在這個意義上把早期寫實主義稱為「舊寫實主義」，把左翼現實主義稱為「新寫實主義」。第二，與上一點相聯繫，在文學的功用上，儘管中國的寫實主義在理論上不像日本的寫實主義那樣主張無目的、純客觀，但中國早期寫實主義文學功用觀的核心──「為人生」的功用觀，和日本寫實主義者所鼓吹的「為人生」、「寫人情」，其實質都是一種文化啟蒙主義的文學功用觀。無論是二葉亭四迷對壓抑人性和個性的明治文明的批評，還是魯迅對落後國民性的揭示，無論是日本的觀念小說、深刻小說對社會問題的描寫，還是中國的問題小說、問題劇對人生問題的沉思，都顯出了一種社會文化上的價值取向。第三，中日兩國早期寫實主義在理論上都不很成熟，不很系統，甚至還有些模糊和混亂。寫實主義的一些關鍵的理論問題，如

「真實性」問題、真實性與傾向性的關係問題、寫實與理想的關係問題，都存在著許多盲點。然而理論上的這種彈性和不成熟性，卻又為寫實主義的發展提供了較多、較自由的選擇可能和較寬廣的道路，有利於理論上的開放和創作上的繁榮，有利於敞開「寫實」的大門，廣泛接納和吸收世界上各種新學說、新思想、新技巧。雖然它不如後來的左翼現實主義那樣在理論上追求「純潔」性，卻因此而顯出了一種雍容和寬舒來。

# 中國現代浪漫主義文學思潮與日本浪漫主義[1]

## 一　作為中西浪漫主義之中介的日本浪漫主義

中國現代文學史上有一個饒有趣味的現象：凡是留學英美回來的文學家，無論是思想傾向、精神氣質還是文學趣味，大都是非浪漫主義或反浪漫主義的。無論是學衡派的保守主義，還是以梁實秋為代表的新月派的新古典主義，還是林語堂的幽默趣味，都與現代浪漫主義精神相去甚遠。如學衡派的胡先驌就曾說過，浪漫主義「主張絕對之自由，而反對任何之規律，尚情感而輕智慧，主偏激而背中庸，且富於妄自尊大之習氣也」。[2] 新月派的梁實秋也認為「古典的」即是健康的，「浪漫的」卻是病態的，而五四新文學則是一場「浪漫的混亂」，應該加以否定和批判。與此形成鮮明對照的是，留學日本歸來的一批作家，卻無論從思想傾向、精神氣質還是文學趣味，都是浪漫主義的或具有浪漫主義色彩的，如早期的魯迅、周作人，還有創造社的同仁們。郭沫若曾說過：「中國文壇大半是日本留學生建築成的。」而就浪漫主義文學而言，甚至可以說，中國現代浪漫主義文壇幾乎全是由留日作家建築而成的。美國學者夏志清把留學英美與留學日本的作家劃分為兩派，他把前者看成是「自由派」，把後者看成是

1　本文原載《中國文化研究》（北京），1997年第3期，中國人民大學複印資料《文藝理論》1997年第10期轉載。

2　胡先：〈評嘗試集〉，載《學衡》雜誌第1、2期（1922年1-2月）。

「激進派」，是不無道理的。事實上，這兩派的主要區別也正是保守的自由主義與反叛的、激進的浪漫主義的區別。留學英美與留學日本的作家為什麼會形成這種差別呢？這除了他們的出身經歷不同（前者大都出身富豪世家，容易產生貴族主義的保守傾向，後者不然）之外，最主要的原因還在於他們所處的留學環境有很大不同。在二十世紀初期英美，浪漫主義思已經偃旗息鼓，而反浪漫主義思潮，如新古典主義、意象主義、形式主義等則占據了主導地位。與此相反，浪漫主義文學卻成為十九世紀末期日本文學的主潮。中國留學生大都是在二十世紀初年到日本的，那時日本浪漫主義思潮雖已衰歇，但餘波尚存。特別是日本文壇對西方浪漫主義作家作品的譯介非但沒有停頓，反而大有方興未艾之勢。正如有的學者所指出的：「日本當時譯介的作品大多屬於浪漫主義作品，雖然當時西方批判現實主義、自然主義作品很發達，但是並沒有作為重點來譯介。」[3]中國留日作家受到那樣一種環境的薰陶，是很自然的。也就是說，五四時期有關作家的「泛浪漫主義」傾向和創造社的浪漫主義文學運動，在很大程度上間接或直接地受到了日本文壇的啟發和影響。

對中國作家來說，這種間接的啟發和影響，主要體現在以日本文壇為中介對西方浪漫主義文學思潮的選擇、認同和接受上。考察一下五四時期中國文壇對西方浪漫主義的接受史，就不難發現，對中國的浪漫主義思潮和文學運動產生了很大影響的西方浪漫主義思想家和作家，如法國的盧梭，英國的拜倫、雪萊，德國的尼采、歌德，美國的惠特曼，印度的泰戈爾等，無不是經過日本文壇而被介紹到中國來的。

首先是法國的盧梭。這位西方浪漫主義的思想先驅曾遭到梁實秋的嚴厲指責，而留日作家郁達夫則站出來對梁實秋痛加反駁，為盧梭的浪漫主義辯護。郁達夫顯然是在留日時期就了解和閱讀了盧梭作品

3 孟慶樞主編：《日本近代文藝思潮與中國現代文學》（長春市：時代文藝出版社，1992年），頁36。

的。日本學者指出，在日本，「盧梭的著作從明治初年民權思想的昂揚期一直到現代，雖然歷經毀譽沉浮，但卻一向維持著廣大的讀者群」。[4] 日本文壇最感興趣的盧梭的《懺悔錄》，早在明治年代，即由日本浪漫主義作家森鷗外、島崎藤村等人譯成日文，大正元年（1912）又出版了石川戲庵直接從法文譯出的全譯本。郁達夫一九一三年去日本留學，據稱在那時讀了上千種外國小說的郁達夫，自然會接觸到在日本廣為流傳的盧梭作品的。而且，郁達夫所受盧梭的影響，主要地表現為《懺悔錄》中的那種赤裸裸的自我告白。這一點恰恰是與日本作家對盧梭的選擇和認識相一致。以告白懺悔個人私事為特徵的日本「私小說」，受到了盧梭《懺悔錄》的直接影響，而郁達夫的小說創作既直接地受到了日本「私小說」影響，也通過日本文壇的中介受到了盧梭的影響。

第二，是英國浪漫主義著名詩人拜倫和雪萊。這兩位詩人曾是早期魯迅極為推崇的浪漫主義的「摩羅」詩人。日本學者北岡正子在《摩羅詩力說材源考》一書中，以縝密詳實的考證，說明了魯迅的《摩羅詩力說》從觀點到材料，都受到了日本文壇的影響。如魯迅關於拜倫的材料和觀點，多取自日本學者木村鷹太郎的《文藝界大魔王——拜倫》一書以及木村翻譯的《海盜》等作品。本村鷹太郎認為，在世風萎靡不振、冒牌「天才」、文人甚多，欺世媚俗，充滿停滯和腐敗的日本，正需要拜倫那樣的叛逆精神。而魯迅同樣也是著眼於中國的類似的國情來介紹和讚美拜倫的。他筆下的拜倫正是一個「如狂濤如厲風，舉一切偽飾陋習，悉與蕩滌……精神郁勃，莫可制抑……不克厥敵，戰則不止」的「摩羅詩人」。除了北岡正子所提到的木村鷹太郎的有關著譯之外，還應指出，隨著日本自由民權運動的

4　平岡升：〈日本近代文學與盧梭〉，載《日本近代文學大事典》（東京：講談社，1977年），第4卷，頁390。

興起，拜倫就被作為一個高唱自由的詩人在日本大受歡迎，拜倫的作品也被大量譯成日文，特別是《哈爾德・恰洛爾德遊記》中的最後一章《海之歌》，在當時傳誦甚廣。日本浪漫主義運動的領袖北村透谷對拜倫極為推崇，他的長詩《楚囚之詩》就受到了拜倫《錫隆的囚徒》的強烈影響。總之，拜倫是當時日本許多青年人的青春偶像，留學日本的魯迅對拜倫的關注既受到了木村鷹太郎的影響，也受到了整個日本文壇氛圍的薰陶和啟發。同樣，魯迅的《摩羅詩力說》中有關雪萊的內容，對日本文壇的觀點與材料也多有借鑒。北岡正子指出，「《摩羅詩力說》第六節，幾乎全部是從濱田佳澄的《雪萊》歸納出來的。」[5]

第三，是德國的尼采。尼采作為現代著名哲學家，對王國維、魯迅等留日作家產生了深刻影響。郭沫若在〈魯迅與王國維〉一文中曾說過：「不可忽視的，兩位都曾經歷過一段浪漫主義時期。王國維喜歡德國浪漫派的哲學和文藝，魯迅也喜歡尼采。尼采根本就是一位浪漫派。魯迅早年譯著都濃厚地帶著浪漫派的風味，這層我們不要忽略。」他還指出：「兩人都喜歡文藝和哲學，而尤其有趣的是兩人都曾醉心於尼采。這理由是容易說明的，因為在本世紀初期，尼采思想，乃至意志哲學，在日本學術界正磅礴著。」[6] 的確，早在明治初年，日本就已經開始介紹尼采了。在王國維留學日本的前一年（1900），日本學者吉田精緻就發表了題為〈尼采的哲學——哲學史上第三期的懷疑論〉的文章，較早系統介紹了尼采的思想。就在王國維留日期間，浪漫主義批評家高山樗牛、登張竹風等人又發表了數篇文章鼓吹尼采哲學。高山樗牛在題為〈作為文明批評家的文學家〉

5 北岡正子著，何乃英譯：《摩羅詩力說材源考》（北京市：北京師範大學出版社，1983年），頁43。

6 郭沫若：〈魯迅與王國維〉，載《沫若文集》（北京市：人民文學出版社，1959年），第12卷。

（1902）一文中寫道：「我們不禁要讚美作為文明批評家的尼采的偉大人格。他為了個人而同歷史戰鬥，同在境遇、遺傳、傳說、統計當中禁錮了一切生命的今日的所謂科學思想戰鬥。……同所有理想的敵人戰鬥。」高山樗牛對尼采的個人主義、理想精神的讚揚，與魯迅對尼采的理解顯然是一致的。魯迅在〈文化偏至論〉一文中，讚揚尼采是「個人主義之至雄傑者」，認為西方十九世紀文明中「至偽至偏」的東西就是「物質」和「眾數」，並由此提出了「掊物質而張靈魂，任個人而排眾數」的主張。後來，魯迅漸漸地疏遠了尼采思想，但對高山樗牛所推崇的尼采所具有的「文明批評」的精神，是一直主張到底的。

第四，德國浪漫主義「狂飆突進」詩人歌德與郭沫若的關係，也是以日本文壇為中介的。由於明治維新以後相當長的一段時期裡，日本天皇政府在法律、教育、哲學、醫學等方面是以德國為主要榜樣的，所以派往德國的留學生最多，德語也受到格外的重視，尤其是郭沫若等人所在的九州帝國大學更是如此。據郭沫若在〈創造十年〉中回憶，當時德語是他們的第一外語，每週約二十個小時為德語課，教師又多是些文學士，用的教材也大都是「文學名著」。「這些語學功課的副作用又把我用力克服的文學傾向助長了起來。我和德國文學，特別是歌德和海涅的詩歌接近了，便是在這個時期。」而那個時期，歌德、海涅等德國作家在日本已產生了相當大的影響。郭沫若最喜歡的歌德的幾種作品也恰好是日本文壇最早譯介、評價最高的作品，如譯介歌德最早、最勤的日本浪漫主義文學領袖森鷗外所譯歌德的詩《影像》中的《迷娘之歌》在日本影響甚大，也深得郭沫若的推崇和喜愛。歌德的《少年維特之煩惱》早在一八九一年就有了高山樗牛的從英文譯出的轉譯本；一八九三至一八九四年間，又由綠堂野史直接從德文譯出，在森鷗外主編的《柵草紙》雜誌上發表。這部小說被認為是日本明治二〇年代浪漫主義文學運動的主要誘因。郭沫若對《少年維特之煩惱》也極為心愛，在一九二一年把它譯成中文。這部小說對中國的浪漫主義思潮起了較大的推動作用，成為創造社浪漫主義的感傷情調的主要來源之一。

第五，美國浪漫主義詩人惠特曼和印度詩人泰戈爾對郭沫若等人的影響，也受到了日本文壇的觸發。郭沫若在〈創造十年〉中回憶說，他是在九州帝國大學二年級時從日本作家有島武郎的〈叛道者〉一文中知道惠特曼，並開始閱讀《草葉集》的。早在一八九二年，夏目漱石就寫了〈文壇上的平等主義的代表者瓦爾德・惠特曼〉一文，接著，金子筑水、高山樗牛、野口米次郎、內村鑒三等人也撰文介紹惠特曼。到了大正年間，日本人道主義文學流派的武者小路實篤、有島武郎對惠特曼都給予了高度重視和評價，武者小路實篤還譯出了《惠特曼詩集》(1921)。一九一九年，在紀念惠特曼誕生一百週年之際，日本文壇還掀起了一股「惠特曼熱。」郭沫若也正是在這時才了解了惠特曼，並在創作中接受其影響的。與此同時，田漢也對惠特曼大感興趣，在日本搜集了許多惠特曼的資料，寫了題為〈平民詩人惠特曼百年祭〉的長文。郭沫若還談了他對印度大詩人泰戈爾的了解及與日本文壇的關係。他說：「我知道太戈爾的名字是在民國三年。那年正月我初到日本，太戈爾的文名在日本正是風行一時的時候。」他說他當時讀了泰戈爾的詩，感到「驚異」，「從此太戈爾的名字便深深印在我的腦裡」。泰戈爾的「『梵』的現實，『我』的尊嚴，『愛』的福音」，[7]對郭沫若浪漫主義的形成產生了深刻影響。雖然泰戈爾並不是一個浪漫主義詩人，但在當時日本文壇看來，泰戈爾那種田園詩的風格，自由的詩風，在主張神與人的和諧便是絕對的美（歡喜）的同時，又把人看成是絕對的個性的存在，「這是和西歐的浪漫的自我意

7 郭沫若：〈太戈爾來華之我見〉，載《郭沫若研究資料》（上）（北京市：中國社會科學出版社，1986年）。

識相關聯的」。[8]看來，郭沫若對泰戈爾的理解同樣也受到了日本文壇的影響。

總之，日本文壇及日本浪漫主義文學思潮是中國和西方浪漫主義文學之間的中轉站。從時間上看，西方、日本、中國的浪漫主義是先後相繼，此起彼伏的。十八世紀末至世紀十九世紀上半期發源於西方的浪漫主義，影響到了十九世紀末日本的浪漫主義，日本的浪漫主義又影響到了二十世紀初中國的浪漫主義。看不到日本浪漫主義對中國浪漫主義的中介作用，就不可能準確地理解和認識中國的浪漫主義。正如列寧所說：「要真正認識事物，就必須把握研究它的一切方面、一切聯繫和一切『中介』。」[9] 日本的這個「中介」在很大程度上影響並決定了中國作家對西方浪漫主義文學的選擇和引進。西方浪漫主義文學聲勢浩大，歷時很長，作家作品眾多，日本文壇的挑選和過濾為中國作家的取捨、接受和介紹提供了有益的參照。而且，經過日本文壇選擇和過濾的作家和作品，大都是些具有反叛性、挑戰性的反現存體制的積極浪漫主義，這也影響了中國浪漫主義的基本特性和基本風貌。

## 二　直接影響：現代戀愛觀和貞操觀

日本文壇及日本浪漫主義不僅是中西浪漫主義的中介，而且，日本浪漫主義文學本身也對中國新文學中的浪漫主義思潮產生過直接影響。這種影響主要表現在作家們對性愛、愛情和婚姻的態度上。性愛、愛情、婚姻是東西方文學中的永恆題材。然而，無論是中國還是日本的傳統文學，均很少能以健康、健全的眼光與心態看待和處理性

8 太田三郎：〈日本近代文學和泰戈爾〉，載《日本近代文學大事典》，第4卷，頁349。

9 列寧：〈再論工會、目前局勢及托洛斯基和布哈林的錯誤〉，載《列寧選集》（北京市：人民出版社，1960年），第4卷，頁453。

愛與愛情。在日本的傳統文化中，男性視女性為可愛的尤物、洩欲對象或風流點綴。而日本浪漫主義文學運動的一個基本目標，就是以西方文學為參照，以帶有啟蒙主義色彩的浪漫主義精神重新確立現代的性愛觀和愛情婚姻觀。其中，北村透谷、森鷗外、與謝野晶子三位浪漫主義作家的理論與作品在這方面產生了很大影響，而且，這種影響也不同程度地波及到了中國。日本浪漫主義運動的領袖北村透谷是日本最早確認戀愛神聖性的人，他在他的著名文章〈厭世詩人與女性〉中，熱情地讚美愛情和純潔的女性，並把愛情和女性看成是詩人的精神寄託、創作的源泉和動力、超越醜惡現實的純淨天地。這篇文章在日本影響很大，正如中村新太郎所說：「這篇精心力作在明治時期青年的頭腦中深深印刻下了透谷的名字。」「這種大膽的發言，在日本是首次對戀愛與女性的讚美。當時婦女被看作是男人的附屬品……透谷在女性身上及同女性的戀愛中發現『美與真』，這種先驅者的功績是很值得注目的。」[10] 北村透谷的〈厭世詩人與女性〉等文章曾在二○年代末被譯成中文，[11] 一定程度地促進和影響了中國青年及中國作家現代愛情觀的確立。〈厭世詩人與女性〉的開頭有一句廣為人知的名言：「戀愛乃人生之秘密鑰匙，先有戀愛而後有人世，抽去了戀愛，人生有何意思？」中國作家廬隱在〈戀愛不是遊戲〉一文中也說過類似的話：「沒有經過戀愛洗禮的人生，不能算人生。」「戀愛是人類生活的中心，孟子說：『食色性也。』所謂戀愛正是天賦之本能，如一生不了解戀愛的人，他又何以了解整個的人生？」這種戀愛中心論、戀愛神聖性的觀念，在五四時期浪漫主義作家或具有浪漫主義氣質的作家中，是被廣泛接受的。

　　如果說，北村透谷確立愛情的神聖性，那麼，森鷗外的出發點則

---

10 中村新太郎：《日本近代文學史話》（北京市：北京大學出版社，1986年），頁26。

11 見韓侍桁編譯：《近代日本文藝論集》（北京市：北新書局，1929年）。

是教人怎樣正視性的問題，為此，他寫了一篇自傳體的小說《我的性自傳》，他在該小說的開頭（相當於序言部分）指出：「一切詩歌都是寫戀愛的，然而，即便是與性欲有關的戀愛，也和性欲並不是一回事。」他認為盧梭等人所記錄的都是性欲，不是戀愛，並力圖以主人公金井君的性史來強調戀愛的精神價值。周作人在一九二二年曾寫了〈森鷗外博士〉一文，他對《我的性自傳》（周譯為《性的生活》）給予了很高的評價，認為這部作品「實在是一部極嚴肅的，文學而兼有教育意義的書」，它「是一種很有價值的『人間的證券』，凡是想真實地生活下去的人都不應忽視的」，並對日本官方以「壞亂風紀」為由禁止該書表示遺憾和不滿。這是周作人對森鷗外的理解與聲援，也是中國文壇對森鷗外的理解和聲援。這也表明中國作家是想借日本浪漫主義的這種態度和主張來促進中國現代文壇在愛情、婚姻上的觀念更新和思想解放。

這一意圖，更集中地體現在中國文壇對與謝野晶子貞操理論的推崇和共鳴上。與謝野晶子屬於日本浪漫主義文學流派「《明星》派」。以她和她的丈夫與謝野寬為代表的《明星》派，對傳統詩歌（短歌）的「無丈夫氣」的纖弱非常不滿，努力用慷慨激昂的現代浪漫主義精神對短歌進行改造。他們的浪漫主義精神不僅體現為反叛舊的文學傳統和審美趣味上，更體現在個人的生活態度和情感追求上。與謝野晶子作為現代日本第一批勇敢追求個性解放的新女性，毅然衝破家庭阻撓，不顧社會上的非議和唾罵，勇敢地和有婦之夫與謝野寬相愛並結婚，此舉在日本社會曾引起很大震動。與謝野晶子的這些所作所為，既帶有浪漫的情感衝動，又有其浪漫主義的獨特的愛情觀和人生觀。她曾寫了大量文章，力主自己的觀點。其中最有代表性的是她的〈貞操論〉。一九一八年五月，周作人譯出了〈貞操論〉，並把它發表在《新青年》雜誌上，周作人在譯文之前的附言中，預見了這篇文章中的觀點在中國將是空谷足音、發聾震聵的。他說：我譯這篇文章，並非想借他來論中國的貞操問題，因為中國現在，還未見這新問題發生的萌芽。」又說：「我確信這篇文章中，純是健全的思想，但是日光和空氣雖然有益衛生，那些衰弱病人，或久住暗地裡的人，驟然遇著新鮮的氣，明亮的光，反覺極不舒服，也未可知。」他稱讚與謝野晶子是「日本有名詩人……是現今日本第一女流批評家，極進步、極自由、極真實、極平正的大婦人，不是那一班女界中頑固老輩和浮躁後生可以企及，就比那些滑稽學者們，見識也勝過幾倍」。[12] 與謝野晶子在〈貞操論〉中，對傳統的貞操觀念、道德觀念大膽地提出了懷疑。她反對只用貞操觀念來要求女人而不要求男人，認為沒有愛情的婚姻無貞操可言，「戀愛結婚也不能當作貞操的根據地」；她主張「靈肉一致」的新的貞操觀，不把貞操當作一種道德，而「只是一種趣味、一種信仰、一種潔癖」。〈貞操論〉刊出後，即引起了強烈反響。以此為契機，婦女解放問題、愛情貞操問題便成為中國文學界、文化界關注的一個焦點。魯迅、胡適、華林、陳獨秀、陶履恭等人紛紛在《新青年》上發表文章對〈貞操論〉表示呼應。胡適在〈貞操問題〉一文中說：「周作人先生所譯的日本與謝野晶子的〈貞操論〉(《新青年》，4卷5號)，我讀了很有感觸。……如今家庭專制最厲害的日本居然也有這樣大膽的議論！這是東方文明史上一件極可賀的事。」[13] 胡適結合中國實際，進一步闡發了與謝野晶子〈貞操論〉中的觀點和主張。次年，胡適又在〈論貞操問題──答藍志先〉中，批駁了藍志先對與謝野晶子〈貞操論〉的詰難。魯迅也發表〈我之節烈觀〉一文，表示贊同與謝野晶子〈貞操論〉中的觀點，認為「女應守節男子卻可多妻」是一種「畸形道德」，「主張的是男子，上當的是女子」。幾年後，周作人又在《自己的園地》中介紹了與謝野晶子的論文集《愛的

12 周作人譯：〈貞操論〉，原載《新青年》第4卷第5號（1918年）。

13 胡適：〈貞操問題〉，原載《新青年》第5卷第1號（1919年）。

創作》。他十分讚賞與謝野晶子在《愛的創作》中表述的這樣的觀點：「人的心在移動是常態，不移動是病理」，「我們不願意把昨日的愛就此靜止了，再把它塗飾起來，稱作永久不變的愛：我們並不依賴這樣的愛」。在與謝野晶子看來，貞操是男女雙方共有的心靈約束，靈與肉應當是一致的，愛是變化的，不斷更新的。以與謝野晶子為代表的日本浪漫主義的這種新的愛情觀念，對五四時期中國反封建的思想解放、個性解放和婦女解放起到了有力的啟示和推動作用，是五四時期中國文壇泛浪漫主義精神氛圍得以形成的十分重要的外來觸發因素之一。

## 三　中日浪漫主義的幾點平行比較

在指出了日本浪漫主義對中國浪漫主義的中介作用和直接影響之後，還有必要對中日浪漫主義作幾點平行比較，以便更好地把握兩國浪漫主義的某些重要特點。

首先，是浪漫主義與宗教的關係。眾所周知，在西方，基督教是浪漫主義的思想基礎，也是浪漫主義作家的靈感的源泉、精神的寄託和取材的園地。不僅是消極浪漫主義者把文學與基督教連在一起，認為「詩是純粹地表達上帝的內在的永恆的語言」（弗·史雷格爾語），就是積極浪漫主義者也常常把文學引向基督教。如雪萊就把詩的創造看成是體現上帝心靈的創造，雨果則認為是「基督教把詩引到真理」。在日本浪漫主義形成時期，基督教在日本曾盛行一時，許多青年知識份子信仰基督教。如日本浪漫主義的代表人物北村透谷、島崎藤村等，都曾皈依過基督教，並在創作中受到基督教觀念的影響。但信仰基督教的日本的浪漫主義作家們最終都放棄了信仰。在中國，雖然有的作家一度對基督教抱有好感（如早期的郭沫若曾埋頭閱讀《新舊約全書》），但信仰基督教的浪漫主義作家絕無僅有。作為受過上千年佛教、道教多神信仰的中國人和日本人來說，接受基督教式的一神信仰是困難的；對於尋求個性解放和心靈自由的中日浪漫主義作家來說，也難以持久地接受、或者根本不能接受基督教，他們倒是不約而同地傾向於泛神論。如北村透谷受美國詩人愛默生的泛神論的影響，中國的郭沫若則接受了斯賓諾莎、泰戈爾泛神論的影響。而在他們的深層意識裡，則又潛伏著中國的老莊的泛神思想，嚮往老莊的人生的藝術化境界，渴望莊子式的人與天地自然的合一。如郭沫若就曾經承認，莊子「支配了我一個相當長的時期」。北村透谷也受老莊的影響，他的名文〈萬物之聲與詩人〉所闡發的詩人與天地自然的關係，就與老莊思想如出一轍。泛神論思想使得中日兩國浪漫主義作家超越了西方浪漫主義的神學目的論，不以上帝作中介，而是直接與天地宇宙交流，從而「備於天地之美，稱神明之容」（莊子語）。

從浪漫主義的構成因素來看，由於中日浪漫主義興起的時間晚於西方近一個世紀，所以其浪漫主義的構成因素也比西方浪漫主義複雜得多。在中日兩國的浪漫主義的體系中，既有西方浪漫主義的主導的影響，也有現實主義、自然主義文學的浸潤；既有西方現代主義文學的滲透，也有東方傳統文化和文學的底蘊。所以，中日浪漫主義在其構成上是十分駁雜的。其中有許多非浪漫主義的東西，特別是現代主義文學的因子比較多。在日本，浪漫主義文學的奠基人森鷗外同時又是日本現代主義文學的開拓者；在中國，浪漫主義和「新浪漫主義」（早期現代主義）也難分難解地結合在一起。面對如此多元、複雜的文化和文學遺產，中日浪漫主義作家均以浪漫主義精神為核心，採取了開放的、相容並包的態度。值得注意的是，無論中國還是日本，當時都沒有打出「浪漫主義」的旗號，反對用「主義」束縛自己。中國創造社曾一度提倡「新浪漫主義」，但總體上是堅持「沒有劃一的主義」，以至有的研究者因此而否定他們的浪漫主義屬性。其實，正如雨果所說：「浪漫主義，其真正的定義不過是文學上的自由主義而已。」不以「主義」相標榜，恰恰體現了浪漫主義的根本精神。

和西方浪漫主義比較而言，中日浪漫主義發育、發展得都不太成熟、不太充分。從時間上看，西方的浪漫主義持續了近半個世紀，而日本的浪漫主義從十九世紀最後十年，到二十世紀最初十年，前後不到二十年的時間，但較之中國，還是長得多。中國的浪漫主義從二十世紀二〇年代初，到二〇年代中期，只有短短的四、五年。日本浪漫主義在社會的壓迫下遭受挫折，中國的浪漫主義則在社會思潮的推動下主動地「轉向」。在這種情況下，中日浪漫主義作家作品大都是沒有發育成熟，沒有發展完全的「未成品」。在思想上普遍幼稚、矛盾、多變和不成熟，在創作上普遍有明顯的摹仿的、生澀的印記。相對來說，日本的浪漫主義持續時間比中國要長，因而浪漫主義的各種傾向和類型也大都顯示出來了。吉田精一曾將日本的浪漫主義與西方的浪漫主義做了對比，他指出：「大體來說，《文學界》以透谷為核心的前期是拜倫、雪萊式的，後期可以說是濟慈、華茲華斯式的。實際上這兩個系統，貫穿了日本浪漫主義的整個時期。透谷、岡倉天心、田岡嶺雲、兒玉花外、木下尚江、石川啄木及初期的與謝野鐵幹、高山樗牛等，大都屬於拜倫、雪萊型的。與此相對的是德意志型，以與謝野晶子為中心的『明星』派為主體，還有薄田泣堇、蒲原有明，初期的田山花袋等，也可視為這一類型。處於兩者之間，或者說相容兩者之特點的，有藤村、國木田獨步、泉鏡花、德富蘆花等。」[14] 如果也照這樣將中國的浪漫主義與西方的浪漫主義作一比較，那就可以看出，中國的浪漫主義基本是屬於拜倫、雪萊型的。儘管也有悲觀和虛無，但西方浪漫主義中的那種逃避現實、皈依上帝，甚至「回到中世紀」的傾向，在中國浪漫主義中是不存在的。換言之，中國的浪漫主義是高爾基所說的那種「積極浪漫主義」。反抗現實，直面人生，自

---

14 吉田精一：《浪漫主義的成立和展開》（東京：岩波書店，1958年），頁15。

覺站在時代前列，做時代的弄潮兒，是中國浪漫主義的基本特徵。中國浪漫主義之所以未經充分發展就轉向了「革命文學」，其內在的邏輯就在這裡。日本浪漫主義的拜倫、雪萊式的積極的、反抗的一面，只表現在浪漫主義運動的前期，越到後來越趨向消極退避。所以，日本浪漫主義作家最終大都轉向了標榜「無理想」、「無解決」的自然主義，也是有其內在的邏輯的。浪漫主義文學思潮在中日兩國的這種不同的轉化和不同的命運，從一個方面體現了兩國現代文學的基本特點。

# 五四時期中國自然主義文學的提倡與日本的自然主義[1]

在考察日本自然主義文學與五四新文學之關係的時候，我們將面對這樣幾個值得深究的問題：五四時期中國自然主義文學的提倡與日本自然主義文學有什麼關係？中日兩國文壇都在大致相同的文學背景下提倡自然主義文學，為什麼自然主義在中國如曇花一現，而在日本卻成為文學主潮？中日兩國在理解接受法國自然主義方面有哪些一致和分歧？為什麼中國的寫實主義陣營在理論上曾鼓吹過自然主義，在創作上卻沒有寫出真正的自然主義作品來？

我們知道，自然主義作為源於法國的一種文學思潮，大約在二十世紀初年被引入日本，在二十世紀二〇年代前後被介紹到中國的。由於日本引進自然主義比中國早二十來年，而且自然主義文學在日本獲得了異常的繁榮，所以日本就成了中國介紹和接受自然主義的一個重要渠道。雖然早在二〇年代以前，陳獨秀、胡愈之、胡先驌等人就曾著文談到了自然主義。[2] 但那幾篇文章並不是專門談自然主義的，對自然主義問題著墨不多。現在看來，中國最早發表的專門而又系統地介紹自然主義的文章是曉風翻譯的日本自然主義理論家島村抱月的長文《文藝上的自然主義》[3]，其後是謝六逸撰寫的《西洋小說發達

1 本文原載《國外文學》（北京），1995年第2期。

2 陳獨秀：〈現代歐洲文藝史譚〉，原載《青年雜誌》第1卷第3期（1915年）；胡愈之：〈近代文學上的寫實主義〉，原載《東方雜誌》第17卷第1號（1920年1月）；胡先驌：〈歐美文學最新之趨勢〉，原載《東方雜誌》第17卷第18號（1920年9月）。

3 原載《小說月報》，第12卷第12號（1921年12月）。

史》。[4]《文藝上的自然主義》不僅詳細地講述了西歐自然主義的來龍去脈，而且還講了西歐自然主義的特點，自然主義與寫實主義的關係，自然主義的美學價值，等等；不僅講了歐洲的自然主義，還講了日本自然主義的發展概況。所以刊登該文的《小說月報》在文章後面的「記者附志」中，認為鑒於國內有人對自然主義有誤解，提醒讀者不要「滑滑地將此篇看過」，要從中得到對自然主義的「正確的見解」。謝六逸的《西洋小說發達史》雖然講的是歐洲和美國小說發展演變的概況，但自然主義文學顯然是個重點。全文共六節，自然主義部分就占了三節。據作者自述，這篇文章是他在留日期間根據中村教授的講義寫出的。無獨有偶，發表於一九二四年的〈法國的自然主義文藝〉[5] 一文，也是留日作家汪馥泉撰寫的，其中的材料和觀點也大都來自日本有關書刊。還有一篇文章是李達譯的由日本學者宮島新三郎撰寫的〈日本文壇之現狀〉，這篇文章論述的重點也是日本的自然主義文學，並對自然主義在日本文壇的地位和影響做了很高的評價。[6] 上述幾篇集中系統地介紹自然主義的文章，都發表在一九二一年至一九二四年間的《小說月報》上。由於《小說月報》的主編沈雁冰對自然主義文學的宣傳介紹抱有很高的熱情，專門開設了關於自然主義討論的欄目，還親自撰寫了〈自然主義與中國現代小說〉等一系列文章，這就使《小說月報》成了當時中國唯一一家大力宣傳提倡自然主義的雜誌，而宣傳自然主義的最初的幾篇文章或材源又都來自日本。所以說，《小說月報》是當時中國了解自然主義的主要視窗。而人們最初通過這個窗口所瞭望的，又大都是日本自然主義以及通過日本文壇這面鏡子反射過來的西方自然主義。日本自然主義的發達對二〇年代中國文壇提倡自然主義無疑具有一定的啟示和激發作用。

---

4　連載《小說月報》第13卷第1、2、3、4、5、6、7、11號。

5　原載《小說月報》第13卷號外（1924年）。

6　原載《小說月報》第12卷第4號（1921年）。

但是，正如人們所知道的那樣，中日兩國雖然都是在新文學展開之後不久先後引進自然主義的，但是自然主義在兩國的命運卻全然不同。在日本，文學史家把自然主義視為日本文學近代化達到頂點的標誌，是整個日本近現代文學的主流，它不僅是日本現代文壇聲勢最大、活動時間最長的一個文學思潮，而且對後來其他各種思潮流派——包括白樺派、唯美主義、乃至無產階級文學——都產生了深刻影響。而在中國，人們對自然主義的關注僅僅是在二〇年代最初兩三年間，只有沈雁冰等為數不多的作家理論家以《小說月報》為陣地討論和提倡過自然主義。從創作上看，中國的自然主義僅僅是現實主義主流文學上的一個小小的支流，而且是人工挖掘的一條缺水的乾涸的支流。中國的自然主義是「理論先行」、「理論獨行」，在創作上幾乎舉不出典型的作品來，所以不久，自然主義文學就在中國文壇銷聲匿跡了。當左翼現實主義一統天下之後，自然主義就成了一個貶義詞，成了「色情」、「死板」、「歪曲現實」、「不反映生活本質」、「不塑造典型人物」等等的代名詞，成了文壇上人人喊打的「過街老鼠」。那麼，究竟是哪些因素造成了自然主義在中日兩國的這兩種不同命運呢？

首先值得我們注意的是，雖然中日兩國文壇最初都是試圖以自然主義矯正寫實主義創作中出現的概念化傾向，都把自然主義看成是寫實主義的一種發展。但是，日本文壇一開始就是以自然主義為主體，把寫實主義歸附於自然主義的。如果說，中國新文學家們一直試圖以自然主義補充寫實主義，那麼，日本文壇則最終是以自然主義取代了寫實主義。在日本，以《小說神髓》為代表的日本寫實主義缺乏明確的近代世界觀的基礎，因而在思想上具有某些不成熟性。《小說神髓》中的一些基本主張，如創作的非功利性、超道德性，強調描寫的「逼真性」等，都與自然主義有相通之處；受坪內逍遙影響的日本寫實主義代表作家二葉亭四迷雖然也受到了俄國文學的較大影響，但正如逍遙所說，「當時的他，還沒有某種固定的主義和人生觀」，當然也沒能形成一套成熟的寫實主義理論體系。比起這種一半受外來啟發、一半是自發形成的寫實主義理論來，日本的自然主義理論則顯得更為成熟。由於日本的自然主義理論是較全面完整地從法國文壇輸入的，具有堅實的近代哲學（實證哲學）、自然科學（醫學、遺傳學）和近代美學的基礎，這就為日本自然主義吸收寫實主義，確立自然主義的主導性、主體性創造了條件。而中國則相反，只是試圖借用自然主義來克服寫實主義「不忠實描寫」的弊病，也就是溫儒敏所說的，是寫實主義對自然主義的「借用」，[7] 是以寫實主義為主體對自然主義的吸收和借鑒。和日本作家不同，中國的寫實主義提倡者們在五四新文學前期就較牢固地創立了「為人生」的寫實主義文學觀。這種直接受到俄國文學影響，同時又自覺不自覺地融進了中國傳統文學價值觀的寫實主義理論，已不單單是一種文學觀，而且還是一種社會觀和人生觀，具有很強的穩定性。這些都決定了中日兩國文壇對自然主義所採取的兩種接受模式：日本是全盤引進、全面接受，中國則是加以選擇揚棄、取我所用。

對自然主義的這兩種不同的接受模式首先突出表現在對自然主義文學的「客觀」、「真實」的不同理解上。本來，兩國文壇都對自然主義強調「客觀」、「真實」抱著一種激賞的態度。但是，中國文壇只在方法論的意義上理解和接受自然主義的「客觀」論與「真實」論，日本文壇卻是在世界觀、價值觀的意義上加以理解和接受的。從方法論上去理解，就是僅僅把「客觀」、「真實」作為一種寫作方法和技巧。沈雁冰在他的一系列文章中一再強調自然主義的客觀真實論的可取性。他認為，要做到真實性，就要堅持「實地觀察」和「客觀描寫」兩條，在他看來，這兩條是中國文學歷來所缺乏的。誠然，強調「實地觀察」和「客觀描寫」是左拉等自然主義文學的明確主張，但更是

7 溫儒敏：《新文學現實主義流變》（北京市：北京大學出版社，1988年），頁31。

十九世紀現實主義作家的基本主張。問題在於，同是主張「客觀」、「真實」，自然主義的「客觀」、「真實」卻有著它不同於現實主義的特定內涵。自然主義的「客觀」、「真實」是以完全排除作家的主觀性、社會性、政治傾向性為前提的。左拉就曾經明確地申明了他在這個問題上與巴爾扎克的現實主義的區別，說他自己的作品不像巴爾扎克那樣「具有社會性，而具有較大的科學性」，聲稱其「主要的任務是要成為純粹的自然主義者和純粹的生理學家」，「我沒有什麼原則（王權、天主教），我將有一些規律（遺傳、先天性）」。[8] 巴比塞在《左拉》一書中也指出，左拉的自然主義小說的概念「含有不問政治的意思」。看來，自然主義的真實觀中包含的這些基本思想被中國文壇有意無意地忽略或剔除了。在這個問題上，沈雁冰的態度十分明確，他主張把自然主義的思想與寫作方法區別開來：「自然主義是一事，自然主義所含的思想又是一事，不能相混。」他聲明：「我們現在所注意的並不是人生觀的自然主義，而是文學的自然主義。我們要採取的是自然派技術上的長處。」[9]「我們的實際問題是怎樣補救我們的弱點，自然主義能應這要求，就可以提倡自然主義。」[10] 這種對自然主義的思想置之不問，只在寫作技巧方法上取法自然主義的為我所用的態度，與日本文壇形成了鮮明的對照。日本自然主義不僅完全接受了以左拉為代表的法國自然主義的真實觀，而且在理論上走得更遠。自然主義理論家長谷川天溪在他的《幻滅時代的藝術》一文中指出，現在是科學的時代，科學所揭示的赤裸裸的真理打破了人類對宇宙、對自身以及對各種權威偶像的神聖的「幻象」，在科學的眼裡，那些美麗的花朵無非是些水分、色素而已。這樣，人們對花朵的幻象

---

8 左拉：〈我與巴爾扎克的區別〉，載朱雯等編：《文學中的自然主義》（上海市：上海文藝出版社，1992年），頁291-292。

9 沈雁冰：〈自然主義的懷疑與解答〉，原載《小說月報》第13卷第6號（1922年）。

10 沈雁冰：〈自然主義與中國現代小說〉，原載《小說月報》第13卷第7號（1922年）。

就破滅了。他認為現在的時代就是「幻象破滅的時代」，與之相適應的也應是「破理顯實」的藝術，即要求作家排斥一切理想，也排斥文學技巧和遊戲雕琢的因素，客觀地、原樣不動地描寫現實。[11] 可見，在長谷川天溪那裡，這種真實觀不僅僅是一種方法論，更是一種世界觀。自然主義的代表作家田山花袋還進一步提出了「真實即事實」的命題，認為「只要依據事實就能寫出好小說」。這種對「真實」的極端化的理解，結果之一就是使文學最大程度地脫離了向壁虛構，也最大程度地淡化了作品的社會性、政治傾向性。在這一點上，日本的自然主義與左拉為代表的自然主義是相通的、一致的，而與中國的自然主義提倡者的初衷又是格格不入的。就沈雁冰來說，他一邊提倡自然主義的客觀真實，一邊又以俄國、挪威等國的文學為例極力證明：文學是「趨於政治的與社會的」。[12] 這也許是當時中國大多數提倡或至少不反對自然主義的新文學家的一種共識吧。

如果說中國文壇對自然主義最感興趣的是「客觀」、「真實」，那麼，最不感興趣並極力排斥的則是自然主義的人性觀了。在這一點上，中日兩國的自然主義顯出了更深刻的分歧。日本的自然主義提倡者們一開始就對法國自然主義的動物學的人性觀表現出了強烈的共鳴。日本自然主義的早期作家永井荷風在他模仿左拉創作的小說《地獄之花》的跋文中就說：「人類確實難免有動物性的一面。……在許多方面，這種黑暗動物性依然存在。……我的意願就是專門把那些因祖先遺傳和環境造成的種種情欲、毆鬥和暴行毫無顧忌地描寫出來。」長谷川天溪認為只有在惡劣的人性——肉體、性欲、醜陋、非理性、反道德中才能發現毫無虛假的真實。他認為，理想派文學迴避了對肉體的醜惡的描寫，然而「我們自然派無論如何也必須以肉體征

11 長谷川天溪：〈幻滅時代的藝術〉，載《日本近代文學大系．近代評論集1》，頁220-229。

12 沈雁冰：〈文學與政治社會〉，原載《小說月報》第13卷第9號（1922年）。

服靈魂」。[13] 岩野泡鳴則提出了「神秘的半獸主義」的主張，認為人類「靈與肉之間的聯結點是模糊不清的」，他強調肉體的「瞬間的盲動力」，把「神秘的半獸」看成是人的實質。[14] 可以說，這種對人的動物性、人性之惡的看法，是所有日本自然主義作家的共識。而在中國，人們對自然主義最不滿意、最難以接受的卻正是這種動物學的人性觀。一九二一年，還在自然主義文學提倡之初，周作人就在給沈雁冰的一封信中指出：「專在人間看出獸性來的自然派，中國人看了，容易受病。」胡先驌在〈歐美新文學最近之趨勢〉一文中也指責「寫實派」（指自然主義）專寫下層社會的醜惡而不能給人以美感。沈雁冰在為自然主義辯護時認為，已覺悟的青年的眼睛是亮的，「沒有自然主義文學，難道他真能不知人間有醜惡嗎？」[15] 但他同時也承認「專在人間看出獸性」是左拉的「偏見」，並且認為：「現社會現人生無論怎樣缺點多，綜合以觀，到底有真善美隱伏在下面；自然派只用分析的方法去觀察人生、表現人生，以致所見的都是罪惡，其結果使人失望、悲悶。」[16] 也正是因這一點，沈雁冰自述在提倡自然主義的時候「幾乎不敢自信」，[17] 常常顯得態度游移和前後矛盾，有時候極力推崇自然主義，有時候又說自然主義「所見的都是罪惡」，「缺點更大」，以至有時主張「要盡力提倡非自然主義的文學」。[18] 中日兩國自然主義提倡者對自然主義的人性觀所持的這兩種截然不同的態度，具有深刻的文化歷史根源和現實根源。從現實來看，中國的新文學家們急欲承擔起以「健全人生觀」（沈雁冰語）指導讀者的責任，自然主

13 長谷川天溪：〈排除邏輯的遊戲〉，載《近代文學評論大系》（東京：角川書店，1982年），第3卷，頁81。

14 轉引自吉田精一：《自然主義研究》（東京：東京堂，1976年），下卷，頁289。

15 沈雁冰：〈自然主義的論戰——答周贊襄〉，原載《小說月報》第13卷第5號（1922年）。

16 沈雁冰：〈為新文學研究者進一解〉，原載《改造》第3卷第1號（1920年）。

17 沈雁冰：〈自然主義的懷疑與解答〉，原載《小說月報》第13卷第6號（1922年）。

18 沈雁冰：〈為新文學研究者進一解〉，原載《改造》第3卷第1號（1920年）。

義的不加批判地、純客觀地描寫醜惡是與這種責任感相違背的。而日本的自然主義者並不以人生導師自任，他們所要做的是描寫出面具之下的人性之醜，從而宣洩一種「幻滅的悲哀」（長谷川天溪語）或「覺醒的悲哀」（島崎藤村語）。從歷史文化上看，在中國的人性論哲學中，無論是性善說還是性惡說，都認為在人性的後天修養中必須避惡趨善。[19] 在中國傳統文學中，即使是專以醜惡為題材的「狎邪小說」（如《金瓶梅》、《肉蒲團》之類），儘管不免虛偽，卻也都在篇首和篇末大做勸善懲惡的說教。而在日本，文學作品從神話集《古事記》一直到十一世紀的長篇小說《源氏物語》、十七世紀的以井原西鶴為代表的市井小說，都傾向於客觀描寫醜惡，而不對善惡做道德評價。十八世紀著名國學家、文藝理論家本居宣長的觀點在日本很有代表性：「人皆非聖人……既想善事，亦想惡事，甚或既行善，亦做惡。若是人們依據情感所作之詩，雖悖道德，亦理應存在。」[20] 這種觀念為日本近代新文學家所普遍接受。坪內逍遙在《小說神髓》中非常推崇本居宣長的下述觀點：文學作品只管描寫醜惡，而不必對醜惡作什麼評判，對醜惡作評判是儒學、佛學著作的任務，文學不承擔這樣的任務。這一觀念順乎其然地為日本自然主義提倡者們所接納，並且與法國自然主義「專在人間看出獸性」的傾向不謀而合，這也是日本能夠接受自然主義人性觀的一個重要原因之一。而在中國，這樣的態度和看法卻很難為人們所接受。不過，也有個別的例外，那就是曾留學日本的張資平。張氏在《小說月報》倡導自然主義之後不久也開始鼓吹自然主義。而且他的有關自然主義的材料和觀點也均來自日本。他在《文藝史概要》一書中絲毫不加批判地接受了自然主義的人

19 參見張岱年：《中國哲學大綱》（北京市：中國社會科學出版社，1982年），第二部分第二篇。

20 轉引自〔日〕桑原武夫，孫歌譯：《文學序說》（北京市：讀書・生活・新知三聯書店，1991年）。

性觀。他宣稱，「人類是一種生物，其思想行為多受生理狀態的支配，所以觀察人類先要由生理的方面描寫」，「只有性是能夠移動現實的人生的強力」。主張描寫「人生的黑暗汙醜的方面」，「要向病態的方面著眼」。這些都和日本自然主義的主張絲毫不爽。沈雁冰等人之所棄，恰是張資平之所取。但是，日本自然主義在醜惡的描寫下蘊涵的那種獨特的「物哀」韻味，在描寫性行為、性心理時的含蓄謹慎、節制和平淡，那種基於人性良知的真誠的懺悔和對人生苦澀幽長的咀嚼回味，張資平都沒有學，也學不來。他一味寫醜惡，寫性欲，放棄作家對社會人生的責任感，不可避免地漸漸墮入了逐利媚俗之途。在當時的中國社會，作家和讀者們尚缺乏歐洲那樣的自然科學和實證哲學的思想基礎，不習慣於將人作為科學探討的對象加以解剖和描寫，同時又缺乏日本人那樣的恬淡自然地面對人性之惡的社會文化心理，在這種情況下，張資平只能以無批判地接受自然主義的人性觀開始，以拋棄自然主義的根本精神而告終，從而蛻化為與自然主義貌合神離的媚俗主義、肉體主義，最終與新文學陣營所痛斥的「鴛鴦蝴蝶派」的「黑幕小說」、「狎妓小說」同流合污。與張資平比較起來，沈雁冰等「為人生」派作家對自然主義人性觀的果斷揚棄，是明智的和負責任的，在文學史上應給予高度評價。

對於中國的自然主義提倡者來說，不能接受的還有一點，就是自然主義「黑色的悲哀」。周贊襄在給沈雁冰的信中，對自然主義的「黑色的悲哀」極為不滿，他責問道：「這種主義的作品給我感受的是什麼呢？只有黑色的悲哀，只有喚起我忘卻而不得的悲哀。……現在的青年，誰不有時代的深沉的悲哀在心頭呢？自然主義的作品，深刻地描寫了人間的悲哀，來換人間的苦淚，是應當的嗎？自然主義描寫了人間的悲哀，不會給人間解決悲哀，不會把人間悲哀化嗎？……」[21] 沈雁冰在答周贊襄的信中辯稱，「這幻滅的悲哀」來自

21 原載：《小說月報》第13卷第5號（1922年）。

「理想的失敗」，是客觀存在的事實，不能因此而抱怨自然主義，關鍵是讀者看到這種悲哀的作品要「不失望不頹廢」，這樣的讀者「方是大勇者」。但沈雁冰畢竟又承認：「自然主義專一揭破醜相而不開個希望之門給青年，在理論上誠然難免有意外之惡果——青年的悲觀。」[22] 在這裡，我們只要細心留意一下就不難發現，周贊襄的來信顯然是把「黑色的悲哀」作為自然主義的一個特徵了。他正是根據這個特徵判定短篇小說〈冷冰冰的心〉[23] 是自然主義作品的。今天看來，署名劉綱的〈冷冰冰的心〉除了「黑色的悲哀」之外，完全不具備自然主義小說的特點。這篇小說寫了一個患肺病而垂死的青年在病榻上和他身邊的親朋好友談論人生。病人對人生悲觀絕望，周圍的人盡力開導，最後病人終於死去了。與其說這篇小說是自然主義的，倒不如說它屬於五四時期特有的那種帶著浪漫感傷格調的「問題小說」（探討人生問題的小說）。現在的問題是，為什麼周贊襄僅以其中的「悲哀」判定它為自然主義作品？為什麼沈雁冰在覆信中也沒有否定周的這一觀點？可以推定，把「幻滅的悲哀」作為自然主義的特徵，沈雁冰是同意的，至少是不反對的。問題在於，表現這種「悲哀」並不是法國自然主義所提倡、所具有的。左拉在他的《實驗小說論》中說過：「特別應該說清楚的是，實驗這種方法具有非個人性的特點。」他表示「決不接受」所謂藝術家在其作品中「體現他的個人的思想感情」這樣的觀點。[24] 龔古爾兄弟也反對利用藝術創作「排愁解悶」。[25] 法國自然主義既然主張作家是客觀冷靜的「醫生」和「解剖學家」，又怎能容許在作品中表現主觀的「悲哀」呢？既然法國自然

22 原載：《小說月報》第13卷第5號（1922年）。

23 原載：《小說月報》第13卷第3號（1992年）。

24 朱雯等編：《文學中的自然主義》（上海市：上海文藝出版社，1992年），頁155、161、310。

25 朱雯等編：《文學中的自然主義》（上海市，上海文藝出版社，1992年），頁155、161、310。

主義文學排斥這種悲哀，那為什麼周贊襄、沈雁冰等人卻把這「悲哀」作為自然主義的一個特徵呢？我認為，這顯然是接受了日本自然主義文學觀的影響。日本自然主義理論家片上伸認為：「自然主義文學就是要正直而大膽地表現未能解決的人生事象（事實與現象），進一步說，就是要表現人生根本的真相，表白其悲哀、痛苦、醜惡乃至疑惑。這些人生的根本問題似乎可以解決，實則不可能得到任何解決……這就勢必產生悲哀。……自然主義文學就是要把……這樣的悲哀當作生命的基礎。」[26] 長谷川天溪也認為，在現代人失去「幻象」、失去依託、失去權威、無家可歸的今天，「我們所深刻感受到的只有幻滅的悲哀，是現實暴露的苦痛，而這種痛苦的最好的代表，便是自然主義的文學」。[27] 值得注意的是，沈雁冰在〈自然主義的論戰・答周贊襄〉中也使用了加引號的「幻滅的悲哀」這一詞組。總之，「幻滅的悲哀」或「悲哀」不是歐洲自然主義的特點，而是日本自然主義的一個基本特徵。中國的自然主義提倡者們顯然是把這一特徵誤以為是整個自然主義的特徵了，甚至像周贊襄那樣，拿這一特徵來衡量和批評中國的新文學作品了。

如上所述，中國的自然主義提倡者極力推贊「客觀描寫」、「實地觀察」的自然主義真實觀，反對自然主義的「專在人間看出獸性的」性惡論的人性觀，不贊成自然主義「黑色的悲哀」或「幻滅的悲哀」的悲觀格調。總的看來，中國文壇對自然主義的理解和接受，既有受日本自然主義影響、和日本文壇相一致的地方，也有和日本自然主義相背離的地方。這種一致是局部的、表層的，而背離則是主要的和深刻的。歸根到柢，自然主義不過是中國五四時期眾多文學思潮中的一種，它沒有像日本那樣形成創作流派。中國文壇對自然主義的提倡主

---

26 片上伸：〈未解決的人生和自然主義〉，載《近代文學評論大系》，第3卷，頁160。

27 長谷川天溪：〈現實暴露的悲哀〉，載《日本近代文學大系・近代評論集1》，頁231。

要處在純粹理論探索的層面上，既沒有建立自然主義的理論本體，也沒有寫出真正的自然主義作品。這就導致了自然主義思潮在中國文壇的迅速消融。不過，消融並不等於消亡，僅就沈雁冰而言，他在此來的創作中，一方面自覺地實踐了被他視為自然主義理論精華的「客觀描寫」、「實地觀察」的主張（如《子夜》）；另一方面，在《蝕》那樣的作品中，也情不自禁地表露了他並不贊成的那種「幻滅的悲哀」，甚至還不無遭人詬病的那種「自然主義的性描寫」。這都表明了理論主張與實際創作之間的微妙複雜的關係。但不管怎樣，中國的自然主義提倡者們還是較為成功地把自然主義——包括歐洲的自然主義和日本的自然主義——吸收並消化到了現實主義的「腸胃」中。像這樣有鑒別、有批判地提倡和接受自然主義，對中國新文學理論和創作上的發展和成熟，實在具有不可磨滅的功績。

# 日本的唯美主義文學與中國現代文學中的唯美主義[1]

五四時期中國文壇呈全方位開放的態勢，唯美主義作為「新浪漫主義」的一支，也被許多人視為最新文學潮流之一。歐洲唯美主義，尤其是其主要代表、英國作家王爾德，是中國最早推崇的幾個外國大作家之一，對許多新文學作家都產生了較大影響。儘管中國最終並沒有形成一個唯美主義的創作流派，也沒有出現典型的唯美主義作家，但至少是形成了一種顯而易見的唯美主義文學思潮或傾向。早在二〇年代初，當唯美主義西風東漸伊始，許多人就已預感到了這一思潮的到來。沈雁冰就憂心忡忡地說：「在中國現在……產生最多而且最易產生的，怕是王爾德一流的人吧。」[2]日本唯美主義文學就是在這種大氛圍中被介紹到中國文壇，並匯入中國的唯美主義思潮之中的。如果說，以王爾德為代表的歐洲唯美主義是席捲中國文壇的一股風暴，那麼日本的唯美主義則是吹進來的一縷微風。微風習習不絕，但始終沒有像王爾德的唯美主義那樣掀起大波大浪。自一九一八年周作人的那次講演之後，日本唯美主義作品就被陸續地譯介過來。但一直到一九二八年之前，中國對日本唯美主義作品的譯介都是零零星星、斷斷續續的。而且像谷崎、佐藤、永井等日本唯美主義大作家，也沒有專文評介。有關譯作發表後，似乎也沒有激起什麼反響。但從一九二八年起，中國文壇對於日本唯美主義文學的較大規模的譯介卻悄然興

1 本文原載《外國文學研究》（武漢），1995年第4期

2 沈雁冰：〈「唯美」〉，原載《民國日報・覺悟》，1921年7月13日。

起。就谷崎潤一郎和佐藤春夫兩個作家的作品而論，從一九二〇年以後一直到整個三〇年代，中國翻譯出版的谷崎潤一郎的作品或作品集就有十幾個版本，成為中國譯介最多的外國作家之一，佐藤春夫的作品也有三個譯本。而且，翻譯家李漱泉還在自己的譯著中分別為谷崎、佐藤寫了長達萬餘言的「評傳」。《小說月報》第二十卷第七號刊登了日本唯美主義的三位代表作家永井荷風、谷崎潤一郎和佐藤春夫的相片。他們作為知名的外國作家，已為中國文學界和文學愛好者所逐漸了解。

需要注意的是，日本唯美主義開始在中國「走紅」的一九二八年，恰是左翼革命文學在中國風起雲湧並成為文學主潮之時。就左翼革命文學的根本性質而言，日本唯美主義所包含的極端個人主義、頹廢色彩和享樂傾向是與它格格不入的。然而儘管有人（如蔣光慈）公開表示了對唯美派小說的不滿和挑戰，但一些左翼文學家並不是把唯美主義作為革命文學的對立物來看待的。唯美主義的積極提倡者，如田漢等人，本身就屬於左翼革命文學陣營。出現這種奇妙狀況不是偶然的。首先，就總體而言，從一九二八年前後到整個三〇年代中期，也是歐洲唯美主義在中國譯介和傳播的鼎盛時期。田漢從日本歸國以後，於一九二八年將王爾德的《莎樂美》搬上了舞臺，並且大獲成功。王爾德在中國聲名大噪，王爾德的其他作品都被紛紛譯成中文或搬上舞臺，並由此引發了對王爾德及其唯美主義的大討論。其中最引人注目的是田漢與梁實秋圍繞《莎樂美》的上演爆發的那場爭論。那些討論和爭論無疑激發了讀書界對於唯美主義文學的興趣。其次，左翼革命文學興起之時的所謂「革命羅曼諦克」文學，其思想上的狂熱偏激，風格上的浮躁淩厲，行為上的浪漫不羈，對既成文壇的恣意挑戰，嚮往革命而又忘情於性愛，都與唯美主義的標新立異、憤世嫉俗、狂放不羈、愛情至上有很大程度的相通和相似。田漢面對詰難就曾激昂地宣稱：「唯美派也不壞，中國沙漠似的藝術界也正用得著一朵惡之花來溫馨刺激一下。」而日本唯美主義正是在這種背景下得到重視的。事實上，當時中國譯介者也大都是以日本唯美主義的反叛性、新奇性、大膽性、先鋒性為價值標準來肯定日本唯美派作家作品的。如謝六逸在《小說月報》第二十卷第七號上發表的〈二十年來的日本文學〉一文，就高度評價了「享樂派與惡魔派」，說該派的代表作家谷崎潤一郎是「一個最有興味的人」，認為他的作品「兼具新浪漫派以後的一切特色」，「是一個把新要素獻給日本文學的人，他破裂了傳統的軀殼，脫離了常識性的桎梏」。謝六逸在同年撰寫出版的專著《日本文學史》中，認為谷崎潤一郎「是日本唯一的唯美主義作家」，「他的文字，大膽奔放，適宜於表現他的主義」；其作品「每出一種，常震撼全國的讀書界」。一九二九年，章克標在《谷崎潤一郎集》的譯本序中，認為谷崎的作品為日本自然主義衰落之後的文壇找到了一條出路。章克標也特別強調了谷崎作品的特異性，他指出：「極端的美的追求者，決不能滿足於平凡的美的憧憬，即使是同樣的美，他也要求那異常的非凡的，不是生活表面所能常見的美……一種怪誕的美。」「對於平凡的美，他已厭倦，便非得創造出惡之花來，或追求怪異的夢不可了。」看來，正是日本唯美主義的這種新奇性抓住了當時一部分青年的心。可以認為，謝六逸的文章，章克標、楊騷、查士元對谷崎潤一郎和佐藤春夫作品的翻譯，於二十世紀二〇年代末和三〇年代初，在中國文壇形成了一股小小的日本「唯美主義文學熱」。這種「熱」和當時達到白熱化程度的「王爾德熱」，共同構成了唯美主義在中國傳播的鼎盛時期。

如上所述，在這段時期裡，日本唯美主義基本上是被當作一種奇特新異的文學來看待的。除此之外，論者和譯者都沒有談到日本唯美主義還有其他什麼價值，或至多不過是從機械反映論的角度牽強地認為日本唯美主義「認識了日本資本主義發展過程中重要的社會現象之一面」。[3] 這與王爾德的唯美主義在中國所獲得的理解和評價形成了鮮明對比。從二〇年代初開始，就有人從王爾德的作品中看出了他的人道主義傾向。趙家璧看出了王爾德所主張的人生藝術化和中國作家的「為人生」主張的相似性，[4] 甚至沈澤民還發現王爾德劇作「在表現國民性一方面卻很有價值」，有助於中國作家探索國民性弱點。[5] 更多的人在《莎樂美》等作品中看出了在瘋狂追求愛情中所體現的強烈的個性主義。而對於日本的唯美主義，論者除了看出他的「唯美的、享樂的、頹廢的特色」（謝六逸語）以外，別無其他。章克標也如實指出：「他（谷崎）的世界是超越了現實和人生而存在的世界。……不能用人生什麼什麼來批判的。在他沒有革命不革命，思想不思想的，他的作品中只有感情情調。」[6] 這些評價都是非常符合實際的。無論是谷崎潤一郎還是永井荷風，雖然對近代社會都不無批評，但卻沉溺於變態的肉欲享樂和封建氣息極濃的「江戶趣味」之中，一味從女人身上和傳統藝術品中尋求享樂和滿足。當年日本和中國許多人稱谷崎潤一郎為「日本的王爾德」，其實這實在是個誤會。一九二九年，中國的陳西瀅曾在東京與谷崎有一次晤談，谷崎就對陳表示他不喜歡王爾德。這就無怪乎中國的論者除了奇特新異之外，從谷崎等人身上看不出其他的價值，尤其是王爾德所具有的那種社會價值了。因此可以說，二〇年代末至三〇年代初中國對日本唯美主義的較大幅度的譯介，主要是基於純文學的價值觀，日本唯美主義在中國的影響也基本上侷限於純文學領域，而不曾像王爾德的唯美主義那樣引起社會思想領域的震動，也不曾像《莎樂美》等作品那樣被「利用……來發

3 李漱泉：〈谷崎潤一郎評傳〉，載《神與人之間》（上海市：中華書局，1934年），頁64。

4 趙家璧：〈童話家之王爾德〉，原載《晨報副刊》，1922年7月15、16日。

5 沈澤民：〈王爾德評傳〉，原載《小說月報》第12卷第5號（1921年）。

6 章克標：《谷崎潤一郎集・序》（上海市：開明書局，1929年）。

揮宣傳、鼓動與組織的作用」（田漢語）。[7] 相反，日本唯美主義更容易被當作撫慰或宣洩痛苦、超越現實的避風港。如譯介佐藤春夫的李漱泉就曾表白說：自己在一九三一年春秋之交顛沛流離，「不曾有過十天以上的寧日」，許多朋友都擔心他要走向「破滅之淵，莫可挽救」了。而在這種境況下，「留在我行篋裡的而且與我朝夕相對的，既不是什麼馬克思主義的《資本論》，也不是《列寧全集》，卻偏是幾個唯美作家的小說詩歌，其中用功最勤的是《佐藤春夫集》」[8] 落拓不羈的詩人楊騷在《癡人之愛》的譯本序中，自述自己是在生活拮据，「老在米甕中翻筋斗」的窘況中譯完《癡人之愛》的，而且還借題發揮地宣稱：他不怕那些「標榜自己的先知先覺，以煙捲作指揮鞭來指導民族革命」的人罵他「無聊落伍」。[9] 在風雲激盪的二〇年代末三〇年代初，李漱泉、楊騷所述的這種心境恐怕不是個別的例外吧？他們在苦悶彷徨、窘迫不堪的境況中對日本的唯美主義的傾心，不正典型地反映了日本唯美主義在當時中國的特殊「效用」嗎？

日本唯美主義文學不僅對中國現代唯美主義文學思潮的形成和發展起了一定的作用，而且，對中國現代文學的創作也產生了不可忽視的影響。這種影響集中體現在留日作家，如周作人、郭沫若、郁達夫、田漢、陶晶孫、倪貽德、滕固、章克標等人身上。他們大都是在日本大正年間留學日本的，大正年間正是唯美主義在日本文壇盛行之時，他們不可避免地會受到唯美之風的浸染。陶晶孫就曾說過「創造社的新浪漫主義是產生在日本、移植到中國的。」陶晶孫所說的「新浪漫主義」，其實主要是唯美主義，因為在二〇年代中期之前，唯美主義是日本唯一一個形成思潮流派，並在文壇上占有重要地位的一種「新浪漫主義」文學。周作人也早就看出了創造社作家與日本唯美主

7 轉引自錢公使、謝炳文：《少奶奶的扇子・前言》（上海市：啟明書店，1936年）。
8 李漱泉：〈佐藤春夫評傳〉，載《田園之憂鬱》（上海市：中華書局，1934年）。
9 楊騷：《癡人之愛・譯者序》（上海市：北新書局，1928年）。

義作家的相似之處，他覺得：「谷崎有如郭沫若，永井彷彿郁達夫。」總的來看，創造社作家所接受的主要是日本唯美主義的頹廢傷感、變態享樂、「惡魔主義」和「肉體主義」的一面。首先是頹廢感傷。前期創造社作家的總體格調是頹廢感傷的。形成這種格調的因素十分複雜，其中有社會環境、個人的經歷、氣質以及西方浪漫主義感傷主義文學的影響，但日本唯美主義的影響也是不可忽視的。日本唯美主義的總體格調也是頹廢感傷，這是日本唯美主義與西方唯美主義相區別的地方。西方唯美主義具有一種我行我素的反叛性格，日本唯美主義卻鮮有憤世嫉俗的反抗，而多有淒淒切切的哀傷。如郁達夫十分推崇的佐藤春夫的《田園的憂鬱》，還有谷崎潤一郎的《異端者的悲哀》等，都淋漓盡致地表達了作家的這種「憂鬱」和「悲哀」。在中國的創造社，這種「憂鬱」和「悲哀」由郁達夫、郭沫若開其先河，其影響一直波及創造社的晚輩如王以仁等一批作家。

第二是變態的性享樂。在谷崎潤一郎的小說中，常常有接受女人虐待以尋求變態快感的描寫。如《饒太郎》中的饒太郎就是一個「受虐狂」。他有這樣的自白：「我這個人，與其被女人愛，不如被女人折磨更感到快活。被你這樣的女子拳打腳踢，任意擺布，比什麼都讓我高興。要是盡可能殘忍地把我折騰得死去活來，渾身流血，呻吟掙扎，那人世間就沒有比這更難得的事情了。」據鄭伯奇回憶說，郁達夫是「比較喜歡」谷崎潤一郎小說的。他在自己的作品中也坦露過和谷崎筆下的饒太郎同樣的受虐狂心態。如在小說《過去》中，「我」對女主人公「老二」的苛待引以為「榮耀和快樂」。有時「她竟毫不客氣地舉起她那隻肥嫩的手，啪啪地打上我的臉來。而我呢，受了她的痛責之後，心裡反感到一種不可名狀的滿足。有時候因為想受她這種施與的原因，故意地違反她的命令，要她來打，或用了她那隻尖長的皮鞋來踢我的腰部。若打得不夠，踢得不夠，我就故意地說：『不痛！不夠！再踢一下！再打一下！』……」在日本唯美主義的變態享樂中，還有不少「性拜物癖」的描寫，也明顯地影響到了創造社的一些作家。谷崎潤一郎在他的名作《富美子的腳》中，寫了一個垂暮的老人對小妾富美子的腳的走火入魔般的崇拜。老人的日常快事就是玩賞富美子的腳，他已病得什麼也不能吃，只有富美子用棉花之類的東西浸上牛奶或肉汁，用她的腳趾夾著送到他的嘴裡，他才貪婪地「吮吸」。臨終前，他讓富美子用腳踩著他的臉，才嚥下最後一口氣。同樣，郁達夫在小說《過去》中，也描寫了「我」對女主人公雙腳的崇拜：「在吃飯的時候，我一見了粉白油膩的香稻米飯，就會聯想到她那雙腳上去。『萬一這碗裡，』我想，是她那雙嫩腳，那麼我這樣地在這裡咀吮，她必定要感到一種奇怪的癢痛。假如她橫躺著身體，把這一雙腳伸過來任我咀嚼……」在這裡，郁達夫和谷崎寫的同樣是女人的腳，同樣是「吮吸」、「咀吮」、「咀嚼」，一個為實景，一個為「幻想」，真有異曲同工之「妙」！「拜腳癖」作為東方的一種源遠流長的奇特的文化現象，在中國和日本的許多傳統文學作品中都可以看到。谷崎和郁達夫對「拜腳」的描寫，為他們的唯美主義罩上了東方唯美主義特有的變態的妖豔氣、享樂氣。與此相聯繫，在日本的唯美主義作品中，還有一類描寫嫖妓生活的所謂「花柳小說」，也體現了濃厚的東方式的變態的享樂和香豔氣息。如永井荷風就寫了大量的這類「花柳小說」。日本學者中村新太郎曾指出：「他（永井荷風）之所以喜歡描寫花街柳巷，大概是因為對這種即將消失的世情風俗有著嗜愛。陳舊的封建風俗和趣味殘餘，是歐洲文明所沒有的、純粹日本的產物。他積極追求它，並陶醉其中，這可以說是當代耽美派的特點。」郁達夫也寫了好幾篇反映嫖妓生活的作品，如〈秋柳〉、〈寒宵〉、〈街燈〉等，在這方面似乎受到了永井荷風的一些影響。鑒於這類作品在中國和日本的文學史上都具有悠久的傳統，永井荷風和郁達夫的這類小說同樣都帶有傳統名士的落拓和風流。但是比較起來，永井荷風更多地表現花街柳巷的那種遠離塵囂的江戶趣味和精神沉溺。

如他的代表作之一，中篇小說《墨東趣談》，寫的是「我」（一位老人）與一位年輕妓女的關係，多是寫老人對妓女的心理依戀；而郁達夫的有關作品和有關情節，卻偏於表現主人公肉欲的饑渴和發洩，帶有更多的色情味。

第三是以醜為美的惡魔主義傾向。谷崎潤一郎在他的名作《惡魔》中，寫主人公喜愛表妹照子，於是悄悄地藏起照子落下的患感冒揩鼻涕用的手帕，帶到學校躲在廁所或草叢中，「像野獸吃人肉似地」舔著沾在手帕上的鼻涕。這裡所表現的是與常人的感受背道而馳的令人作嘔的「惡魔」式的感覺，谷崎的創作也因此被人稱為「惡魔主義」。郁達夫小說中的主人公也有類似的「惡魔」傾向，如《茫茫夜》的于質夫，也連矇帶騙地弄到了一位「俏」女人的手帕和使用過的針，回到房裡關上門，「就把那兩件寶物掩在自家的口鼻上，深深地聞了一口香氣」，然後對著鏡子用那根針在臉上猛刺，又用手帕揩去流出的血，「對著鏡子裡的面上的血珠，看看手帕上腥紅的血跡，聞聞那手帕和針上的香味，想想那手帕主人的態度，他覺得一陣快感，把他的全身都浸遍了」。在這裡，郁達夫帶血的手帕與谷崎潤一郎帶鼻涕的手帕，郁達夫的「聞」和谷崎的「舔」，真是如出一轍。這種以醜為美的惡魔主義傾向，在郭沫若的作品中也有所表現。郭沫若最早的一篇小說〈骷髏〉，描寫的就是一個怪異變態、令人作嘔的故事：一個漁夫把情人的屍體搬到船上，一直守著直到腐爛，其中夾雜著盜屍奸屍的幻想。這篇小說既有谷崎式的惡魔主義的氣味，又有《莎樂美》以死為美的怪誕。也許它太「出格」了，所以被退稿，接著被作者付之一炬，現在我們也只能從作者的《創作十年》中知道小說的大概情節了。

第四是「肉體主義」或「肉感主義」女性觀。在日本唯美主義作家看來，最美的是女人，而女人的美完全在於肉體，而不在其精神。谷崎潤一郎筆下的絕大多數女主人公，都是肉體漂亮、沒有靈魂、更沒有思想的玩偶，而且越是肉體漂亮，就越是靈魂醜惡。谷崎潤一郎把女人分為兩類，一類是「聖母型」，一類「蕩婦型」，而他最擅長描寫的還是「蕩婦型」女性。長篇小說《癡人之愛》中的直美，中篇小說《阿豔之死》中的阿豔都是肉體漂亮，靈魂墮落，但對男人又具有無限誘惑力的女人。日本唯美派的這種肉體主義的偏狹的女性觀，與王爾德所代表的西方唯美主義頗有區別。正如趙家璧所指出的：王爾德的《莎樂美》等作品「是要表現肉體的美，但這肉體仍是精神的，脫去常人之所謂肉體」。[10] 的確，在西方唯美主義作品中，我們很難找到谷崎筆下的那種純肉體型的女性。日本唯美派的這種肉體主義傾向也明顯地影響到了郭沫若、郁達夫、陶晶孫、章克標、滕固等中國作家。郭沫若的《喀爾美蘿姑娘》完全從肉體的角度表現了對「喀爾美蘿姑娘」的赤裸裸的渴望。長期留學日本的作家滕固曾寫過一本題為《唯美派的文學》的小冊子，較系統地論述了英國的唯美主義，其中對英國唯美主義的一些理解明顯地循著日本作家的某些思路，例如他認為王爾德《莎樂美》和《一個不重要的婦人》，「前者是寫女子的肉感主義，後者是寫男子的肉感主義」。這與谷崎潤一郎對西方文學（包括唯美主義）的理解是一致的，如谷崎在〈戀愛與色情〉一文中就曾說過，「西洋文學對我們的影響極其廣泛深遠，其中最大的一個方面就是『戀愛的解放』，——說的深刻一點便是『性欲的解放』」。他在自傳體小說《金色之死》中還說：「藝術就是性欲的發現，所謂藝術的快感，就是生理官能的快感。」「最美的東西是人的肉體。」章克標和滕固在創作上也刻意追求這種肉體性或肉感性。如章克標的《銀蛇》、《戀愛四象》、《蜃樓》、《一個人的結婚》等，都把醉生夢死的官能享樂作為小說的主題。滕固發表於一九二二年十一月《創造季刊》上的小說《壁畫》，寫一個在日本學美術的大學生因失戀痛苦難

10 趙家璧：〈童話家之王爾德〉，原載《晨報副刊》，1922年7月16日。

當，手蘸吐出的鮮血，在牆壁上畫了一幅畫：一個女子站在一個僵臥的男人肚子上跳舞！這裡既有王爾德式的歇斯底里，更有谷崎式的肉感刺激。另一位具有強烈唯美主義傾向的作家陶晶孫在這「肉感主義」方面表現得更加露骨。他在《畢竟是個小荒唐了》這篇小說中，竟把女人稱為「性的活機械」，說什麼即便是拘謹的女人，只要「把影戲巨片的豔麗、肉感、愛情、浪漫的精神吹進她的腦膜裡，抱她在跳舞廳的滑地板上扭了一扭，拍了拍白粉胭脂，那麼一個女性就算解放了。」這與谷崎的「蕩婦」論何其相似！陶晶孫自稱由於久居日本，於中國語文「文理不通」，但他承認別人對自己的看法：「新穎」、有「東洋風」。所謂有「東洋風」，恐怕更多的是日本唯美主義的那種肉感氣息、香豔氣息吧。

總之，日本唯美主義文學是中國現代唯美主義文學思潮的重要來源之一，二〇年代末至三〇年代，對中國許多讀者產生過較大的影響，而且在創作上也影響過五四時期創造社的一些作家。在看到這些影響的同時，還應當注意到，這些來自日本唯美主義的影響，和西方唯美主義對中國的影響，其方式和程度是明顯不同的。由於日本唯美主義文學偏於強調感覺、官能、幻想和情調，所以沒有形成像西方唯美主義那樣的理論體系，甚至沒有寫出一篇集中闡述唯美主義創作主張的文章，他們的主張大都是在具體作品中借人物之口談到或在人物形象中體現出來的。谷崎曾以「思想不具者」自許，更有人把他稱為「沒有思想的藝術家」。誠然，西方的王爾德也排斥「思想」，甚至說過：「思想是世界上最不健康的東西，人們死於思想，正如死於其他疾病一樣。」[11] 但是，這種「反思想」本身就是一種思想，與谷崎等人的耽美的感覺沉溺是有所不同的。日本的這種無理論、無思想的唯美主義，很難像王爾德的唯美主義那樣在中國產生理論與思想效應。

---

11 楊騷：《癡人之愛・譯者序》（上海市：北新書局，1928年）。

換言之，日本唯美主義對中國作家的影響不可能表現為清晰的自覺的理論形態，這種影響也偏於官能和情調。由於這種影響多表現為消極頹廢、肉體享樂的反道德的一面，即使在文化比較開放的二、三〇年代的中國，也是難以理直氣壯地加以張揚的。因此，日本唯美主義對中國現代文學的影響是暗暗侵淫而不是顯而易見的，是局部的而不是整體的，是一時的而不是恒常的。鑒於這種種原因，日本唯美主義與中國現代文學的關係很少引起研究者的注意。在這個問題上，我們不能同意有的文章簡單地把日本唯美主義與中國現代文學的關係斷定為「不影響」的關係，而應當深入探討這種關係，以便進一步加深對中國現代唯美主義思潮的認識和理解。

# 中日「新浪漫主義」因緣論[1]

## 一

「新浪漫主義」這個詞在文學史和文學評論中早已經棄置不用了，然而，五四時期，它曾是一個十分流行的文學術語。關於這個術語的來源和形成，特別是它與日本文學的因緣關係，國內現有的研究文獻要嘛語焉不詳，要嘛存在誤解。事實上，「新浪漫主義」是中日現代文學聯繫的一個重要的紐結點，對這個術語的研究和探討，離不開對中日兩國現代文學關係的研究和探討。首先我們要明確，「新浪漫主義」這個漢字詞組是日本文壇對西方 new romanticism 的翻譯。明治維新以後不久，日本就有人把 romantic 縮譯為「羅曼」，著名作家夏目漱石最早譯為「浪漫」。後來日本人又進一步把 romanticism 譯為「羅曼主義」或「浪漫主義」。同時，「新羅曼主義」、「新浪漫主義」這兩種譯詞也出現了。五四前後，這幾個譯詞從日本傳入中國。然而，日本文壇的「新浪漫主義」與歐洲的「new romanticism」，詞語相同而含義並不相同。中國的「新浪漫主義」不僅徑直襲用了日本的漢文譯詞，而且對這個概念的理解也主要是受到日本文壇，而不是歐洲文壇的影響。

在歐洲，「新浪漫主義」一詞在十九世紀初就有人使用過。如德國學者布特維克在他的《十三世紀以來的詩歌及雄辯術史》（1801-1905）中，就有「舊浪漫主義」、「新浪漫主義」的提法。歐洲學者一

---

1　本文原載《四川外語學院學報》（重慶），1998年第3期。

般認為，十九世紀末的「新浪漫主義」主要出現在英國和德國。在英國，人們把史蒂文生、哈葛德、康拉德、柯南·道爾等小說家視為「新浪漫主義」者，認為他們創作上的特點是善於構造驚險離奇的冒險故事，描寫具有非凡毅力和性格的人物，並以通俗性、娛樂性為主要特色。現在看來，這些基本上都符合浪漫主義文學的特點，或者說它是一種大眾化的浪漫主義，而與作為先鋒派的現代主義關係不大。所以有的評論家也稱他們為「後期浪漫主義」。這就是說，在英國，「新浪漫主義」不過是「後期浪漫主義」的同義語。在德國，十九世紀末二十世紀初，評論家們曾把霍夫曼斯塔爾、霍普特曼、哈森克萊維爾、耶隆斯特等人稱為「新浪漫主義者」。他們大都是劇作家，其作品的特點是：在現實生活之外的傳說世界尋求題材，表現一種莊嚴神秘的哥特式風格，所以又被稱作「高蹈的浪漫主義」。德國人還把「新浪漫主義」看作是在自然主義之後產生，在「新古典主義」、表現主義之前存在的一種創作傾向。可見，德國評論家所謂的「新浪漫主義」也不是我們現在所理解的現代主義。雖然它含有唯美、象徵的手法和成分，但又不是唯美主義或象徵主義，其實質仍屬於「後期浪漫主義」。在法國，評論家很少使用「新浪漫主義」一詞，有的評論家把第一次世界大戰之後出現的「以『想像』為方法，以『快樂』為宗旨」的反對「寫實主義」、「倫理主義」的作品，稱為「重新復活的浪漫主義」。[2] 所謂「重新復活的浪漫主義」與英國的「後期浪漫主義」並無多大不同。法國文學史家布呂奈爾等人在所著《二十世紀法國文學史》中，把十九世紀末二十世紀初的劇作家愛蒙德·羅斯丹稱為「新浪漫主義作家」，但他所謂的「新浪漫主義」是指「維克多·雨果和托里安·薩爾都之間的戲劇」，其實指的也就是「後期浪漫主義」。

2 冠生譯：〈戰後文學的新傾向——浪漫主義的復活〉，原載《東方雜誌》第17卷第24號（1920年）。

總之，在歐洲，「新浪漫主義」這個術語所指涉的實質上就是「後期浪漫主義」，它是對特定時期的某些作家的某種創作傾向的概括，而不是一種文學思潮和文學運動的科學概念。它的含義比較含混和籠統。但有一點可以肯定：歐洲的「新浪漫主義」並不是「現代主義」或「早期現代主義」的同義詞，當時歐洲的作家、評論家並沒有用「新浪漫主義」這個詞來概括早期現代主義（唯美主義和象徵主義），更沒有用它來概括包括後期象徵主義、未來主義、表現主義、達達主義、超現實主義在內的現代主義。

## 二

借用「新浪漫主義」這個術語指稱早期現代主義，肇始於日本明治文壇。日本文壇在明治四十年前後就用「新浪漫主義」來概括在歐洲興起不久的早期現代主義流派，並把象徵派的梅特林克視為新浪漫主義文學的代表。明治四十一年（1908），作家小川未明率先發起成立了名為「青鳥會」的文學團體，研究梅特林克的《青鳥》及其新浪漫主義文學。小川未明還寫出了與盛行的自然主義文學風格有所不同的《無法形容的臉》、《笨貓》等小說，被當時的評論家稱為新浪漫主義。同時，《三田文學》、《新思潮》（第二次復刊）等雜誌也都顯示出新浪漫主義傾向。由於那時的日本文壇和歐洲的新浪漫主義已經形成了一定的時空距離，日本評論家才有可能在理論上對歐洲的新浪漫主義做出比當時的歐洲評論家更清晰的理解和闡發。如生田長江在〈象徵主義〉（1907）、〈從自然主義到象徵主義〉（1908）等文章中，把象徵主義劃歸新浪漫主義；又在〈最新文藝講話〉中，把王爾德為代表的唯美主義（享樂主義）劃歸新浪漫主義。評論家本間久雄在《最近歐洲文藝思潮史》中，把「神秘主義」和「唯美主義」作為新浪漫主義的兩種基本傾向。到了二〇年代，日本文壇又進一步用新浪漫主義來概括日本的唯美主義文學，如宮島新三郎在《現代日本文學評論》一書中，就把谷崎潤一郎、永井荷風等日本唯美主義作家列在「新浪漫派」一章中。總之，是日本文壇把來自歐洲的新浪漫主義這個比較含糊曖昧的術語，整合為一個有著大體明確的內涵和外延的文學思潮的概念。在「現代主義」一詞尚未使用，帶有現代主義性質或屬於現代主義範圍的某些流派尚處在「命名的真空」和「命名的困惑」的時候，日本文壇用新浪漫主義這一概念統而括之，給人們理解和把握世界先鋒文藝思潮帶來了方便。儘管日本文壇中的不同評論家、作家對新浪漫主義的解釋不盡相同，但總括各家的觀點，新浪漫主義指的就是「自然主義文學思潮之後興起的藝術至上主義、享樂主義、以至唯美主義等等的頹廢傾向」（宮島新三郎）；它的基本傾向就是「主情」、「神秘」和「檀加旦（頹廢）」（生田長江）；「新浪漫主義」所包括的是兩個流派：唯美主義和象徵主義。

日本文壇對歐洲「新浪漫主義」這一術語的過濾與整合，對這一概念的內涵和外延的比較清晰的規定，又通過熟悉和關注日本文學動態的中國作家、評論家的介紹，對中國文壇產生了很大的影響。從五四時期出現的一系列有關新浪漫主義的文章中，可以看出兩種不同的情況：一種是留學日本、通曉日語和日本文壇狀況的作者的文章，一種是不太了解日本文壇、資料來源主要是西文的作者的文章，兩者對新浪漫主義的解說具有明顯的差異。前者如田漢、郁達夫、昔塵、滕固（若渠）、汪馥泉、謝六逸等人的文章，都較明確地把唯美派、象徵派歸為新浪漫主義。其中，田漢所標榜的新浪漫主義，實質上就是唯美主義加象徵主義；郁達夫認為新浪漫派所表現的是「個人的靈魂與肉體的鬥爭，或與神秘的威力（死）的戰爭」，他把唯美主義者王爾德的《莎樂美》，和由自然主義轉入象徵主義的好泊脫曼（霍普特曼）的《漢訥萊升天》、《沉鐘》看作是新浪漫主義劇作；[3]昔塵認為新浪漫主義「勢不能不用神秘象徵的手法……神秘的材料，超自然的材料便成為必不可少的了」，[4] 指的顯然是象徵主義；謝六逸也明確地指出「新浪漫派」就是「表象派」（即象徵派）；滕若渠也認為「新浪漫主義包括象徵主義、神秘主義、享樂主義」。[5] 這些人的看法都來自日本，因而都比較一致。另一類文章對新浪漫主義的解釋則比較混亂。如介紹歐洲戲劇及戲劇理論用功最勤的宋春舫，在〈近世浪漫派戲劇之沿革〉一文中，將新浪漫主義戲劇分為三派，一是以梅特林克為代表的象徵派，二是以法國的羅斯丹為代表的「純粹浪漫派」，三是法國的 Francis de Croisset 的「心理派」，此外，表現主義劇作家斯特林堡也被他列為新浪漫派。[6] 沈雁冰是中國最早使用「新浪漫主義」這個日譯漢字詞組的理論家之一。雖然他對日本文壇的動向十分關注，對新浪漫主義的理解也間接地受到日本文壇的一些影響，但他當時還不通日文，他的有關新浪漫主義的資料主要來自歐洲文壇，因而與日本文壇的解說頗有不同。例如，由於他對唯美派的厭惡，便把唯美派排斥在新浪漫主義之外，同時也沒把表象主義（象徵主義）包含在新浪漫派之中。他有時把象徵主義看作是新浪漫主義之前的一種思潮；有時則將最新文藝思潮按「新浪漫派、神秘派、象徵派」這樣的順序加以排列；有時把德國的霍夫曼斯塔爾，愛爾蘭的葉芝、格雷戈里夫人視為「新浪漫運動的戲曲家」；有時又把現實主義作家羅曼・羅蘭、法朗士作為新浪漫主義文學的代表。[7]自然，這種混亂的

3　郁達夫：〈戲劇論〉，載《郁達夫文集》（廣州市：花城出版社．香港：三聯書店，1982年），第5章，頁53、57。

4　昔塵：〈現代文學上底新浪漫主義〉，原載《東方雜誌》第17卷第12號（1920年）。

5　滕若渠：〈最近劇界的趨勢〉，原載《戲劇》第1卷第1期（1921年）。

6　宋春舫：〈近世浪漫派戲劇之沿革〉，原載《東方雜誌》第17卷第4號（1920年）。

7　沈雁冰：〈我對介紹西洋文學的意見〉、〈「小說新潮」欄宣言〉、〈對於系統的經濟的介紹西洋文學的意見〉、〈我們現在可以提倡表像主義的文學嗎？〉、〈為新文學研究

主要根源在於歐洲文壇，在於來自歐洲文壇的信息的混亂。但不管怎樣，五四時期中國文壇對「新浪漫主義」比較清晰的理解和把握，主要是蒙受日本文壇影響的。當時大多數介紹和提倡新浪漫主義的文章均出自熟悉日本文壇狀況的作者之手。而且，在中國，新浪漫主義色彩最濃重的文學團體是創造社，而「創造社的新浪漫主義是產生在日本，移植到中國」的。[8] 總之，日本文壇無疑是五四時期中國新浪漫主義文學思潮的主要來源，五四時期的中國新文學家眼中的新浪漫主義就是包括唯美主義和象徵主義在內的早期現代主義。曾經留學日本的作家孫席珍在三〇年代說過，新浪漫主義「包括了頹廢派、象徵主義、神秘主義以及唯美主義四者」。[9] 他說的「四者」，從流派的角度說，實質上只有唯美主義和象徵主義兩者。看來，中國當代有些文章把新浪漫主義理解為包含現代主義所有流派的、和今天的現代主義相等同的概念，是不符合五四時期的實際情況的。

## 三

日本文壇對「新浪漫主義」的定性影響了中國文壇對「新浪漫主義」的理解和把握，同時，日本文壇對新浪漫主義的定位也對中國文壇產生了影響。在歐洲，由於人們把「新浪漫主義」作為浪漫主義的餘緒和復活，也就難以將它作為代表文學發展潮流的最新思潮而在文學史上予以明確的定位。當時或稍後的歐洲重要的文學史著作，大都沒有提到「新浪漫主義」，或者提到「新浪漫主義」而又不作充分的

---

者進一解〉、〈「唯美」〉，載《茅盾全集》（北京市：人民文學出版社，1989年），第18卷。

8 陶晶孫：〈創造社還有幾個人〉，載《創造社資料》（下）（福州市：福建人民出版社，1985年），頁789。

9 孫席珍：《近代文藝思潮》（北京市：人文書店，1932年）。

表述。以對中國文壇影響較大的兩種文學史——勃蘭兌斯的《十九世紀文學主流》和美國學者的翰・馬西一九二四年出版《世界文學史話》為例，前者論述的主要是十九世紀歐洲的浪漫主義文學，其中的「浪漫派」幾乎是一個無所不包的十分寬泛的概念，由於未能講到十九世紀後期的文學，當然也就沒有講到新浪漫主義；後者以世紀分段、國別分章的形式撰寫而成，是當時歐洲人撰寫文學史的通行模式。這種文學史模式不以思潮嬗變為核心，因而也就難以對文學思潮予以突出明確的定位。與歐洲的文學史模式不同，日本文壇為了清晰地把握歐洲文學的發展脈絡，便更多地使用思潮流派更迭嬗變的線索構築文學史的框架體系，這種思潮流派史的文學史模式成為日本最通行的文學史模式。五四以後，中國翻譯出版的廚川白村的《近代文學十講》、《文藝思潮論》、《歐洲文藝思潮史》，宮島新三郎的《歐洲最近文藝思潮概觀》，本間久雄的《歐洲近代文藝思潮論》，生田長江的《歐洲最新文藝思潮概觀》，都以其思潮發展流變的文學史觀，對中國文壇產生了較大影響。在日本文學史家的文學進化環節和圖式中，新浪漫主義被置於最新、最高的階段。如廚川白村在《近代文學十講》中，論述了自十九世紀中葉至二十世紀初西方文藝思潮的嬗變。它以人的成長階段作比方，給新浪漫主義作了明確的定位，認為浪漫主義好比二十來歲的「不懂世故的熱情時代」，自然主義好比三十歲左右的「現實感漸趨強烈，美麗的幻夢宣告破滅的時代」，而「新浪漫主義」則好像「四十歲前後的事業顛峰期」，因此也是文學進化發展中處於最完美階段的文學。田漢對此說表示了強烈的認同和共鳴，他在引用了廚川白村的這段話之後讚歎說：「白村先生的這段話，不是真嚐過人間味和藝術味的人，不這麼親切。」他還進一步把廚川白村的上述觀點簡化精練為一個公式圖表。[10] 張希之在《文學概論》一

10 田漢：〈新羅曼主義及其他〉，原載《少年中國》第1卷第12期（1920年）。

書中寫道：「廚川白村在《近代文學十講》中，把浪漫主義時代到自然主義時代人生觀的變遷用人的年齡來比喻，是很合理而有趣的說明。」[11]不久，昔塵也在《現代文學上底新浪漫主義》中援引了廚川白村這一觀點，把新浪漫主義看作是圓熟階段的文學。夏炎德在《文藝通論》〈現代文藝上的新浪漫主義及其他〉一章中，也接受廚川白村的觀點，認為浪漫主義是幼年，新浪漫主義是壯年。[12] 可見，這種看法，已成為五四時期乃至三〇年代中國文壇的一種較為普遍的認識。

對「新浪漫主義」置於文學發展最高階段的這種歷史定位，本身就是對「新浪漫主義」的一種價值認同。在歐洲，「新浪漫主義」（早期現代主義）萌芽剛剛出現的時候，有關作家，如王爾德、波德賴爾、韓波等人，就因其行為的背德、藝術的怪誕而受到社會和文壇的指責，許多人認為他們的文學不是文學的發展，而是文學的墮落。但這種新的文學傾向傳到日本，並主要通過日本傳入中國的時候，日本文壇卻視之為浪漫主義文學乃至整個歐洲文學的新發展，並予以熱情的鼓吹和讚美。這並不奇怪。因為中日兩國熱心鼓吹「新浪漫主義」並在創作上體現出「新浪漫主義」傾向的作家，如日本的森鷗外、上田敏、小川未明，中國的田漢、郭沫若等，大都屬於浪漫主義、理想主義陣營的作家，他們更多地看到了「新浪漫主義」與「浪漫主義」的共同點，便自覺不自覺地站在浪漫主義、理想主義的基點上理解和闡釋「新浪漫主義」，特別強調「新浪漫主義」對「理想」的表現。兩國的「新浪漫主義」的提倡者之所以把梅特林克的《青鳥》視為「新浪漫主義」的完美代表，就是因為《青鳥》表現了對理想的執著追求，對幸福的渴望和對未來的憧憬。另一方面，「新浪漫主義」於明治四〇年代在日本出現，五四時期在中國出現的時候，寫實主義、

11 張希之：《文學概論》（北京市：文化學社，1933年），頁393。

12 夏炎德：《文藝通論》（上海市：開明書店，1933年），頁176。

自然主義文學思潮在兩國文壇方興未艾，寫實主義、自然主義所形成的強大的思潮氛圍，不能不影響人們對「新浪漫主義」的理解，使人們自覺不自覺地在理論上貫通和調整自然主義、寫實主義與「新浪漫主義」的關係。因此，在中日兩國鼓吹「新浪漫主義」的理論文章中，都在著力說明「新浪漫主義」與自然主義的相通關係或內在聯繫。生田長江指出，「新浪漫主義」和「舊浪漫主義」的不同，「便是在曾經受過自然主義底影響與否。新羅曼主義是受過自然主義的影響……受過現實的洗禮，經過懷疑的苦悶，又為科學的精神陶冶過的文學」。[13] 廚川白村對「新浪漫主義」與自然主義的關係也持相同的看法。這樣的看法普遍地被中國文壇所接受。陳穆如說：「新浪漫主義所描寫的新夢是以現實做根據的夢」，「新浪漫主義是由於自然主義受過一次現實的洗禮，閱歷懷疑苦悶，被科學的精神所陶治之後出現的文學」。[14] 田漢認為：新浪漫主義「是直接受過自然主義的庭訓的。合而言之，新羅曼主義是以羅曼主義為母，自然主義為父所產生的寧馨兒」。[15] 昔塵也說過，新浪漫主義具有「從自然科學得來的精微的觀察力，和強烈清晰的主觀力」，新浪漫主義和自然主義一樣，「絕不是脫離人生的文藝」。[16] 羅迪先則指出：「新浪漫主義雖即反抗自然主義，重主觀直覺情緒，但在重現實的一點和自然主義並不相悖。」[17] 中日兩國文壇對自然主義與新浪漫主義相通性的這些解說固然不無根據，例如，對中日文學影響很大的德國作家霍普特曼在創作後期由自然主義傳入「新浪漫主義」（象徵主義），就是自然主義與新浪漫主義相通性的一個例證。但是，中日兩國文壇的這些看法顯然都

13 生田長江著，汪馥泉編譯：〈最近歐洲文藝思潮概觀〉，原載《學生雜誌》第9卷第9-11號（1922年）。

14 穆如：《文學理論》（上海市：啟智書局，1933年4月），頁48。

15 田漢：〈新羅曼主義及其他〉，原載《少年中國》第1卷第12期（1920年）。

16 昔塵：〈現代文學上底新浪漫主義〉，原載《東方雜誌》第17卷第12號（1920年）。

17 羅迪先：〈最近文藝之趨勢十講〉，原載《民鐸》第2卷第2號（1920年）。

誇大了兩者的相通而忽略了兩者的對立。事實上，歐洲的新浪漫主義（現代主義）是在激烈地反寫實主義和自然主義的過程中產生和發展起來的。日本文壇不是沒有看到這種對立，但是卻沒有恰當地說明這種對立，而是理想化地解釋了它們之間的衍生關係，並把這種解釋傳遞到了中國，而這樣的解釋又特別為中國文壇所樂於接受。在中國，不管是傾向於寫實主義、自然主義，還是傾向於浪漫主義的作家，都不反對「新浪漫主義」。因為他們所理解的「新浪漫主義」既是現代主義、先鋒派的文學，又是以往各種思潮流派的綜合，是兼收並蓄、薈萃精華的文學。

對「新浪漫主義」的這種理解也反映在創作實踐中。在日本，小川未明的小說《笨貓》曾最早被評論家視為「新浪漫主義」作品。這個中篇小說描寫的是一個窮畫家一家的朝不保夕的生活：妻子營養不良沒有奶水，餓得嬰兒徹夜啼哭，雇來作保姆的小姑娘在這樣的環境中變得越來越冷酷，竟因家裡的貓是討人嫌的「笨貓」，便讓牠「另去投胎」，扔進桶裡活活淹死。作品對少女的陰暗的心理揭示，具有「新浪漫主義」（現代主義）的特徵，但同時，這裡顯然也混雜著「暴露現實之悲哀」的自然主義和飽含著同情的人道主義。現在看來，小川未明的「新浪漫主義」僅僅是日本「新浪漫主義」的開端，永井荷風、谷崎潤一郎和佐藤春夫為代表的頹廢派、唯美派才是典型的「新浪漫主義」。比較而言，中國的「新浪漫主義」文學的混合性更強。和日本不同，它自始至終沒有確立作為一個思潮流派所具有的獨立品格。一方面，中國的「新浪漫主義」表現出了鮮明的早期現代主義特徵，一方面又與其他思潮流派難分難辨地混合在一起。田漢當年曾經標稱其處女作《環莪璘與薔薇》為「新浪漫主義的作品」，後來連他自己也認為「完全不是那麼回事」。[18] 有人說《咖啡店之一

18 田漢：《田漢選集・前記》（北京市：人民文學出版社，1959年）。

夜》、《湖上的悲劇》、《古潭的聲音》是新浪漫主義作品。這幾個劇本裡固然有著強烈的唯美、象徵的色彩，但又包含著中國現代文學所特有的反封建的人道主義和現實主義精神。這種情形在郁達夫、郭沫若等曾經熱心提倡過「新浪漫主義」的創造社作家的創作中都普遍存在。

## 四

不管在中國還是在日本，「新浪漫主義」作為早期現代主義，理論和創作上出現這樣的混合特徵是自然的和必然的。儘管日本文壇把「新浪漫主義」定性為早期現代主義，但是，歐洲文學界關於「新浪漫主義」大體等於後期浪漫主義的流行看法，日本文壇和中國文壇不可能完全超越。同時，寫實主義、自然主義仍在文壇占據重要地位，並且在創作上常常和「新浪漫主義」(早期現代主義)處於難分難解的狀態。這些都造成了人們對先鋒派文學思潮的性質和範圍的認識不太清晰和不太明確。而這種狀態又恰恰反映了中日兩國的「新浪漫主義」的基本特點，即它的權宜性和過渡性。因此「新浪漫主義」作為一個文學思潮的概念，它存在和流行的時間很短，大約在二十世紀二〇年代中期，「新浪漫主義」便陷入了概念上的困境。本來，「新浪漫主義」在日本是用來指稱包括唯美主義和象徵主義在內的早期現代主義思潮的。但是，隨著後期象徵主義、未來主義、立體派、意象派(當時中國曾襲用日本的譯法，叫做「寫象派」)、達達派、超現實主義等等現代主義流派的相繼傳入，「新浪漫主義」一詞顯然已經無法概括這些主張各異、性質有別的流派了。這些具體的流派名稱比「新浪漫主義」來得更準確、更恰當。而且這些流派在精神實質上也有與新浪漫主義相乖離的地方。以艾略特為代表的後期象徵主義為例。艾略特主張「詩不是放縱感情，而是逃避感情，不是表現個性，而是逃避個性」，要求詩人追求「具有共性的、泯滅個性的東西」，這顯然與「新浪漫主義」所主張的個性、情緒大相逕庭。隨著文學界的興奮點向這些新的現代主義流派的轉移，新浪漫主義便被冷落了。在日本，大正十年（1921），詩人平戶廉吉掀起了聲勢浩大的未來主義文學運動，使得此前的「新浪漫主義」更顯得黯然失色。正如日本學者千葉宣一所說：「當時，在一般的新聞媒體中，立體派、表現派、達達主義等等的新傾向都用『未來派』一詞統而言之，未來派被作為前衛藝術的象徵名詞流通開來。」[19] 於是，「新浪漫主義」作為早期現代主義流派的統括概念也就失去了意義。幾乎和日本同時，「新浪漫主義」這一術語在中國也很快成為一個陳舊名詞。五四以後，使用「新浪漫主義」一詞的文章越來越少，中國文壇大都開始用「未來主義」、「象徵主義」、「表現主義」等等具體的概念來指稱歐洲的現代主義文學。三〇年代，沈起予在為《文學百題》一書撰寫的知識性回顧性文章〈什麼是新浪漫主義〉中認為：「新浪漫主義也不過是一個對某種傾向的概括的名詞，同時似乎也是一個可有可無的術語。」[20] 這實際上無異於宣布「新浪漫主義」一詞已失去了使用的價值。

19 千葉宣一：《現代文學的比較文學的研究——現代主義的史的動態》（東京：八本書店，1978年），頁130。

20 鄭振鐸、傅東華編：《文學百題》（上海市：生活書店，1935年），頁106。

# 中國早期普羅文學與日本普羅文學特徵之辨異[1]

後期創造社和太陽社在一九二八年前後合力掀起的「革命文學」（早期普羅文學）運動，作為國際普羅（無產階級）文學思潮的重要組成部分，受到了蘇聯和日本普羅文學的很大影響。由於最先倡導「革命文學」的後期創造社諸位成員都是留日歸來的，加上一九二七年大革命失敗後中蘇斷交，當時蘇聯文學的有關信息大多由日本過濾後再傳到中國來，所以日本普羅文學對中國早期普羅文學的影響更為深刻和更為直接。正如後期創造社成員沈起予所說：「中國的普羅藝術運動，與日本實有不可分離的關係。」[2]因此，研究日本普羅文學對中國「革命文學」的影響歷來為研究者所重視。誠然，在這種研究中，充分看到日本普羅文學的影響，看到中日普羅文學的聯繫性、相通性是很重要的，但是，由於中日兩國普羅文學形成和發展的基礎、環境和條件有所不同，兩國普羅文學各具有某些基本的差異的特徵。對這種差異性和特殊性，我們認識和研究得還很不夠。發現、總結這些差異和特徵將有助於我們更準確地理解、認識中日兩國的普羅文學。而這，也只有通過比較研究才能得到解決。

從普羅文學的起源上看，中日兩國的普羅文學各有不同。日本的普羅文學起源於「工人文學」。早在大正初年（1912）以後，隨著勞

---

1 本文原載《東方叢刊》（桂林），1995年第3期。

2 沈起予：〈日本的普羅列塔利亞藝術怎麼經過它的運動過程〉，原載《日出》旬刊第3-5期（1928年）。

資矛盾的尖銳和社會主義思想的傳入，日本就出現了一批工人作家，如荒田寒村、宮島資夫、宮地嘉六、平澤計七、小川未明、新井紀一、前田河廣一郎等。這些作家本身就是工人，他們以小說、詩歌、報告文學等各種形式，描寫工人的生活和鬥爭，引起了文壇的注意。一九一九年，隨著工人文學創作隊伍的不斷擴大，還出現了《勞動文學》和《黑煙》兩種專門刊登工人文學作品的雜誌。這種自發的工人文學在二〇年代初期，便發展演變為有組織、有理論的自覺的普羅文學（無產階級文學）運動，原有的工人作家大都參加了普羅文學運動，成為普羅文學家。而中國的普羅文學和日本不同，它一開始就是在外來影響下突發的一場自覺的運動。在運動爆發之前，中國沒有日本那樣的由無產階級自發創作的文學。五四以後的新文學。從階級性質上看，都屬於資產階級和小資產階級文學。從作家的階級出身看，工農身分的作家絕無僅有。對此，魯迅先生曾無不感慨地指出：「所可惜的，在左翼作家中，還沒有農工出身的作家。一者，因為農工歷來只被壓迫，榨取，沒有略受教育的機會；二者，因為中國的象形——現在早已變得連形也不像了——的方塊字，使農工雖是讀書十年，也不能任意寫出自己的意見。」[3] 除去第二條不說，魯迅先生講的第一點情況，在日本是不存在的。明治維新以後，日本實行「教育立國」的方針，努力普及初等教育。據統計，到明治末年（1912），日本的入學率已達到了百分之九十五；到了大正末年，也就是普羅文學蓬勃興起的時期，日本的文盲率已降至百分之五。這就意味著，在日本的工農大眾，即無產階級中，可以而且能夠產生出描寫和表現本階級生活願望的作家。而在二、三〇年代的中國，文盲率高達百分之九十以上，無產階級文學運動只能在沒有無產階級身分的作家參加的情況下，由小資產階級知識份子作家代為創造。

---

3 魯迅：〈黑暗中國的文藝現狀〉，見《魯迅全集》，第4卷，頁288。

那麼，非無產階級出身的作家能不能創作出無產階級文學呢？在日本，福本主義左傾路線出現之前，大多數作家都認為非無產階級出身的人不能成為無產階級作家。早在日本無產階級文學嶄露頭角的一九二二年，著名作家有島武郎就宣稱：「我出生、受教育於第四階段（無產階級——引者注）以外的階級，所以對於第四階級，我是無緣的眾生之一。我絕不可能成為新興階級的人，因此不想懇求做第四階級的人，也不能虛偽地為第四階級做辯解、立論、活動等等蠢事。今後不管我的生活如何變化，我終歸出身於統治階級，這就像黑種人無論怎樣用肥皂搓洗還是黑種人一樣。」（《一個宣言》）另一位著名作家芥川龍之介也和有島武郎一樣，承認無產階級及其文學是有前途的，但又認為自己出身資產階級，所以做不了無產階級作家，「我們不可能超越時代，也不可能超越階級……我們的靈魂上都打著階級的烙印（《文藝的，過於文藝的》）」。二、三○年代初日本的普羅文學成為最時髦的「新興文學」的時候，絕大多數資產階級作家雖然並不反對普羅文學，但也並不超越階級身分投身普羅文學運動。同樣，中國文壇也有相當一些作家持有與上述日本作家相同或相近的看法。如甘人說：「以第一、第二階級的人，寫第四階級的文學，與住在瘡痍滿目的中國社會裡，製作唯美派的詩歌、描寫浪漫派的生活一樣的虛偽。」[4] 郁達夫也認為：「真正無產階級文學，必須由無產階級者來創造。而這創造成功之日，必在無產階級握有政權的時候。」[5] 但「革命文學」發起者們則完全不同意這種「階級成分決定論」。創造社的沈起予認為：「普羅列塔利亞藝術，自然是普羅列塔利亞特意識之表現。我們只要獲得普羅列塔利亞特底意識，而成為普羅階級底意

4　甘人：〈中國新文藝的將來與其自己的認識〉，載《「革命文學」論爭資料選編》（上）（北京市：人民文學出版社，1981年）。

5　郁達夫（曰歸）：〈無產階級專政和無產階級的文學〉，載《「革命文學」論爭資料選編》（上）（北京市：人民文學出版社，1981年）。

識形態者，即可製作普羅藝術了。」[6] 這種「意識形態決定論」顯然是受了日本共產黨領導人福本和夫的思想，即福本主義的影響。福本主義認為已經參加了普羅文學運動的人，不管是工農還是知識份子，都有一個「純化」意識的問題；換言之，不管階級成分如何，沒有純粹的無產階級意識，就不能成為真正的普羅文學作家。理論家青野季吉把福本主義運用於文藝領域，認為由工農作家當然可以是普羅文學的創作者，但倘若沒有無產階級自覺意識，那還只是屬於「自然成長」（自發性）的普羅文學；而只有具備了無產階級的自覺意識，不管是無產階級自身的創作還是知識份子的創作，都屬於「目的意識」（自覺性）的普羅文學。[7] 和青野季吉的觀點有所不同，中國革命文學發起者們根本懷疑無產階級自身能夠創作無產階級文學。這種看法固然反映了中國無產階級自身沒有文學創作的實際情況，似乎和魯迅的看法有相通之處，但他們要說明的是：既然無產階級自身不能創造無產階級文學，那就可以由具備了無產階級意識的知識份子來創造。克興認為：「在無產階級沒有階級自覺之前，要它創作反映這無產階級意識形態的文學是不可能的事。」[8] 忻啟介也持同樣的看法：「無產階級的勞動者，不一定是由無產階級自身來創造的。創定無產階級學藝基礎的馬克思、恩格斯，與最初無產階級革命的導師列寧，哪個是純粹的無產階級出身？」[9] 郭沫若說得更乾脆：「不怕他昨天還是資產階級，只要他今天受了無產者精神的洗禮，那他們所做的作品也

---

6 沈起予：〈藝術運動的根本概念〉，載《「革命文學」論爭資料選編》（下）（北京市：人民文學出版社，1981年）。

7 青野季吉：〈自然成長與目的意識〉，〈再論自然成長與目的意識〉，載《現代日本文學論爭史》（上）（東京：未來社，1975年）。

8 克興：〈評駁甘人〈拉雜一篇〉〉，載《「革命文學」論爭資料選編》（下）（北京市：人民文學出版社，1981年）。

9 忻啟介：〈無產階級藝術論〉，載《「革命文學」論爭資料選編》（上）（北京市：人民文學出版社，1981年）。

就是普羅列塔利亞的文藝。」[10]這些意見反映他們對自己「方向轉變」的自信。他們抱定了創造無產階級文學捨我其誰的態度，相信自己可以輕而易舉地由資產階級、小資產階級知識份子轉變為無產階級作家。

由於中國革命作家相信自己可能，而且已經「無產階級化」，成了無產階級革命作家，他們也順理成章地承擔起了批判資產階級的任務，這種批判資產階級的鬥爭，在當時稱為「意識鬥爭」或「理論鬥爭」。開展理論鬥爭是世界無產階級文學運動中的一個普遍現象，也是中日兩國普羅文學的基本的共同特徵。後期創造社成員一從日本回國，就把理論鬥爭作為日本普羅文學的經驗加以推廣。李初梨在回國後發表的第一篇文章中就宣稱：「我這篇文章，權且做一個理論鬥爭的開始。」[11] 成仿吾也呼籲：要實行文藝方向的轉換，就必須實行「意識形態方面」的和文學的「表現方法」方面的「全面的批判」。[12]但是，同樣是「理論鬥爭」，在鬥爭對象、範圍、目的和結果上都是有差異的。日本普羅文學的「理論鬥爭」主要是在普羅文學內部，是普羅文學陣營中不同團體、不同觀點之間的「鬥爭」，如「山川主義」者與「福本主義」者的鬥爭，「普羅藝」（日本無產階級藝術聯盟）、「勞藝」（勞農藝術家聯盟）、「前藝」（前衛藝術家同盟）之間的鬥爭，「文戰派」與「納普」（全日本無產者藝術聯盟）之間的鬥爭，「納普」內部關於文學與政治的關係、關於文藝大眾化問題的論爭，等等。雖然日本普羅文學對反動政權和右翼文學（如「新興藝術派」）也作鬥爭，但主要的精力是放在普羅文學內部的理論鬥爭上

10 郭沫若：〈桌子的跳舞〉，載《「革命文學」論爭資料選編》（上）（北京市：人民文學出版社，1981年）。

11 李初梨：〈怎樣地建設革命文學〉，載《「革命文學」論爭資料選編》（上）（北京市：人民文學出版社，1981年）。

12 成仿吾：〈全部的批判之必要〉，載《「革命文學」論爭資料選編》（上）（北京市：人民文學出版社，1981年）。

的。「理論鬥爭」的目的是把普羅文學中的無政府主義、工聯主義、社會民主主義等非馬克思主義思想清除出去，從而使「混合型」普羅文學成為純粹的普羅文學。而中國早期普羅文學的「理論鬥爭」則主要是指向普羅文學外部。雖然革命文學內部也有爭論（如創造社與太陽社的爭論），但這些內部的爭論的規模與烈度都是有限的。他們把鬥爭矛頭集中對準「革命文學」之外的作家們，對準五四以來以魯迅為代表的既成文壇。正如李初梨所宣稱的：「中國的普羅列塔利亞文學，必然地以中國的既成文壇為它的鬥爭對象。」[13] 中日普羅文學「理論鬥爭」對象的這種內外之別，是由他們對非普羅文學作家的不同的基本估價所決定的。雖說兩國普羅文學對各自的文學傳統的批判繼承都很不夠，但相比之下，日本的普羅文學的形成並沒有以否定非普羅文學為前提，大多數普羅文學家都把普羅文學看成是一種新興的、先進的文學思潮，但並沒有站在普羅文學立場上，一概否定以前和現有的非普羅文學。明治維新以來各種思潮流派相互爭鳴的共存意識，暗暗地影響著普羅文學家對非普羅文學的態度，而且在理論上，日本普羅文學也對普羅文學之前的現代文學傳統做了較充分的評價。如普羅文學的重要的理論家平林初之輔在〈唯物史觀和文學〉一文中，就對日本現代文學的奠基者坪內逍遙做了高度評價，認為他以資產階級自由主義的文學觀判處了封建主義文學觀的死刑，是有進步意義的。[14] 普羅文學的權威理論家和指導者藏原惟人曾針對有人提出的「破壞」資產階級藝術的觀點，強調指出：「我們敢於說，沒有過去的遺產，就不可能有無產階級的藝術。」[15] 另一位重要的理論家宮本

---

13 李初梨：〈對於所謂小資產階級的抬頭，普羅列塔利亞應該怎樣防衛自己〉，載《創造社資料》（上）（福州市：福建人民出版社，1985年）。

14 平林初之輔：〈唯物史觀和文學〉，載《日本現代文學全集‧無產階級文學集》（東京：講談社，1980年）。

15 藏原惟人：〈藝術運動面臨的緊急問題〉，載《日本現代文學全集‧無產階級文學集》（東京：講談社，1980年）。

顯治接受蘇聯的提法，把同情普羅文學的作家稱為「同路人作家」，作為團結和爭取的對象。在創作上，許多普羅文學家也能虛心向不屬於普羅作家的老作家學習，如小林多喜二在藝術上就受到志賀直哉的影響。而中國的「革命文學」家們，受蘇聯的「無產階級文化派」和日本福本主義的極左思想的影響比日本更為嚴重和深刻，認為中國的資產階級和小資產階級已經成為「反革命」了，所以應該以無產階級革命文學戰勝並取代資產階級和小資產階級文學。由此出發，他們完全否定了五四以來的新文學，點名批判了魯迅、茅盾、葉聖陶、冰心、郁達夫等新文學的主要作家，甚至把魯迅說成是「文藝戰線上的封建餘孽」，是封建主義加資本主義的「二重性的反革命人物」。[16] 中日普羅文學的兩種不同取向的「理論鬥爭」，也造成了不同的結果或後果。日本普羅文學內部的理論鬥爭雖然重視了普羅作家自身的思想意識「純化」問題，但卻因不斷而又過火的鬥爭分裂、削弱了普羅作家隊伍，造成了比較嚴重的內耗，削弱了對法西斯主義殘酷彈壓的抵抗力量。中國「革命文學」一致對外的「理論鬥爭」，雖迴避了自身的思想意識問題，卻壯大了革命文學的聲威和影響，促使整個文壇關注它的動向或參與到論爭中，客觀上為魯迅等人學習和接受馬克思主義理論並加入左聯起了一定的推動作用。

日本普羅文學和中國早期普羅文學的差異不僅表現在創作主體和理論鬥爭上，更表現在創作實踐中。首先是創作方法上的差異。我們知道，一直到一九二八年以前，無論是蘇聯的無產階級文學還是日本的普羅文學，都把理論探索的中心放在文學的功能論，特別是文學與政治的關係上，未能提出明確的普羅文學的創作方法。因此，中日普羅文學在發起以後的相當長的一個時期內，都自覺不自覺地沿用普羅

16 郭沫若（杜荃）：〈文藝戰線上的封建餘孽〉，載《「革命文學」論爭資料選編》（上）（北京市：人民文學出版社，1981年）。

文學之前的創作方法。在日本，自發的工人文學和此後的普羅文學大都以自身經歷為中心，以客觀寫實的態度描寫工農群眾的苦難和反抗，帶有明顯的自然主義創作方法的痕跡；在中國，革命文學的發起者們本是浪漫主義文學團體創造社和太陽社的作家，他們便順乎其然地把濃厚的浪漫主義氣質——激進的態度，亢奮的情緒，大膽的反叛——帶到革命文學中來。這兩種不同的情況，給兩國普羅文學對相同創作方法的不同理解和運用造成了潛在的影響。一九二八年五月，藏原惟人在世界無產階級文學運動中，首次明確地提出了「無產階級寫實主義」（又稱「新寫實主義」）的創作方法，認為這個創作方法包含著兩個基本的原則：「第一，要用無產階級先鋒隊的眼光觀察世界；第二，要用嚴正的寫實主義的態度描寫世界。」[17]兩個月後，太陽社理論家林伯修迅速地將這篇文章譯成中文發表。接著，勺水、林伯修、錢杏邨紛紛著文提倡「新寫實主義」。「新寫實主義」的提倡對擺脫此前創作中的「革命羅曼諦克」的公式化、口號化傾向無疑可以起到積極作用。然而值得注意的是，在介紹和闡釋「新寫實主義」的時候，中國的理論家們卻有著自己鮮明的選擇性和側重性。他們特別強調「新寫實主義」的第一個原則，而有意無意地忽視了第二個原則。如勺水在〈論新寫實主義〉一文中，提出了「新寫實主義」的六項「性質」，基本上是對藏原惟人所說的第一個原則的發揮，而對如何堅持「嚴正的寫實主義態度」隻字不提。理論上的這種偏差也反映到創作中，從一九二八年下半年「新寫實主義」的提倡一直到三〇年代初，中國早期普羅文學創作中的反現實主義的「革命的羅曼諦克」並沒有得到克服，接著，一九三一至一九三二年間所謂「辯證唯物主義創作方法」又從蘇聯和日本傳入，更強化了以世界觀代替創作方法

17 藏原惟人：〈通往無產階級寫實主義的道路〉，載《日本現代文學全集・無產階級文學集》（東京：講談社，1980年）。

的反現實主義傾向，以致出現了陽翰笙的《地泉》三部曲那樣的集「『左』傾幼稚病」之大成的作品。本來，中國的普羅作家由於出身和閱歷的限制，缺乏對社會的了解，又受當時左傾路線的影響，創作中很容易出現公式化、口號化和概念化。正如茅盾所說，他們創作的「題材的來源多半非由親身經驗而由想像」，或者「把他們的『革命生活實感』來單純地『論文』化了」。[18] 中國普羅作家對「新寫實主義」和「辯證唯物主義創作方法」的理解和接受，顯然是受這種情況制約的。和中國的普羅文學的創作傾向不同，日本的普羅文學創作所存在的不是主觀性的「革命羅曼諦克」問題，而是無產階級的主觀傾向性不夠的問題。日本的普羅文學作家大都難以擺脫客觀寫實的近代文學傳統。由於受無政府主義等思想的影響，作品中馬克思主義主觀傾向性往往不夠突出。普羅文學「自然成長」時期的工人文學，大都較客觀地描寫勞苦大眾的生活苦難和本能的反抗，同時也不迴避他們身上的粗野、散漫、無知的固有的缺點。到了普羅文學運動時期，許多作品（如葉山嘉樹的《生活在海上的人們》等）仍然保持了這種格調，而且理論家們也不斷強調客觀寫實的重要。早在「無產階級寫實主義」創作方法提出之前的一九二五年，青野季吉就提倡「『調查』的藝術」，要求作家對所寫題材做科學的調查。[19] 它還反對普羅文學中的「歇斯底里的傾向」，認為「假如不對現實加以冷靜透澈的探討，那麼普羅文學就會走上不可救藥的絕路」。[20]總之，和中國作家正相反，日本普羅文學比較注重「嚴正的寫實主義態度」，相應地忽視了「無產階級先鋒隊的眼光」。到了一九三〇年九至十月，藏原惟人

18 茅盾：〈關於「創作」〉，載《茅盾全集》（北京市：人民文學出版社，1991年），第19卷。

19 青野季吉：〈「調查」的藝術〉，原載日本《文藝戰線》雜誌（1925年7月）。

20 青野季吉：〈現代文學的十大缺陷〉，載《現代日本文學論爭史》（上）（東京：未來社，1975年）。

針對這種情況，發表了〈關於文藝方法的感想〉一文，批評一些普羅文學作品缺乏革命的觀點。為了強化革命的主觀傾向性，藏原惟人把蘇聯的「辯證唯物主義創作方法」介紹過來，認為它是「無產階級寫實主義」的發展。可見，同樣是提倡「無產階級寫實主義」，中日兩國在理解和接受中卻有不同的側重；同樣是引進「辯證唯物主義的創作方法」，中日兩國卻基於不同的需要，產生了不同的效果。

對普羅文學創作方法的不同理解和不同的側重，也反映在創作題材的攝取和處理上。兩國普羅文學的主要題材都是革命題材。但是，同樣是革命題材，日本普羅文學中以工農生活為題材的占絕對多數，而中國早期普羅文學中以小資產階級知識份子投身革命的經歷及革命生活體驗的作品則遠比日本為多，而且其中的許多作品是早期普羅文學的代表作。如蔣光慈的《沖出雲圍的月亮》，洪靈菲的《流亡》、《轉變》、《前線》等。當時嚮往革命的中國青年知識份子一開始就把革命和戀愛當作一種浪漫的時髦來看待的，正如蔣光慈所說的：「不浪漫誰個來革命呢？」[21] 他們大都是為了追求自由幸福的戀愛而投身革命，後又因為戀愛妨礙了革命而讓戀愛服從革命。比起革命生活來，他們對戀愛的體驗似乎更深切些，因此他們對革命的描寫就必然不能脫離對戀愛生活的描寫。這類作品與其說是描寫革命，不如說是小資產階級知識份子的自我表現，於是就形成了早期中國普羅文學中普遍存在的「革命+戀愛」的題材模式。這樣的題材模式是中國普羅文學所獨有的。日本普羅文學中固然也有革命者戀愛生活的描寫，但戀愛在作品中所占的比重不大，以戀愛為主情節的作品也很少，特別是以戀愛與革命的關係為題材的作品更少。到了一九三〇年前後，才出現了一組愛情題材的作品，如片岡鐵兵的《愛情問題》、德永直的《既然是「紅色的戀愛」》、江馬修的《清子的經歷》、貴司山治的

21 轉引自郭沫若：《創造十年．續編》（上海市：北新書局，1935年）。

《鐵一般的愛情》、小林多喜二的《單人牢房》、中野重治的《開墾》等。而且，這一組作品一出現，就引起了批評家的關注和爭論。藏原惟人批評這些作品的不健康傾向，指出它們過分描寫愛情的生理方面，缺乏正確的革命世界觀。由於評論家及時地批評糾正，日本普羅文學中的這種傾向很快得到克服，沒有形成中國普羅文學中的那種「革命+戀愛」的題材的氾濫。在涉及到男女關係問題的日本普羅文學作品中，小林多喜二的名作《為黨生活的人》很有代表性。這篇小說描寫了主人公與兩位女性的關係，但絲毫沒有中國革命文學作品那樣的浪漫纏綿，沒有革命和戀愛的衝突。作者讓男女關係完全服從革命需要，與其說那是戀愛關係，不如說是革命所需要的朋友或同志關係。這正是藏原惟人所要求的革命與男女關係的正確描寫。

通過對中國早期普羅文學和日本普羅文學的聯繫性中的差異性、特殊性及其成因的比較分析，可以看出，中國早期普羅文學時期是受日本普羅文學的影響最大、最集中、最直接的時期。這時期的一系列的理論走向，包括「理論鬥爭」的主張，文學從屬於政治的「政治主義」，以世界觀取代創作方法，宗派主義和小團體主義等等，最初大都來源於日本普羅文學，但又常常比日本普羅文學顯得更「左」、更激進、也更幼稚。這也難怪，中國早期普羅文學從無到有，僅用了三、四年的時間，就把日本普羅文學近十年的歷程演述了一遍，也就必然要三步併作一步走，在行步匆匆中跌跌撞撞。加上大革命失敗後社會形勢的急劇變化和日益嚴峻，更使得「革命文學」運動發起者們來不及對自身的不健康的小資產階級傾向進行反省和自我批評、來不及對五四以來的新文學進行認真客觀的分析和借鑒、來不及把主觀的革命的激情和嚴正的現實主義態度統一起來，也無法清楚地判別和分辨日本普羅文學中的是非良莠，無法真正地理解和借鑒日本普羅文學中的相對成熟的理論主張與創作經驗，因而也就無法避免日本普羅文學的諸多失誤，同時又不可避免地帶有中國「革命文學」家自身特有的弱點、缺陷和侷限。但無論如何，早期普羅文學運動以其淩厲的攻勢，不容商量的執拗，使「革命文學」迅速成為文壇關注的中心，為中國文學迅速趕上「紅色三〇年代」的世界無產階級文學大潮，為早期普羅文學發展演變為以「左聯」為主體的左翼文學，一定程度地、逐漸地克服極左傾向並走向成熟奠定了基礎。

# 中國的鴛鴦蝴蝶派與日本的硯友社[1]

在維新派的啟蒙主義落潮之後的中國文壇，二十世紀初期又出現了一個以遊戲消遣為宗旨，以言情為主調，以迎合都市大眾讀者為目標的包括徐枕亞、李涵秋、包天笑、周瘦鵑、向愷然、范煙橋、徐卓呆（半梅）、王鈍根、胡寄塵、張舍我、惲鐵樵、張恨水等作家在內的所謂「鴛鴦蝴蝶派」。關於這個流派與日本文學的比較，周作人早在一九一八年的〈日本近三十年小說之發達〉一文中有所談及。他指出，梁啟超等發起的文學「改革運動」，「恰與日本明治初年的情形相似」，而從中國舊小說發展而來的《廣陵潮》、《留東外史》之類，「形式結構上，多是冗長散漫，思想上又沒有一定的人生觀，只是『隨意言之』，問他著作本意，不是教訓，便是諷刺嘲罵誣衊。講到底，還只是『戲作者』的態度，好比日本的假名垣魯文[2]的一流」。鴛鴦蝴蝶派（以下簡稱「鴛派」）理論家范煙橋也在《小說叢談》（1926）中談到了這一時期中國文學的發展與日本文學的關係。他認為，從維新以來到二〇年代，中國小說的發展可劃分為四期，「第一期其體似從東瀛來，開手往往做警歎之詞……其思想之範圍多數以政治不良為其對象」。第二、三、四期則分別注重「詞采」、「駢四驪六」和「詞章點染」。顯然，范煙橋所說的「從東瀛來」的第一期，就是以政治小說和其變體「譴責小說」為主要形式的啟蒙主義時期。他所說的第二、

1 本文原載《北京師範大學學報》（北京），1995年第4期，中國人民大學複印資料《外國文學》1995年第11期轉載。

2 日本明治初期的「戲作者」——引者注。

三、四期小說，從特點上看，則屬於鴛派小說的範圍。范煙橋沒有明確說明這三期的小說與日本文學的關係，而且事實上，中國的鴛派與日本文學的聯繫並不太大，受日本文學的影響也遠不及啟蒙主義文學。當然也不能說沒有關係、沒有影響。譬如，林紓譯的日本作家德富蘆花的小說《不如歸》就對鴛派的言情小說產生了一定影響，鴛派作家常把自己得意的作品與《不如歸》相比擬。鴛派的一些重要作家曾留學日本。大名鼎鼎的向愷然（平江不肖生）的長篇小說《留東外史》，就是以留日學生生活為題材，以日本東京為舞臺的。另一位鴛派作家徐卓呆十分喜歡日本流行的滑稽小說，回國後曾發表《日本小說界的幾個怪人》一文，介紹日本文壇近況，他的滑稽小說在鴛派小說中卓成一家。慕芳在一九二五年撰寫的《文苑群芳譜》，以各種花卉形容鴛派作家，其中將徐卓呆比作櫻花，並說：「卓呆文字，很帶日本色彩，拿日本的名花櫻花來比擬他，最為相宜。」[3]還有鴛派大將包天笑，他是個著名翻譯家，但只通日語，所譯歐美作品，都是從日文轉譯的，自然也受到日本文學的一些影響。不過，從中日比較文學的角度看，最重要的還不是鴛派文學與日本文學的事實聯繫和影響關係。縱觀兩國現代文學流派團體的發展演變的歷史，我們就會發現，日本文學史上有一個文學團體與中國的鴛鴦蝴蝶派十分相似，那就是以作家尾崎紅葉、山田美妙、川上眉山、廣津柳浪、泉鏡花、小栗風葉、岩谷小波等人組成的、成立於一八八六年的「硯友社」。硯友社和鴛派無論在形成背景、創作態度、作品特徵，還是在各自現代文學中的性質和地位，都具有廣泛的一致性、共通性、平行性和對應性。因此，這兩個流派的平行比較研究在中日現代文學比較研究中，具有不可忽視的重要價值。

---

3 慕芳：《文苑群芳譜》，載《鴛鴦蝴蝶派文學資料》上（福州市：福建人民出版社，1984年），頁339。

中國的鴛派和日本的硯友社都是繼啟蒙主義政治小說之後形成的第一個純文學流派。這兩個流派的形成具有相同或相似的社會文化與文學背景。首先，從文學與政治的關係上看，它的出現都是對啟蒙主義政治小說的一種反撥和否定。日本文學史家西鄉信綱曾指出，硯友社作家的出現，就是為了「反抗翻譯小說和政治小說的氾濫」。而中國的鴛派小說的形成，同樣是出於對政治小說的不滿。早在一九〇一七年，黃摩西、徐念慈等人就對啟蒙主義政治小說家過分強調小說的政治功用提出異議和批評，認為小說本身有其獨立的價值，小說可以影響社會，而社會更能影響和造就小說。這種理論空氣的轉變，一定程度上為鴛派小說的形成準備了條件。鑒於這樣的認識，硯友社和鴛派作家都努力將小說從啟蒙主義的政壇搬回尋常人間。硯友社社規明確規定：除起草的建議書草案之外，凡與政治有關的文字絕不刊載。鴛派作家也標榜「不談政治，不涉毀譽」。硯友社和鴛派這種脫離政治的傾向，也與兩國當時的政治環境有關。在日本，硯友社成立的明治二〇年代前後，曾引起全國震盪的自由民權運動已告結束，欽定憲法已經頒布，國內政局穩定，政治家與文學家的分工意識也日趨明確，以文學宣揚政治主張的啟蒙主義時代已經過去，政治家提筆寫小說已成絕跡。而在中國，鴛派產生的民國初年，政治極不穩定，政壇非常混亂，因而小說對政治的干預力幾乎下降為零。許多文人不想談政治，也不敢談政治。錢玄同在分析鴛派產生的政治環境時曾經指出，鴛派的盛行，「其初由於洪憲皇帝不許腐敗官僚以外之人談政，以致一班『學干祿』的讀書人無門可進，乃做幾篇舊式的小說，賣幾個錢，聊以消遣；後來做做，成了習慣，愈做愈多。……所以一切腐臭淫猥的舊詩舊賦舊小說複見盛行」。[4]看來，中日兩國當時的政治氣候雖然完全不同，但對小說創作所產生的結果卻是一樣的：一個是不

4　錢玄同：〈「黑幕」書〉，原載《新青年》第6卷第1期。

必談政，一個是不敢談政，都導致了小說與政治的脫鉤。第二，從文化氛圍上看，日本的硯友社與中國的鴛派都與當時的復古空氣和國粹主義傾向抬頭有關。此前的啟蒙主義文學完全割裂了文學傳統，翻譯小說也好，政治小說也好，其實都是純粹歐化的文學，其本質是用日文或中文寫成的西方文學，而不是日本或中國的民族文學。日本從明治二〇年代前後，中國從民初前後，社會上出現了一股反抗歐化的國粹主義和復古主義思潮。在日本，明治二十一年三宅雪嶺等人創辦《日本人》雜誌，宣傳日本文化的價值，鮮明地提出保存國粹。在中國，隨著袁世凱在政治上的大復辟，文化上的復古思想也甚囂塵上。在這樣的條件下，傳統文學又重新受到推崇和重視。日本的硯友社在文學界最早顯示出對「文明開化」的抵抗姿態，他們追懷傳統的「江戶趣味」，特別是有意識地模仿和繼承江戶時代小說家井原西鶴的遊戲文學的風格。中國的鴛派則反抗啟蒙主義小說的翻譯文體、洋化文體，承襲了章回體小說的舊傳統。早在啟蒙主義思潮處於鼎盛時期的一九〇五年，就有人在對中西小說做了一番比較之後，得出「吾國小說之價值，真過於西洋萬萬也」，「吾祖國之文學，在五洲萬國中，真可以自豪也」[5]的結論。這種對傳統舊小說的認同也是鴛派作家的共同傾向。雖然鴛派接受了外國文學的影響，對傳統的小說體式和格局有所突破，但在思想格調上基本屬於明清小說的末流，所以鴛派小說一直被劃歸「舊派小說」的範圍。第三，從鴛派與硯友社產生的社會環境上看，可以發現兩個流派都具有很強的現代都市商業文化的印記。日本江戶時代的市井小說和明清章回體白話小說，雖然也作為商品在市場流通，但由於當時商品經濟的落後，小說作品的市場屬性基本上處於半自覺狀態。為市場讀者寫作還不是作家創作的主要動力，作品版權觀念還很缺乏，穩定的讀者群落還沒有形成。而明治維新之

5 陳平原等編：《二十世紀中國小說理論資料》，第1卷，頁76、77。

後的日本和民初的中國，東京、上海等一些近代商業大都市已發育成熟，面向一般市民讀者的報刊雜誌層出不窮。而硯友社和鴛派則是中日兩國現代文學史上第一個大力利用近代商業網絡和流通媒介，努力為作品尋求讀者市場的文學流派。他們的小說大都在報紙或雜誌上連載，而且是邊寫邊載，視讀者反應情況而隨時改變寫作策略。如果說此前的啟蒙主義政治小說是以作家為主體向讀者灌輸，以作家為中心「化導」讀者，那麼，硯友社和鴛派作家則是以讀者為主體，以讀者為中心，以迎合讀者的閱讀心理和欣賞趣味為宗旨。他們的作品在選題、內容格調上極力突出市民性、通俗性，在作品介紹、雜誌廣告等商業宣傳上煞費苦心。鴛派的代表性刊物《禮拜六》有一句十分著名的廣告詞：「寧可不要小老嬤，不能不看《禮拜六》。」格調雖然低俗，但在市民讀者中卻可以產生很大的廣告效應。這也是鴛派注重商業宣傳的一個典型例子。為了抓住讀者，硯友社和鴛派都十分注意抓住讀者的情緒，以打動人心、催人淚下為小說的極致，硯友社的核心作家尾崎紅葉主張「小說以眼淚為主旨」[6]鴛派作家中的「言情鼻祖」徐枕亞的《玉梨魂》則被人稱為「眼淚鼻涕小說」。硯友社和鴛派的這種催淚法，固然要求深入觸及和撥動人的情感神經，但更多的是人為地虛構悲歡離合，是順應都市商業大潮的一種文本策略。為吸引讀者，硯友社和鴛派都十分注意抓住社會熱點問題、時髦題材。硯友社起初由尾崎紅葉、山田美妙等集中寫作言情小說，日清戰爭（甲午中日戰爭）之後，由於國內勞資矛盾突出，此派作家川上眉山、泉鏡花等人又轉而寫作取材於社會悲慘現象的「悲慘小說」，以及對社會問題發表看法的「觀念小說」。中國的鴛派作家也一樣，據鴛派中人自述，他們一派的作品善於「隨著讀者的口味而隨時轉換，匯成

6　尾崎紅葉：〈兩個比丘尼的色情懺悔・作者曰〉，見《日本現代文學全集・尾崎紅葉集》，頁4。

『潮流』，有時是哀情小說成了潮，有時是社會小說成了潮，有時又是武俠小說成了潮……一個潮起來，『五光十色』，『如火如荼』，過了一個時期，退潮了，也就「『絢爛之極，歸於平淡』，又換了一個潮」。[7]日本硯友社和中國的鴛派在創作題材上都經歷了由言情小說向社會小說（社會小說在日本包括觀念小說、深刻小說、悲慘小說，在中國主要是諷刺小說和黑幕小說）的演變。這些小說所體現的主要還不是作家對社會問題的關注，而是他們對社會潮流的關注，對時髦題材的捕捉，是一種創作產品的市場意識。

硯友社和鴛派的興盛不光有相似或相同的條件和背景，而且還具有相似或相同的創作題材、創作目的和創作方法。可以歸納為：一、作品基本的要素：「哀」與「愛」（情）；二、基本的創作目的：遊戲消遣；三、基本的創作方法：「寫實主義」。

硯友社小說創作的基本題材是情愛。甲午中日戰爭之前，硯友社作家的全部作品是情愛小說，也就是中國所謂的言情小說。而中國的鴛派也以言情小說創作為主。據有人統計，民國初年的言情小說占鴛派所有小說的十之八九，狹義上的鴛派小說就是以《玉梨魂》（徐枕亞）、《換巢鸞鳳》（周瘦鵑）、《孽冤鏡》（吳雙熱）等為代表的言情小說流派。所謂「卅六鴛鴦同命鳥，一雙蝴蝶可憐蟲」，正是對該派言情小說內容特點的形象概括。言情小說這一特定的題材決定了硯友社和鴛派小說在內容和格調上的一致。如果用兩個字來概括之，那便是「哀」與「愛」（或「哀」與「情」）。評論家石橋忍月在評論尾崎紅葉的〈兩個比丘尼的色情懺悔〉時指出：「我之所以要對這個作品給予高度評價，這個作品之所以令人讚歎，就在於作者在這個短篇裡描寫了大量的『哀』與『愛』，在於他能寫出哀中之愛，愛中之哀。」[8]

---

7 許廑父：〈言情小說談〉，原載《小說日報》，1923年2月18日。

8 轉引自唐納德·金：《日本文學史·近代現代篇》（東京：中央公論社，1984年），頁200。

其實，不僅是這一個作品，尾崎紅葉的所有作品及硯友社作家的絕大多數作品都可以用這兩個字來概括。如尾崎紅葉的名作《多情多恨》、《金色夜叉》講的都是愛而不能、遂生悲哀的愛情悲劇。山田美妙的名作《蝴蝶》（1889）寫的是愛與忠義的悲劇衝突。即使是硯友社後期創作的「觀念小說」、「深刻小說」、「悲慘小說」，如泉鏡花的《外科室》、廣津柳浪的《今戶殉情》等寫的還是「哀」與「愛」，只不過多了一點社會因素和作者的主觀見解罷了。中國的鴛派大家周瘦鵑有言：「世界上一個情字真具有最大魅力。」「萬種傷心徒為一個『情』字」，一語點破了「哀」與「情」在該派小說中的重要性，所以鴛派作家準確地把這類小說稱為「哀情小說」。據許廑父的解釋：「所謂哀情小說是專指言情小說中男女兩方不能圓滿完聚者而言，內中的情節要以能夠使人讀而下淚的，算是此中聖手。」[9]除「哀情小說」外，他還根據當時流行的說法，把鴛派的言情小說分為「言情小說」、「苦情小說」、「豔情小說」、「奇情小說」等。其實，廣而言之，這些小說有的與哀情小說大同小異，有的則與哀情小說相通，因為它們的基本內容仍離不開「哀」與「情」。硯友社與鴛派的這種以「哀」與「情」為基本要素的言情小說，一方面是「哀婚姻不自由」，反映了傳統與現代過渡時期青年一代在愛情婚姻問題上的初步覺醒、反抗、失敗與悲哀。另一方面，在文學趣味上又承襲了各自的小說傳統。日本古典小說《源氏物語》是以所謂「物哀」為其審美理想的。「物哀」是在男女情愛的描寫中表達一種綿綿悲切的感情體驗，這也成為日本文學以一貫之的傳統。硯友社言情小說的所謂「愛」與「哀」，顯然與傳統的「物哀」有著繼承關係。而中國的鴛派小說的淵源可以上溯到《紅樓夢》，又與吳趼人的《恨海》、《劫餘灰》等一脈相承。另外，在「哀」與「愛」的描寫和表現方面，硯友

9　許廑父：〈言情小說談〉，原載《小說月報》，1923年2月18日。

社和鴛派作家也表現出了某些共同的文化取向。兩派小說寫「愛」或「情」，均是「發乎情，止乎禮義」，一面對封建婚姻禮法有所沖犯，一面又在維護封建道德。譬如鴛派作家李定夷的小說《自由毒》，描寫了追求自由戀愛的新女性在家庭和社會壓制下的毀滅。但作者不是借這個題材挖掘其悲劇根源，反而把主人公的毀滅歸結到對「自由」的追求上，得出「男也無行女放蕩，畢竟自由誤蒼生」的結論。李定夷的這種態度也是鴛派作家的共同的基本態度。對鴛派作家在「情」、「愛」描寫上所表現出的這種矛盾性、兩面性和侷限性，瞿秋白曾一針見血地概括為「改良禮教」。[10]其實這一評語也同樣適用於日本的硯友社作家。如尾崎紅葉的長篇小說《多情多恨》寫的是一個男人失去愛妻，便把感情悄悄轉移到了好友的妻子身上。女方則以母性之愛對待他，兩人都很有節制，既暗暗地領受份外之情，又不越禮義之雷池。當然，硯友社和鴛派作家在對「情」、「愛」與「禮義」的描寫上所保持的平衡程度是有差異的。在日本，雖也有人指責硯友社的言情小說「沒有愛情只有色情」（北村透谷語），但總體看來，硯友社的言情小說，即使是以藝妓為主人公的《香枕》、《三個妻子》等，幾乎也沒有什麼色情渲染和描寫。而鴛派言情小說的末流「狎邪小說」、「黑幕小說」，如《留東外史》之類，比起硯友社同類創作來，格調則是等而下之了。

硯友社與鴛鴦蝴蝶派的基本的創作宗旨也是共同的，那就是遊戲消遣。這兩個流派均旗幟鮮明地以遊戲消遣相標榜。日本硯友社作家不諱言自己的作品為「戲作」（遊戲作品），他們把硯友社的機關刊物取名為《我樂多文庫》，意為「廢物文庫」，含有明顯的遊戲調侃的意味。鴛派的大部分作品也都以遊戲消遣宣告於人。他們創辦的報刊雜

10 瞿秋白：〈鬼門關以外的戰爭〉，載《瞿秋白文集・文學編》（北京市：人民文學出版社，1989年），第3卷。

誌，如《遊戲雜誌》、《消閒鐘》、《禮拜六》、《眉語》、《香豔雜誌》、《遊戲新報》、《快活》、《遊戲世界》等，單看名稱，就足以明白箇中貨色了。其中，《禮拜六》的「出版贅言」對這一點講得最清楚：「買笑耗金錢，覓醉礙衛生，顧曲苦喧鬧，不若讀小說之省儉而安樂也。且買笑覓醉顧曲，其為樂轉瞬即逝，不能繼續以至明日也。讀小說則以一銀元一枚，換得新奇小說數十篇，遊倦歸齋，挑燈展卷，或與良友抵掌評論，或伴愛妻並肩互讀……不亦快哉。」這裡竟將讀小說與「買笑」、「覓醉」等相提並論，露骨地體現了遊戲主義的小說觀。關於這兩個文學流派的遊戲主義性質，中日兩國文學史上也已有大體相同的定論。如日本學者西鄉信綱認為，硯友社「不過是以它那供城市人消遣的性質和庸俗的情調，來迎合讀者低級的要求而已」。[11]中國的錢玄同認為鴛派的作品是「專給那些昏亂的看官們去『消遣』」的。[12]茅盾則指出鴛派「思想上的一個最大錯誤就是遊戲的消遣的金錢主義的文學觀念」。[13]其實，無論是硯友社也好，還是鴛派也好，他們本沒有什麼創作「觀念」，與其說遊戲消遣是他們的創作觀念，不如說這是中日兩國傳統的小說觀念，他們只不過是繼承了這種傳統觀念而已。小說這種文學形式本產生於市井社會，而市井讀者要求於小說的首先是遊戲消閒。日本的市井小說自十六、七世紀產生以後，其各種文體，如假名草子、浮世草子、黃表紙、灑落小說、滑稽小說、人情小說等，都屬於所謂的「戲作」，即遊戲文學。這種遊戲文學傳統一直延續到明治初年以假名垣魯文為代表的「戲作者」的創作。硯友社正處在傳統文學和現代文學的過渡階段，傳統的慣性還很大，便順乎其然地接受了遊戲文學的傳統。關於這一點，硯友社作家岩谷小波後

11 西鄉信綱，佩珊譯：《日本文學史——日本文學的傳統與創造》（北京市：人民文學出版社，1978年），頁248。

12 錢玄同：〈「出人意表之外」的事〉，原載《晨報副刊》，1923年1月10日。

13 茅盾：〈自然主義與中國現代小說〉，原載《小說月報》第13卷第7號（1922年）。

來在〈我的五十年〉一文中曾說過：「直到今天，談起當年我們的硯友社來，我們還被罵為『戲作者』流。人家這樣貶斥我們，應該歸因於那個時代。那時我們還是學生身分，都以『江戶時代的風流兒』自居，許多人繫著萌黃色的博多的和服腰帶，帶著市樂的圍裙。我們也喜歡繫博多的腰帶，現在想起來，那副樣子真叫人噁心。」看來當時的時代風氣就是如此。硯友社作家不但在生活行為上模仿江戶時代的氣派，在文學創作上也追求「江戶趣味」，即「風流」與「灑脫」。在中國，鴛派作家的遊戲消遣的創作態度同樣是繼承了中國小說的傳統。朱自清先生曾就這個問題發表過精闢的見解，他說：「在中國文學的傳統裡，小說和詞曲（包括戲曲）更是小道中的小道。就因為是消遣的、不嚴肅，不嚴肅就是不正經；小說通常稱為『閒書』，不是正經書。……鴛鴦蝴蝶派的小說意在供人們茶餘飯後的消遣，倒是中國小說的正宗。」[14]對硯友社和鴛派作家來說，遊戲消遣的創作態度均來自各自的傳統，而且幾乎是無批判地接受了傳統。這也是硯友社和鴛派最受人詬病的地方。

在創作方法上，硯友社和鴛派作家都標榜自己是屬於「寫實主義」的。「寫實主義」本是西語 realism 的日譯詞，後從日本傳到中國。但在寫實主義一詞的理解與運用上，中日兩國頗有不同，這種不同又集中反映在對硯友社和鴛派作家是否屬於「寫實主義」這一問題的看法上。在日本，硯友社作家受到了日本現代小說理論的奠基人坪內逍遙的寫實主義小說理論的很大影響。坪內逍遙在《小說神髓》中明確反對文學上的功利主義，提出寫實主義小說的精髓是客觀地描寫「人情世態」。如果以這種理論主張來衡量，即使是硯友社作家初期創作的江戶趣味很濃、遊戲消遣性很強的小說，也基本是屬於寫實主義的。誠然，坪內逍遙也反對把小說視為「遊戲筆墨」，但他在理論

14 朱自清：〈論嚴肅〉，原載《中國作家》1947年創刊號。

上並沒有區分寫實主義小說與江戶時代「戲作」的關係，只有當遊戲文學觀導致輕視小說、視小說為「玩具」的時候，他才反對遊戲主義。他自己為實踐其理論主張而創作的小說《一唱三歎當代書生氣質》就是一部既描寫人情世態，又帶有濃厚「戲作」色彩的作品。這樣的寫實主義理論當然是很容易為硯友社作家所接受的，日本學者們也一直都把硯友社劃歸為「寫實主義的譜系」。看來，無論從坪內逍遙的理論主張本身，還是從硯友社遵循其主張所創作的作品來看，日本的寫實主義都屬於「人情世態的寫實主義」。這一點與中國鴛派作家對寫實主義的理解和運用有所不同。鴛派作家心目中的寫實主義小說，除了描寫男女之事的言情小說外，主要就是客觀地描寫社會的醜惡。對此，當時文學界就尖銳地指出：「不長進的上海『文丐』們偶然拾得報紙上不全的『介紹文』，所謂『寫實主義』，就是醜惡的描寫的一二句話，便大鼓吹其黑幕主義。居然以黑幕派之教人為惡的小說，為寫實主義作品。雖然中國這個地方，向來是一個大洪爐，一切主義一到這裡，便會『橘逾淮而為枳』，然而也斷不至於變得如此之甚。」[15]鴛派圈外的一些評論家，如吳宓也視鴛派的黑幕小說與言情小說為寫實主義。[16]圍繞鴛派作品是否屬於寫實主義這一問題，五四時期的文壇曾展開過一場激烈的論戰。當然，那場論戰還不僅是鴛派的流派歸屬之爭，而是如何理解和看待寫實（現實）主義這一問題的論爭。日本文壇對寫實主義的理解是以《小說神髓》為準繩的，所以在這個問題上沒有異議。中國文壇圍繞鴛派寫實主義問題的爭論卻顯示出對寫實主義的截然不同的理解和態度：有的受自然主義理論的影響，把偏重於描寫醜惡看成是寫實主義，有的受蘇俄現實主義理論的影響，以「為人生」的現實主義理論為標準，斷然否定鴛派作家屬於

---

15 C.P：〈醜惡的描寫〉，原載《文學旬刊》第38號，1977年5月21日。
16 吳宓：〈寫實小說之流弊〉，原載《中華新報》1922年10月22日。

寫實主義。儘管中日兩國文壇對硯友社和鴛派作家是否屬於寫實主義看法不同，但比較起來，鴛派的寫實主義與硯友社的寫實主義在某些基本方面也非常接近：在硯友社和鴛派的許多作家看來，只要把社會上的種種醜惡現象匯集起來，搞成「黑幕大觀」來展示社會問題，就算「寫實主義」了，而其中不必含有什麼人生觀、世界觀之類。尾崎紅葉曾聲稱：「人生觀啦，世界觀啦這些大而空的東西，說它也沒有意思。靠人生觀、世界觀做不出小說來。」日本學者福田清人也指出，尾崎紅葉是「極其世俗的、常識性的作家，他只不過是暴露一些不含深刻思想的事實罷了」。他還認為，硯友社其他作家的描寫社會醜惡現象的作品，如江見水蔭的《紫海苔》、《地底下的人》等，「對黑暗面的暴露，都沒有深刻的根本思想作基礎，不過是以感情上的義憤，把他所看到的描寫出來而已」。[17]茅盾也曾指出，中國的鴛派作家「沒有確定的人生觀，又沒有觀察人生的一副深炯眼光和冷靜頭腦。」[18]所以，缺乏思想、缺乏理想的膚淺的寫實，是硯友社和鴛派「寫實主義」的又一共通之處。

通過以上的比較分析，我們可以看出，鴛鴦蝴蝶派和硯友社是中日現代文學史上性質相通、平行發展的兩個流派。相似的文學傳統，相似的文化氛圍和社會環境，相同的讀者群體，造就了這兩個同形同質的文學流派。雖然這兩個流派是同形同質的，然而，兩國的現代文學史著作對它們在各自文學史上的性質和地位的評價卻存在著相當大的差異。在中國現代文學史的各種著作中，鴛派一直都是作為新文學的對立面遭到批判的。長期以來，中國文學界一直把五四新文學家，如魯迅、瞿秋白、茅盾、鄭振鐸等人對鴛派的評價作為標準。現在看來，五四新文學家要發動文學革命，就要徹底否定傳統文學，就要批

17 福田清人：《硯友社的文學運動》（東京：博文館新社，1985年），頁334-337、357-364。

18 茅盾：〈自然主義與中國現代小說〉。

倒批臭當時把持文壇而又拖著長長傳統尾巴的鴛鴦蝴蝶派，這是五四文學革命的必然的要求。但是，五四新文學者對鴛派的評價畢竟有其鮮明的時代性，當然也有其鮮明的時代侷限。既然鴛派在文壇上生存了幾十年之久，它對中國文學的發展固然帶來了許多消極影響，但它畢竟是中國現代文學史上一種不可迴避的重要的文學現象，而且事實上它對中國現代文學也作出了自己的貢獻。在這方面，日本文學史家、評論家對硯友社的評價庶幾可以作為我們重新認識鴛派的一種參考。他們對硯友社固然也有批評，卻沒有像中國文壇對鴛派那樣做過敵視性的激烈批判和攻訐。他們對硯友社的文學地位評價並不高，但卻是把硯友社作為日本現代文學史上的一個重要的文學流派和文學發展的一個重要環節來看待的，並沒有把硯友社排斥在新文學之外。日本學者既指出了硯友社作為一個新舊雜糅的文學流派所固有的侷限性和消極面，又肯定了他們對日本文學發展所作的貢獻。如硯友社研究專家福田清人就總結了硯友社的六點功績：一、提高了作家的社會地位，使作家成為受人尊敬的職業；二、促進了文學的社會化；三、硯友社作家山田美妙、尾崎紅葉和二葉亭四迷一道完成了言文一致的白話文學；四、由言情小說發展到社會小說，使小說的內容題材得到進一步拓展；五、心理描寫、性格塑造的深化；六、敘述技法上的進步，如使用第一人稱自述，使用日記體等。另外，硯友社在輸入、介紹外國文學方面也有貢獻。[19]福田清人對硯友社文學「功績」的評價，看來也大體適合中國的鴛派作家。譬如說，鴛派中出現了第一批靠寫作獲得較大知名度和較高經濟地位的職業作家，從而改變了傳統小說家的卑微地位；鴛派作家堅持通俗文學的創作方向，使文學擴大了社會影響；鴛派的作家部分地推進了啟蒙主義者首倡的白話文運

---

19 福田清人：《硯友社的文學運動》（東京：博文館新社，1985年），頁334-337、357-364。

動，五四運動後，又在白話文學的提倡上與新文學保持了一致；在小說藝術上，鴛派作家創作了中國小說史上第一部日記體小說[20]和第一部書信體小說[21]，豐富了現代小說的表現力；在引進翻譯外國文學方面，鴛派作家包天笑、周瘦鵑的開拓性貢獻已是不爭的事實，等等。日本學者對硯友社文學的較為客觀公正的評價啟示我們，不應該只站在中國現代文學某一階段或某一思想流派的立場上評價鴛派，而應當站在整個中國現代文學發展的高度，指出了它的得失成敗，確立了它的地位。

---

20 徐枕亞的《血鴻淚史》。

21 包天笑的《冥鴻》。

# 日本白樺派作家對魯迅、周作人影響關係新辨[1]

在中日現代比較文學研究中，日本白樺派作家與中國作家——主要是魯迅、周作人——的關係，是研究得比較充分的一個題目。許多論文作者都已經正確地指出，武者小路實篤的反戰思想曾深得魯迅的讚賞，他的所謂「新村主義」曾通過周作人的介紹和鼓吹，對二〇年代初期中國的空想社會主義思潮產生了較大影響；有島武郎的「幼者本位」和創作基於「愛」的主張，也曾被魯迅、周作人所接受。總之，白樺派的人道主義是中國現代人道主義文學思潮的主要來源之一。然而，在看到這些聯繫和影響的同時，我們還要注意到，日本白樺派作家武者小路實篤、有島武郎等人的實際思想與創作，和魯迅、周作人所讚賞、所接受的並不是一回事。有些是很不相同甚至是格格不入的。不能在忽視白樺派作家思想與創作的階段性、多面性和矛盾性的情況下，籠統地談魯迅、周作人受到他們的影響；也不能在忽視選擇和取捨的情況下，單純強調魯迅、周作人對白樺派的接受。否則，我們就不能科學地說明中國現代文學中的人道主義與白樺派人道主義的不同特質。鑒於已有的論著均趨於求同式的影響研究，這裡則在承認這些影響的前提下，側重於辨異，對日本白樺派作家（主要是武者小路實篤和有島武郎）如何影響魯迅、周作人的問題做如下三個方面的辨正。

---

1　本文原載《魯迅研究月刊》（北京），1995年第1期，中國人民大學複印資料《中國現當代文學》1995年第5期轉載。

# 一 「反戰」論及其背後

在我們中國讀者的印象裡，武者小路實篤是一個反戰的作家。魯迅、周作人也是因為這一點而稱許和譯介武者小路實篤的。我們知道，武者小路實篤的劇本《一個青年的夢》是魯迅最早翻譯的一篇白樺派作家的作品。魯迅之所以要把它譯介給中國讀者，正是因為它是「反戰」的。周作人最早發現了這部劇本的反戰主題的可貴性。一九一八年，他在《新青年》雜誌四卷五期上發表了〈讀武者小路實篤做一個青年的夢〉，認為日本歷來被稱為好戰之國，文學中也有不少讚美戰爭的小說，但如今「人道主義傾向日益加多，覺得是一件最可賀的事，雖然尚是極少數，還被那多數的國家主義的人所妨礙，未能發展，但是將來大有希望。武者小路君是這派中的一個健者，《一個青年的夢》便是新日本的非戰論的代表」。魯迅由周作人的這篇文章，對武者小路實篤的這個作品產生了興趣，「便也搜集了一本，將他看來，很受些感動，覺得思想很透澈，信心很強固，聲音也很真」。[2]它譯成中文發表了。我們不否認，就《一個青年的夢》這部劇作而言，作者的反戰傾向的確是值得稱道的，在當時的日本可謂空谷足音。魯迅、周作人對它的看重是不無理由的。然而，另一方面，我們還應該明白，武者小路實篤的反戰思想是建立在所謂「人類主義」、「世界主義」的基礎之上的，武者小路實篤在他的很多文章和作品中一再重複強調這種觀點：日本和世界上其他國家的人一樣，都屬於人類，因此人類應該「協同一致」。他建立新村的目的也在於此。周作人早就看出了這一點，他對中國讀者解釋道：「新村的精神首先在承認人類是個整體，個人是這總體的單位，人類的意志在生存與幸福。」[3] 這自然不失為一種美好的理想。然而，值得注意的是，這種

2 魯迅：《譯文序跋集・一個青年的夢・譯者序》。

3 周作人：〈新村的精神〉，原載《民國日報》「覺悟」副刊，1919年11月23、24日。

「人類主義」本身卻包含著與它的表層意義背道而馳的國家主義的，甚至是法西斯主義的潛在邏輯：當今世界，任何一個國家都不是孤立的存在，全人類密切相關，而每一個國家的文明程度又有所差異，因此，文明先進的國家有義務向文明落後的國家輸出文明，這是文明先進的國家對人類所承擔的神聖義務。而這種觀點正是現代日本法西斯主義思想的一個核心。遺憾的是，武者小路實篤正是自覺不自覺地漸漸沿著這樣的邏輯來發展他的思想的。他在《一個青年的夢》發表四年後（1920）出版的作品集《人的生活》中，這種思想已暴露得比較明顯了。他寫道：「我們已經被世界的波動所搖動了。絕不是一國國民能單獨存在的。若日本以外的國家裡的人向上前進，日本也得助；若墮落，日本也困難的。照這樣，日本人底好壞，對於人類，也就不是無關的事。人類的文明不到思想的水平面以上，便逃不出世界的侮辱，也逃不出制裁。換一面說，日本的文明、思想、生活，若比他國的文明、思想、生活，高上幾級，也就可以支配那世界。」[4] 接下去的問題是，在武者小路實篤看來，日本的文明是否比他國的文明、特別是中國的文明「高上幾級」呢？這答案在武者小路實篤那裡顯然是肯定的。就在他為魯迅譯《一個青年的夢》卷首所寫的〈與支那未知的友人〉一文中，他就說過：「我老實說，我想現在世界中最難解的國，要算是支那了。別的獨立國都覺醒了，正在做『人類的』事業，國民性的謎，也有一部分解決了。日本也還沒有完全覺醒，比支那卻也幾分覺醒過來了，謎也將要解決了。支那的事情，或者因為我不知道，也說不定，但我覺得這謎總還沒有解決。」[5] 誠然，武者小路實篤講這些話時，也許並沒有後來對中國人民的那種惡意。但是，這裡

---

4　武者小路實篤著，毛詠棠、李宗武譯：《人的生活》（上海市：中華書局，1921年），頁12、99-152、39。著重號為引者所加。

5　武者小路實篤：〈與支那未知的友人〉，載魯迅譯：《一個青年的夢》（上海市：商務印書館，1923年）。

卻隱含了這樣一種觀點：中國與別的國家，與日本比較起來，還不能做所謂「人類的」事業，換句話說，中國的文明程度比「別的獨立國」要低。按照他的邏輯，文明程度低的國家「便逃不出世界的侮辱，也逃不出制裁」。在這裡，武者小路實篤的立論根據顯然是當時日本思想界所崇奉的文明進化論。這種進化論認為世界各國的文明進化有先後高低之分，因此，先進的文明國家可以向落後的國家「輸出文明」。早在明治維新初期，日本啟蒙思想家福澤諭吉就極力宣揚這種觀念。福澤諭吉把「日清戰爭」（甲午中日戰爭）說成是「文明與野蠻之戰」，他認為日本是在文明的大義之下與中國作戰的，在這一意義上，使中國屈服乃是「世界文明之洪流賦予日本的天職」。[6] 這種觀念其實也是明治維新之後日本人的主流觀念，如三〇年代日本學者秋澤修二就曾聲稱，「日本皇軍的武力」侵華，就是為了打破中國社會的「停滯性」，推動中國的發展。[7] 武者小路實篤一方面在《一個青年的夢》中反對戰爭，但另一方面又在思想深處接受了這種觀念。這就是他日後狂熱支持日軍侵華的內在原因。武者小路實篤在反戰問題上是有矛盾的。他在一九一五年出版的劇本《無能為力的朋友》（中譯本為《未能力者的同志》）也是以日俄戰爭為背景的，其中的主要人物「先生」顯然是作者思想的代言人。在那裡，《一個青年的夢》那樣的高亢激昂的反戰論不見了，反戰的調子大大降低了，只不過是說「這一次戰爭，我至少也當作無意味看」。同時又聲稱，「然而作為國民，不得不去（戰爭）」，甚至一反過去的人道主義同情，說什麼「C 君（戰死者——引者注）是很可惜的，在愛 C 君的人也很可悲，然而自然卻命令我們要冷淡。每日不知道死去多少人，倘使……

6 鹿野政直著，卞崇道譯：《福澤諭吉》（北京市：生活・讀書・新知三聯書店，1987年），頁159。

7 吳澤：《東方社會經濟形態史論》（上海市：上海人民出版社，1993年），頁11、47-48。

悲傷起來，這世界便成為哭泣的海洋了」。正如劇中人物 A 和 B 所指出的「先生」在戰爭問題上態度「含糊」了。[8] 劇本表達了這樣一個意思：我們是「未能力者」（無能為力者），對戰爭無法干預，無能為力，只能任其自然了。《無能為力的朋友》顯示了武者小路實篤在反戰上的倒退。然而，包括《無能為力的朋友》在內的武者小路實篤的作品集《人的生活》卻又被譯成了中文，而且周作人還為這個譯本作了序。周作人在序中對所收作品未展開評論，但顯然是懷讚賞之意的。總的看來，對武者小路實篤由激烈而明確的反戰，到態度曖昧的變化過程，周作人渾然不察，魯迅則未及留意。魯迅在譯出《一個青年的夢》之後，除了譯出了幾篇文學論文以外，對武者小路實篤的其他作品便不再留意了。對於武者小路，魯迅同樣是奉行「拿來主義」的。他雖然說「書裡的話，我自然也有意見不同的地方」，但又認為《一個青年的夢》「可以醫治中國舊思想的痼疾」。魯迅當時的核心目標，是以文學改造中國落後的國民性。在戰爭與和平問題上，他對中國國民提出了嚴苛的要求。他在《一個青年的夢》的譯本序中指出，有的人「以為日本是好戰的國度，那國民才該熟讀此書，中國人又何須有此呢？我的私見卻很不然。中國人自己誠然不善於戰爭，但卻沒有詛咒戰爭，自己誠然不願出戰，卻未同情於不願出戰的他人；雖然想到自己，卻並未想到他人的自己」。[9] 這是一個代表著中華「民族魂」的作家對自己民族的嚴格自審與解剖。魯迅在這裡深化、引申了《一個青年的夢》的反戰主題，從改造國民性的角度看待戰爭與反戰。這一點恰是武者小路實篤的《一個青年的夢》所缺乏的。《一個青年的夢》從烏托邦的人道主義和無政府主義出發，單純地把戰爭的根源歸結於所謂「政治家的政略」，對日本國民性不加批判和反省，

---

8　武者小路實篤，毛詠棠、李宗澤譯：《人的生活》（上海市：中華書局，1921年），頁12、99-152、39。

9　魯迅：《譯文序跋集・一個青年的夢・譯者序二》。

並以肯定日本「本國的文明」為前提，抽象地提出「至少也必須尊重別國的文明，像尊重本國的文明一樣」。這就使得整個劇本雖慷慨激昂但又缺乏深度。缺乏深度則很容易游移變化甚至變質。在談到武者小路實篤由反戰者最終墮落為軍國主義侵華的吹鼓手時，中國的許多論文作者都表示困惑和吃驚，以為是「一反常態」的「突然」行為。如上所述，在這「突然」變化的背後，實則隱含著一種被人忽略了的必然的邏輯。

## 二　人道主義與極端個人主義

除了從人道主義、文明進化論出發提出「反戰」主張並創作「反戰」文學之外，武者小路實篤還系統地提出了人道主義的社會理想，並用文學創作形象地闡釋他的觀點。而且，正如他的「反戰」文學一樣，他的人道主義的社會理想對中國現代文學也產生了一定影響。人們都知道，中國的五四文學儘管受到各種社會思潮和文藝思潮的綜合影響，但其文學理想的核心是人道主義的。在理論上系統闡述人道主義的是當時權威的理論家周作人。而周作人所謂「個人主義的人間本位主義」的社會理想以及「人的文學」的觀念，多直接地來源於日本白樺派特別是武者小路實篤。許多有關論文都談到了武者小路實篤在這方面對周作人影響，但同樣忽視了這種影響的限度和範圍。應當明確，周作人在深受白樺派人道主義影響的、對中國新文學發展具有指導意義的〈人的文學〉一文中，所接受和消化的主要是武者小路實篤前期的人道主義思想。武者小路實篤前期的人道主義思想是在托爾斯泰的強烈影響和感召下形成的，其核心是帶有基督教平等觀念的博愛主義。但是，正如日本學者中村新太郎所說的那樣，「禁欲的、帶有宗教信仰的托爾斯泰，很快就成為充滿著青春感情的實篤的沉重的包袱。他偶然讀到了梅特林克的《明智的命運》，得到了啟發，他認為：『自己不過是自然所授予的一個普通的人。一個不想使自己充分成長起來的人，怎麼能使他人成長呢？』他就是這樣跨過了托爾斯泰的基督教的愛他主義，推出了個人主義（自我中心主義）」。[10] 本多秋五也指出：「武者小路氏的強烈的自我中心主義，一旦否定了最初曾蒙受影響的托爾斯泰，便形成了。」[11]那麼，這種「自我中心主義」的個人主義有哪些特徵和表現呢？這和周作人及魯迅等中國現代作家所理解並接受的人道主義有哪些區別呢？

武者小路的「自我中心主義」，用本多秋五的話來說，就是一種「徹底的個人主義」，是一切從自我出發，為了擴張自我可以不顧他人，排斥他人的個人主義。武者小路實篤在一九一〇年撰寫的〈個人主義的道德〉一文中說：「總之，我是個個人主義者……不想給他人造成不快，同樣地，也不想讓他人給自己造成不快。」他在〈致有島武郎〉中表白說：「關心他人的命運在我來說是一種痛苦，我不能忍受這種痛苦……然而，我只有繼續現在這種生活，別無選擇。……結果，我就使自己成了對別人冷漠無情的人。不論別人如何，我都裝作一無所知，這樣，我只有昧於自己的良心了。」[12] 國內卻有文章認為周作人贊同武者小路實篤等人關於自我與他人、自然與社會調和的倫理觀，我們且看周作人怎麼說：「……人的理想生活應該怎樣呢？首先便是改良人類的關係，彼此都是人類，卻又各是一類的一個，所以須營一種利己又利他，利他即是利己的生活。」[13] 周作人也提倡所謂「個人主義的人間本位主義」，但他的解釋是：「第一，人在人類中，

10 中村新太郎著，卞立強等譯：《日本近代文學史話》（北京市：北京大學出版社，1986年2月），頁165。

11 本多秋五：《日本的文學・武者小路實篤・解說》（東京：中央公論社，1965年），頁506。

12 本多秋五：《日本的文學・武者小路實篤・解說》（東京：中央公論社，1965年），頁506。

13 周作人：〈人的文學〉，載《藝術與生活》（上海市：上海群益書社，1926年）。

正如森林中的一株樹木，森林盛了，各樹也都茂盛。但要森林盛，卻仍非靠各樹各自茂盛不可。第二，個人愛人類，就只為人類中有了我，與我相關的緣故。」[14] 這種理解和解釋與上述武者小路言論的區別，豈不昭然若揭嗎？讓我們再看一看武者小路的文學創作，看看他在作品中是如何處理自我與他人的關係，如何表現他的「自我中心主義」的。首先是他的名作《友情》，這是一個常見的三角戀愛故事。作者在《友情》的再版自序裡曾說過：「這本書題名為『友情』，實在不確切。」因為這篇小說寫的並不是什麼「友情」，而是愛情與友情的衝突。兩個男人同時愛一個女人，而這個女人只愛、也只能愛其中的一個男人，在這種情況下，談何「利己又利他，利他即是利己」呢？武者小路就是這樣把人物放在尷尬的境地中，來表現他的「自我中心主義」的。更集中地體現他的極端利己主義思想的是劇作《他的妹妹》（1915）。這篇作品寫的是一個在戰爭中雙目失明的畫家野村，極欲戰勝厄運，伸張自己天才的個性，卻讓自己的妹妹為了他天才個性的發揮而充當犧牲品。正如日本學者宮島新三郎所說，這個作品表現的就是「甚至犧牲了他人，也要把自我來擴大」。[15] 武者小路的另一個劇本《愛欲》（1926）則描寫了畫家野中英次之妻與他的弟弟有染，野中出於憤怒和嫉妒而殺妻的故事，表明了愛的自我占有，人與人之間的互相憎惡、猜忌和爭鬥。儘管武者小路實篤也在某些時候說過：「和人類衝突的個人主義者是無本之木的個人主義者。……唯有能與人類的生長互助的人……才能感到自己的生長是有意義的。」「利己心是弱者的東西，真的優秀者是戰勝了利己心的。」[16] 然而此類表白均是為了推行他的「新村主義」，只有作為一種烏托邦社會理

---

14 周作人：〈人的文學〉，載《藝術與生活》（上海市：群益書社，1926年）。

15 宮島新三郎著，張我軍譯：《現代日本文學評論》（上海市：開明書店，1930年），頁160。

16 武者小路實篤著，毛詠棠、李宗澤譯：《人的生活》（上海市：中華書局，1921年），頁12、99-152、39。

想時才有意義。而「新村主義」脫離時代與社會所虛構的世外桃源式的烏托邦理想和道德倫理主張，正如武者小路所創辦的日向新村一樣，很快就破產了。這就證明此類話只是說說而已，一旦當他試圖用文學創作表現這種理想的時候，寫實的邏輯就往往使其走向反面。在武者小路的作品中，甚至沒有一部能證明所謂「有益於人類」的個人主義是可行的。

武者小路實篤的這種以自我為中心的極端個人主義，在中國現代文學中，無論在理論還是在創作上，都是不多見的。我同意這樣的看法：在中國，「伴隨著『五四』個人主義世界觀而來的是寬厚溫和的人道主義思想，而並非損人利己的極端個人主義意識。『五四』作家中極少個人主義者，相反卻有眾多的具有同情心的人道主義者」。[17] 五四時期的確如此，五四以後，情況稍有不同。就深受武者小路實篤影響的周作人而言，他在五四時期曾熱衷於鼓吹「新村主義」的人道主義博愛理想，但五四落潮以後，卻選擇了武者小路的另一面。武者小路曾說過：「我自己有自己的園地，這個園地不能讓他人涉足，我自己也不想涉足他人的園地。」[18] 周作人後來也效法武者小路營造了「自己的園地」，這也是白樺派個人主義對中國現代文學負面影響的一個例子吧。至於魯迅，他一方面提倡人道主義，一方面又始終警惕著個人主義。與白樺派以自我為中心的個人主義的人道主義不同，在魯迅的觀念中，人道主義是與個人主義不相容的。魯迅曾不無憂慮地指出：「我們中國大概是變成個人主義者多，主張人道主義的少。」魯迅在《彷徨》集的許多作品中，開始反思甚至否定孤而不群的個人主義。他在《兩地書》中也曾說過：「要恰如其分，發展各個的個

---

17 許志英、倪婷婷：《五四：人的文學》（南京市：南京大學出版社，1992年），頁57-58。

18 武者小路實篤：〈三個〉，轉引自吉田精一《近代文藝評論史・大正篇》（東京：至文堂，1981年），頁184。

性，這時候還未到來，也料不定將來究竟可有這樣的時候。」[19] 誠如魯迅所說，無論在中國還是在日本，「恰如其分」地發展個性，即在不損人的情況下發展個性，實在只不過是一個美妙的理想罷了。日本的武者小路實篤和中國的周作人的思想與生活歷程，都生動地說明了這一點。

## 三　愛：給予的．搶奪的．本能的

在白樺派作家中，有島武郎對中國現代文學的影響較大，也是魯迅、周作人相當讚賞的一位日本作家。魯迅在譯出武者小路實篤的《一個青年的夢》之後，就把注意力轉移到了有島武郎身上，先後譯出了有島武郎的《與幼小者》、《阿末之死》和《小兒的睡相》等作品，其中前兩篇作品收入了他和周作人合譯的《現代日本小說集》。這些作品的主題都是：愛幼小者。魯迅在《熱風．「與幼者」》中，承認自己受到了有島武郎作品的影響。他在〈我們現在怎樣做父親〉一文中認為：「後起的生命，總比以前的更有意義，更近完全，因此也更有價值，更可寶貴；前者的生命，應該犧牲於他。」魯迅反對中國傳統的後輩「理該做長者的犧牲」的以父親為本位的孝親觀念，提出孩子與父親應是平等的，呼籲父親要為後代的成長勇於自我犧牲，「用無我的愛，自己犧牲於後起的新人」。[20] 這與有島武郎在《與幼小者》中的主張是完全一致的。周作人也說過：「有島君的作品我所最喜歡的是當初登在《白樺》上的一篇《與幼小者》。」[21] 愛兒童，尊重兒童，關心兒童的成長，同樣是五四時期人道主義思想的一個重要組成部分。周作人在一九二〇年的一次講演中指出，以前人們不把

19 魯迅：《兩地書．第一集》。

20 魯迅：《墳．我們現在怎樣做父親》。

21 周作人：〈有島武郎〉，載《談龍集》（上海市：開明書店，1927年）。

兒童當回事，「一筆抹殺，不去理他」，現在我們不應該只把兒童看成「縮小的成人」，而應承認兒童生活的「獨立的意義與價值」，承認他們的生活「是真正的生活」。[22] 他還最早提出把兒童文學作為中國新文學的組成部分。這些思想顯然也受到了有島武郎的影響和啟發。

然而，我們還應該看到，魯迅、周作人對有島武郎的譯介是有相當明確的選擇性的。就《與幼小者》、《阿末之死》、《小兒的睡相》等幾篇作品而言，有島武郎固然明確地表現了一種「幼者本位」的人道主義的愛的思想。但是同時，有島武郎的另一面，他們卻有意或無意地迴避了，那就是以自我為中心，以本能為動力的「搶奪」之愛的主張。宣揚這種主張的最有代表性的作品是有島武郎的長文《愛不惜搶奪》。饒有趣味的是，魯迅只譯出了《愛不惜搶奪》（魯迅譯為《愛是恣意掠奪的》）的「餘錄」部分〈生藝術的胎〉，對正方部分卻不譯又不做評論。而〈生藝術的胎〉闡述的只是：「愛」是自我的本質，「愛」是「生藝術的胎」。但這不過是《愛不惜搶奪》的一點「餘錄」和補充罷了，並不能體現有島武郎的思想核心。我們只要看一看《愛不惜搶奪》究竟宣揚了什麼，就不難理解魯迅為什麼迴避它了。《愛不惜搶奪》的基本命題是：「愛不是給予的本能，愛是一種強烈的掠奪力量」，「愛是自我獵取，是不惜搶奪的東西」。他認為「愛是人所具有的純粹本能的東西」，而「本能的生活裡沒有道德」，因此，「愛不顧義務、不知犧牲、不知獻身」，「當有人做什麼犧牲啦、獻身啦、義務啦、服務啦、服從啦之類的道德說教的時候，我們必須睜大警戒的眼睛」。他聲稱：愛就是「我們的互相的爭奪，絕不是相互的給予，其結果，我們相互之間並沒有失去什麼，而是各有所得。……假如有人因此稱我為利己主義者，那我將毫不在乎」。[23] 正如日本學

22 周作人：〈兒童的文學〉，載《藝術與生活》（上海市：群益書社，1926年）。

23 有島武郎：《愛不惜搶奪》，載《新潮日本文學9・有島武郎集》（東京：新潮社，1976年），頁336-402。

者進藤純孝所說：「這是利己的深化，是愛己的叫喊。」[24] 有島武郎的這些偏激的、語出驚人的理論，並不是出於他一時的衝動，他宣稱，這標誌著他「迄今為止所達到的思想頂峰」。[25] 這種利己的「愛」的主張與魯迅所讚賞的《與幼小者》中所說的「像吃盡了親的死屍，貯著力量的小獅子，剛強勇猛，捨了我，踏到人生上去就是了」那樣的「對一切幼者的愛」、無私無我的愛，是多麼的不相諧和！值得強調的是，《愛不惜搶奪》與《與幼小者》等諸篇的寫作時間非常接近，《愛不惜搶奪》寫於一九二〇年，《與幼小者》寫於一九一九年。人們不禁要問：這麼短的時間內，有島武郎的思想為什麼形成這麼大的間離甚至斷裂？應該說，間離是有的，但其間的聯繫卻是主要的。在有島武郎看來，對幼小者的無我無私的愛，實際上也是一種「本能」。他認為，表面上看來愛似乎是給予的，但給予者本身卻由此感到滿足，所以這種愛其實又是搶奪的。搶奪的愛就是滿足自我本能的愛。這與魯迅依據《與幼小者》等篇所接受的那種具有犧牲精神的「愛」實在是太不相同了。不僅如此，有島武郎還把「本能」進一步解釋為肉欲的本能。他說：「所謂本能就是大自然所具有的意志。」[26] 他認為，只有在「相愛的男女肉交」時才是順從了自然的意志。[27]「兩個男女完全是愛的本能的化身。……那是一種忘我的充滿痛苦的陶醉，那是極度緊張的愛的遊戲，除此之外別無其他。」[28]值得說明的是，在白樺派作家中，如此提倡和讚美肉欲本能的不只是有

24 進藤純孝：《新潮日本文學9·有島武郎集·解說》，頁465。

25 中村新太郎著，卞立強等譯：《日本近代文學史話》（北京市：北京大學出版社，1986年2月），頁177。

26 有島武郎：《愛不惜搶奪》，載《新潮日本文學9·有島武郎集》（東京：新潮社，1976年），頁336-402。

27 有島武郎：《愛不惜搶奪》，載《新潮日本文學9·有島武郎集》（東京：新潮社，1976年），頁336-402。

28 有島武郎：《愛不惜搶奪》，載《新潮日本文學9·有島武郎集》（東京：新潮社，1976年），頁336-402。

島武郎，武者小路實篤也曾說過：「有了肉體人生才有意義。托爾斯泰是偉大的，但我不能不認為，自然更偉大。」[29] 他在自性小說《某人的話》中，在對夏目漱石的小說《從那以後》的評論中，都表明了「不以通姦為惡」[30] 的態度。正如中村光夫所說：「對於他們（白樺派作家）來說，自我的主張完全是自然性的生理，是青年應有的權力和快樂。」[31] 在《愛不惜搶奪》中，有島武郎還把人的生活分為「習性的生活」、「理智的生活」、「本能的生活」三個階段，並認為只有「本能的生活」才是最理想、最極致的一元的生活。如此之類的主張，簡直與魯迅的思想有雲泥之差了。這裡我們可以對比魯迅與有島武郎以男女愛情為題材的兩篇名作，一篇是魯迅的〈傷逝〉，一篇是有島武郎的〈一個女人〉。在〈傷逝〉中，魯迅表明：男女相愛的基礎不是什麼本能，甚至也不是愛情本身。社會不解放，經濟不獨立，生活無保障，「愛」便是架空的。有島武郎的〈一個女人〉則描寫了女主人公完全基於肉欲衝動的、非理性的、搶奪式的「愛」。那種愛不顧道德，不顧輿論，不顧雙方的出身、地位、修養等的差異，而完全取決於那野蠻粗壯的男性的肉體。其結果，作者不得不照現實的邏輯描寫了她的毀滅，但作者對這種愛卻充滿了無限的共鳴與同情。他在給友人的一封信中自述「我自己也在那個作品（指〈一個女人〉──引者注）中做了痛苦的叫喊」。他說這個作品的主題是要表明，「在現代社會中，女人是男人的性奴隸」。[32] 為了擺脫這種「奴隸」地位，女人便拚命向男人「搶奪」，力圖變奴隸為主人，然而這種以「本能」為武器的「搶奪」，最終只能成為本能的犧牲品。這種

29 中村新太郎著，卞立強等譯：《日本近代文學史話》（北京市：北京大學出版社，1986年2月），頁165、177。

30 小松伸六：《新潮日本文學7．武者小路實篤集．解說》，頁513。

31 中村光夫：《日本的近代小說》（東京：岩波書店，1979年），頁175。

32 有島武郎：〈致石阪養平〉（1919年10月19日），轉引自本多秋五《有島武郎．長與善郎．解說》（東京：中央公論社，1979年），頁497。

兩難處境的困惑，也許是有島武郎與情人一起情死的原因之一吧。他用自己的生命在他所主張的本能之愛、搶奪之愛的理論後面，畫上了一個令人怵目、發人深省的驚嘆號。

總之，魯迅贊同有島武郎在《與幼小者》中所提出的給予的愛、無私的愛，不取《愛不惜搶奪》中宣揚的本能的愛、搶奪的愛。按照魯迅的一貫做法，對外國作家、思想家，有用的東西就「拿來」，自己不贊同，甚至反對的東西，則迴避不取，而不是簡單地加以批判否定。對有島武郎的愛欲理論，魯迅默默不受，但又在創作心理學的意義上接受其合理成分。如有島武郎說過：「第一，我因為寂寞，所以創作……第二，我因為欲愛，所以創作……第三，我因為欲得愛，所以創作。」魯迅則在一篇雜感中表達了同樣的創作心理感受：「人感到寂寞時，會創作；感到乾淨時，他已經一無所愛。創作總植根於愛。」但魯迅同時又加上了一點：「創作是有社會性的。」[33] 從而對有島武郎的理論做了補充修正。在對有島武郎的取捨上，周作人與魯迅的態度基本相同，但也有所差異。周作人和有島武郎一樣，推崇英國性心理學家藹里斯的《性心理學》，對人的自然本能常持寬容態度。他在〈人的文學〉一文中曾宣告：「人的一切生活本能，都是美的善的，應得到完全滿足。」不過，他在〈結婚的愛〉一文中又說：「欲是本能，愛不是本能，卻是藝術，即本於本能而加以調節者。」[34]這就否定了有島武郎的「愛的一種本能」的命題。周作人的理想是本能與理性的調和，即「靈肉合一」。他指出，「戀愛……是兩性間的官能的道德的興味」，「一面是性的吸引，一面是人格的牽引」。[35] 從而以他特有的中庸思維調和矯正了有島武郎的本能至上的偏激的愛欲主張。

---

33 魯迅：《而已集・小雜感》。

34 周作人：《自己的園地・結婚的愛》（北京市：晨報社，1923年）。

35 周作人：〈水滸裡的殺人〉。

# 芥川龍之介與中國現代文學

## ——對一種奇特的接受現象的剖析[1]

## 一　一種奇特的接受現象

芥川龍之介是日本現代文學史上的一個重要的文學流派——新理智派的代表人物，是日本現代文學中的有數的幾位一流作家之一。鑒於芥川龍之介在日本文學史上的地位，中國文壇也理所當然地給了他一定的重視。二十世紀二〇年代初，魯迅先生最早譯介芥川的作品，之後，芥川的作品便大量地、陸續不斷地被譯成中文。特別是一九二七年芥川龍之介自殺，對中國文壇也造成了一定的震動，其後二、三年間，在中國形成了一股「芥川龍之介熱」，許多刊物紛紛刊登芥川的作品，發表介紹芥川的文章。影響很大的《小說月報》還迅速推出了《芥川龍之介專輯》。從二〇年代到四〇年代，中國翻譯出版的芥川的作品集至少有八種，見諸雜誌報端的譯文更多。日本學者實藤惠秀把二〇至三〇年代對中國翻譯的日本作家的作品按數量多少排了一個隊，結果芥川龍之介名列第二。[2] 然而，這熱心的譯介，並不表明中國文壇對芥川龍之介的認同。相反，芥川龍之介在中國文壇所受到的激烈批評、排斥乃至否定，是日本其他作家所沒有遇到過的。當中

1　本文原載《國外文學》（北京），1998年第1期，《中國比較文學》，1999年第1期雜誌「學海拾貝」欄載述評。

2　實藤惠秀著，譚汝謙、林啟修譯：《中國人留學日本史》（北京市：讀書．生活．新知三聯書店，1983年），頁243。

國文壇從日本文學史的角度評論芥川時，尚能對芥川作出客觀的肯定評價，如夏丏尊、劉大杰、查士元、鄭伯奇等就是這樣做的；而當站在中國文學和中國作家的獨特的立場上評論芥川時，則鮮有對芥川表示完全讚賞者。更有不少作家對芥川表示了不滿、批判甚至是討厭的態度。這就在中國現代文學史上形成了一種奇特的接受現象：一方面是熱心的大量的譯介，一方面是激烈的否定和批評。

對芥川龍之介在譯介中含有保留和批評，最早始於魯迅。魯迅在一九二一年寫的〈《鼻子》譯者附記〉中，坦率地指出：

> 不滿於芥川氏的，大約因為這兩點：一是多用舊材料，有時近於故事的翻譯；一是老手的氣息太濃厚，易使讀者不歡欣。[3]

一九二九年，評論家韓侍桁在《雜談日本現代文學》寫道：

> 說來也奇怪，我自從看過芥川氏的《中國遊記》後，我總對他不抱好感，乃至再一看他的出世作品《鼻》與《羅生門》，我對於這位作家的藝術良心就根本起了疑問了。……只是從這兩篇裡，我們就可以看出作者全部作品的長處和短處。他文字的美好與構造的精練，在這兩篇中也可以說是已達到完成了吧！但同時這位作家對於藝術的缺少真實的態度，也表現得清清楚楚。他的作品是很能給讀者一時的興奮的，但是它們決經不住深思。你若是一細細地琢磨起來，它們的架子將要完全倒毀。[4]

一九三一年，馮子韜（乃超）在為他翻譯的《芥川龍之介集》寫

---

3 魯迅：〈《鼻子》譯者附記〉，載《魯迅全集》（北京市：人民文學出版社，1981年），第10卷。

4 韓侍桁：〈雜論日本現代文學〉，載《文學評論集》（上海市：現代書局，1934年）。

的題為〈芥川龍之介的作品作風和藝術觀〉的序言中，以譏笑的口吻說道：

> 當芥川龍之介在《新思潮》發表小說〈鼻子〉的時候，他的先生夏目漱石曾以這樣的話去激勵他——「這樣的作品你如果多寫十篇，日本自不消說，你可以成為世界上 unique（意為獨一無二，首屈一指。——引者注）的作家的一人。」可是，以我看來，這樣的作品已經不止十篇了，世界文壇是不是如他先生那樣認識他呢，的確是個疑問。
>
> 他聳動了中國文壇的注意，大約是他的自戕而不是他的作品吧。他的作品，成功的作品大都已移植到中國來了，可是國內文壇對他依然地很冷淡。照我想，中國人對菊池寬、谷崎潤一郎比之對芥川來得親熱些。
>
> ……他的作品是表現某種性格的某種環境中如何發展的記錄，換到歷史小說上來說，就是一時代特色的記錄。的確像他自知之明一樣，也許有人因讀他的作品而打哈欠呢。[5]

一九三五年，巴金在〈幾段不恭敬的話〉中諷刺地說：

> ……對於享過盛名而且被稱為「現代日本文壇的鬼才」的芥川氏的作品，我就不能不抱著大的反感了。這位作家有一管犀利的筆和相當的文學修養是實在的。但是此外又有什麼呢？就是說除了形式以外他的作品還有什麼內容嗎？我想拿空虛兩個字批評他的全作品，這也不能說是不適當的。在這五百餘頁的大

5 馮乃超：《芥川龍之介的作品作風和藝術觀・芥川龍之介集譯者前言》（上海市：中華書局，1931年）。

本芥川集裡面，除了一、二篇外，不全都是讀了後就不要讀第二遍的作品嗎？[6]

以上是中國文壇對芥川龍之介的有代表性的評價。為什麼芥川龍之介在中國受到如此的惡評？其中的原因很複雜。一個很表層的原因，是因為芥川一九二一年到中國來了一趟，回國後發表了《中國遊記》、《江南遊記》。在這兩個遊記中，憧憬中國傳統文化的芥川對中國的現狀表示了失望。在日本帝國主義歧視中國，並對中國虎視眈眈的大背景下，其中有不少描寫很容易刺傷中國人的自尊心，引起了中國文壇的反感也是自然的。許多中國作家難以容忍一個日本作家對中國說三道四，在上述引用的四位中國作家對芥川的評論中，就有兩人——巴金和韓侍桁——直接因芥川的《中國遊記》或《江南遊記》而對芥川抱有反感。韓侍桁對此已有明言，而巴金批評日本文學藝術的〈幾段不恭敬的話〉，也同樣導源於芥川在《中國遊記》中對中國的「不恭敬」，可以說巴金的那篇文章就是對芥川的反唇相譏。當時芥川已經故去數年，所以巴金在那篇文章的最後還報復似地說：「可惜這樣不恭敬的話不能給芥川氏聽見了。」另一層原因，是日本文壇在昭和初期，即二〇年代中期以後，無產階級（普羅）文學崛起，芥川龍之介被普羅文學陣營視為資產階級「既成」文學的代表，遭到批判和否定。普羅文學理論家青野季吉在芥川自殺後撰文，認為芥川的死「不過是崩壞期的資產階級的一種表現罷了」；日共領導人宮本顯治也寫了題為〈敗北的文學〉的長文，斷定芥川的創作是「敗北的文學」。中國文壇對芥川龍之介的否定性的評價，無疑也受日本左翼文壇的某些影響。

然而只看見這些原因還是不夠的。二、三〇年代對中國抱有歧視

6 巴金：〈幾段不恭敬的話〉，原載《點滴》（上海市：開明書店，1935年）。

之意，甚至大放厥詞的日本作家不乏其人，被日本左翼文壇批判的「既成」作家也不只是芥川一個。這裡反映的不只是對芥川的「反感」，而且更是中國現代文學與芥川龍之介、乃至與日本現代文學的某些深刻對立和差異。我們應該在中國文壇對芥川作品既大量譯介，又從批判否定的奇特的接受現象中，去發現兩國現代文學的某些深刻分歧，並獲得隱含其中的某些有益的啟示。

## 二　兩種根本不同的「理智」：五四文學、魯迅、周作人與芥川龍之介

芥川龍之介文學的特點是「理智主義」的。歷來的日本評論家們研究和評論芥川，大多以「理智」或「知性」作為切入點，所以把以《新思潮》雜誌為中心、以芥川為代表的「新思潮派」稱為「新理智派」或「新理智主義」。眾所周知，中國五四新文學的特點之一就是它的理智色彩。但是，芥川龍之介的「理智」和中國新文學中的「理智」卻有著根本的不同。

五四文學的「理智」和芥川的文學的「理智」的最集中的表現都是文學的「哲學」化的傾向。五四時期的中國作家努力自覺地將文學和哲學聯姻。他們相信「哲學是文學創作的本質」，[7]「近代文學只有跟著哲學走。」[8] 作家們大都熱衷於某一種哲學或某一個哲學家，如魯迅一度信奉尼采哲學，郭沫若信仰「泛神論」，冰心憧憬「愛的哲學」，許地山傾心佛教哲學，王統照沉浸於「美」的哲學，甚至廬隱等一批女作家們還患上了自稱為「心病」的「哲學病」。但是，五四時期中國作家的「哲學」和芥川龍之介的「哲學」有著根本的不同。

---

7　瞿世英：〈創作與哲學〉，原載《小說月報》第12卷第7號（1921年）。

8　沈雁冰：〈近代文學體系的研究〉，載《中國文學變遷史》（上海市：新文化書社，1921年）。

對中國作家來說，哲學是思考社會人生的一種工具、手段，哲學本身不是目的；「哲學」實際上只限於提出「人生到底作什麼」之類的非常現實的問題；「哲學」思考的對象是現實社會、現實問題、現實人生，不作超越具體人生、具體現實的抽象思索，不具於形而上的玄學性質。在這種「哲學」的指導下，五四文學中大量的出現的是思想鮮明、主題單純、說理清晰的所謂「問題小說」、「問題劇」、說理詩、雜文等等。相反，芥川龍之介作品中的哲學則表現他對人生的深切的然而又是「漠然」的體驗。他的小說通常表現為超越於具體人生、超越於具體事件，時代背景常常曖昧不清，人物活動的舞臺也遠離現時代，遠離日本。作品所探討的是人生的根本問題，如人性的善惡問題（《羅生門》），人的深層的潛意識心理（《鼻子》、《竹林中》），偶然性和必然性的問題（《龍》），信仰的靈驗與可能性的問題（《南京的基督》、《阿古尼神》），人生的荒誕性問題（《尾生的信義》），人生與藝術的關係問題（《地獄圖》）等等。所以，雖然芥川龍之介的小說也有著強烈的以小說表現哲學思索的「主題」化傾向，以至於有的學者稱他的小說為「主題小說」，但是，芥川的「主題小說」與中國五四文學的「問題小說」不同。芥川小說的「主題」是形而上的、帶有強烈的玄學色彩的，因而常常是難解的、多義的、玄奧的、機警的、意味深長、發人深思的，形象與思想處於混沌狀態，難以用明晰的語言加以把握和概括。而中國五四文學的「主題」則常常是概念化的，淺顯易懂的，形象與思想容易剝離，因而是明確的、清晰的。所以，我們在芥川龍之介那裡看到的是深通人情世故、不露聲色，而又對人情世故加以細細玩味的哲學家似的老成和老辣；而在中國五四文學中，我們看到的卻是初涉人生、對人生社會抱有好奇心的青春式的稚氣、單純、熱情或感傷。

芥川龍之介的「理智」與中國現代文學的「理智」的對立和差異不僅是表現在芥川龍之介和帶著稚氣的五四文學青年身上，也表現在芥川龍之介和魯迅、周作人那樣的理智型、思想型的老到持重的作家身上。魯迅在中國現代文學史上以思想深刻著稱，但他對芥川龍之介的「老手的氣息」也表示了「不滿」。我在一篇關於魯迅與芥川的歷史小說的比較研究的文章中曾經說過：「魯迅對芥川的這種追求抽象哲理的小說是不以為意的。他認為芥川的這類小說『老手的氣息太濃，易使讀者不歡欣』，並把這作為他對芥川作品的『不滿』之點。所謂『老手的氣息太濃』，是指芥川小說的哲人氣味太濃，哲理意味太濃，給人一種哲學家或超人般的高深老辣。對於一般讀者來說，讀起這種『老手』的作品也許覺得很有意思，但理解起來並不容易。所以魯迅說這種小說『易使讀者不歡欣』。魯迅對芥川小說的抽象化哲學化的特點看得相當準確，並對此表示了明確的批評態度，因而在創作上也表現出與芥川不同的旨趣來。一方面，魯迅創作小說的目的在於思想啟蒙，在於改造中國的落後的國民性，而不像芥川那樣把創作作為探索人生真諦，追求藝術化人生的手段。另一方面，魯迅是把現實生活中的具體的所見所感借歷史小說的形式表現出來，而不像芥川那樣從書齋裡、從書本上尋找出能夠表現他的人生體悟和感受的材料。所以，芥川式的超現實的抽象哲理探求顯然是不適合魯迅的。」[9]

在中國現代文學中，周作人也是推崇理性的。他曾說過：「感情是野蠻人所有，理性則是文明人的產物，人類往往易動感情，不受理性的統轄……此亦可謂蠻性遺留之發現也。」[10] 他在評論蔡元培的時候，曾推崇「唯理主義」。[11] 周作人對「理性」的推崇及他的「唯理主義」，和芥川龍之介的理智主義有著相似之處。兩人在創作上都不喜歡做強烈的感情表達，周作人的散文以平和沖淡、以理制情見長；

9 王向遠：〈魯迅與芥川龍之介、菊池寬歷史小說創作比較論〉，原載《魯迅研究月刊》1995年第12期。

10 周作人：〈剪髮之一考察〉，載《談虎集》（下）（上海市：北新書局，1928年）。

11 周作人：〈記蔡孑民先生的事〉，載《藥味集》（北京市：新民印書館，1942年）。

芥川的小說則努力和描寫對象之間保持距離，採取客觀冷靜的態度。由於深刻犀利的理智觀察，兩人都有著建立在理智主義基礎上的懷疑主義傾向。芥川龍之介說：「理性教給我們的，終究是理性的沒有力量。」[12]周作人也懷疑理性的可能性，自問：「到底還有什麼是知的呢？」但是，儘管有這些相似，周作人的「理智」和芥川龍之介的「理智」還是有著深刻的差異。芥川的理智是以理智「看破紅塵」，由於理性分析的徹底，導致了對一切的懷疑，失去一切信仰和一切希望。對一切都不相信，必然走向徹底的虛無主義和悲觀主義。最後是極度的厭世，由極度的悲觀厭世而喪失活下去的信念。而周作人的理智則帶著強烈的中國傳統的儒家的中庸色彩，雖然由於理智的痛苦，有時不免悲觀失望，但更多的時候是講究「生活的藝術」，不斷地調整理智與情感、物理與人情、自我與社會的關係和矛盾，深知妥協與權變。因此，周作人的理智與芥川不同，是相對的和不徹底的。周作人說過：「儒家其特色平常稱之為中庸，實在也可說就是不徹底，而不徹底卻也不失為一種人生觀。」[13] 所以，他沒有芥川龍之介那樣的深刻的、不可克服的痛苦。他的理智始終不出「合理主義」的範疇。大約在周作人眼裡，芥川龍之介屬於那種過於「理智」、也過於「徹底」的人。按他的中庸理論，過分徹底的理智，就是不合理智，就走向了理性的反面，就是偏執甚至瘋狂；芥川最後的精神崩潰乃至自殺，也就是理智至極的不理智。由於周作人和芥川對理智的理解和實行各不相同，他們的藝術的風格和人生的歸宿也就截然不同。周作人的作品有著遠離塵囂的平淡，但畢竟充滿人間煙火，不像芥川的作品充滿陰森森的鬼氣，讓人透不過氣來。其實，周作人的這種「人間」性、合理」性的傾向，又何嘗不是中國現代作家的基本傾向呢？芥川

---

12 芥川龍之介著，文潔若等譯：〈侏儒之言〉，載《芥川龍之介小說選》（北京市：人民文學出版社，1981年）。

13 周作人：〈漢文學的前途〉，載《藥堂雜文》（北京市：新民印書館，1944年）。

龍之介的徹底的理性之下的非合理主義和偏執的性格，又何嘗不是日本現代文學的基本傾向呢？以作家的自殺為例，在中國現代作家中，除了詩人朱湘為生活所迫走上自殺一途外，很少有人因理想和現實的衝突、藝術與人生的相剋而自殺。中國作家雖然也有走投無路的困境，也遭遇著嚴重的精神危機，但他們也知道如何超越和克服危機。他們可以讓筆下的人物一次次自殺自亡，自己不妨平安地活在世上。而在日本現代文學中，除芥川外，人們可以看到北村透谷、有島武郎、生田春月等一連串自殺作家和詩人的名字。到了當代，著名作家川端康成、三島由紀夫等人的自殺更被人視為一種日本獨特的文學和文化現象。這一現象從一個側面清楚地表明了中國作家的合理主義的理智和日本作家極端理智之間的差異。也許正是因為這種差異，中國文壇對芥川龍之介始終有著一層難於理解的隔膜，而周作人對芥川的不感興趣，也就不難理解了。當初，周作人和魯迅合作編譯的《現代日本小說集》收錄了芥川的兩篇作品，但翻譯是由魯迅承擔的；在周作人一九一八年所作的〈日本近三十年小說之發達〉演講中，芥川龍之介及新理智派，本來屬於他所論述的「日本近三十年小說」的範圍，而他卻隻字不提；在森鷗外、有島武郎等日本著名作家去世時，周作人往往要撰文紀念，而對引起中日文壇很大震動的芥川的自殺，周作人卻始終保持緘默。這些情況，恐怕不是他一時的疏忽吧？!

## 三　主觀性、情感性與旁觀者的冷靜

馮乃超對芥川龍之介的評論，乍看上去似乎有點令人不可思議。首先，人們不禁要問：既然那麼不喜歡芥川，讀了芥川要「打哈欠」，那麼自己為什麼還要讀呢？為什麼還要翻譯一個集子出來讓大家讀呢？（而且，《芥川龍之介集》是他一生中翻譯的僅有的外國作家的作品集。）其次，作為文學史的常識，誰都知道，芥川龍之介是反對自然主義的。自然主義強調人的生物的本能，芥川則強調「社會的命令」；自然主義反對技巧，芥川卻主張「一切藝術家都必須錘鍊和提高自己的技巧」；自然主義講究客觀真實的描寫，芥川卻注意主觀真實的表現。而馮乃超卻把芥川龍之介說成是「自然主義」作家，而且說芥川的「自然主義」是他的老師夏目漱石的「作風之延長」。[14] 那也就是說，夏目漱石也是自然主義作家了。細究起來，馮乃超在日本僑居二十多年，而且是專攻藝術史的，對日本文壇比較熟悉，斷不至於把夏目漱石、芥川龍之介的流派歸屬問題弄錯。但是，馮乃超確實是明明白白地那樣寫著的。

看來，馮乃超所謂的「自然主義」是有著自己的獨特的意思的。它不是通用的文學思潮的概念，而只是馮乃超對芥川龍之介創作「作風」的一種概括，而且是一種否定性的概括。馮乃超是很討厭自然主義的，他曾說過：「日本的自然主義及托爾斯泰、左拉、毛泊桑（今通譯「莫泊桑」——引者注）都是我所討厭的。」[15] 可見，不論是日本的自然主義，還是西方的自然主義，他都不喜歡。但是，問題在於，芥川龍之介無論從哪種意義上說，都不屬於自然主義作家。馮乃超說他是「自然主義」的，很可能指的是芥川創作中的冷峻的旁觀者的態度。芥川的創作本質上是主觀的表現，但是，他又不是浪漫主義的那種直抒胸臆的主觀，而是善於將主觀加以客觀化。由於他對人生和社會的思索、表現，都是從根本上進行的，就排斥了作者對具體的人和事的感情性，有意把描寫對象和自己最大限度地拉開距離，將人物和環境抽象化，而把自己置於一種「超人」的位置，對筆下的人物和事件冷眼旁觀。在冷靜的哲學式的思考中，作者的情感就被掩蓋起

---

14 馮乃超：《芥川龍之介的作品作風和藝術觀．芥川龍之介集譯者前言》（上海市：中華書局，1931年）。

15 馮乃超：《芥川龍之介的作品作風和藝術觀．芥川龍之介集譯者前言》（上海市：中華書局，1931年）。

來。芥川龍之介的這一創作傾向，與馮乃超的藝術趣味大相逕庭。馮乃超既是革命文學家，又是象徵主義詩人。無論是革命文學家，還是象徵主義詩人，都是主張以主觀性統御客觀性的。作為革命文學家，馮乃超張揚的是革命的激情，他曾站在革命文學的立場上嚴厲地批駁梁實秋式的「冷靜的頭腦」；[16] 作為象徵主義詩人，馮乃超主張用意象來隱喻和表現主觀的情緒的世界，他在他的象徵主義詩集《紅紗燈》裡充分地表現了這樣一個世界。用他這樣的思想和藝術觀念來看芥川，說芥川的作品是「自然主義」的，只是一種「記錄」，說芥川的藝術觀「必然不是唯情主義的，而是理性主義的」，[17] 這些乍看上去難於理解的結論，是符合馮乃超本人的理論邏輯的。面對著與自己的思想和文學趣味如此不投合的芥川的作品，馮乃超除了批判和否定之外，就只有「打哈欠」了。

如果說，馮乃超從主觀的立場反對芥川龍之介的客觀主義，從左翼文學的立場反對芥川的「藝術至上主義」，那麼，巴金則是從情感的立場反對芥川的理智主義、形式主義和技巧主義的。由於中國現代文學的發生發展是與中國現代的個性解放和社會解放緊密地聯繫在一起的，一方面，它要求運用理智對傳統和現實做出估價和反思；另一方面，它的個性解放和社會解放的要求表現為強烈的情感性。在這一點上，中日現代文學具有某些相似之處。但是，從總體上看，兩國現代文學中的情感的表現方式並不一樣。日本現代文學的情感往往是沖淡的、平緩的、克制的、含蓄的、內向的，中國現代文學中的情感往往是濃烈的、峻急的、放縱的、外向的。這種區別在芥川龍之介和巴金兩個作家身上集中地體現了出來。應該說，巴金和芥川龍之介分別

16 馮乃超：〈冷靜的頭腦——評駁梁實秋的《文學與革命》〉，載《創造月刊》第2卷第1期（1928年）。

17 馮乃超：《芥川龍之介的作品作風和藝術觀・芥川龍之介集譯者前言》（上海市：中華書局，1931年）。

代表了中日現代文學的兩個極端：巴金是中國現代文學中情感型作家的極端，芥川是日本現代文學中理智型作家的極端。當然，這並不是說情感型作家沒有理智，或者說理智型作家沒有情感。對於巴金來說，它是用情感推動理智；對於芥川來說，它是用理智規制情感。表現在創作上，巴金是火熱的、騷動的、激越的、參與的、具有使命感的，芥川是陰冷的、克制的、冷靜的、旁觀的。總之，這兩個作家的創作在本質上是對立的。這就無怪乎巴金對芥川抱有那麼大的反感和成見了。巴金只承認芥川的作品有「形式」，也就是藝術技巧，而不認為他的作品有「內容」，所以說就「拿空虛兩個字批評他的全作品」。這裡既充分表明了巴金對芥川作品的不理解，不認同，也表明了他對文學作品的「內容」、「形式」及其關係的獨特理解。巴金認為，在作品中，「內容」是本質的東西。他說過：「我喜歡（或者厭惡）一篇作品，主要是喜歡（或者厭惡）它的內容。」[18]又說：「我不是用文字技巧，只是用作者的精神世界和真實感情打動讀者，鼓舞他們前進。」[19] 在巴金看來，文學作品的內容，其實質就是作家的「精神世界和真實情感」。他輕視在創作中的「形式」、「技巧」，認為「藝術的最高境界是無技巧」，並尖銳地批評「為藝術而藝術」的主張。從這種觀點出發，巴金認定芥川的作品只是「形式」的東西，而沒有「內容」，是很自然的。芥川龍之介的確是個在形式技巧上千錘百鍊的作家。他的小說，幾乎是一篇一個形式、一篇一種技巧。這一點，無論在中國，還是在日本都是公認的，所以在日本，他又被稱為「新技巧派」作家。連否定芥川的韓侍桁也不得不承認：「在現代日本作家中，講到藝術的手法的成功，可以說沒有再過於芥川氏的了。」[20]

---

18 巴金：〈談我的短篇小說〉，載《巴金研究資料》（中卷）（福州市：海峽文藝出版社，1985年9月），頁76。

19 巴金：《探索集．後記》，載《巴金全集》（北京市：人民文學出版社，1991年），第16卷，頁273。

20 韓侍桁：〈雜論日本現代文學〉，載《文學評論集》（上海市：現代書局，1934年）。

但是，韓侍桁也好，巴金也好，均不以形式技巧論成敗。這樣一來，芥川的藝術技巧上的成功，也就被忽略不計了。於是，在巴金眼裡，芥川的作品就是徒有形式的「空虛」之作了。

事實上，現在看來，芥川龍之介的作品不是沒有「內容」，而是沒有巴金所認同的那樣的「內容」。巴金乃至中國現代作家們缺乏芥川那樣的對「終極」的關心，他們眼裡的「內容」，始終是現實的、具體的和社會的。因此，中國作家對芥川作品中超時代、超社會的、形而上的抽象的哲學探討的「內容」難以共鳴，不能理解。即使是讚賞芥川的中國作家，也不得不承認芥川和他們的欣賞習慣之間的距離。例如查士元是讚賞芥川的。在他翻譯的《日本現代名家小說集（上）》中，選擇了佐藤春夫、谷崎潤一郎、芥川龍之介三位作家的作品作為現代日本文學的代表作。他很形象地分別把這三位作家稱為「人驕」、「地驕」和「天驕」。[21] 大約在查士元眼裡，「人驕」、「地驕」可觸可即，而作為「天驕」的芥川龍之介則是可望而不可及的吧。在中國現代文學中，實在不乏「人驕」、「地驕」，但芥川式的「天驕」卻似乎少有。現代中國應該解決的問題太多了，作家們對社會問題的感受太深了。他們過於執著現實，過於「為人生」，而無心像芥川那樣探討那些形而上的終極問題。作品中多了時代性，少了永恆性；多了問題，少了體驗；多了具體，少了抽象；多了明晰，少了曖昧模糊。這是中國現代文學的優長和特色，但同時或許也是中國現代文學的缺憾和弱點吧。而對芥川龍之介文學的簡單的排斥和否定，就集中體現了中國現代文學這一傾向。要使中國文學從總體上達到世界水平，是否應當對中國現代文學的這一傾向加以檢討呢？耐人尋味的是，時隔近半個世紀之後，巴金在審定《巴金全集》的時候，把當年收在《點滴》中的〈幾段不恭敬的話〉從《巴金全集》中悄然抽調

---

21 查士元：《日本現代名家小說集・序》（上海市：中華書局，1929年）。

到「附錄」中，這是否表示了對自己先前的芥川觀乃至日本文學觀的一種無言的反思呢？

# 新感覺派文學及其在中國的變異

## ——中日新感覺派的再比較與再認識[1]

「中國新感覺派」是在日本的新感覺派的直接影響和啟發下形成的，因此研究「中國新感覺派」不能沒有日本新感覺派的比較和參照。事實上，近十幾年來已經出現了若干有關中日新感覺派比較研究的有創見的論文。但無論是比較中日新感覺派之「異」還是之「同」的文章，都抱有兩個似乎不證自明的大前提：一、中國確實曾出現過一個「新感覺派」；二、「中國新感覺派」是現代主義流派。然而問題在於，由於「新感覺派」這一稱謂是從日本引進的，當我們說中國的某某作家屬於「新感覺派」的時候，就不能無視「新感覺派」這一概念在日本原有的最基本的內涵；同樣，當我們說「中國新感覺派」屬於現代主義流派的時候，我們也不能無視國際學術界關於「現代主義」的最基本的界定。否則，這兩個概念就失去了它本有的意義，我們對有關作家所做的「新感覺派」及「現代主義」的定性也就失去了意義。倘若我們不受這些「不證自明」的大前提的束縛，重新檢考、分析有關史實和資料，那就會發現，中國文壇從日本介紹、引進新感覺派伊始，就伴隨著一系列的誤解、混同和偏離。這些誤解、混同和偏離都從各個方面消解了日本新感覺派原有的特點和性質，從而導致了新感覺派文學在中國的變異，使「中國新感覺派」成為一個名不副實的、與日本的新感覺派及世界現代主義文學小同而大異的創作現象。

---

1　本文原載《中國現代文學研究叢刊》（北京），1995年第4期。

## 一　一個誤解

「中國新感覺派」作家從對日本新感覺派的來龍去脈、性質及特色，一開始就不求甚解。最早介紹日本新感覺派的劉吶鷗曾在日本讀過大學，但那時他已回國數年，對日本文壇只能是隔霧看花了。他只知道日本的新感覺派和普羅文學都是「新興文學」，不知道、也不想分辨這兩種文學的本質區別。所以他便心安理得地將這兩個流派的作品混雜在一起編譯成一本書出版。這本標題為《色情文化》的譯文集，既有新感覺派作家池谷信三郎、片岡鐵兵、橫光利一、中河與一的作品，也有普羅作家林房雄、小川未明等人的作品。現在我們都知道，新感覺派和普羅文學是當時日本文壇上相互對峙、相互排斥的兩個流派。雖然他們都宣稱向既成文壇挑戰，但普羅文學所反對的是既成文壇的資產階級性質，而新感覺派所反對的則是既成文壇的現實主義、理性主義。他們在思想和藝術上的主張水火不容，並曾就有關問題展開過激烈論戰。正如高田瑞穗所說，一直到一九二七年新感覺派解體之前，「新感覺派和無產階級文學不但毫無聯繫，而且是相互敵視的」。[2] 劉吶鷗對個中情形似乎茫然不知。他只把它們作為「新興文學」來看待。關於這一點，當時與劉吶鷗常來常往的施蟄存這樣回憶道：「劉吶鷗帶來了許多日本出版的文藝新書，有當時日本文壇新傾向的作品，如橫光利一、川端康成、谷崎潤一郎等的小說。文學史、文藝理論方面，則有關於未來派、表現派、超現實派，和運用歷史唯物主義觀點的論著和報導。在日本文藝界，似乎這一切五光十色的文藝新流派，只要是反傳統的，都是新興文學。劉吶鷗推崇弗里采（蘇聯唯物主義文藝理論家——引者注）的《文藝社會學》，但他最

---

2　高田瑞穗：〈新感覺派的行蹤〉，載《日本文學研究資料叢書．橫光利一和新感覺派》（東京：有精堂，1980年）。

喜愛的卻是描寫大都會中色情生活的作品。在他，並不覺得這裡有什麼矛盾，因為，用日本文藝界的話說，都是新興，都是尖端。」[3] 這種追新求奇的浮躁，妨礙了劉吶鷗對日本新感覺派的深入了解。他在《色情文化》的〈譯者題記〉中的一段話暴露了他在這方面的偏謬和混亂。他說：「現在的日本文壇是一個從個人主義趨向集團主義的轉換時期……在這時期要找出它的代表作品是很不容易的。但是，文藝是時代的反映，好的作品總要把時代的色彩描繪出來的。在這時期裡能夠把日本的時代色彩描繪給我們的只有『新感覺』一派的作品了。」[4]這些話清楚地表明，劉吶鷗是用弗里采式的反映論的觀點來看待當時日本文學的發展趨勢的。所謂「從個人主義趨向集團主義的轉換時期」云云，指的是從資產階級個人主義文學向無產階級集體主義文學的轉換時期。而劉吶鷗卻把完全屬於個人主義文學的新感覺派看成是這一轉換時期的「代表作品」，把新感覺派看成是描寫和反映「時代的色彩」的現實主義作品了。這就完全混淆了新感覺派的意識形態屬性和創作方法屬性。劉吶鷗顯然不知道，日本新感覺派的一個基本立足點是反現實主義的。如片岡鐵兵就明確指出：「一言以蔽之，新感覺派運動是對過去的日本（或許是全世界）作為文學主流而被認同的現實主義價值觀的叛逆。」[5] 他還說：「在新感覺派看來，人生的意義，不在於對陳舊事物的順應或摹仿，而在於創造出新的事物，這就是新感覺派的特色。」[6] 川端康成也明確提出新感覺派所奉行的是「表現主義的認識論」和「達達主義的思想表達方法」。可見，日本新感覺派作家是把現實主義作為「既成文壇」的陳舊的創作

3 施蟄存：〈最後的一個老朋友——馮雪峰〉，原載《新文學史料》1983年第2期。

4 劉吶鷗：〈色情文化．譯者題記〉，原載《新文藝》（1930年1月）。

5 片岡鐵兵：〈新感覺派如此主張〉，載《日本現代文學全集．新感覺文學集派》（東京：講談社，1980年）。

6 片岡鐵兵：〈新感覺派之表〉，載《日本現代文學全集．新感覺文學集派》（東京：講談社，1980年）。

方法加以否定的。對此劉吶鷗似乎渾然不知。他對日本新感覺派的這種不求甚解的態度，解說上的矛盾和混亂，直接影響了中國文壇對日本新感覺派的認識。另一個中國「新感覺派」的代表作家、被人稱為「新感覺派的聖手」的穆時英，在對日本新感覺派的理解上完全跳不出劉吶鷗的窠臼。穆時英未去過日本，且不通日文，他最初對日本文壇及新感覺派的了解主要依賴劉吶鷗譯的《色情文化》，因此很難擺脫劉吶鷗對日本新感覺派的認識上的侷限。穆時英和劉吶鷗一樣，除了簡短的作品序跋之外，沒有專門闡述自己創作主張或見解的文章。但在他的創作以及別人對他的有關評論上，可以明顯看出他也是把新感覺派同普羅文學合為一談的。當時有的評論家說穆時英「滿肚子堀口大學式的俏皮語，有著橫光利一的作風，和林房雄一樣的在創造著簇新的小說的形式」。[7]這雖是形容和比擬，但也直觀恰當地點出了新感覺派文學（堀口大學、橫光利一）與普羅文學（林房雄）在穆時英那裡的奇妙的並置。評論家杜衡曾指出：「時英在創作上是沿著兩條絕不相同的路徑走。他的作品，非常自然地可以分為兩種類型，一是南北極之類，一是公墓之類。而這兩類作品自身也的確形成了一個南北極。」[8] 這裡提到的《南北極》是描寫下層人民苦難與反抗的現實主義小說集，有強烈的普羅文學色彩；《公墓》則是受了日本新感覺派某些影響的描寫都市生活的小說集。杜衡把穆時英這種矛盾稱為「二重人格的表現」。穆時英在《公墓》的〈自序〉中也承認：「同時會有這兩種完全不同的情緒，寫完全不同的文章，是被別人視為不可解的事，就是我自己不明白的，也成了許多人非難我的原因。這矛盾的來源，正如杜衡所說，是由於我的二重人格。」穆時英的這種「二重人格」的矛盾性，清楚地表明他只是徘徊在新感覺派文學與普羅文

---

7 迅俟：〈穆時英〉，載楊之華編《文壇史料》（上海市：中華日報出版社），頁231。

8 杜衡：〈關於穆時英的創作〉，原載《現代出版界》第9期（1933年）。

學的邊緣地帶，和劉吶鷗一樣，他只是追新趕潮，對普羅文學淺嚐輒止，對新感覺派也始終是一知半解。

## 二　三個混同

對日本新感覺派文學認識上的這種淺薄和混亂，不但體現在上述兩位「中國新感覺派」作家身上，也普遍地體現在當時其他一些作家、評論家身上。他們往往將新感覺派文學與其他不同性質的文學混同起來。這種混同至少表現在三個方面。首先，是把新感覺派文學混同於都市文學。杜衡在三〇年代初期曾說：「中國是有都市而沒有描寫都市的文學，或是描寫了都市而沒有採取適合這種描寫的手法。在這方面，劉吶鷗算是開了一個端，但是他沒有好好地繼續下去，而且他的作品還有『非中國』的和『非現實』的缺點。能夠避免這缺點而繼續努力的，這是時英。」[9] 蘇雪林也說：「穆時英……是都市文學的先驅作家，在這一點上，他可以和保爾·穆杭、辛克萊·路易士以及日本作家橫光利一、堀口大學相比。」[10] 綜合杜衡和蘇雪林的意思，主要有兩點：一、劉吶鷗特別是穆時英屬於「都市文學」作家。二、在屬於「都市文學」作家這一點上，他們和日本作家橫光利一、堀口大學是一樣的。換言之，橫光利一、堀口大學屬於「都市文學」作家。這種看法顯然是不符合事實的。以橫光利一為例，他固然寫了《上海》等典型的以都市生活為題材的小說，但能夠體現他的新感覺派特色的許多作品，如《蒼蠅》、《日輪》、《拿破倫與頑癬》等都不是都市小說。其他日本新感覺派作家也不以都市生活題材為其特色。甚至有許多新感覺派作品，如川端康成的《春天的景色》、十一谷義三

9　杜衡：〈關於穆時英的創作〉，原載《現代出版界》第9期（1933年）。

10　轉引自嚴家炎：《中國現代小說流派史》（北京市：人民文學出版社，1989年），頁144。

郎的《青草》等是以鄉間小鎮為背景的。中國文壇之所以把日本新感覺派等同於「都市文學」，原因主要在於混淆了法國的保爾．穆杭和日本的新感覺派作家之間的區別。保爾．穆杭代表作《敞開的夜》和《關閉的夜》是典型的都市小說，而且對日本新感覺派的形成產生了直接影響。所以在中國文壇看來，日本的新感覺派既然是學習和模仿穆杭的，那麼新感覺派小說也就是都市小說了。正是由於中國文壇把「都市文學」等同於「新感覺派」，才把劉吶鷗、穆時英的現在看來並不具備新感覺派文學基本特徵的小說視為新感覺派小說。

第二，是把新感覺派小說混同於弗洛伊德主義的心理分析小說。這種混同較早見於樓適夷寫於一九三一年的《施蟄存的新感覺派主義》。樓適夷沒有像上述幾位作家、評論家那樣混淆新感覺派與無產階級文學的界限，相反他從左翼現實主義的觀點出發，明確判定新感覺主義是「金融資本主義底下吃利息者的文學」，是「光照見崩壞的黑暗的一面……只圖向變態的幻象中逃避」的文學，[11] 並據此將施蟄存的創作看成是「新感覺主義」的。然而，施蟄存的創作主要是受弗洛伊德主義的精神分析學影響的。誠然，新感覺派包括弗洛伊德主義，川端康成在〈新進作家的新傾向解說〉一文中，曾推崇過「精神分析學」，而且在日本新感覺派作家的創作中，也有不少精神分析的成分。但是，精神分析小說並不等於新感覺派小說。新感覺派小說是各種現代主義流派的一種綜合，正如橫光利一所說：「未來派，立體派，表現派，達達主義，象徵派，一部分構成派，這些總體上都屬於新感覺派。」[12] 日本新感覺派作家、理論家從未說過心理分析小說就是新感覺派小說這類話。況且，施蟄存本人對樓適夷給戴的「新感覺主義」的帽子也是不以為然的。早在一九三三年，他就做了這樣的聲

11 樓適夷：〈施蟄存的新感覺主義〉，原載《文藝新聞》第33期（1931年）。

12 橫光利一：〈感覺活動〉，載《日本現代文學全集．新感覺文學集派》（東京：講談社，1980年）。

明：「因樓適夷先生在《文藝新聞》上發表的誇張的批評，直到今天，使我還頂著一個新感覺主義的頭銜。我想，這不是十分確實的。我雖然不明白西洋或日本的新感覺主義是什麼樣的東西，但我知道我的小說不過是應用一些 Freudism 的心理小說而已。」[13] 幾十年以後，他又再次重申，自己的「大多數小說都偏於心理分析，受 Freud 和 H. Ellis 的影響為多」。[14]遺憾的是，樓適夷對施蟄存的這種誤解以及施蟄存的辯解，一直沒有能引起研究者的充分注意和尊重，至今仍有不少論著將施蟄存歸為「新感覺派」。

第三，中國文壇還將新感覺派混同於形式主義文學或「技巧派」。一九二九年，《新文藝》雜誌在介紹郭建英譯橫光利一的小說《新郎的感想》時，稱橫光利一是「現代日本壓倒著全部文壇的形式主義的主倡者，他的作品篇篇都呈給我們一個新的形式，他又能用敏銳的感覺去探索著新的事物關係，而創出適宜的文辭來描寫它，使他的作品裡混然發射著一種爽朗的朝晨似的新氣味」。[15] 這大概是中國將日本新感覺派視為形式主義文學的最早的一段文字。此外，把新感覺派作為形式主義、技巧派文學而大加鼓吹的還有謝六逸。一九三一年他在復旦大學做的題為〈新感覺派〉的講演，通篇論述的都是新感覺派的文字修辭技巧。他指出，「新感覺派注重『感覺』的裝置和『表現』的技巧」，「新感覺派要用最適當的文字，將你所感覺的裝置在文章裡面」。[16] 兩年後，「天狼」（疑為謝六逸的筆名）連續發表〈論新感覺派〉、〈再論新感覺派〉[17] 等文章，進一步補充和發揮了謝

---

13 施蟄存：〈我的創作生活之經驗〉，原載《創作的經驗》（上海市：天馬書店，1935年）。

14 轉引自曾逸主編：《走向世界文學》（長沙市：湖南文藝出版社，1986年），頁284。

15 見《新文藝》第1卷第2號（1929年）。

16 謝六逸：〈新感覺派——在復旦大學的講演〉，原載《現代文學評論》第1卷第1期（1931年）。

17 天狼：〈論新感覺派〉，〈再論新感覺派〉，原載《新壘》第1卷5月號；第2卷2月號（1933年）。

六逸在復旦大學的講演。他指出，以前的小說「在題材上的成功雖是居多，而在技巧上的成功卻不多見」。這有兩個原因：「一是『感覺』的裝置不新鮮；二是『表現』手法的不靈活。前者是不能選擇最切適最新穎的字句而把它裝置起來，去表現一種普遍的感覺，或是『形而上之』的一種非常的感覺。……而且，這裡所說的『表現』不比尋常的手法。……這不單是一個文字堆砌問題，而是從事創作小說的時候該如何運用技巧的一個嚴重的生死關鍵，新感覺派就是指導和糾正這個問題的新的文學的理論。」按他的解釋，新感覺派文學的特點就是要在「必要的時候」，「每一句每一字都需要推敲」。例如，寫女人的細腰要寫成「水蛇般的腰枝」；寫城市颳大風，只要寫「電線鳴」就夠了；寫一個人發怒，就要寫成「煙捲在他手裡捏斷了」；寫一塊白色的瘡疤，那就要寫成「黏住皮膚的一攤白奶油」，認為這種寫法就是新感覺派的「科學的發現」。除了謝六逸等人外，陳大悲也把日本新感覺派視為形式主義文學，他寫了一篇題為〈新感覺派表現法舉例〉的文章，專門介紹新感覺派的「表現法」。他認為新感覺派的特色是「一字一句，一句一段。或斷斷續續的想像，不拘於修辭的修辭，現成的文法的擺脫，一連串的名詞，一連串的形容詞。錯綜的、突兀的、生硬的、老練的、短而有勁的，構成了新的風格，新的情調」。[18] 對這種形式主義的新感覺派理論的鼓吹，沈綺雨在〈所謂新感覺者〉一文中做了尖銳的批評，他指出：「新感覺這件東西，近來中國也常有人提起，而且有人對它做了不少的讚詞。可是他們怎樣讚美法呢？據他們講演的文字看來，他們並不曾提及新感覺的發生的社會根據，也不曾談及它們的認識論、人生觀、道德論等等；他們只說新感覺派的文章做得新奇：它不寫『陸姑娘起身要走』，而必然地要描寫為『陸姑娘的臀部開始左右擺動』，它不描寫『學生成群地走出

18 陳大悲：〈新感覺派主義表現法舉例〉，原載《黃鐘》第1卷第29期（1933年）。

校』，而必然要描寫為『學校吐出了一群群的學生』。」[19] 這一批判可謂一針見血。中國文壇之所以這樣較普遍地把日本新感覺派文學視為一種形式主義文學，原因很複雜。本來，「新感覺」這個詞就很容易使人產生誤解。當千葉龜雄首次提出「新感覺派」這一稱謂，並在文壇上流行開去不久，評論家赤木健介就撰文指出：「新感覺派」這個名稱能否概括文壇上的這場運動還是個疑問。而且，這個稱呼「不僅很容易將它與單純肉感的文藝相混同，而且還會使人誤認為是只重視表現技巧的技巧派的末流」。[20] 事實上，當時許多作家、評論家是偏重從形式技巧、文字修辭方面評論新感覺派作品的。橫光利一的小說《頭與腹》中的開頭——「白天，特別快車滿載著乘客全速前進，沿線的小站像一塊塊石頭被抹殺了。」——被認為是典型的新感覺派寫法而大受推崇。片岡鐵兵讚賞說：「十幾個詞中，效果強烈地、潑辣地描寫快車、小站和作者自身的感覺。……除去感覺性表現之外，怎能取得如此潑辣和強烈的效果呢？」[21] 片岡鐵兵從修辭學角度對《頭與腹》的評論，引起了當時日本文壇的一場爭論。評論家廣津和郎指出：「單用『沿線的小站像一塊塊石頭被抹殺』這一段文字就宣布新感覺派的勝利為時尚早。最重要的在於這段文字和《頭與腹》整個作品有無有機的關係。」[22] 但是現在看來，爭論的雙方觀點雖然對立，但取的都是形式的、文字修辭的角度。特別是一九二八年至一九三〇年間，新感覺派作家和無產階級作家藏原惟人、勝本清一郎等曾展開過一場關於「形式主義問題」的爭論。爭論的焦點是：在文學作品中

---

19 沈綺雨：〈所謂新感覺派者〉，原載《北斗》第1卷第4期（1931年）。

20 赤木健介：〈關於新象徵主義的基調〉，載《日本現代文學全集・新感覺文學集派》（東京：講談社，1980年）。

21 片岡鐵兵：〈告年輕讀者〉，載《日本現代文學全集・新感覺文學集派》（東京：講談社，1980年）。

22 廣津和郎：〈關於新感覺派——致片岡鐵兵〉，載《日本現代文學論爭史》（上）（東京：未來社，1976年）。

是內容決定形式還是形式決定內容。雙方各執一端，新感覺派作家池谷信三郎認為：「藝術上最重要的首先是形式，其次是感想，再次是思想。」中河與一和橫光利一也持大體相同的看法。這場爭論給當時和後來的不少人留下了新感覺派就是形式主義文學流派的印象。而上述的中國文壇也受日本文壇的這種影響，對新感覺派也基本上持有這樣的印象和看法。從形式主義著眼，對新感覺派超越於形式的思想、悟性就難以感受和把握。如黃源在橫光利一的代表作《拿破崙與頑癬》的〈譯者識記〉中認為：日本新感覺派作品對於其內容美，雖不足道，但由描寫的態度，完全是感受的、頗有訴諸於五官的香味。」表明他對這個作品並沒有弄懂。謝六逸也很喜歡《拿破崙與頑癬》，聲稱自己讀了五遍，但讀來讀去讀的仍然是題材與形式，對《拿破崙與頑癬》中所表現的那種非理性的病態衝動，「頑癬」與執拗的征服欲的對應與象徵則茫然不察。事實上，日本新感覺派作家並不是形式主義者，他們同樣注重「內容」和「思想」。他們在自己的理論文章和創作中，表述了一系列的思想觀點。如片岡鐵兵在〈新感覺派之表〉一文中，分章節全面地闡述了新感覺派的「人生觀、道德觀」、「社會觀」和「表現論」。[23] 他在〈新感覺派如此主張〉中又提出了反現實主義、反「三段論」式的科學理性，信奉「萬物是流動的」伯格森式的非理性主義哲學等一系列「主張」。川端康成在〈新進作家的新傾向解說〉中把「主客一體」、「物我合一」的東方傳統的禪宗哲學與表現主義理論主張融合在一起，作為新感覺派的理論基礎。問題在於，中國文壇一開始就對新感覺派的理論主張採取漠視的態度。日本新感覺派的基本的理論文獻，在當時竟沒有一篇譯介過來。他們對自己的創作完全缺乏理論自覺，只一味地糾纏於新感覺派的形式與技巧。誠然，正如日本的許多學者所指出的那樣，日本新感覺派的思想

---

23 片岡鐵兵：〈新感覺派之表〉，載《日本現代文學全集・新感覺文學集派》（東京：講談社，1980年）。

上、理論上都缺乏建設性、獨創性。但與中國的「新感覺派」比較起來，他們畢竟還有思想，而「中國的新感覺派」卻蛻變為無理論、無思想的形式主義，只在文字技巧上步日本新感覺派之後塵罷了。正如穆時英曾坦率地承認的那樣：「對於自己所寫的是什麼東西，我並不知道，也沒想知道，我所關心的只是『應該怎樣寫』的問題。」[24]

## 三　四個偏離

如上所述，三〇年代前後中國文壇對「新感覺派」這一概念的理解是曖昧的和混亂的。無論是把新感覺派混同於普羅文學，還是將它等同於都市文學、形式主義文學或心理分析小說，都囿於表層的題材或形式技巧，都未能把握日本新感覺派的精神實質。也就是說，都未能認清日本新感覺派的現代主義的性質。因此，反映在創作上，「中國新感覺派」只在題材形式和文字技巧上模仿日本新感覺派，而對日本新感覺派的現代主義精神氣質卻相當隔膜。本來，日本的新感覺派是綜合了各種現代主義流派──象徵主義、表現主義、未來主義、弗洛伊德主義、達達主義及超現實主義、精神分析──等多種因素和成分的現代主義流派，而「中國新感覺派」卻偏離了象徵主義、表現主義、未來主義和弗洛伊德主義。由於這四個基本的偏離，「中國新感覺派」就不能具備現代主義文學的基本特質。只要把「中國新感覺派」的兩位代表作家劉吶鷗和穆時英的創作與日本的新感覺派的創作作幾組比較，就不難看到這一點。

首先看中日新感覺派與象徵主義文學的關係。作為現代主義之起點的象徵主義，特別強調客觀自然與主觀自我的神秘的統一和契合。象徵主義者努力使自己的主觀理念找到「客觀對應物」，也就是「使

24 穆時英：〈南北極改訂版題記〉，原載《現代出版界》第9期（1933年）。

思想知覺化」，用客觀事物暗示主觀理念，使萬事萬物都成為「象徵的森林」。日本的新感覺派也正是在這一點上推崇象徵主義的。橫光利一明確闡明：「我所說的感覺這一概念，即新感覺派的感覺的表徵，指的就是擺脫自然的外在現象而深入物體的、主觀的直感的觸發物。」「新感覺派的表徵至少應該是根據悟性而使內在的直感象徵化。」他以中河與一的作品為例指出：「因為這些形形色色的感覺表徵完全是象徵化的東西，因此可以把新感覺派作為一種象徵派來看待。」[25] 橫光利一自己創作的短篇小說〈蒼蠅〉就是比較典型的象徵主義作品，那滿載旅客的馬車突然跌入懸崖，只有馬背上的蒼蠅悠然飛上藍天，整個情節和場景都是脆弱的人類生命的象徵，也是作者崩潰感、幻滅感的一種象徵的外化。所以川端康成稱這篇小說為「新感覺派的象徵」。在「中國新感覺派」小說中，像〈蒼蠅〉這樣的象徵主義作品一篇也沒有，至多不過是在小說中使用了某些象徵手法。如穆時英的小說《公墓》就借用了戴望舒的象徵主義詩歌《雨巷》中的某些象徵手法。但運用了象徵手法並不等於就是象徵主義作品。「中國新感覺派」的許多作品沒有象徵主義那樣的超越於具象的象徵和暗示，顯得過分淺顯平白，一覽無遺，甚至常常需要借生硬直露的說教來「點題」。如劉吶鷗的《熱情之骨》被人認為是新感覺派的、現代派的小說。《熱情之骨》所表現的現代人的漂泊感、幻滅和虛無的情緒，確實是現代主義常常表現的主題。然而，作者卻使用包括象徵主義在內的現代主義所排斥的直露的議論和浮泛的寫實，將所要表達的思想借人物之口徑直說出，用性急、浮露而又常識性的對時代的批判取代了暗示性、象徵性的體驗。

由於「中國新感覺派」流於形而下的具象描寫，未能達到抽象的形而上的哲理層次，這就不僅使它遠離了象徵主義，同時也使它遠離

25 橫光利一：〈感覺活動〉，載《日本現代文學全集·新感覺文學集派》（東京：講談社，1980年）。

了表現主義。表現主義在歐洲最早出現於美術界，它是對印象主義的反撥。印象主義強調客觀地描寫外在事物給人的印象，特別是光與影的效果，而表現主義則主張擺脫外在印象，強調內心體驗的表現和抽象本質的把握。在這方面「中國新感覺派」恰與表現主義相左，而與印象主義趨同。請看穆時英在《夜總會裡的五個人》中的三段歷來為人所稱道的所謂「典型的新感覺派的描寫」：

> 「大晚夜報！」賣報的小孩子張著藍嘴，嘴裡有藍的牙齒和藍的舌尖兒。他對面的那只藍霓虹燈的高跟鞋尖正沖著他的嘴。「大晚夜報！」忽然他又有了紅嘴，從嘴裡伸出紅舌尖兒來，對面的那只大酒瓶裡倒出葡萄酒來了。

> 紅的街，綠的街，紫的街……強烈的色調化裝著的都市啊！霓虹燈跳躍著——五色的光潮，變化著的光潮，沒有色的光潮——氾濫著光潮的天空，天空中有了酒，有了煙，有了高腳鞋，也有了鐘。……

這顯然是道道地地的印象主義的描寫。這三段文字與其說是主觀感覺的表達，不如說是大都市夜晚霓虹燈光照效果的客觀的描述，是印象的傳達，是典型的印象主義的浮光掠影的描寫，集中表明了「中國新感覺派」的反表現主義、非現代主義性質。而且，這種感官印象、感覺活動的描寫，不但迥異於歐洲的表現主義，而且也是日本新感覺派所排斥、所反對的。橫光利一在〈感覺活動〉一文中，特別指出新感覺派的新感覺絕不是「生活的感覺化」，他認為過分強調「感覺活動」，那就無異於宣布人和畜生是一回事，他表示絕不容許「以感覺活動取代悟性活動」。[26] 這裡所說的「悟性活動」，也就是表現主義所主張的對事物內在本質的直覺把握，是超越感官的感知和賦予對象以靈魂的知性能力。如橫光利一的小說《機械》就比較集中地體現了這個創作主張。《機械》與捷克表現主義作家恰佩克的《萬能機器人》同樣取材於機械（器）與人的關係，表達了表現主義常常表達的人的異化的主題。這個小說通篇滲透著作者對人與機械關係的「悟性活動」：人被「機械」異化了、扭曲了，成了喪失了自主性的不能自已、不可思議的生物。「我」的敏感多疑、輕度的神經質的衝動，老闆的智性的畸形，屋敷的中毒死亡，都是「機械」所造成的惡果。在「中國新感覺派」作品中，劉吶鷗的《風景》與橫光利一的《機械》題旨相近，《風景》中的主人公燃青覺得，現代都市中的一切事物，生活空氣與環境都像「機械」一樣：「直線和角度構成的一切的建築和器具，裝電線，通水管，暖氣管，瓦斯管，屋上又要方棚，人們不是站在機械的中央嗎？」他認為都市是「機械的」、「不潔的」、「放蕩的」，而鄉村則是「自然的」、「健康的」、「爽快的」，於是他便把自己的情感寄託在未被都市「機械」文明侵染的鄉村之中。應該說，劉吶鷗在《風景》中對「機械」文明所做的價值判斷與橫光利一的《機械》是基本一致的。然而兩者的區別在於：《風景》對「機械」的否定是通過主人公直露的議論和表白，而不是基於對機械文明異化於人的痛切體驗，單純的厭惡城市機械文明並不就是表現主義或現代主義，毋寧說，對都市文明的否定批判，對鄉村純樸自然的嚮往是十八九世紀歐洲浪漫主義文學的基本特色。而且，「中國新感覺派」作家一方面陶醉於現代都市的燈紅酒綠，沉溺於爵士樂和狐步舞，從中尋求肉體的享樂、感官的刺激和色彩、旋律之美，而另一方面又以傳統

26 橫光利一：〈感覺活動〉，載《日本現代文學全集・新感覺派文學集》（東京：講談社，1980年）。

的農業文明的價值觀否定現代都市文化。這種奇特的矛盾集中地體現在穆時英《上海的狐步舞》開頭和結尾的一句話裡——「上海，造在地獄上的天堂！」對都市文明的這種矛盾的價值判斷，使「中國新感覺派」既不能像表現主義那樣寫出現代都市人的異化感和荒誕感，同時又使它背離了現代主義的另一個重要流派——未來主義。未來主義無條件地讚美都市機械文明，讚美「人變成了機器，機器變成了人的新時代」，認為機器的轟鳴和速度是這個時代最美的音樂，主張文學要寫出現代機械文明的速度、節奏和旋律。「中國新感覺派」雖然也借鑒了未來主義的某些表現手法，寫出了二、三〇年代上海的五光十色、喧嘩與騷動，但在對都市文明、機械文明的基本的價值判斷上，卻是與未來主義背道而馳的。

同樣的似是而非的情形還表現在「中國的新感覺派」與弗洛伊德主義的關係上。與象徵主義、表現主義、未來主義比較起來，弗洛伊德主義對中國新感覺派的影響似乎明顯得多。如本來不能劃歸「新感覺派」的施蜇存，是自覺地接受弗洛伊德主義的。但無論施蜇存也好，還是「中國新感覺派」的代表人物劉吶鷗、穆時英也好，他們對弗洛伊德主義的「期待視野」全都集中在「性」字上。劉吶鷗、穆時英的大部分小說都是男女的逢場作戲。除了個別作品，如劉吶鷗的《殘留》、穆時英的《白金的女體塑像》等有人物的潛在性意識的描寫，但大多數作品不過是通俗的性愛小說，很難說其中有什麼「主義」。即便是《殘留》、《白金的女體塑像》，對潛意識的描寫也過於明晰化，沒有充分表現出非理性的神秘與混沌。「中國新感覺派」對弗洛伊德主義的這種接受狀況也與日本新感覺派文學形成了對照。日本新感覺派所注重的主要不是弗洛伊德主義的「性」，而是它所提供的「自由聯想式」的「思想表達方法」。正如川端康成所說，是要從精神分析學那裡「找到觀察心理的鑰匙」。川端康成把精神分析學同文學上的達達主義、超現實主義聯繫在一起，正確地揭示了精神分析學與文學最直接、最內在的聯繫。[27] 表現在創作方面，日本新感覺派不像「中國新感覺派」那樣大多描寫性愛題材。即便是與「性」有關的作品，如橫光利一的《日輪》、《拿破崙與頑癬》等，都是以「性」為切入點揭示複雜的潛意識領域，而不僅僅是表現「性」本身。《日輪》描寫了男人們在性本能的驅使下的非理性的瘋狂，《拿破崙與頑癬》則把人物的潛在的性意識與自卑情結、超越自卑的占有欲糾結在一起。這些作品都具有強烈的變態心理學的意味，而不像劉吶鷗、穆時英的作品那樣流於都市情場性風俗的寫實。總之，「中國新感覺派」既未能表現出弗洛伊德主義所揭示的那種複雜、黑暗、神秘的潛意識領域，又未能將這種非理性思維作為一種表達方式付諸於藝術表現。他們的作品文字雖零散、有所暗示，但卻淺顯而明晰，結構雖跳躍、閃動，但依然規制在明顯的邏輯框架中。弗洛伊德主義在中國「新感覺派」那裡，僅僅是促進了心理描寫的深入與新穎，還沒有提高到一種現代主義創作方法的廣度和深度。正如施蟄存後來所明確強調的那樣：「若用現代主義反傳統、反理想、反現實主義的標準來衡量，心理分析小說無論如何也算不上合格的現代主義小說。」[28]

## 四　幾點辯正

通過以上的分析比較，我認為有理由對一直流行的幾個觀點和說法提出如下的幾點辯證。

第一，所謂「中國新感覺派」，本來就是當時少數評論家以日本新感覺派來比擬有關中國作家的、缺乏科學界定的論證的說法。這個名稱與有關作家的實際創作之間存在著很大的背謬。他們固然受到了

27 川端康成：〈新進作家的新傾向解說〉，載《日本現代文學全集・新感覺文學集派》（東京：講談社，1980年）。

28 施蟄存：〈關於「現代派」一席談〉，原載《文匯報》，1983年10月18日。

日本新感覺派的啟發和影響，但一開始就沒有弄清日本新感覺派的「廬山真面目」，對日本新感覺派存有種種混同與誤解，同時又在創作上偏離了「新感覺派」的基本軌道，從而使「新感覺派」徒有其名。而且，在被劃歸到「新感覺派」的諸位作家中，受到日本新感覺派直接或間接影響的實際上只有劉吶鷗和穆時英兩個人。兩個人實在難以構成一個流派所必須具備的群體性，因而也難以成「派」。如果現在仍要稱他們為「新感覺派」，也應該加上引號。以示它是約定俗成的習慣稱謂，而不是科學的概念。

第二，所謂「中國新感覺派」不是象徵主義、表現主義、未來主義，也不是真正的弗洛伊德主義，它只是借鑒了這些現代主義流派的一些技巧和手法而已。我們不能拿某些技巧和手法來判定它的流派屬性，而是要看它是否具備了現代主義那種基本精神。當時的中國還缺乏西方那種孕育現代主義文學的成熟的工業文明、先進的科學技術、發達的近代理性哲學和現代反理性哲學文化傳統，缺乏歐洲的第一次世界大戰和日本的一九二三年關東大地震所帶來的那種危機感、幻滅感和崩潰感。「中國新感覺派」作家大都是從傳統的農業文明中走向上海這個近代大都市的。面對都市的繁華喧鬧，他們驚異、恍惑、沉溺而又不適應，眼花繚亂的感官刺激妨礙了他們對現代生活的冷峻回味、反省和體驗，因此在創作中也表現不出現代主義的那種異化感和荒誕感；他們用感官感受代替了現代主義的「新感覺」，用浮泛的都市風俗寫實取代了現代主義的那種形而上的抽象，用個人的孤獨和感傷取代了現代主義的那種對人類前景和命運的憂患意識和終極關懷。

第三，既然「中國新感覺派」算不上「新感覺派」，更算不上「現代主義」，那麼，如何對劉吶鷗、穆時英等人在那一時期的創作做出一個比較恰當的概括呢？我認為不妨稱他們為「都市通俗小說派」。杜衡早在二十世紀三〇年代初就稱他們的小說為「都市文學」了，然而我們還要再加上：「通俗」二字，否則就不能把他們的創作與同時期以都市生活為題材的現實主義小說（如茅盾的《子夜》等）相區別。而且「都市通俗小說派」不像「新感覺派」那樣只侷限於劉吶鷗、穆時英，它理所當然地包括了被視為「新感覺派」的其他數位作家，如施蟄存、張若谷、葉靈鳳、黑嬰、徐霞村等。通俗小說的基本特點是迎合大眾讀者閱讀心理，追新求奇而又無創作上的定見或「主義」，混雜各種思潮流派的因素而又缺乏藝術個性，思想淺陋、常識化而流於形式技巧。可以說，這個「都市通俗小說派」是上海的鴛鴦蝴蝶派衰微之際，繼之而起的小說流派。除個別作家，如施蟄存外，他們雖然在手法乃至見識方面比鴛鴦蝴蝶派技高一籌，但在對男女情愛的媚俗的描寫上，在膚淺的洋場風俗的寫實上，他們與鴛鴦蝴蝶派只有高下新舊之分，而沒有本質之別。

# 中國的鄉土文學與日本的農民文學[1]

「鄉土文學」、「農民文學」，在日本和中國現代文學中，是兩個近乎同義的、常常交叉使用的概念，此外還有其他大同小異的相關概念。如在中國，周作人稱為「鄉土藝術」，胡愈之稱作「農民文學」，郁達夫稱作「農民文藝」，鄭伯奇稱作「鄉土文學」，沈雁冰既稱「鄉土文學」，又稱「農民文學」。在日本，則有「鄉土文學」、「鄉土藝術」、「土的藝術」、「農民文學」、「農村文學」、「田園文學」、「地方主義」、「大地主義」等等名稱。不過，被普遍認可的最常使用的概念，在中國是「鄉土文學」，在日本則是「農民文學」。

中日現代作家都生活在城市與鄉村相互對峙的二元的社會結構中，許多作家都有農村和城市的雙重生活體驗，經歷了現代城市文化和傳統鄉村文化兩種文化的衝突和撞擊。但是，由於中國社會長期處在半封建、半殖民主義狀態，現代城市的發展受到限制，而日本的資本主義及其現代城市的發展既比中國早得多，也比中國先進得多。日本的商業性城市在十七、八世紀的江戶時代已經發展得相當繁榮了。江戶時代的文化，主要是由城市居民為基礎，由城市文人所創造的。因此，江戶文化本質上是城市文化，江戶文學本質上就是城市文學。明治維新以後登上文壇的作家，大多數作家也都在城市出生，在城市成長。而中國的城市，特別是現代商業城市，到了二十世紀初才得到了比較快的發展，作為非官僚的自由知識份子才得以陸續從農村進入城市。中國新文學的第一批作家，絕大部分都出身農村，青少年時期

---

1　本文原載《四川外語學院學報》（重慶），1999年第1期。

生活在農村，成人以後為了謀生才來到城市。因此，魯迅才在這個意義上把這些作家稱為「僑寓文學的作者」。[2] 中日作家的這種鄉村和城市的不同的生活背景和生活氛圍，很大程度地影響了兩國現代文學的整體面貌。由於日本作家對農村生活不熟悉，在日本現代文學發展的早期，反映農村生活的作品殆無所見。從一八六八年明治維新，一直到明治三〇年代（1910 年前後）「農民文學」作家長塚節的出現，在長達三十多年的時間裡，日本文壇沒有出現真正的鄉土文學作家和鄉土文學作品。正如加藤周一在《日本文學史序說》中所指出的，「志賀（直哉）、谷崎（潤一郎）自不待言，就是他們以前的或以後的幾代小說家，也很少去描寫農村和農民，幾乎所有人都不願走出城市的中產階層之外」。[3] 中國的情況則不同，新文學的實績，一開始就是由鄉土文學來體現的。中國新文學的第一批作家大都來自農村，第一個文學流派是鄉土文學流派，第一批成熟的作品是鄉土文學作品。

## 一　自發時期：五四鄉土文學與日本早期農民文學

在日本，明治三〇年代前後，國木田獨步、田山花袋、島崎藤村、木下尚江、伊藤左千夫等一批作家在創作中開始涉及農村題材，描寫農民的形象。但一般認為，最集中地描寫鄉土社會，反映農民生活的作品，是明治四〇年代出現的真山青果的系列短篇小說〈南小泉村〉（1907）和長塚節的《土》（1910）。這兩部作品，特別是長塚節的《土》，是早期「農民文學」的代表作，標誌著日本現代農民文學的登場。但由於作家不多，作品不豐，日本早期農民文學作家沒有形成一個群體，沒有匯成一個流派。二十世紀二〇年代中期，在魯迅的

2 魯迅：《中國新文學大系・小說二集序》，在《魯迅全集》（北京市：人民文學出版社，1981年），第6卷，頁247。

3 加藤周一：《日本文學史序說》（下）（東京：筑摩書房，1982年），頁427。

影響下，中國文壇出現了許傑、許欽文、王任叔、臺靜農、王魯彥、彭家煌、蹇先艾等鄉土作家群體。這一大批作家及豐富的創作，形成了中國的鄉土文學流派。

從時間上看，日本的農民文學比中國的鄉土文學早出現十幾年，兩者沒有事實上的影響關係。但作為兩國早期的鄉土文學，卻也具有許多不期而然的相同或相通。首先，兩者都是在缺乏理論自覺的狀態下自然地成長起來的。在作品出現之前或之後的相當長的時間裡，日本和中國都沒有出現系統的鄉土文學或農民文學的理論。有的只是對歐洲鄉土文學或農民文學的介紹。在日本，長塚節的《土》出版之前，曾有人介紹過歐洲的「鄉土文學」，如片山正雄曾發表〈鄉土藝術論〉（1906），櫻井天壇發表〈最近德國的鄉土文學〉（1908）。但是，這些理論對作家的創作似乎沒有什麼影響。在《土》出版之後，才在有關的評論中，出現「農民小說」的這樣的不甚確定的概念。和日本一樣，中國文壇是在鄉土文學實際上已經形成之後，才有介紹歐洲農民文學的文章，有的文章表示「希望中國也有農民文學家，也有顯克維支和萊芒忒」。[4] 但事實上，當時中國的鄉土文學，似乎極少受到歐洲鄉土文學作品或鄉土文學理論的影響。中國文壇內部，在鄉土文學形成之前，甚至盛行之後，也沒有系統的、並且對作家形成影響的鄉土文學理論。魯迅的「鄉土文學」的提法，是在「鄉土文學」過去十年之後的一九三五年才提出來的。近年來，有人認為周作人是五四時期鄉土文學理論的最重要的倡導者。但仔細讀一讀周作人的有關文章就會清楚，那幾段被反覆援引的話，與其說是倡導「鄉土文學」，不如說是倡導「世界文學」更確切些。他並沒有單純強調文學的「鄉土」性。他所謂的「地方性」，所謂的「風土」，指的是與「淩空的生活」相對立的「地面上」的生活，也就是真實生動的現實生

4　胡愈之（化魯）：〈再談談波蘭小說家萊芒忒的作品〉，原載《文學週報》第156期（1925年）。

活，而不是「抽象化了」的「概念」的東西。他強調的也並不單單是「地方性」、「地方趣味」，而是「國民性、地方性與個性」的統一。因此他認為，對「地方」、「風土」的忠誠，「不限於描寫地方生活的『鄉土文藝』，一切的文藝都是如此」。[5] 所以總體來看，鄉土文學的當事者蹇先艾一九八四年撰文認為二十世紀二〇年代中國沒有鄉土文學理論，是言之有據的。當然，如果說那時中國沒有系統的、有影響的鄉土文學理論，或許更準確些。但是，沒有鄉土文學的理論，並不意味著沒有鄉土文學流派。理論是文學運動和文學思潮的必要的前提條件，卻並不是文學流派形成的必要的前提條件。中國五四時期在魯迅影響下形成了一個鄉土文學流派，是一個不爭的事實。這也是中國鄉土文學和日本的「農民文學」的一個基本的不同。日本的早期的「農民文學」之所以沒有形成流派，也不是因為他們沒有系統的理論，而是因為他們沒有魯迅那樣的被普遍摹仿的典範，沒有形成一個創作的群體。

日本早期的農民文學和中國五・四時期的鄉土文學，都具有大致相同的文化價值觀和價值結構。換言之，他們都把自己創作放在「鄉村（傳統）文化——城市（現代）文化」兩種文化的對峙的價值結構中，在兩種文化、兩種生活方式的或明或暗的對比中，在兩種文明的反差中，確立自己的描寫視角，作出自己的價值判斷。在這方面，無論是中國的「鄉土文學」，還是日本的「農民文學」，都在自覺不自覺地以城市（現代）文化的價值觀，對鄉村文化加以觀照、反思和批判。但是，比較而言，由於中國的鄉土文學家在人生履歷上和鄉村密切連在一起，在精神上也和故鄉有著深刻的聯繫，青少年乃至童年時期的農村的生活經驗和情感體驗，也深刻地影響著作家們的創作。因此，中國現代的鄉土文學在對傳統鄉村文明的批判中，也滲透著一種

5 周作人：〈地方與文藝〉，載《談龍集》（上海市：開明書店，1927年）。

複雜的「懷鄉」情緒。正像魯迅在〈故鄉〉中所表現的，有對故鄉的深切的愛，有纏綿無盡的懷念，也有無奈的歎息和含淚的憎惡。這一切匯成了魯迅所說的「鄉愁」。一方面，他們站在鄉土裡面，以「鄉下人」的眼光描述或追憶鄉村的田園風光，努力在情感上貼近對象。另一方面，他們又常常站在鄉土之外，以局外人、城裡人的視角審視鄉土民風。他們厭離了故土，卻又時時地對故鄉投去留戀的目光；他們讚美農民的淳樸勤勞和善良，而又對農民的愚昧、野蠻和僵化痛心疾首；他們抨擊傳統的非人道的鄉間習俗，同時又禁不住把這些習俗作為民俗文化加以玩賞；他們以前所未有的嚴峻的寫實主義手法描寫鄉村的醜惡黑暗，剖析農民那麻木、僵死、卑微的靈魂，揭示農民的精神上的創傷，同時又深切地懷念失去了的故鄉的「父親的花園」（魯迅對許欽文的評語），從而流露出浪漫主義的感傷。而日本的作家大都出身於脫離農村或農業生產的工商業者、武士或士族家庭，他們的「故鄉」是城市，因而沒有中國作家對農村那樣的深厚而複雜的鄉情。他們即使描寫到了農村，也完全是把農村作為純客觀的描寫對象。這就決定了兩國作家的兩種不同的立場，乃至不同的創作方法。日本作家以都市文化提供的價值標準來描寫鄉村，表現農民。同時，他們採用了自然主義的手法，冷靜以至冰冷，客觀以至無情，甚至在自然主義的創作觀念的影響下，刻意表現農民身上的自然的獸性。他們以城市人的優越感，居高臨下地俯視鄉土和農民，帶著一種不屑和歧視描寫鄉村和農民。如真山青果的《南小泉村》，集中描寫了農民的愚昧無知，但不是魯迅那樣的「哀其不幸，怒其不爭」，而是露骨地表現了對農民的厭惡和蔑視。作品一開頭就這樣寫道：「再也沒有像農民那樣悲慘的人了，尤其是奧州的貧苦農民更是如此。他們衣著襤褸，吃著粗糧，一個勁兒地生孩子，就彷彿是牆上的泥土，過著骯髒邋遢、暗無天日的生活。好像那地上的爬蟲，在垃圾中度過一生。」作者直言不諱地表明了對農民的態度：「每當看到那種發出黴爛味的、愚昧而悲慘的生活情景，內心裡總感到一種像憎惡醜惡事物一樣的不快和厭惡。」長塚節的《土》與《南小泉村》稍有不同，表現了對農民的人道主義同情。但作為地主的兒子，作者顯然是站在地主的立場上觀察和描寫農民的，更多地表現了農民的刁鑽古怪、狡猾世故、趨炎附勢、奴顏卑膝、愚昧迷信、盜竊成性、偷情野合，等等。正如夏目漱石在《土》的單行本的序言中所說：「《土》中出現的人物是最貧苦的農民。寫的是既無教養又無品格，像蛆蟲一樣生在土中長得可憐的農民的生活。……他詳細而忠實地把他們那種近於獸類的、可怕的，及其窘困的生活狀況全部寫進了這部《土》中。將他們的卑下、淺薄、迷信、單純、狡猾、麻木、貪欲等等幾乎是我們（包含當今文壇所有作家）難以想像之處清晰地呈現在人們面前。」[6]

儘管日本的早期農民文學和中國的鄉土文學派在描寫視角、文化價值方面存在這些差異，但是這種差異不是根本的。總體上看，兩國作家是以現代的城市文明作為基本的價值尺度的。貫穿於中國鄉土文學中的根本精神是現代的啟蒙主義。啟蒙主義的思想基礎是進化論，進化論在社會學上的基本觀點是現代（城市）文化高於傳統（鄉村）文化。所以，在根本上說，中國的鄉土文學，是「思鄉」的文學，但又不是「歸鄉」的文學，而是「離鄉」的文學。這一時期中國鄉土文學和日本「農民文學」的最大差異，並不在於文化價值觀的不同，而在於是否具有一種「思鄉之情」。換言之，就是對鄉村和農民的情感態度。

6 夏目漱石：〈《土》序言〉（東京：春陽堂，1912年）。

## 二　自覺時期：京派作家的鄉土文學與日本的農民文學運動

日本文壇在二〇年代初期，中國文壇在二〇年代中期以後，鄉土文學進入了一個新的發展時期。這一時期，第一次世界大戰已經充分暴露了以城市文明為本位的資本主義文明的弊端和危機。為克服這種弊端和危機，人們重新把目光投向鄉村。現代城市發展所帶來的許多負面效應，引起了人們的憂慮。馬克思主義的傳播，也使人們開始重視無產階級（包括工人和農民）所潛在的巨大力量；歐洲鄉土文學、農民文學，也對中日兩國文壇發生了較大影響。在這種情況下，中日兩國的鄉土文學便以新的面貌出現在文壇。在中國，魯迅、茅盾、郁達夫等文壇權威都撰文，或總結前一時期鄉土文學的歷史經驗，或公開地倡導「鄉土文學」、「農民文學」。鄉土文學由早期的缺乏理論自覺的自發的創作，形成了一種有著明確的理論主張的自覺的鄉土文學。這個時期的中日鄉土文學有一個共同的格局，那就是左翼鄉土文學和非左翼或反左翼的鄉土文學的並存，鄉土文學創作形成了多元共生的局面。在中國，既有茅盾、丁玲、葉紫、魏金枝、吳組緗、蔣牧良、沙汀等作家的帶有強烈意識形態色彩和政治傾向的「左翼鄉土文學」創作，也有以廢名、沈從文、蕭乾等「京派」作家形成的嚴格意義上的鄉土文學流派。在日本，鄉土文學在這個時期一改此前不成陣容的局面，發表了豐富的創作和大量的理論文章，出現了左翼和非左翼兩方面的農民文學。日本普羅文學家小林多喜二、德永直等發表了大量以農民生活為題材的左翼小說。另一方面，在一九二二年一些日本作家評論家召開法國鄉土文學家路易·菲力普逝世十四週年紀念演講會以後，吉江喬松、犬田卯、和田傳、加藤武雄、鑓田研一、加藤一夫、淺湯真生等人發起或參加了「農民文藝研究會」（後演變為「農民文藝會」、「全國農民藝術聯盟」）。他們出版《農民文藝十六講》，編輯機關雜誌《農民》，形成了規模較大的有組織、有綱領的，與左翼農民文學相對立的農民文學運動及農民文學流派。應該指出的是，在中日兩國，左翼農民文學是普羅文學的組成部分，它不具備獨立的鄉土文學或農民文學流派的品格。而以廢名、沈從文等為首的中國「京派」作家的創作，以「農民文藝研究會」和《農民》雜誌為中心的日本作家的創作，才是具有獨立流派品格的、嚴格意義上的鄉土文學或農民文學。

在中日兩國這一時期的鄉土文學流派的理論和創作中，值得注意的首先是文化價值觀的轉變。這種轉變體現在兩個方面，首先是思想意識的轉變。前一時期，無論是中國的鄉土文學還是日本的農民文學作家，都是以作家自己的啟蒙主義意識，以超越農民的現代意識來觀察和描寫鄉村和農民。也就是說，作家保留了強烈的主體性，他們站在農民之外、或站在農民之上表現農民。這一時期的鄉土文學或農民文學，則強調作家要站在鄉村農民的立場之內，把思想意識和思想感情溶化於農民，設身處地地表現農民。為此，兩國的理論家們都強調農民文學必須具備農民的「意識」。日本農民文學運動的發起人之一犬田卯指出：以前的鄉土文藝和田園文學是「走向土地」，現在必須「從土地出」，也就是「從生產自耕農的意識中產生的東西」。[7] 犬田卯把這種意識稱為「土的意識」或「農民的意識形態」，把具有這種意識的文藝稱為「土的藝術」。他解釋說，「土的藝術」是從土地中產生的，所謂從土地產生，就是從土的意識中產生，而不是從無自覺意識的土地中產生。他認為，即使作家住在城市，也不影響他成為一個農民文學或「土的作家」，最重要的是作家有沒有「土的意識」。[8]在這個問題上，中國作家也持有相同的看法，郁達夫說過：「（農民文藝

7 犬田卯：《日本農民文學史》（東京：農山漁村文化協會，1977年），頁26。

8 犬田卯：《日本農民文學史》（東京：農山漁村文化協會，1977年），頁32。

的）作者第一要有熱烈的感情，第二要有正確的意識。不問你是否出身於泥土的中間，只教你下筆的時候自覺到自己是在為農民而努力，自己是現代社會中一個被虐待的農民……最好的農民文藝就馬上可以成立了。」[9]

與此同時，那種以城市為本位的文化價值觀在這一時期發生了逆轉。作家們轉而提倡以農民為本位，以鄉土為本位的文學。主張用鄉村文化、農民文化來治療現代城市文明、工業文明所造成的種種弊端，一時間，中日兩國文壇瀰漫著一種濃厚的「歸鄉」情緒。不過，這種「歸鄉」，不是中國五四時期鄉土文學家所表現的那種「鄉愁」，而是文明價值觀上由城市向農村的回歸。對鄉村田園文明的張揚，意在排斥、糾正現代城市文化、工業文明帶來的弊害。犬田卯認為，農民藝術「就是反抗近代文明，對近代社會組織進行挑戰」。淺湯真生也認為，日本農民文藝運動的出發點，就是對都市、機械、勞動等所造成的現代社會的所謂「繁榮」加以糾正。[10] 為了強調農村文化的唯一價值，他們甚至把農民和工人、鄉村和城市截然對立起來，認為為了養活城市這隻「大壁虱」，農村被剝皮碎骨，所以和資本主義城市文明對立的，是農民階級；城市工人階級、無產階級不過是資本主義的附屬物罷了。馬克思主義也是城市文明的產物，因此它是「都會主義」的。而「從都會主義匯出、乃至觀察到的農民都被歪曲，被肢解了，這不是什麼難以理解的事」。[11]加藤一夫寫道：「文明是什麼，它的意思就是都市化。也就是說，文明是鄉村的反義詞，它意味著與以農為本的文化的對立。而都市化，則是現代一切醜惡禍害的淵藪。無產階級文學的根本的弊害，在於它只謀求上層建築的改善。在某種意義上說，它不是謀求無產階級的資產階級化，又是在謀求什麼

9　郁達夫：〈農民文藝的實質〉，原載《民眾》旬刊第2期，1927年9月21日。

10　犬田卯：《日本農民文學史》（東京：農山漁村文化協會，1977年），頁34。

11　犬田卯：《日本農民文學史》（東京：農山漁村文化協會，1977年），頁94。

呢？」[12] 他們進一步斷言普羅農民文學不是農民文學，而是「俘虜農民的文學」，是「把農民當踏板的文學」，甚至是「算不得文學的宣傳文字」，是「帶著黃金誘餌的釣鉤」。[13]他們指出了普羅農民小說的一個「公式」：要嘛農民的勝利輕而易舉，要嘛失敗後需要工人說明。他們認為這樣的「農民小說」，就是讓農民依附城市工人。在創作上，日本的農民文學派的作家們也和普羅農民文學有所不同，他們常常表現城市工業文明如何侵入農村、如何給農村造成災難，以及農民所進行的獨立的反抗鬥爭。

在中國，這個時期以沈從文、廢名為代表的「京派」鄉土文學，雖然沒有像日本的農民文學運動那樣提出系統的反對現代城市文明、反對普羅「農民文學」的理論主張，但在創作上，卻體現了相同的價值取向。「京派」的鄉土文學，也站在左翼文學的對立面，打出了與左翼的「階級論」相對立的「人性論」的旗幟，而且在創作上刻意表現從未被現代城市文明薰染的鄉村農民身上發現美好善良的人性，鮮明地體現了排斥資本主義的城市文明，以鄉村文化為本位，回歸田園的傾向。如廢名的小說，就消解了五四時期鄉土小說對農村封建主義的批判，把傳統的宗法制的鄉村生活加以詩化和美化，在對鄉土人情、田園之美的欣賞中，表示了對傳統鄉村生活價值、甚至是封建倫理道德的認同。沈從文則自覺地以「鄉下人」的價值觀來表現鄉土社會。他一再表白：「我實在是個鄉下人……鄉下人照例有著根深柢固永遠是鄉巴佬的性情。愛憎和哀樂自有它獨特的式樣，與城市人截然不同。」[14] 他滿懷深情，描寫著遠離城市文明的湘西的山坳和村落，表現著鄉民們淳樸的生活與感情，固守著鄉下人的價值觀和審美觀，以此與現代城市文明相對抗。蕭乾也在早期代表作《籬下》中展現了

12 犬田卯：《日本農民文學史》（東京：農山漁村文化協會，1977年），頁92。
13 犬田卯：《日本農民文學史》（東京：農山漁村文化協會，1977年），頁100。
14 沈從文：《從文小說習作選・代序》，1936年。

鄉村和城市兩種生活方式的衝突，明確表示把「想望卻都寄在鄉野」。[15] 李健吾的成名作《終條山的傳說》雖然也描寫了北方鄉村的原始、落後和停滯，但又把那一切籠罩在影影綽綽的傳說中，表現了一種詩意的虛靜空靈。蘆焚（師陀）的《里門拾記》也表明作者是相當自覺的鄉土作家，正如李健吾所評論的，在這部作品裡，蘆焚和沈從文碰了頭，開始有意識地描述鄉下的故事。[16] 京派的鄉土文學作家，大都經歷了由鄉村來到城市的人生歷程，他們也寫了一些反映城市生活的作品。但是，在那些以城市生活為題材的作品裡，表現的是灰色的生活、暗淡的人生，更從反面印證了他們內心的無以擺脫的鄉土情結。

## 三　變異時期：日本農民文學的變質，中國「鄉土」文學概念的置換及抗日傾向

二〇年代，在日本發動侵華戰爭以後，中日兩國的鄉土文學也發生了根本的變化。在日本，一九三八年底，以「農民文藝會」及《農民》雜誌為中心的日本農民文學運動或稱鄉土文學流派，在日本法西斯軍人政府的拉攏引誘之下，在當時的農業大臣有馬賴寧的直接支持下，成立了所謂「農民文學懇話會」。這個「農民文學懇話會」是有著深刻背景的。日本侵略中國東北的「九一八」事變發生後的第二年，日本文壇迅速法西斯主義化。這一年，一些極力主張對外侵略的少壯軍人和一些右翼作家，組成了法西斯主義文學團體「五日會」，一九三四年一月，直木三十五、吉川英治等作家，又串通「警保局長」松本學，以「五日會」為基礎，發起成立了「文藝懇話會」，成

15 蕭乾：〈給自己的信〉，原載《水星》第1卷第4期（1935年）。

16 李健吾：〈里門拾記〉，見《李健吾創作評論集》（北京市：人民文學出版社，1984年），頁490。

為法西斯主義文學的一座橋頭堡。而「農民文學懇話會」實際上就是「文藝懇話會」的一個分支機構。至此，日本的農民文學運動作為一個民間的文學運動、民間的文學團體流派，被完全納入了法西斯主義的國家體制。正如當事人之一的犬田卯後來所總結的：「『農民文藝懇話會』結成之後，我國文藝界值得特別加以論述的作為文學團體的運動就消失了，而變成了作家個人的活動。此後數年間，我國農民文學的大部分完全改變了它的性質。也就是說，它墮落了，順應時勢，喪失了此前它所主張的存在權利這一重大要素中所包含的革命性、乃至下層的階級性。」[17] 原屬農民文學運動成員的作家們，按照軍國主義政府的要求，寫作大量的有關如何增產糧食、服務「大陸開拓」的「御用」作品，其中許多獲得了政府頒發的各種「文學賞」。

在日本蹂躪下的中國，「鄉土文學」也有了特殊的內涵，形成了不同於五四時期的鄉土文學流派和京派作家的鄉土文學的另一種「鄉土文學」。這種鄉土文學最早起源於日本占領下的臺灣。二十世紀三〇年代初，臺灣文壇曾經展開了關於「鄉土文學」的論戰。針對日本殖民當局在臺灣強制推行日本語，強制作家用日文寫作的情況，不少有愛國心的作家、評論家提倡使用臺灣固有的漢字，「用臺灣話做文、用臺灣話做詩、用臺灣話做小說、用臺灣話做歌謠」（黃石輝〈怎樣不提倡鄉土文學〉）。臺灣評論界還把賴和、楊逵等一生反抗日本殖民統治的臺灣作家的作品稱為第一代「臺灣鄉土文學」。而在「九一八」事變後的東北地區，也出現了和臺灣的鄉土文學性質相同的、暗含著抗日意識的鄉土文學創作流派。鑒於二十世紀二、三〇年代臺灣和祖國大陸文壇的聯繫比較密切，東北的淪陷區的鄉土文學很可能受到了臺灣鄉土文學的某些影響。那時，日本在東北扶植成立了所謂「滿洲國」，不僅在政治、經濟方面，而且文化文學方面實行一

17 犬田卯：《日本農民文學史》（東京：農山漁村文化協會，1977年），頁161。

系列的殖民主義同化政策，強制推行日語，大量改編翻譯日本作品，強化書刊檢查，不准任何有反日傾向的作品出版，對左翼作家或有反日傾向的作家進行迫害，直至逮捕和殺害。一九四一年，偽滿負責文藝統治的「弘報處」又公布所謂〈文藝指導要綱〉，明確提出：「我國（指偽滿洲國——引者注）文藝以建國精神為基調，從而顯示八紘一宇巨大精神的美，並以移植國土的日本文藝為經，以原住各民族的固有文藝為緯。」其實質是強調對日本文學的所謂「移植」，使「滿洲」的文學成為日本文學的「移植文學」。在這種特殊的情況下，一九三四年，梁山丁、蕭軍曾就「文學本身的派別和主義問題」作過討論，認為應該「先從暴露鄉土現實做起」。次年，梁山丁發表《跑關東》，成為東北淪陷區「鄉土文學」的最早創作之一。一九三七年，長春《大同報》在新年徵文中提出過「鄉土文學」的徵文。不久，疑遲發表小說《山丁花》。這個作品描寫了日本統治下的東北伐木工的悲慘生活，暴露了東北的「鄉土現實」。作家山丁為此寫了題為〈鄉土文學與《山丁花》〉的評論文章。借此公開提倡「鄉土文學」，認為這個作品寫出了「我們一大部分人的現實生活。鄉土文學是現實的，《山丁花》是一篇代表鄉土文藝的作品」。山丁的《鄉土文學》的主張提出後，引起了一些人的異議，並引發了關於「鄉土文學」的論爭。和日本殖民統治當局關係密切的、以《明明》雜誌為中心的一些作家（如徐古丁等）不同意為《山丁花》貼上「鄉土文學」的「標籤」，也不同意「鄉土文學」的口號，提出了不打旗號、不提主張，只管「寫」和「印」的所謂「寫印主義」。但是，以梁山丁、王秋螢等為代表的「《文選》」、「《文叢》」派作家，堅持「鄉土文學」的創作，出版了《山風》（梁山丁著短篇小說集）、《綠色的谷》（梁山丁著長篇小說）、《去故集》（秋螢著短篇小說集）、《河流的底層》（秋螢著長篇小說）等優秀的「鄉土文學」作品。這些作品，以「暴露鄉土現實」為內容，戳穿了日本殖民者所宣傳的「王道樂土」的謊言，暗含著反抗日本殖民統治的意圖。在這裡，「鄉土」一詞實際上具有雙重意義，明指東北的鄉土，暗以「鄉土」指代整個祖國，而後者才是它的本意。正如梁山丁所指出的，「『鄉土文學』是對『移植文學』的一種挑戰」，「在俄文裡，『鄉土』與『祖國』是一個詞，我們鄉土文學，也可以說是愛國主義的文學」。[18]

東北淪陷區的鄉土文學，在四〇年代初影響到了華北淪陷區。一九四二年，北京的作家關永吉（上管箏）發表〈讀滿洲作家特輯兼論華北文壇〉一文，對「滿洲文壇最近鄉土文學很盛」表示讚賞，並對「滿洲作家特輯」裡的作品予以高度評價。在華北淪陷區文壇，是關永吉最早提出了「鄉土文學」的口號，並且得到了不少作家的熱烈回應。關永吉指出，鄉土文學要「把握寫實主義的本質，認識現實的存在，強調『鄉土』──家、國、民族──的觀念」（〈京派談林〉）。他還解釋說：「此處之所謂『鄉土』，並非單純的『農村』之謂，乃是說的『我鄉我土』，指生長教養我們的作家的整個社會而言（〈再補充一點意見〉）。」同時，他也不同意有人把「鄉土文學」理解為「農民文學」，他說：「……『農民文學』也許就是鄉土文學的主體，因為農民在全國人口的比例上，占了百分之八十的絕對多數。不過，『農民文學』也並不能代表『鄉土文學』的全意。我們知道，任何一個國家，都有其獨自的國土（地理環境），獨自的語言，習俗，歷史，和獨立的社會制度，由這些歷史的和客觀的條件限制著的作家，他在這國土、語言、習俗、歷史和社會制度中間生活發展，其生活發展的具象，自然有一種特徵。把握了這特徵的作品，就可以說是鄉土文學」（〈揭起鄉土文學之旗〉）。另一位評論家林榕也指出，鄉土文學，「這裡面最重要的是國民性和民族性兩點，國民性是由一個國家傳統的風

---

18 山丁：〈我與東北的鄉土文學〉，載《東北淪陷時期文學國際學術研討會論文集》（瀋陽市：瀋陽出版社，1992年6月），頁371。

俗習慣而來，民族性是由種族歷史的進展而活動」。[19] 一九四三年，北京的《藝術與生活》雜誌還組織了一些作家、評論家召開了「鄉土文學座談會」，一致認為：針對華北目前創作的現狀，應該提倡鄉土文學，而「『鄉土文學』應注意到大眾生活的苦痛，尤其是『七七』以後的諸般現象」，強調「『鄉土文學』不是鄉村文學。鄉者故鄉，土者風土，易言之即故鄉故土的文學」。[20] 通過討論和論爭，華北淪陷區進步文壇對「鄉土文學」的性質達成了共識，在鄉土文學的提倡中滲透了反抗日本的殖民統治、維護祖國的歷史文化傳統的強烈願望。在這一點上，華北和東北淪陷區的鄉土文學是完全一致的，而華北淪陷區文壇在理論上則表述得更加系統和明確。

從以上的中日兩國鄉土文學的比較中，我們可以看出，中日鄉土文學都經歷了自發、自覺和變異三個時期。在自發時期，中日鄉土文學作家都對傳統的農業文明進行了反思和批判，同時，在這種反思和批判中，兩國鄉土作家也顯出了不同的情感傾向。日本農民文學家或以城市人的優越感和偏見看待農民，或站在地主的立場上居高臨下地俯視農民，對農民表現了施恩似的有限的「同情」。而中國鄉土文學家和農民有著欲拂不去的深刻的情感聯繫，在厭離鄉土的同時，表現了更多的鄉愁和鄉戀。在自覺時期，兩國都出現了較系統的鄉土文學理論，都在對現代城市文化和現代資本主義文明的否定和批判中，表現出了對鄉村文化的回歸和認同的傾向。但中國只有鄉土文學流派，沒有像日本那樣形成鄉土（農民）文學運動。以京派作家為代表的中國鄉土文學家採取了文化學的視角，而日本的農民文學運動的視角則帶有強烈的社會政治色彩。在變異時期，中國的鄉土文學與日本的鄉土文學都與日本的侵華戰爭有著直接的和密切的關聯。日本的農民文

---

19 林榕：〈新文學的傳統與將來——兼論鄉土文學〉，原載《中國公論》第10卷第3期（1943年）。

20 〈鄉土文學座談會〉，載《藝術與生活》1943年第35-36期。

學作家及其組織被納入了法西斯主義的文學體制，從而改變了它的非官方的、反現行體制的民間的性質；中國的鄉土文學也在被日本占領的情況下，自覺地、有意識地將「鄉土」概念的內涵做了置換，將「鄉土」與「祖國」，與「民族」統一起來，從而將淪陷區的鄉土文學變成了曲折、隱晦然而又是堅韌地抵抗日本殖民侵略的文學。

# 「戰國策派」和「日本浪漫派」[1]

二十世紀三〇年代以後，日本天皇制法西斯主義體制完全確立，文壇上也出現了以所謂「日本浪漫派」為中心的法西斯主義文學流派。在其他文學流派被壓制和剿滅的情況下，「日本浪漫派」成了日本對外侵略時期唯一的文學「流派」。它以《日本浪漫派》、《我思》（音譯《考凱特》）、《四季》等雜誌為中心，主要成員有保田與重郎、神保光太郎、中島榮次郎、中谷孝一、緒方隆士、太宰治、山岸外史、芳賀檀、伊東靜雄、萩原朔太郎、佐藤春夫、中河與一、三好達治、外村繁等人。而在二十世紀四〇年代上半期的中國，也出現了一個長期以來被認為是法西斯主義文學或帶有法西斯主義印記的「戰國策派」。這個流派的核心刊物是《戰國策》雜誌和《大公報・戰國副刊》，主要成員是西南大後方的大學教授陳銓、林同濟、雷海宗等人。這兩個流派的形成都以日本侵華——抗日戰爭為背景，都推崇尼采的反理性主義哲學和十九世紀初的德國文學，都反對馬列主義和普羅文學，都鼓吹和讚美戰爭。而且，中日兩國的學術界也都分別判定他們為法西斯主義。如日本學者杉浦明平曾嚴正指出，日本浪漫派那夥人是「厚顏無恥的尼采的弟子，跳樑小丑、誇大妄想狂、馬屁精、騙子手、皇家的看家狗、哈巴狗狂犬隊、希特勒的崇拜者、日本侵略戰爭的吹鼓手、亞細亞極權主義的支持者」。[2] 中國的「戰國策派」

---

1　本文原載《中國現代文學研究叢刊》（北京），1997年第2期。

2　轉引自桑島玄二：〈日本浪漫派私觀〉，載《日本文學研究資料叢書・日本浪漫派》（東京：有精堂，1977年）。

剛登場不久，就有不少人撰文認為，「戰國派理論是近幾年來在中國大後方出現的一種法西斯理論」。這個流派「歌頌對內獨裁、對外侵略的法西斯主義」，「為希特勒、墨索里尼、東條歌功頌德」，「替法西斯侵略者張目」，是「法西斯的走卒」。[3] 直到八、九〇年代，有關教科書和研究論著仍然堅持這一看法。「有比較才有鑒別」，為了澄清「戰國策派」的真正的屬性，就很有必要把「戰國策派」與道道地地的法西斯主義文學流派「日本浪漫派」做全面的對比考察。

## 一

法西斯主義在文化觀念上表現為國粹主義、文化種族主義或極端民族主義。「日本浪漫派」作為一個法西斯主義的文學流派，在這些方面表現得十分突出。他們極力試圖從日本古典文學中尋找出大和民族的獨特性、優越性的證據來，他們不是科學地研究古典，而是從大和民族的種族主義出發，對日本古典文學做出極其主觀的解釋。正如「日本浪漫派」的領袖人物保田與重郎所說：「我們最深沉地熱愛古典。我們熱愛這個國家必不可少的古典。我愛古典之殼，我愛衝破古典之殼的意志。」[4] 原來在他們眼裡，古典只是一個「殼」，要拿他們的意志來「衝破」，換言之，就是打碎古典，然後按他們的意志重新加以組合和拼湊。說到底，就是肢解、歪曲並利用古典。保田與重郎在〈關於日本浪漫派〉一文中就說過，研究古典文學就是「要喚起人們對日本血統的注意」，就是「要從血統中確立日本民族的體系」。在《一個戴冠詩人》的序言中，保田與重郎又說：「我堅信，現代文藝批評家的當務之急，就是用文藝闡明必須經歷當今世界歷史重要時

---

3 見克汀、漢夫、李心清、歐陽凡海等人的有關文章，載《國統區文藝資料叢編·戰國派》，重慶師範學院中文系編，1979年鉛印。

4 保田與重郎《我思》，雜誌創刊號編集後記。

期的日本及其日本的體系，為了更偉大的日本，而把『日本』的血統在文藝史上列出譜系來。」那麼，保田與重郎列出了什麼樣的「血統」和「譜系」呢？他在〈天道好還之理〉一文中說：「日本文學的大體脈絡，就是後鳥羽[5]以後的隱遁詩人的譜系。簡單地說，就是為了失敗的人，為了偉大的敗北而慟哭，而讚頌。所謂偉大的敗北，就是理想在俗世間破滅。我們隱遁詩人的文學本質，不是為勝利者歌功頌德的御用文學，而是描寫偉大的敗北，展望永劫的文學。」保田與重郎正是在這裡發現了不為成功，只為「理想」，不怕失敗，雖敗猶榮的日本民族精神。正如萩原朔太郎所說：「保田所呼籲的，就是把今天業已失去的日本文化和文學精神找回來，就是把被抹殺的青春時光從地下喚起……（〈讀《英雄與詩人》〉）」或者正如龜井勝一郎所表述的：「學習日本古典文學就是對東洋的確認，這和民族自身的問題密切相關。」[6]「日本浪漫派」的這些評論家研究古典文學所得出的結論就是：日本文學的源頭根基，就是皇統的後鳥羽院；從大伴家持，到西行、松尾芭蕉，一以貫之。這樣，日本文學史就成了天皇「萬世一系」的歷史，日本文學的根本精神就在於它是所謂「皇國文學」，用他們自己的話說，「皇國文學……就是我國文學的真髓」。這樣一來，「日本浪漫派」就在日本古典文學的「研究」中，找到了以天皇為核心、為源頭的獨特的文學「傳統」。這種國粹主義、文化種族主義正是日本的天皇制法西斯主義的基本的意識形態之一。

中國的「戰國策派」也同樣注重在傳統文化和文學研究中尋求理論支持。陳銓、雷海宗、林同濟等人寫了大量有關中國傳統文化和文學的研究與評論文章。但是，他們的研究方法和所得出的結論均與「日本浪漫派」不同。在方法上，「日本浪漫派」使用的是非學術

5 即後鳥羽天皇（1180-1239），在「承久之亂」中失敗被流放，死後諡號「後鳥羽院」。擅作和歌，有《後鳥羽御口傳》、《後鳥羽院御集》等。

6 龜井勝一郎：〈致保田與重郎〉，原載《新潮》（1950年3月）。

的、肆意曲解古典的「浪漫」手法。保田與重郎曾在〈《萬葉集》的精神〉中說過：「皇神的道義就是從古典語言不可思議的風雅中表現出來。從這一思想來看，在最嚴肅的意義上，我國的古典思想就是創造神話的思想。」其實，「日本浪漫派」本身的思想方法就是「創造神話」。他們把古典神秘化、神聖化、情感化、主觀化，使用的是非理性的崇拜和體認古典的方法。而中國的「戰國策派」對中國古典的研究則是理性的、學術的。儘管他們也意識到「民族意識的發展，不是膚淺的理智所能分析的，它是一種感情，一種意志，不是邏輯，不是科學」，[7] 但是，他們還是努力從「理智」、「邏輯」和科學上解說中國傳統文化和古典文獻的。在結論上，和「日本浪漫派」全力建立「皇統」相反，「戰國策派」徹底否定了中國大一統的皇權統治。林同濟指出並分析了兩千多年來中國官僚政治所包含的「四種毒質」，即皇權毒、文人毒、宗法毒、錢神毒。[8]「戰國策派」認為，中國的優秀的民族精神，存在於大一統皇權政治形成之前的春秋戰國時代。而皇權政治一旦確立，中華民族的民族精神就發生了蛻化。無論這些結論正確與否，「戰國策派」對中國傳統文化始終充滿著一種自省、反思和批判。他們沒有像「日本浪漫派」那樣從感情和意志上製造民族的「神話」並宣揚國粹主義、國家主義和極端民族主義。

## 二

中國的「戰國策派」和「日本浪漫派」的根本區別，也體現在對近現代文化的不同態度上。從表面上看，「戰國策派」對五四新文學和新文化運動的批評，與「日本浪漫派」否定明治維新以來新文化、

---

7 陳銓：〈五四運動與狂飆運動〉，原載《民族文學》第1卷第3期（1943年9月7日）。

8 林同濟：〈官僚傳統——皇權之花〉，載《文化形態史觀》（上海市：大東書局，1946年）。

新文學的所謂「近代的超克」的主張，具有某些相似性。例如，他們在反思和批判近現代文化和文學的時候，都排斥和反對馬列主義和無產階級文學。「日本浪漫派」借用德國法西斯理論家羅森伯格和埃卡特等人的說法，攻擊馬列主義為「猶太人的臆想」，稱馬克思主義文藝學是「猶太文藝學」。[9]「戰國策派」也認為由社會主義思想產生的文學「雖然可以號召一些青年，仍然不能使中華民族走向光明之路。因此它的價值也是一時的，不是永久的，是膚淺的不是真實的，是部分的不是全體的」。[10] 然而不同的是，「戰國策派」是從他們的所謂「民族文學」的角度反對馬列主義的；而「日本浪漫派」則是從種族主義的立場，從全面否定近現代文化的國粹主義立場否定馬列主義的。不僅是對馬列主義，而且對法西斯主義之外的所有的外來的、近現代的文化都持排斥的態度。這也就是保田與重郎他們所標榜的「反進步主義」。因而，他們的「近代的超克」的主張具有強烈的反西方文化、反進步文化的極端民族主義性質。「日本浪漫派」一夥人又是召集以「近代的超克」為題的座談會，又是出版《近代的超克》的專集，批判明治維新以來日本的「近代化」（也就是西方化），極力鼓吹日本文化的優越，貶低「近代」（西方）文化的價值。在《近代的超克》一書中，他們斷言：「從明治維新時期到大正昭和時期的日本文學，絕不是興國的文學，而是忘國的文學。」「日本浪漫派」的骨幹分子林房雄在為該書撰寫的〈勤皇之心〉一文中，認為日本近代作家所走過的路是「神的否定，人類獸化，合理主義，唯我主義，個人主義。走上這條路必然要否定『神國』日本。近代日本文學家半自覺不自覺、有意無意地走過這條路，於是貽誤青春，危害國家」。萩原朔太郎也認為：「明治以來的日本文壇教給我的一切就是追隨西洋。」

9 轉引自神谷忠孝：〈保田與重郎的文藝批評〉，原載《國文學研究》30號（1965年3月）。

10 陳銓：〈民族文學運動〉，載《時代之波》（上海市：大東書局，1946年）。

但是西洋文化無論對大眾還是對文壇來說，「都不合日本的風土，沒有根基」，於是他提出了「回歸日本」[11] 的口號。與「日本浪漫派」不同，「戰國策派」在批判和反思五四以來新文化的時候，並沒有從國粹主義出發否定五四新文化。相反，他們充分肯定了五四運動輸入西方文化、推翻舊文化、展開中國文化新局面的「劃時代的意義」。他們對五四文化不滿的，不是五四運動引進了西方文化，而是認為五四運動的領袖們沒有能夠緊追世界潮流。「沒有認清時代」，在全世界民族主義高漲的時候，沒有能夠很好地提倡民族主義意識、戰爭意識。他們反思和批判五四新文化，並不是想以傳統的國粹取代新文化，而是要發展五四新文化，使其更貼近世界大勢和時代潮流，在此基礎上創造更先進的民族文學。為此，陳銓提出了民族文學的原則，明確指出，「民族文學運動不是排外的運動」，「對外國文學既不是無條件的生吞，也不是絕對排斥」。[12]「戰國策派」對外來文化和文學的態度，與「日本浪漫派」形成了鮮明對比。

## 三

這種形同實異的情況還突出地表現在他們對戰爭的看法上。「戰國策派」和「日本浪漫派」都是極力肯定戰爭的。「戰國策派」認為，現在這個時代就好像中國古代歷史上的「戰國時代」，或稱「列國階段」，是「人爭之世」。「戰國時代的意義，是戰的一個字，加緊地、無情地，發洩其威力，擴大其作用」。[13] 這個時代，「不能戰的國家不能生存」，「這乃是無情的時代，充滿了殺伐殘忍之風，卻也是偉大的時代，布遍著驚人的可能。唯其無情，所以偉大。唯其偉大，所

11 萩原朔太郎：《日本的回歸》（東京：白水社，1938年）。

12 陳銓：〈民族文學運動試論〉，原載《文化先鋒》第1卷第9期（1942年10月17日）。

13 林同濟：〈戰國時代的重演〉，原載《戰國策》半月刊創刊號（1940年4月）。

以無情」。[14]但是，「戰國策派」所提倡的「戰」，絕不是法西斯主義的那種「好戰」，而是面對法西斯侵略的勇敢的「迎戰」。林同濟明確指出：「這次日本來侵，不但被侵略的國家生死在此一舉，即是侵略者的命運也孤注在這一擲當中！此所以日本對我們更非全部殲滅不可，而我們的對策，舍『抗戰到底』再沒有第二途。」[15] 同時，「戰國策派」提倡一個「戰」字，還有更深的文化建設和文化更新的意圖。他們認為，數千年的大一統的中國文化，使中國人失去了危機意識和勇武精神，形成了文弱偷安的「無兵的文化」，[16] 而這次日本的侵略和中國的抗戰，正可以使中華民族在戰爭中克服積習，煥發精神。在他們看來，「人類的大勢所趨，竟以借手於日本的蠻橫行為來迫著中國人作最後的決定，不能偉大，便是滅亡。我們更不得再抱著中庸情態，泰然捻鬚，高唱那不強不弱、不文不武的偷懶國家的生涯」。[17]因此他們讚美「力」，推崇「力人」的人格的類型，[18] 提倡「戰士式的人生觀」，鑄出一種「戰士風格」。[19] 他們呼籲：「讓我們把打日本的精神，向後延長，向後代延長，使我們從此個個都得膽量與決心，對社會上各種惡勢力不斷作戰。」[20]

「日本浪漫派」也讚美戰爭，而且也認為可以改造日本的民族精神文化。龜井勝一郎說：「日支事變（即日本侵華戰爭——引者注）會引起國內的革新，它的意義也正在這裡。戰爭改變精神——可以克

---

14 林同濟：〈戰國時代的重演〉，原載《戰國策》半月刊創刊號（1940年4月）。

15 林同濟：〈戰國時代的重演〉，原載《戰國策》半月刊創刊號（1940年4月）。

16 雷海宗：〈無兵的文化〉，原載清華《社會科學》第1卷第4期（1936年7月）。

17 林同濟：〈戰國時代的重演〉，原載《戰國策》半月刊創刊號（1940年4月）。

18 陶雲逵：〈力人——一個人格型的討論〉，原載《戰國策》第13期（1940年10月）。

19 林同濟：〈嫉惡如仇——戰士式的人生觀〉，原載《大公報．戰國副刊》第19期（1942年4月）。

20 林同濟：〈嫉惡如仇——戰士式的人生觀〉，原載《大公報．戰國副刊》第19期（1942年4月）。

服對外國勢力的追從，克服對俄國、對共產國際的追從。」[21]他在《關於現代精神的備忘錄》中還說：「現在我們正在從事的戰爭，對外是促進英美勢力的覆滅，對內是對近代文明所帶來的精神疾患加以根本的治療。這就是聖戰的兩個方面。忽視了哪個方面都是不全面的。」那麼，龜井勝一郎所要通過戰爭加以「根本治療」的「近代文明」是指什麼呢？他解釋說：「例如自由主義、共產主義、唯物主義這些東西，都是在和平年代蔓延開來的。這一點值得注意，文明的毒素就在和平的假面具下滋生。所以比起戰爭來，更可怕的是和平。」他高呼：「寧要王者的戰爭，不要奴隸的和平！」可見，「日本浪漫派」所要進行的戰爭是為了消滅「近代文明」，消滅共產主義和唯物主義。這與中國「戰國策派」的戰爭功能觀完全不同，卻與德國法西斯主義的戰爭觀如出一轍。而且，另一方面，和「戰國策派」的反侵略爭解放的戰爭觀相反，「日本浪漫派」所鼓吹的是赤裸裸的法西斯主義侵略戰爭。關於這一點，保田與重郎表述的最「精確」、最露骨。他在一九三八年出版的《蒙疆》一書中寫道：「為了東洋的和平，必須消滅優秀的支那人（「支那人」是對中國人的蔑稱——引者注）。但是這個悲劇是由支那人的歷史的思想的謬誤造成的。謬誤的東西就必須予以消滅。」這簡直就是徹頭徹尾的法西斯強盜的邏輯！保田接著還表明了法西斯侵略的野心：「今日日本的國家、民族和國民的理想，是通過征戰的方式來實現的。什麼時候我們可以越過寧夏，到達黃河的源頭，到達蘭州去破壞赤色的線路呢？那個時候世界的交通線路就會發生偉大的變革。而這種行動本身就是日本的一種精神文化。」這種狂妄的法西斯主義侵略野心，和當年希特勒要占領整個歐洲，為日爾曼民族獲得「生存空間」的癡心妄想何其相似！所以，「日本浪漫派」不遺餘力地讚美希特勒，將希特勒稱為「英雄」。

21 龜井勝一郎：《日記》，1938年1月21日。

而中國的「戰國策派」陣營中的極個別人雖一時沒有認清希特勒的真面目，說了一些曖昧糊塗的話，但很快他們便清醒地意識到：「毒夫之路，即是希特勒（或東條）所取之路」，「希特勒絕對要不得」。[22]

## 四

在文學創作和文學評論方面，「戰國策派」和「日本浪漫派」有相似或相近之處，但同樣存在本質的區別。在接受外來影響上，這兩個流派都對尼采思想和德國十九世紀文學情有獨鍾，兩個流派的主要人物，如陳銓、保田與重郎等都是德國文學研究家，但是，他們對德國文學有著明顯不同的取捨。「戰國策派」推崇的是以歌德為首的德國狂飆派，讚賞的是歌德的《浮士德》所表現的那種不斷進取、不斷追求和進步的浪漫主義精神；而「日本浪漫派」最感興趣的，一是德國納粹文學，一是德國浪漫派。一九四一年，「日本浪漫派」的主要成員神保光太郎編輯出版了由《四季》雜誌幾位同仁翻譯的《納粹詩集》。神保在編者序言中說：「應該採取什麼方法來確立我們民族的詩歌呢？在目前努力的征途上，日本詩人最想知道的，是納粹詩人如何從事詩歌創作，他們歌唱什麼，怎麼寫作，怎麼生活。我認為這是我們現在的日本詩人所共同關心的問題。」可見，他們的創作是自覺地效法德國納粹文學的。他們所推崇的德國浪漫派是一個什麼樣的流派呢？丹麥批評家勃蘭兌斯早就指出，這個流派在文藝創作方面表現為「歇斯底里的祈禱和迷魂陣」。「浪漫派的結局彷彿是一場惡魔的宴會，愚民主義者發出了雷鳴，神秘主義者瘋狂地咆哮，政治家高呼要求員警國家、聖職人員和神權政治，神學和接神術則撲向了各種科

22 林同濟：〈文化的盡頭與出路〉，載《文化形態史觀》。

學。」[23] 而「日本浪漫派」所取法的，也正是這些東西。唯美、頹廢、神秘，極權崇拜，就是「日本浪漫派」在德國浪漫派中所發現的寶貝。保田與重郎的畢業論文寫的就是德國浪漫派的代表人物荷爾德林，認為荷爾德林是一個不為近代社會所污染的「清越的詩人」。保田與重郎還十分讚賞德國浪漫派的代表作品、施萊格爾的《盧琴德》，認為《盧琴德》中的肉欲的放縱、玩世不恭、厚顏無恥地為所欲為是什麼「浪漫的反抗」。像這樣在文藝觀上推崇反動、腐朽、頹廢和「唯藝術而藝術」的東西，把「惡」浪漫主義化，正是日本法西斯主義文學的一個基本特徵。在這方面，德國浪漫派開其先河，義大利法西斯主義文學家鄧南遮始作其俑，「日本浪漫派」則集其大成。「日本浪漫派」在其活動初期，就顯示出了強烈的唯美、「反俗」的傾向。在《日本浪漫派廣告》中，他們聲稱，「我們尊重藝術家清虛俊邁的心情，熱愛藝術家不羈高蹈的精神」，甚至保田與重郎還表白說「不能順從政治」。於是，面對這些主張，我們不禁要問：這樣一個自命清高的流派是如何演化為法西斯侵略的吹鼓手，成為法西斯政權的附庸的呢？原來，這裡潛伏著一個深刻的內在邏輯：正因為主張唯美、純藝術、頹廢、超現實和反現實，於是研究古典；由研究古典而發現天皇、皇統，進而發現了以天皇為源頭、為中心的「萬世一系」的大和民族，於是產生了大和民族主義和國家主義，又由這種極端民族主義、國家主義而自然和必然地走向反動的法西斯政治。這樣一種「唯美・純藝術・頹廢・超現實→古典→天皇・皇統→極端民族主義・國家主義→法西斯主義」的發展演化過程，正是日本法西斯主義文學產生和發展的一種典型形態。在這一內在的邏輯公式中，一些令人費解的矛盾現象，如，讚美古代的「隱遁」文學而自己並不

23 勃蘭兌斯著，劉半九譯：《十九世紀文學主流・德國的浪漫派》（北京市：人民文學出版社，1981年）。

「隱遁」，聲言不順從政治而又服務於政治，「反俗」而又趨炎附勢，讚美「偉大的敗北」而又鼓吹瘋狂地取勝，標舉「頹廢」而又是積極狂熱的極端民族主義和國家主義者，等等，都可以得到解釋。「日本浪漫派」把這種矛盾稱之為「irony」（反諷）」。他們認為日本的現實就是這樣一種「反諷」，而只有「皇神之道」才是「絕對的憧憬」，一切矛盾都在「皇神」那裡找到了統一。

中國的「戰國策派」在文學評論和文學創作中，也宣揚了康德、尼采的非理性主義文學主張。陳銓在〈寄語中國藝術人——恐怖．狂歡．虔恪〉中所提出的「恐怖．狂歡．虔恪」的文學母題，帶有明顯的非理性主義色彩。但是，和「日本浪漫派」不同的是，在「戰國策派」那裡，「恐怖．狂歡．虔恪」並沒有其明確的對象。陳銓指責人們沒有發現「神聖的絕對體」，而他自己到底也沒有說清「恐怖．狂歡．虔恪」的對象是什麼，「絕對體」是什麼。「日本浪漫派」把「皇神」以及「皇神」所代表的大和民族作為「絕對體」，中國的「戰國策派」雖也宣揚作為一種情感的民族主義，但是，「戰國策派」畢竟沒有把民族、國家作為一種非理性的神化的「絕對體」加以膜拜。陳銓的〈寄語中國藝術人〉採用的是散文詩的形式，表述得過於玄虛，容易造成歧義，但其意圖還是很清楚的，就是要求文學創作要有一種高遠的理想、強烈的情感、巨大的力度和神聖感，以矯正那種沿襲已久的「煖帶輕裘」、「雍雍熙熙」的懶散態度，[24] 適應抗戰的時代需要。這和「日本浪漫派」的所謂「浪漫」、「頹廢」、「反諷」的非理性主義的文學主張判然有別。「日本浪漫派」強調，不要把文學作品的創作當作什麼問題，而問題在於要有「從事文學的精神」。[25] 而所謂「從事文學的精神」，就是把天皇、把日本民族、把法西斯侵略戰爭

---

24 林同濟：〈戰國時代的重演〉，原載《戰國策》半月刊創刊號（1940年4月）。

25 轉引自江口喚：〈浪漫主義的問題〉，載《日本文學研究資料叢書．日本浪漫派》，頁2。

加以文學化、美學化、情感化。以「日本浪漫派」和「戰國策派」所共同提倡並讚美的「死」為例，陳銓認為中國古代「義」的四大原則是「忠勇敬死」，認為中國古代「士大夫」的強烈的榮譽意識的背後，「必定有一個凜凜風霜的死的決心」，雷海宗則讚美「士可殺不可辱」，「以自殺以明志」[26] 的武人風範。但是，在「戰國策派」那裡，「死」始終是一種倫理學、一種道德精神。而在「日本浪漫派」那裡，「死」成了一種不靠理性分析的「死的美學」。龜井指出：「將要滅亡的東西總是美的。……所謂美，就是消滅自身而使其完璧無瑕。」[27] 保田與重郎進一步將這種死亡美學應用於戰爭。他在《關於日本浪漫派》中說：「看看戰場上的價值吧！生命的最偉大的價值瞬間，是由死來表現的，個人的生命價值是由死來證明的。」也就是說，作戰而死就是美的！正如日本學者松本健一所指出的，在保田看來，不必考慮戰爭的現實，下決心赴死的人，只是一心赴死即可。死就如同清晨凋謝的櫻花嘩啦啦地落地，這裡有著生之美。民族也由於這種死而實現了民族的浪漫主義，而獲得了美。[28] 正因為這種非理性的「美學」理論，「日本浪漫派」的文學批評成了主觀臆斷甚至如同夢囈，而許多作品則不過是赤裸裸的、瘋狂的戰爭的叫囂。無怪乎哲學家三木清早就提醒人們：在日本，「有必要首先注意的是：法西斯主義就是浪漫主義」。[29]

通過以上四個基本方面的考察，我們可以清楚地看到，中國的

---

26 雷海宗：〈君子與偽君子——一個史的考察〉，原載《今日評論》第1卷第4期（1939年1月）。

27 龜井勝一郎：〈東洋的希臘人〉，原載《日本浪漫派》雜誌，《保田與重郎特集》1937年1月。

28 松本健一：〈散花的美學——保田與重郎私觀〉，載《日本文學研究資料叢書・日本浪漫派》，頁151。

29 轉引自栗原克丸：《日本浪漫派及其周邊》（東京：高文研，1985年），頁103。

「戰國策派」無論從哪方面說，都不是法西斯主義文學流派。法西斯主義文學所具有的幾個基本的特徵——種族主義、國家主義、國粹主義和極端民族主義，全面否定近代文化的「反進步主義」，把皇權或專正獨裁加以神化並頂禮膜拜的極權主義，尤其是支持並鼓吹對外侵略擴張的軍國主義和霸權主義——中國的「戰國策派」無一具備。中華民族是舉世公認的熱愛和平的民族。中華民族在歷史上沒有侵略過其他國家，近年以來又遭到了日本等帝國主義列強的入侵，在這樣的前提和條件下，要說反法西斯侵略的中國竟和法西斯日本一樣，產生了法西斯主義文學，那既不合事實，又不合邏輯。中國的文化傳統和現實決定了中國不會像日本那樣產生法西斯主義運動。沒有法西斯主義的社會政治土壤，自然也就沒有法西斯主義文學生存的可能。必須清楚，「法西斯主義」是一個外來語，是一種國際思潮，當我們判定「戰國策派」是否為「法西斯主義」文學流派的時候，應該嚴格地遵循國際上對「法西斯主義」所作的基本的界定。換言之，應該把真正的、眾所公認的法西斯主義文學作為定性的依據和參照。「日本浪漫派」給我們提供了這樣一個難得的依據和參照。相形之下，美醜昭然，是非分明，善惡自現。這也會使我們更清醒地看到，以前我們對「戰國策派」的法西斯主義文學的定性，恐怕更多的是出於國內黨派政治上的某些成見，或攻其一點，不計其餘，或只看現象，不究實質。把「法西斯主義」的標籤貼在「戰國策派」頭上，就等於我們把這個流派和臭名昭著的「日本浪漫派」推到一起。那樣做，不僅是對「戰國策派」的不公平，也是對中國現代文學的不公平。不管「戰國策派」對中國歷史文化和現實的分析及看法準確與否、正確與否，它的文化文學評論和文學創作有多少錯誤和不足，我們都不能不承認，它的出發點是反對日本法西斯主義侵略，抗戰救亡，振興中華民族，它是中國抗日戰爭時期全民抗戰呼聲中的一種獨特的聲音，是中國抗戰文化和抗戰文學的一個重要組成部分。

# 日本的侵華文學與中國的抗日文學

## ——以日本士兵形象為中心[1]

日本的侵華文學與中國的抗戰文學，是三〇年代初至四〇年代中期，中日兩國文壇平行對峙的文學現象，是中日兩國在政治、軍事上劇烈衝突鬥爭在文學上的必然反映。在日本，人們一直把包括侵華文學在內的為對外侵略服務的文學稱為「戰爭文學」。但我認為，「戰爭文學」這個概念含義過於籠統，沒有揭示出侵略戰爭及其文學的非正義性。對那些以協助侵華為宗旨，以日軍侵華為題材，以日本軍人為主要描寫對象的「作品」，應更準確地稱為「侵華文學」。為了比較研究的方便，對中國的抗日文學和日本的侵華文學做一探討。

### 一

侵華文學與抗日文學，從一開始就處於一種既尖銳對立，又互為存在的特殊關係當中。正如沒有日本的侵華，就沒有中國的抗日一樣，沒有日本的侵華文學，就沒有中國的抗日文學。自一九三一年「九一八」事變前後，中日兩國文壇連續出現了一系列針鋒相對的文學現象和文學運動。一九三一年，當日本文壇有些人公然打出法西斯主義文學的旗號，宣稱「我是一個法西斯主義者」的時候，熟悉日本文壇狀況的夏衍就撰文提醒國人警惕日本文壇的法西斯主義文學傾

1　本文原載《北京社會科學》（北京），1997年第3期。

向。[2] 當日本文壇組成所謂「國家主義文學同盟」(1932)、「文藝懇話會」(1934)等鼓動侵華的法西斯主義文學團體的時候，中國文壇也組成了「上海文化界反帝抗日聯盟」等文學團體組織。一九三七年，當日本全面發動侵華戰爭，掀起了所謂「國民精神總動員運動」，派遣大批作家組成所謂「筆部隊」到中國前線搖旗吶喊的時候，中國文壇就有人明確指出：「日本軍閥也逼著一群蒙上眼睛的作家到中國的戰地來，而且大量地創作著！這是值得我們效法的。」[3] 一九三八年三月「中華文藝界抗敵協會」這一全國性的文藝組織成立。該組織的發起旨趣對當時中日兩國的文藝界狀況做了對比，認為中國的文藝「顯得寂寞了一點」。「反視敵國，則正動員大批無恥文氓，巨量濫製其所謂戰爭文學」。鑒於此，他們響亮地提出了「文章下鄉，文章入伍」的口號。但是，總體來說，當時的中國文壇對日本作家的「協力」侵華戰爭的廣度、深度是有些始料未及的，而且對日本作家抱有幻想，總以為他們支持侵華戰爭是被迫無奈的。這種看法，以鄭伯奇為最有代表性。他在一九四〇年發表的〈略談三年來的抗戰文藝〉一文中認為，「在敵人方面，文藝的動員表面上非常盛大，可是實際上，卻遠在軍事動員政治動員之後。雖然在七七事變之前，敵邦文壇上已經有人高唱什麼『日本主義』，來配合政治上的法西斯的傾向，但這只是極少的少數人，而且都是政治運動文藝運動中的一些落伍分子。大多數的文藝工作者是在日本軍部的威逼利誘之下才被動員起來的。但是在日本軍部刺刀之下跳舞的一些作家，不是文壇上的二、三流的腳色，便是虛榮心極大的投機分子。如林房雄、上田廣、林芙美子、火野葦平都不過是這樣的傢伙而已。一群富有良心的老作家如幸田露伴，如島崎藤村、德田秋聲和正宗白鳥，如志賀直

2 夏衍：〈九一八戰後的日本文壇〉，原載《文學週報》第1卷第3期(1932年10月)。

3 齊同：〈當前文藝運動的幾個重要問題〉，原載《讀書月報》第1卷第5期(1939年6月)。

哉，如山本有三等，對於軍部的動員，一直到現在，還取著沉默的怠工態度」。[4] 但是，實際上，鄭伯奇在這裡「表揚」的「富有良心的」作家，如島崎藤村、正宗白鳥、山本有三等，早在數年前的一九三四年，就已經加入了「文藝懇話會」。對這些，鄭伯奇似乎並不知情。而且，日本的「文藝動員」不只是表面上的「盛大」，加入侵略戰爭鼓噪的也不只是「極少的少數人」。成立於一九四二年的軍國主義文學團體「日本文學報國會」會員達四千多人，除了極個別的作家外，凡稱得上是「作家」的人幾乎全都加入了這個「報國會」，這似乎比中國抗戰時期的任何一個作家、文藝家的組織都要龐大。這些人，有迫於形勢不得已而為之的，但更有許多人是自覺地從日本民族主義、國家主義，乃至法西斯主義出發，甘願投身其中，為侵略中國效勞的。而中國文壇總以為這類作家是極少數，因此，遭到中國文壇譴責和批判的只是極少數極端惡劣的分子，如佐藤春夫、林房雄、片岡鐵兵、武者小路實篤、火野葦平等人。特別是被中國文壇一直視為友好作家的佐藤春夫，以及曾經屬於無產階級作家陣營，後又「轉向」叛變的林房雄、片岡鐵兵等人的行為，更令中國文壇切齒扼腕。如郁達夫面對他先前的朋友佐藤春夫在《亞細亞之子》中對中國抗日人士的誣衊，憤怒地罵道：「日本的文士，卻真的比中國的娼妓還不如！」[5] 林林則氣憤地把林房雄稱為日本軍部旁邊的一隻「小瘋狗」。[6]

抗日文學和侵華文學的對峙，不僅表現為文學動員和作家的組織方面，表現在中國作家對日本侵華作家的批評上面，更表現在具體的文學創作中。早在「九一八」事變之後不久，茅盾就發表了題為

4 鄭伯奇：〈略談三年來的抗戰文藝〉，原載《中蘇文化・抗戰三週年紀念特刊》，1940年7月。

5 郁達夫：〈日本的娼婦與文士〉，原載《抗戰文藝》第1卷第4期（1938年5月）。

6 林林：〈請看林房雄的面孔〉，原載《光明・戰時號外》第5號（1937年10月）。

〈「九一八」以後的反日文學——三部長篇小說〉的文章，提醒人們「注意我們文壇上已經悄悄地出現了許多『反日』的文藝創作」。他提到的三部長篇小說是鐵池翰（張天翼）的《齒輪》、林箐（陽翰笙）的《義勇軍》、李輝英的《萬寶山》。其中的《齒輪》描寫的是「九一八」到「一・二八」時期一群知識份子灰色生活，對日軍侵略的暴露和描寫較少；後兩部作品分別以「一・二八」事變和吉林的萬寶山事件為題材，才是嚴格的「反日小說」。不過，能夠體現中國抗日文學實績的首先不是小說，而是報告文學。報告文學以其真實、迅速的藝術優勢成為中國抗日文學的主導樣式。「一・二八」事變剛剛爆發不久，上海南強書局就出版了阿英選編的題為《上海事變與報告文學》的以抗日為題材的報告文學作品集，這也是中國第一部以「報告文學」命名的作品集。此後數年，以日軍或具體的日本兵、日本戰俘為主要描寫對象，以描寫日軍侵略行徑、揭露日軍暴行為主題的報告文學層出不窮。重要的作品有馬若璞的《戰地拾零》、張天虛的《兩個俘虜》、范士白的《日本的間諜》、以群的《聽日本人自己的告白》、杜埃的《俘虜審問記》、沈起予的《人性的恢復》、林語堂的《日本俘虜訪問記》、易鷹的《宣撫》、周立波的《敵兵的憂鬱》、適越的《人獸之間》、《第七次挑選》、秋濤的《最悲慘的一幕——日寇在溧陽的獸行》、侯風的《血債》、家望的《東洋兵到了我家》、臧克家的《再弔台而莊》、魏伯的《偉大的死者——敵人暴行之一》、何其芳的《日本人的悲劇》、荒煤的《破壞嗎？建設嗎？》等。和中國的抗日文學相同的是，日本侵華文學的主要樣式也是介乎於新聞報導和小說之間的報告文學，它的大量出籠，大都在一九三八年之後。一九三七年蘆溝橋事變後到一九三八年間，作家久米正雄、片岡鐵兵、尾崎士郎、丹羽文雄、淺野晃、岸田國士、林芙美子等十四人作為陸軍作家來到中國前線，接著，又有中村武羅夫、關口次郎等近十人作為海軍從軍作家赴廣州，還有的作家以報社特派記者身分來中國前線。

這些作家在中國前線短期採訪後，大肆炮製「戰爭文學」，同時，一些「軍隊作家」也製作了不少所謂「戰場文學」。侵華文學的主要作家作品有：林房雄的《戰爭的側面》（1937），岸田國士的《北支物情》（1938）、《從軍五十日》（1939），火野葦平的《麥與士兵》、《土與士兵》、《花與士兵》三部曲（均1938），尾崎士郎的《悲風千里》（1937），上田廣的《黃塵》（1938）、《建設戰記》、《歸順》（均1939），石川達三的《活著的士兵》、《武漢作戰》，日比野士朗的《吳淞江》（1939），林芙美子的《北岸部隊》（1939），棟田博的《分隊長的手記》（1939），等等。侵華文學是三〇年代末日本文學的主流，並成為日本讀書界關注的熱點。

## 二

侵華文學與抗戰文學，作為性質完全相反的文學，卻有著共同的描寫焦點和描寫對象，那就是侵華——抗日戰場，特別是日本士兵的形象。在兩國交戰的狀態下，中日作家從什麼角度，站在什麼立場上表現戰爭，如何描寫日本士兵的形象，不僅僅是作家的文學觀問題，更是一個民族問題、政治問題。誠然，除了中國的漢奸文學，除了在華日本人的反戰文學，中日兩國的作家們自然不可能超越各自的國家、民族和政治的立場。他們對戰爭的性質有著完全不同的理解，對戰爭及戰場也有著完全不同的觀察和表現的角度，這就形成了創作上的尖銳對立。但是，戰場上的事實有目共睹，觸目驚心，是難以迴避的。中國文壇所期望於日本文壇的，也不過是日本作家們憑自己的「良心」做一些真實描寫，哪怕是一點點也好。然而，事實上，在日本的侵華文學中，能夠對日本侵華做比較真實描寫的卻極為罕見，石川達三的《活著的士兵》算是一個唯一的例外。《活著的士兵》（又譯《未死的兵》、《活著的兵隊》）被認為是在戰爭狀態下發表的僅有的一部真實描寫日軍暴行的作品。正因為如此，這部作品於一九三八年三月在日本發表之後，很快就被譯成中文，而且幾乎同時在上海和廣州出版了張十方、夏衍、白木的三個譯本。它在當時的中國引起的反響，超過了戰時的任何一部外國作品。《活著的士兵》描寫的是一支進攻南京的日本部隊在從大沽南下的過程中，士兵們喪失人性，窮凶極惡，燒殺搶掠姦淫，為所欲為。耐人尋味的是，這部作品中的幾個主要人物，並不是從戎有年的職業軍人。他們大都入伍不久，來中國戰場之前，近藤一等兵是救死扶傷的醫學士，倉田少尉是為人師表的小學教師，片山玄澄是受過高等教育的隨軍僧人。其他幾個主要人物也大都是知識份子。然而，就是這些人，在戰場上卻成為殘暴的野獸：近藤一等兵僅僅因為懷疑一個中國年輕女子是「間諜」，就當眾剝光她的衣服，用匕首刺透她的乳房；平尾一等兵等人僅僅因為一個中國小女孩趴在被日軍殺死的母親身邊哭泣而影響了他們的休息，便一窩蜂撲上去，用刺刀一陣亂捅，於是「士兵們因興奮而漲得通紅的臉上濺滿了帶有腥味的溫乎乎的鮮血」；武井上等兵僅僅因為一個被強行「徵用」為日軍做飯的中國苦力偷吃了一塊砂糖，就當場把他一刀刺死；而那個來戰場超渡亡靈的片山隨軍僧，卻一手捻著念珠，一手揮著軍用鐵鍬，連續砍死許多已放下武器、失去了抵抗力的中國士兵……石川達三原本是帶著協助、宣傳日軍侵華的使命來中國前線採訪並創作這部作品的，他的本意絕不是當時許多善良的中國讀者和評論家所理解的是「以人道主義為出發點的反侵略」，持的是「反戰的立場和態度」。[7] 石川達三的意圖，只是為了向日本讀者「真實」地表現士兵的情況。正如他所說：「國民大體上把出征的士兵看得像神一樣，這是不對的。我只想表現人的真正的樣子，才能在這個基礎上

7 任鈞：《略談中日戰爭爆發以來的日本文壇》，原載《抗戰文藝》第7卷第4-5期（1941年）。

建立起真正的信賴，從而改正國民的認識。」[8] 他要說明的就是作品裡面的那句話：「戰場，似乎有一股強大的魔力。它可以使一切戰鬥人員神差鬼使地變成同一種性格、同一種思維，提出同一個要求」。這樣的「真實」描寫，是中國讀者所願看到的，但也恰恰是日本軍部當局最忌諱、最害怕的。石川達三就因為描寫了這樣的真實，而被逮捕，並以「描寫皇軍士兵殺害、掠奪平民，表現軍紀鬆懈狀況，擾亂安寧秩序」的罪名，被判處四個月監禁，緩期三年執行。不久，軍部當局再次派他到中國武漢前線，讓他寫出「協力」戰爭的作品。於是石川達三便於一九三九年在《中央公論》一月號上發表《武漢作戰》。這部作品和《活著的士兵》不同，它完全公開站在了肯定侵略戰爭的立場，一開篇就為日本侵華辯解，說什麼戰爭的原因在於「蔣介石的抗日容共政策」，在於「蔣將軍拒絕和平談判，並揚言可以取得最後的勝利」。整部《武漢作戰》沒有具體生動的人物描寫，不觸及戰場上的真實，而只是對戰爭過程的枯燥無味的敘述，誣衊中國抗日軍隊，宣揚「皇軍」的軍威。整部書很像行軍作戰流水帳，在文體上也不倫不類。這部作品固然使石川達三戴「罪」立了「功」，但卻理所當然地遭到了中國文壇的聲討和批判，認為其「內容荒謬到不得了」。[9]

另一個在當時的日本文壇和中國文壇很有影響的侵華文學作家是火野葦平。和石川達三的作家身分不同，火野葦平本身就是侵華日軍的一員，而且是個「伍長」。因此他的《麥與士兵》、《土與士兵》、《花與士兵》（合稱「士兵三部曲」）完全站在侵華日軍的立場上，為日本士兵歌功頌德。他聲稱，「我相信搜索出能適切描寫戰爭的真

8　轉引自呂元明：〈異評《活著的士兵》〉，載《日本文學論釋》（長春市：東北師範大學出版社，1992年），頁274。

9　林煥平：〈論一九三八年的日本文學界〉，原載《文藝陣地》第2卷第12期（1939年）。

話，是我今後一生中最有價值的事實」[10] 但實際上他是嚴格地按照軍部的要求來寫的。軍部給作家們提出了什麼要求呢？據火野葦平的記錄，其要求共有七條，即：「一、不能寫日本軍隊的失敗；二、不能涉及戰爭中所必然出現的罪惡行為；三、寫到敵方時必須充滿憎惡和憤恨；四、不能描寫作戰的整體情況；五、不能透露軍隊的編制和軍隊的名稱；六、不能把軍人作為普通人來寫，可以寫分隊長以下的士兵，但必須把小隊長以上的士兵寫成是人格高尚、沉著勇敢的人；七、不能寫有關女人的事。」[11] 按照這七條來寫，表現什麼樣的「真實」，迴避什麼樣的真實，那就不言而喻了。無怪乎他筆下的士兵一個個團結友愛，不怕困難，不怕犧牲，性情快活，隨時準備為國捐軀，戰死的時候也想高呼「大日本帝國萬歲」；他筆下的中國人，則膽小、卑怯，在日本士兵面前唯唯諾諾、誠惶誠恐，而日本軍人對中國老百姓又是如何如何的「友好」。總之是一片勝景。但正是這樣的作品出版後才大受日本讀者歡迎，發行一百萬部以上。尤其是日本軍部推崇有加，陸軍省情報部部長也撰文極力讚揚，火野葦平一時被視為「國民英雄」。《麥與士兵》三部曲所描寫的也許並不都是謊言，但那最多只是個別的實事，絕不是本質的真實。它理所當然地遭到了中國文壇的痛斥。但是另一方面，中國文壇還是迅速地把它們譯成了中文。其中，長春「滿洲通訊社出版部」出版的雪笠譯《麥田裡的兵隊》顯然是體現著淪陷區日本統治者的用意；而上海雜誌社出版的哲非譯《麥與兵隊》則有著自己明確的抗日意圖，雖然譯者清楚地知道火野葦平是「『皇軍』中的典型人物」，「對於日軍的種種行為當然無意暴露」，但同時又認為，「在某種程度內，他還是能客觀地記載事

---

10 火野葦平：〈麥與士兵·作者的話〉，載哲非譯《麥與士兵》（上海市：上海雜誌社，1939年）。

11 火野葦平：《火野葦平選集·第四卷·後記》（東京：創元社，1958年）。

實，而這也就是我們譯這文章的動機」。[12] 的確，對中國抗日文壇來說，由於日本作家，尤其是像火野葦平這樣的身為士兵的作家所提供的「事實」太重要了。一旦他們有意無意寫到了某些事實，那本身就會成為日本軍隊侵略實質的有力證據。正如張天翼所說：「日本的作家，不管他是有意無意，如果他所寫的有一點點真實性，則這一點點必然會是『抗日侮日的好材料』。」[13] 有的中國作家（如馮乃超）從《麥與士兵》的「字裡行間」看出「與文字的表面背道而馳」的「對於侵略戰爭的絕望和悲哀」。[14] 有的中國作家則從《麥與士兵》中的某些意在美化侵略行為的描寫中，看出相反的意義。例如巴人在〈關於《麥與士兵》〉一文中引用了《麥與士兵》中的這樣一段描寫：

> 兵士們有的拿些果子和香菸送給孩子，她們卻非常懷疑，不大肯接受。於是一個兵拿出刀來大喝一聲，那抱著小孩的女人才勉強受了……

> 巴人接著評論道：「這刀頭下的恩惠，卻正是今天日本所加於我們的一切。只有漢奸汪精衛才會奴才一般地接受。火野葦平所宣揚於世界的，也就是相同於這類情形的大炮下的憐憫。」[15]

## 三

為什麼中國文壇如此重視這樣的真實的描寫，並把它視為抗日的「好材料」呢？某種意義上說，這也是由當時中國的抗日文學的現狀

12 哲非：《麥與士兵・譯者的話》。

13 張天翼：〈關於「華威先生」赴日〉，原載《救亡日報》，1939年3月15日。

14 馮乃超：〈日本的「文壇總動員」〉，載《抗戰文藝・武漢特刊》第3號（1938年）。

15 巴人：〈關於《麥與士兵》〉，原載《文藝陣地》第4卷第5號（1939年）。

所決定的。在當時發表的抗日文學中，雖然也真實地描寫了日軍的暴行，並且已經出現了不少這方面的作品。但是，大部分作品對戰場上日軍的描寫是表層的、不深入的，主要是把日軍作為一種群體加以表現，沒有塑造出活生生的具體的形象。像下面的描寫在中國的抗日文學中頗有代表性：

> ……比較像樣的屋宇，都燒毀了。壯丁們用粗大的鐵釘，剝光了衣服，釘死在牆壁上，大門上；在釘死的壯丁中，有的是被姦淫的婦女的丈夫，敵人便勒逼著她們掃淨丈夫的鮮血，當著她們看見丈夫慘痛的身體，不許流淚，假使給聽到嗚咽的小聲音，立刻就是一槍……
>
> 城內的婦女，都搜集到一個屋子裡。……遇有不堪壓迫的孕婦，由於他們好奇心的衝動，便用鋒利的刺刀，輕輕地把下腹剖開，立刻就在不滑潔白的嫩腹中滾出一個不成熟的嬰孩。一邊是瘋狂得意的微笑，而一邊是痛得昏迷過去的微弱的呼吸，像燒盡的燈芯似地熄滅下去。（秋濤的《最悲慘的一幕》）

對日軍暴行的這種描寫雖然是生動真實的，然而這只不過是外部事件的真實描述。正如鄭伯奇在一九四三年所指出的：「暴露敵寇和漢奸的罪惡原是初期抗戰作品中的主要內容，而後來卻被人放棄了。主要的原因是這種作品容易流於空疏、淺陋，千篇一律，而不為觀眾所歡迎。」[16] 這也難怪，善良的中國作家對野獸般的日本士兵的心理和行為既難以理解，又沒有體驗，又如何能夠深入地加以表現描寫呢？他們只能描寫他們所能看到的情景，所以就不免「空疏、淺陋，千篇一律」了。而日本作家石川達三，甚至火野葦平的作品之所以能

16 鄭伯奇：〈準備決戰與文藝工作者的任務〉，原載《時事新報》，1943年7月7日。

為中國文壇某種程度地加以接受，原因就如冷楓在一九三九年所說：「對於刻畫出敵方的殘暴，我們是不夠的。所以借助了日本良心作家石川達三的《未死的兵》來幫補這方面的缺陷。」[17]

在這種情況下，為了改變對日軍的一般化描寫的弊病，不少作家開始注重對侵華日軍做具體個別的深入描寫，試圖發掘侵華日軍的內心世界。但是，在交戰狀態下，中國作家要深入了解具體的日軍士兵簡直是不可能的。於是，日軍俘虜就成為許多作家觀察、採訪和描寫的對象。以至在一九三八年以後，中國抗日文學中以日軍戰俘為主要描寫對象或把日軍戰俘作為主人公的作品多了起來。由於中國軍隊對日軍戰俘一向採取人道主義政策，這種政策也決定性地影響了作家的描寫視角。在這類作品中，影響較大、較有代表性的是天虛的中篇報告文學《兩個俘虜》和沈起予的長篇報告文學《人性的恢復》。這兩個作品的主題是一致的，那就是日軍俘虜怎樣在中國工作人員的感召、教育之下，由滿腦子軍國主義意識的頑固的日本士兵，逐漸覺悟，認識到日本侵華戰爭的非正義性，轉變為反戰的立場。《兩個俘虜》發表後，受到評論界的高度評價。茅盾撰文指出：「抗戰已經一年，但是我們的『對敵的研究工作』，做得實在太少。一般的文藝作品寫到敵人的士兵時，不是寫成了怕死的弱蟲，就是喝血的猛獸。這於宣傳上可收一時煽動刺激之效，然而宣傳應該是教育，把敵人估計得太高或太低，都不是教育民眾的正軌。天虛的這本書，展開了敵軍士兵的心理，指出了他們曾經怎樣被欺騙被麻醉，但也指出了欺騙與麻醉終於經不起正義真理的照射。……」[18] 茅盾的這些話，集中反映了中國文壇對這類作品的要求，也頗能代表中國抗日文壇對日本侵華士兵的基本看法。那就是：日本士兵是受日本軍閥欺騙來中國作戰的，他們在侵華戰場上喪失人性的行為是軍國主義毒害的結果，因

17 冷楓：〈槍斃了的《華威先生》〉，原載《救亡日報》，1939年2月26日。

18 茅盾：〈兩個俘虜〉，原載《文藝陣地》第1卷第8期（1938年8月）。

此，這些士兵經過一定的教育和感化，是可以恢復人性，甚至可以走到反戰立場上來的。而使他們恢復人性的主要方法是使他們了解中國人民的立場，讓他們明白日本軍閥和日本普通老百姓、普通軍人是對立的，中國人民對日本人民是友好的。用《人性的恢復》中的一句話來說，就是：「我們唯一的仇敵是日本軍部，而不是受了日本軍部犧牲的日本人民」;「善良的中國人，何嘗對日本老百姓有半點仇恨」。這裡對日本士兵的態度、對日本士兵的理解和描寫，顯然採取的是無產階級國際主義的立場，而不是民族主義或國家主義的立場，對日本士兵的定位和分析所採用的也是中國左翼文壇慣用的階級分析的方法。由於採取了這樣的立場和方法，《兩個俘虜》和《人性的恢復》之類的作品，就帶上的一定程度的宣傳色彩，一定程度的主觀化、概念化和理想化的色彩。其中日本士兵的轉變過程的描寫，也顯得比較輕易。從頑固的日本士兵，到最後喊出「打倒我們的共同敵人——日本帝國主義」(《兩個俘虜》)，這即使是真實的，也缺乏普遍性和典型性。這些作品的出現，一方面是出於對敵宣傳的需要，另一方面也表明我們的作家對日本軍人以「忠君愛國」為核心、以「義理」、「榮譽」、「廉恥」、「復仇」、不成功便成仁的「自殺」、絕對服從主人或上司等武士道精神為基本內容的日本民族性缺乏研究、缺乏深刻的認識，也就不可能做深刻全面地表現和描寫。這些作品在「對敵的研究工作」方面，實際上是走向了另一種片面。現在看來，比起《兩個俘虜》、《人性的恢復》所描寫的日本俘虜來，也許林語堂在一九四四年發表的〈日本俘虜訪問記〉更能說明日本戰俘的普遍情況。那些日本戰俘即使在戰犯營裡還供奉著「日本天皇的神座」,「他們的士氣仍舊很高，他們殘暴、聰明、狂熱而不悔過」，他們認為「強有力的國家必須作戰，否則便滅亡」。他們確信日本軍部是「日本的忠實的僕人」。[19]

在中日兩個民族、兩個國家正在你死我活決戰的時候，忽視這一

---

19 林語堂：〈日本俘虜訪問記〉，原載《亞美雜誌》，1944年11月號。

特定背景下不可調和的民族、國家矛盾，忽視大和民族的特殊的民族性，而用階級分析的方法把日本軍閥和具體執行軍閥命令的、在中國無惡不做的日本士兵機械地加以區分，這確實是中國抗日文壇看待日本軍人的基本思路。事實上，日本作家自己的有關作品，譬如上述的石川達三的《活著的士兵》，就已經充分地表明，對日本人做這種機械的劃分是不可行的。《活著的士兵》中的那些普通士兵在日本國內自然是屬於「人民大眾」階級的，但他們對中國平民完全沒有「階級」的同情，而是非人的蔑視、仇恨和肆意的屠殺。他們這樣做，並不是因為迫不得已地接受「統治階級」的命令。關於這一點，中國作家當然不會看不出。馮雪峰在一九三九年曾寫過一篇關於《活著的士兵》的評論文章，他寫道：「他們（指日本士兵——引者注）和未開化的野蠻民族的殘暴的不同，倒在於野蠻民族僅止於不自覺地殘暴，而文明的日軍卻是自覺的毀滅人性和人類。而這恰恰就是我們在這次戰爭中，因而也在石川達三的小說中看見的日本民族的特殊的典型性格。然而石川達三所老實地寫出的這些人物，都並非戰爭的主使人，他們並非就是窮凶極惡的法西斯軍閥本身，而他們是醫學士、佛教徒、小學教師之類，結果卻竟這樣迅速地達到了和法西斯軍閥的一致，這樣容易地自覺地毀滅著人性。我想，這才是令人戰慄的可怕的事情吧？」[20] 這篇文章的見解在當時中國文壇對《活著的士兵》的評論中是最深刻的。但是，馮雪峰一方面看到了「日本民族的特殊的典型性格」，另一方面卻又認為這是法西斯軍閥所帶來的結果。「日本法西斯軍閥在毀滅生命、文化之餘，又怎樣地在摧毀它自己國民的人性，這小說就又是一個小小的真實的例證。」[21] 此話當然不謬。然

---

20 馮雪峰：〈令人戰慄的性格〉，載《雪峰文集》（北京市：人民文學出版社，1983年），第2卷。

21 馮雪峰：〈令人戰慄的性格〉，載《雪峰文集》（北京市：人民文學出版社，1983年），第2卷。

而，階級分析的單一視角，對右翼文壇提出的「民族主義文學」的反感和排斥，使馮雪峰及左翼文壇未能從民族性、民族文化的角度思考並回答這樣的問題：為什麼法西斯主義、軍國主義能夠在日本民族中產生和肆虐？日本國民僅僅是法西斯的受害者還是法西斯產生的土壤和溫床？

基於對日本士兵所做的這樣的階級分析，中國抗日文學中許多作品對那些集中暴露日軍士兵獸行的作品矯枉過正。一時期，寫日本士兵「人性」的作品，寫他們身上人性和獸性矛盾衝突的作品頻頻出現。例如，適越的《人獸之間》和周立波《敵兵的憂鬱》有兩段幾乎相同的描寫就有一定的典型性：

> 孩子抱在那個奇怪的日本兵的手裡了。他端詳著，微笑著，輕輕地吻那個孩子。又從衣袋裡摸出一個長方形的信封，從裡面倒出一張照片來。他把它放在孩子的小臉旁，比較地看著，忽然有兩粒大的眼淚，從這個年輕的日本兵的眼上掉了下來，打濕了孩子的小臉，孩子驚惶地哭了……這個日本兵頭靠在窗櫺上，比孩子更悲哀地哭了起來。……（《人獸之間》）
>
> ……有一天，祖父抱著他的還是嬰兒的孫子，到村外去，被敵人一個中年的哨兵看見了，走了上來。看多了敵人狂暴行為的這位老人，正等待著什麼不祥的事。但是出於他的意外，哨兵接了小兒，像父親一樣地愛撫他，親吻他。驚訝的老人問他為什麼這樣喜歡孩子，他懂中國話，回答他家裡也有一個這樣的小孩子，看著這孩子，好像看見了幾個月沒有見面，也許永遠不會見面了的孩子一樣。說完這話，他眼睛裡盈滿了淚水。（《敵兵的憂鬱》）

像這樣寫日本士兵的思鄉，寫日本士兵的憂鬱，使得到中國來燒殺搶掠的日本士兵反而成了被侵略的中國人同情的對象！這的確就像作家蕭乾曾經說過的：「我們中國人對於日本人的感情反映在文學上的，則是憐憫而非憎恨。」[22] 抗日的文學卻對日本士兵表示「憐憫」，這話乍聽起來似乎叫人難以理解，但這確實是中國抗日文學中的一個事實。這樣的描寫一方面說明中國作家對日本士兵極端民族主義的侵略本質認識不夠，另一方面，也是更主要的方面，它表明了中國作家對日本士兵的基於階級分析的人道主義的同情，表明了善良的中國作家試圖將日本士兵「人化」所付出的努力。這種情形和日本侵華文學對中國人民「充滿憎惡和憤恨」的法西斯主義的描寫，形成了一個巨大的反差。中國的抗日文學所表現出來的中國人民偉大的人性、美好善良的心靈、博大的同情，與日本侵華文學所表現出來的日本軍人令人髮指的獸性、狹隘的民族主義和軍國主義狂熱，業已永遠書寫在了各自的文學史上，兩者的對照也將永遠發人深省。

22 蕭乾：〈戰時中國文藝〉，原載《大公報》，1940年6月15-16日。

# 中國現代文藝理論與日本現代文藝理論[1]

許多中國現代文學、比較文學、文學理論的研究者已經反覆強調指出，中國現代文學理論受到西方文學理論的強烈影響，這無疑是正確的。但是，與此同時，中國文學理論所受日本的影響卻被忽視了，迄今還沒有一篇文章研究這個問題。大體來說，中國現代文論有三個外來管道，即歐美、俄蘇和日本。據我粗略統計，從本世紀初直到一九四九年，中國共翻譯出版外國文學理論的有關論文集、專著等約有一百一十種。其中，歐美部分約三十五種，俄蘇部分約三十二種，日本部分約四十一種，日本文論接近百分之四十。統計數字固然不能說明全部問題，但它起碼告訴了我們一個事實：日本文論是現代中國文論的一個重要的外部來源。早在二十世紀四〇年代，就有研究者指出：現代中國對日本文論著作的翻譯介紹，「其數量之多，影響之大，要在日本的文學創作以上」。[2]

## 一

西方的近現代文論從文藝復興到二十世紀，走過了五百來年的發

1 本文原載《北京師範大學學報》（北京），1998年第4期，中國人民大學複印資料《文藝理論》1998年第9期轉載。

2 梁盛志：《中國文學與日本文學》（下編）（北京市：國立華北編譯館，1942年），頁111。

展歷程。而日本的文學理論則與現代文學創作同步，從明治維新開始，其發展進程不足百年。面對著西方形形色色的理論主張，日本文藝理論界長期保持了對理論的極大熱情。既要譯介西方幾百年的文藝理論，又要解決現實的文藝問題，因此，日本的文學理論在整個近現代文學發展的歷史上，呈現出十分繁榮的局面。幾乎所有的作家都涉足理論領域，此外還有專門的評論家、理論家、大學的文學研究者、文學教授等，共同構成了一支龐大的文藝理論隊伍。眾多的評論家、理論家及豐富的理論著述使得《日本文學評論史》、《日本文學論爭史》之類的著作常常是卷帙浩繁。與此同時，日本的文論和文學創作一樣，全面吸收和借鑒西方文藝理論，其基本術語、概念，基本理論體系是在借鑒西方文論的基礎上發展起來的。因此，在一定程度上說，現代日本的文藝理論是西方文論的一個分支，似乎也未嘗不可。而且，西方那樣的體大精思，具有嚴整的邏輯體系的獨創性的文藝理論著作在現代日本是不多見的，也少有被世界文藝理論界認可的經典人物或經典著作。除了坪內逍遙的《小說神髓》、夏目漱石的《文學論》、廚川白村的《文藝思潮論》、《苦悶的象徵》、本間久雄的《文學概論》、松浦一的《文學的本質》、木村毅的《小說研究十六講》、萩原朔太郎的《詩的原理》、宮島新三郎的《文藝批評史》等少數專門的、系統的、有一定獨創性的長篇大論的著作外，日本現代文論的成果主要體現在大量的篇幅相對短小的評論文章中。

和西方文論相比，日本文論有著自己鮮明的特點。一般地說，西方的文藝理論具有抽象性的特徵，具有較強的思辨性，這和日本人的思維方式大不相同。日本人注重常識及其應用，但不擅長抽象的純理論的思維。日本近代思想家中江兆民說過：「我們日本從古代到現在，一直沒有哲學」[3]，正如當代著名學者加藤周一所指出的：「日本

---

3 中江兆民著，吳藻溪譯：《一年有半、續一年有半》（北京市：商務印書館，1982年），頁15。

文化無可爭辯的傾向，歷來都不是建設抽象的、體系的、理性的語言秩序，而是在切合具體的、非體系的、充滿感情的人生的特殊地方來運用語言的。」[4] 現代日本文學理論同樣顯出了這種傾向。一方面，日本人難以脫離非抽象、非體系的思維方式；另一方面，日本現代文論也不可能脫離全社會「文明開化」的啟蒙任務。因此，在西方文藝理論的選擇和接受方面，日本顯然有意無意地迴避或者淡漠了那些抽象深奧的東西。明治維新以後，日本優先介紹和翻譯的不是西方文論的經典著作，而是在西方名不見經傳的普及性、入門性的東西。一八八三年由中江兆民翻譯的《維氏美學》，是日本明治維新以後翻譯出版的第一部系統的西方美學和文藝理論著作，原作者維隆在西方是一位報紙編輯，而這部書也只是以一般讀者為對象的通俗讀物，日本的一代代的文藝理論家都受到了它的影響。相比之下，康德、黑格爾等西方美學和文藝理論大師，在日本的影響卻與他們在西方的地位很不相稱。留學德國、精通德文的森鷗外是現代日本介紹歐洲文藝理論用功最多、影響最大的一個。但他對抽象深奧的康德、黑格爾卻很少注意，倒是對比較平易的哈特曼情獨有鍾。即使是對哈特曼，森鷗外也盡量把他的理論加以簡化。如一八九九年他翻譯哈特曼的《審美綱領》，只保留了原著的六分之一，盡可能把原著譯得簡明易懂。日本人就是這樣善於對西方的外來的理論加以整理、綜合，使其簡潔、明了，易於被人接受，這樣，他們便自覺不自覺地成為西方文論在東方的普及者。例如，西方的寫實主義小說理論在坪內逍遙的《小說神髓》中，被簡化為「小說以寫人情為主腦，世態風俗次之」這樣一個簡明易懂的理論命題；而對小說的歷史變遷、種類、作用、情節、文體等問題的論述清晰全面但又流於常識性，對於歐洲現實主義理論中最複雜的「典型」問題，則迴避不論。

---

4　加藤周一著，葉渭渠、唐月梅譯：《日本文學史序說》（北京市：開明出版社，1995年），頁2。

日本人不以純理論的構建作為最終目的，而是把理論作為手段。美學及文藝理論，原本屬於純理論的東西，但在日本，它們是被作為手段、作為工具來使用的。明治維新以後，日本政府鼓勵翻譯和介紹西方的美學和文藝理論，用意在於對人民進行思想文化啟蒙和文明開化的教育，所以才優先選擇《維氏美學》那樣的通俗的啟蒙性的著作。對於美學和文藝理論的專家來說，美學及文藝理論也不是作為純粹的架空的理論被接受的，而是作為從為文藝活動打下基礎，對文藝活動給予指導的實際需要而被接受的。因此，在現代日本，文藝理論和實際的創作，和具體的文藝批評是緊密結合在一起的。現代日本的所有的美學家、文藝理論家，同時都是評論家，他們把理論運用於批評，又在具體的評論活動中體現自己的理論主張。評論式的文學理論常常可以在某些具體的問題上發表獨到的見解。例如夏目漱石的著名的「餘裕」論就是在一篇短小的序文中提出來的。同時，他們在運用和參照西方的文藝理論成果的時候，注意聯繫日本古今文學的實際，能夠時常以日本文學、乃至東方文學的獨特的創作來補充、修正和發揮西方理論家提出的理論命題。因此，在某些領域，某些理論問題上，卻不乏自己的獨立的有理論價值的見解。例如，坪內逍遙的《小說神髓》之所以在現代世界的小說理論中出類拔萃，不僅在於他借鑒了西方的寫實主義文學，更重要的是他時常引證西方人難以引證的日本文學和中國文學，所以許多理論闡發具有獨到之處；二葉亭四迷的《小說總論》不僅依據了別林斯基的現實主義文學理論，也借鑒了中國的古典文論中關於「形」、「意」的理論；北村透谷的《內在生命論》，不僅受到的美國的愛默生思想的啟發，也有濃厚的老莊思想影響的痕跡；長谷川天溪的自然主義文學理論，既借鑒了左拉等歐洲自然主義的主張，又融進了日本傳統的「物哀」的審美觀念，從而提出了「暴露現實之悲哀」、「幻滅的悲哀」的理論命題，使日本自然主義文學理論獨樹一幟。在援引西方文學理論對日本古典文學理論的闡發方面，日本的理論家常有創意。如大西克禮以西方式的概念整合的方法，對日本傳統的美學概念「寂」、「風雅」、「幽玄」、「哀」等作了獨到的闡發；森鷗外也以德國美學家哈特曼的理論解說日本古代的「幽玄」理論，貫通古今東西，顯示了開闊的理論視野。特別是在小說理論的研究中，日本對它特有的小說樣式──「私小說」的研究，為世界小說理論的豐富和發展作出了特殊的貢獻。眾多的理論家、作家對「私小說」作家作品以及「私小說」的起源、特徵等做了大量的研究，出現了久米正雄、宇野浩二、佐藤春夫、小林秀雄、中村光夫、山本健吉、伊藤整等一批批的「私小說」理論家。「私小說」理論家們指出了作家的主體性，作家坦露自我的真誠性，描寫身邊瑣事的可行性、小說對社會的超越性。既糅合了日本傳統小說觀念，又闡釋了小說的現代性特徵。

## 二

在考察中國現代文藝理論對日本現代文論的引進和接受的時候，我們很容易發現，中國對日本文論的大規模的譯介，多集中在二十世紀二〇年代後期至三〇年代中期，所譯介的日本的文論，多為大正時代（1912-1925）的著作。而明治時代的文論著作，即使是日本現代文論的名著，如坪內逍遙的《小說神髓》等，都沒有得到翻譯。應該說，明治時代既是日本現代文論的奠基期，又是日本現代文論發展史上成就最大的時期，幾個最有影響的文論家，如坪內逍遙、森鷗外、北村透谷、高山樗牛、島村抱月、夏目漱石等，都活躍在明治時期。但是，除了夏目漱石外，對其他幾位理論家的文論至多譯介了幾篇零星的文章。這表明了當時中國文壇對日本文論的基本的選擇意向，那就是不求經典，但求新近、時興、實用、通俗。

這種狀況首先是由二十世紀二、三〇年代之交的那段時間內中國文學的實際需要所決定的。自郭沫若、成仿吾等創造社的成員從日本回國，打出「革命文學」的大旗之後，文藝理論問題成為中國文學界，乃至整個文化界的熱點問題。而中國文壇論爭所涉及的幾乎所有主要問題，如文學的階級性問題、民族性問題、文學和宣傳的關係問題、創作方法問題、文藝的大眾化問題等，在大正時代的日本文壇都已經涉及到了。當然，這些問題在歐洲，特別是二〇年代的蘇聯最早被討論過。但一九二七年以後由於中蘇斷交，文學交流也受到影響，而參與三〇年代前後文學論戰的人，留日者甚多，留蘇者很少。因此某種程度上可以說，中國現代的文藝論戰是日本現代文藝論戰、特別是左翼和右翼文壇的文藝論戰的重演。文藝論戰的活躍，特別是三〇年代的「文學大眾化」運動，使得更多的人，特別是青年人開始關心文學理論問題了。激烈的文學論爭，需要新的理論武器，進一步強化了對新的文學理論，對普及性、通俗性的理論著作的期待和需要。二〇年代中期以前，文藝理論問題更多的還是學者、專家書齋中的問題；二〇年代中期以後，文藝理論問題則走出了書齋，和中國社會、中國革命的熱點問題相聯繫。如何把文學和革命結合起來、如何進行新文學的創作、如何理解新的文學現象、如何認識和看待新的思潮流派、如何鑒賞新的文學作品，這些在今天看來是文學的常識層面的問題，在當時不光對於關心文學的普通讀者，而且對於文學工作者，都是需要學習的新知識，需要了解的新問題。

基於這樣的需要，中國的文學理論界很自然地把目光投向了日本。一九二八年，任白濤輯譯了《給志在文藝者》一書，收錄了有島武郎、松浦一、廚川白村、小泉八雲等日本理論家的多篇論文。同年，畫室（馮雪峰）編譯了《積花集》，收入了藏原惟人、升曙夢等解說俄羅斯文學的文章。一九二九年，魯迅編譯《壁下譯叢》，收入了片山孤村、廚川白村、有島武郎、武者小路實篤、金子筑水、片上伸、青野季吉、升曙夢等人的二十幾篇論文。同年，韓侍桁編譯了

《近代日本文藝論集》，收入了小泉八雲、北村透谷、高山樗牛、片上伸、林癸未夫、平林初之輔等人的十幾篇論文。一九三〇年，馮憲章編譯了《新興藝術概論》，收入了藏原惟人、青野季吉、小林多喜二等十二位日本無產階級作家的論文。同年，吳之本翻譯了日本無產階級文學理論家藏原惟人的《新寫實主義文學論文集》，收入了作者的有代表性的八篇文章；毛含戈翻譯了日本左翼理論家大宅壯一的論文集《文學的戰術論》，收入了作者十一篇論文。除了論文集之外，日本的許多文藝理論專著，也被大量的翻譯過來。如左翼理論家平林初之輔的《文學之社會學的研究方法及其適用》、《文學之社會學的研究》、《文學與藝術之技術的革命》（均為1928年譯出。以下括弧內年分均為中文譯本的出版時間），廚川白村的《走向十字街頭》（1928）、《歐美文學評論》（1931），左翼作家藤森成吉的《文藝新論》（1929），片上伸的《現代新興文學諸問題》（1929），有島武郎的《生活與文學》（1929），宮島新三郎的《文藝批評史》（1929），《現代日本文學評論》（1930），木村毅的《世界文學大綱》（1929）、《小說研究十六講》（1930）、《小說的創作和鑒賞》（1931），伊達源一郎的《近代文學》（1930），田中湖月的《文藝鑒賞論》（1930），千葉龜雄的《現代世界文學大綱》（1930），夏目漱石的《文學論》（1931），升曙夢的《現代文學十二講》（1931），等等。僅在二〇至三〇年代之交的四年時間中，中國文壇就譯介了幾十部日本文學理論的論文集和專門著作。日本文論成為同時期中國譯介最多的外國文論。譯介的特點是以大正時代的日本文論為中心，以日本左翼文論為重點，各流派、各種觀點主張的文章兼收並蓄。既有魯迅所說的「依照著較舊的論據」的屬於資產階級文學理論的文章，又有所謂「新興文學」（無產階級文學）的理論。在編譯者看來，這些理論著述都是「很可以借鏡的」。[5] 不過，對日本的作家作品評論則很少翻譯，甚至對富有獨創的日本「私小說」理論也沒有譯介，有的譯者連有關著作中所列舉的日本文學的例子都省略掉了。原因之一是擔心中國讀者對日本作家作品所知不多，但更主要的恐怕是當時的中國文壇對日本的批評界有一種成見。例如韓侍桁就曾指出，現代日本文壇「沒有什麼偉大的作品」，主要原因「便是現代日本文學太缺少批評家了，嚴格的批評家幾乎是未曾有過的」。「有些作家倒是兼從事於批評的，而大半只是互相稱頌。」[6] 所以，中國文壇所熱衷譯介的，實際上是日本的理論家們寫的關於文學的一般的理論問題、關於世界文藝思潮的研究和評述的著作。

與此同時，中國文壇開始大量翻譯介紹日本的概論性和普及性、入門性的文論著作。在日本，這類著作非常豐富，「文學概論」、「文學講義」、「文學入門」之類的著作不勝枚舉。有的是向社會一般讀者發行的讀物，有的是學校的教科書或講義。這些著作，多將世界文學理論的新成果加以吸收，對西方的諸家文藝觀點進行簡明扼要的引證闡發、深入淺出、條理清楚、通俗易懂，因此也非常符合中國讀者的需要。二〇至三〇年代中國的有關「文學概論」的教科書，多參照日本的此類著作。有的根據日文的著作編譯，如倫達如的《文學概論》是中國最早的《文學概論》之一，一九二一年在廣東高等師範學校使用過。此書就是根據日本大田善男的《文學概論》編譯而成的；有的著作在中國直接被用作教科書，如廚川白村的《苦悶的象徵》、本間久雄的《文學概論》等；有的被作為教學參考書，如萩原朔太郎的《詩的原理》等；有的在部分章節的編寫中仿照日本的文論著作，如孔芥編著的《文學原論》第三章〈經驗的要素〉就是仿照夏目漱石的

5 魯迅：〈壁下譯叢·小引〉，載《魯迅全集》（北京市：人民文學出版社，1980年），第10卷，頁280。

6 韓侍桁：《文學評論集·雜論現代日本文學》（上海市：現代書局，1934年）。

《文學論》的。更多的是編寫有關著作時參考了日本的同類著作，如郁達夫的《小說論》、《文學概說》，田漢的《文學概論》，夏丏尊的《文藝論 ABC》，章克標、方光燾的《文學入門》，崔載之的《文學概論》，戴叔清的《文學原理簡論》，君健的《文學的理論與實際》，張希之的《文學概論》，曹百川的《文學概論》，夏炎德的《文學通論》，陳穆如的《文學理論》等，對日本的同類著作各有所參考或借鑒。這些著作普遍涉及到文學的定義、本質、起源、特性，文學和社會、時代、道德、國民性等的關係，文學的種類，文學批評和文學鑒賞等基本問題。長期以來，這些問題構成了中國《文學概論》類教科書的基本的內容框架。

## 三

在談到日本現代文論對中國現代文論的影響的時候，家有幾位日本文藝理論家在中國影響較大，他們是夏目漱石、廚川白村、小泉八雲、本間久雄、木村毅、萩原朔太郎、宮島新三郎、藏原惟人等。夏目漱石、廚川白村另有專節論述，[7] 藏原惟人對中國文化的影響已在有關章節中談及其他幾位有必要在此特別提到。

首先是小泉八雲（1850-1904）。提起小泉八雲，二十世紀三、四〇年代中國的文學愛好者恐怕都不會陌生。這位原名 Lafcadio Hearn 的日本籍希臘人學貫東西。他是學者，又是著名的散文作家，既有西方人的嚴密的理論思維，又有日本人的敏銳的感受和精細的表達。他的文藝理論著作的特點是用散文家的筆法講文藝理論，娓娓而談，深入淺出，親切平易，善於在東西方的對比中指出文學發展的規律性和

---

7　請參見拙文〈從「餘裕論」看魯迅與夏目漱石的文學觀〉，載《魯迅研究月刊》1995年第4期；〈廚川白村與中國現代文藝理論〉，載《文藝理論研究》1998年第2期；〈胡風與廚川白村〉，載《中外文化與文論》第5輯。

作家作品的特徵，從具體作家作品的批評和鑒賞出發，不作蹈虛之論，將抽象的文藝理論講得饒有趣味。他致力於向日本人做文學啟蒙工作，介紹西方文學。明治時代的許多文學家都蒙受他的影響和教益，為中國文論界所熟知的廚川白村就出在他的門下。而他在日本所做的文學啟蒙的工作，對中國也同樣是急需的、重要的。在中國，似乎沒有人親耳聆聽過小泉八雲的富有魅力的講課或演說，但他的包括演講稿、講義在內的文論著作，大都譯成了中文。從一九二八年到一九三五年間，中國至少翻譯出版了他的九種理論著作（含不同譯本）。其中有《文學入門》、《文學講義》、《小泉八雲文學講義》、《西洋文藝論集》、《文藝譚》、《英國文學研究》、《文學的畸人》、《心》、《文學十講》等。《小泉八雲文學講義》的譯者認為他「指示文學方法時永不離開文學本身而言末技，談理論時，總是就實際而言理論，將方法與理論合而為一」。[8] 小泉八雲的這種理論表述方式對專家學者而言，就像周作人所說的「似乎有時不免嘮叨一點」，[9] 但對一般文學青年的文藝知識的接受和文學修養的提高，對中國文藝理論的普及是非常有益的。為此，朱光潛曾對小泉八雲作了中肯的評論，他說：「他是最善於教授文學的，能先看透東方學生的心孔，然後把西方文學一點一滴地灌輸進去。初學西方文學的人以小泉八雲為嚮導，雖非走正路，卻是取捷徑。在文藝方面，學者第一需要是興趣，而興趣恰是小泉八雲所能給我們的。」[10]小泉八雲對中國現代文藝理論的特殊貢獻，主要在於比較文學的研究方法，印象式、鑒賞式的偏重個人審美感受的批評。這種批評和以朱光潛為代表的中國「京派」的理論批評也是相通的。

和小泉八雲講座式、演講式的理論表達方式有所不同，本間久雄

8 去羅：《小泉八雲文學講義・序》（北京市：聯華書店，1931年）。

9 周作人：《夏目漱石《文學論》譯本・序》（上海市：神州國光社，1931年）。

10 朱光潛：〈小泉八雲〉，載《孟實文鈔》（上海市：良友圖書公司，1936年），頁81。

（1886-1981）則以他的嚴整而又簡潔的理論思維見長。作為著名評論家、文學史家，他著有《明治文學史》（全五卷）、《英國近世唯美主義的研究》、《文學概論》、《歐洲近代文藝思潮論》、《自然主義及其之後》等著作。他的《歐洲近代文藝思潮論》在中國相當流行。可以說，中國現代文壇關於歐洲文藝思潮的系統知識的最初、最主要的來源，除了廚川白村的《文藝思潮論》和《近代文學十講》之外，恐怕就是本間久雄的《歐洲近代文藝思潮論》了。他的《文學概論》及其修正本在日本眾多的同類著作中，以橫貫東西，縱論古今，視野開闊，資料豐富，富有真知灼見，獨創理論體系見長。全書共分四編。第一編〈文學的本質〉，以「想像」和「感情」為本位，論述文學的本質特徵；第二編〈作為社會現象的文學〉，論述了文學與時代、與國民性、與道德的關係；第三編〈文學各論〉，論述詩、小說、戲劇等各種文學樣式及其特點；第四編〈文學批評論〉，闡述了現代文學批評的各流派，文學批評和鑒賞應有的態度。全書體系嚴謹周密，內容簡潔精練，所以二十世紀二〇年代在日本出版後，很快引起了中國文壇的注意。一九二五年五月，汪馥泉翻譯的《新文學概論》由上海書店出版，七月再版；一九三〇年四月上海東亞圖書館又出版該譯本，次年四月再版；一九二五年八月商務印書館出版章錫琛翻譯的《新文學概論》，到一九二八年九月，該譯本出了四版；一九三〇年三月，上海開明書店出版了章錫琛譯的《文學概論》，同年八月再版。本間久雄的《新文學概論》及《文學概論》，是一九二五年至一九三五年十年間在中國最流行的唯一的外國學者的文學概論類著作。直到一九三五年，商務印書館才出版了美國人 T. W. 韓德的《文學概論》，一九三七年上海天馬書店和讀書生活出版社分別出版了蘇聯人維諾格拉多夫的《新文學教程》。本間久雄的著作以其流行時間長，印刷數量大，傳播廣泛，對中國文學理論，特別是文學概論的理論普及和理論建設產生了重要影響。直到文藝理論研究取得了長足進展的當代，本間久雄的《文學概論》仍然保持著獨特的學術價值。所以一直到了一九七六年，當同類著作業已汗牛充棟的時候，臺灣仍然出版了《文學概論》的新譯本。

在詩歌理論方面，對中國影響較大的是萩原朔太郎。萩原朔太郎[11]（1886-1942）是日本現代文學史上承前啟後的重要詩人，詩人西條八十稱他是「白話詩的真正的完成者」。除創作外，他在詩歌理論方面也很有成就，著有《詩論與感想》、《詩的原理》（均為1927）等。其中《詩的原理》構思寫作的時間前後有十年，是作者的苦心經營之作，在日本的同類著作中出類拔萃，對中國現代的詩歌理論影響較大。全書分為概論、內容論、形式論、結論四部分，論述詩歌的本質特徵，詩歌的主觀與客觀，具體與抽象，詩與音樂美術，韻文與散文，敘事詩與抒情詩，以及浪漫派、象徵派等詩歌諸流派。一九三三年，中國出版了該書的兩個譯本，一個是上海中華書局出版的孫俍工的譯本《詩底原理》，一個是上海知行書店出版的程鼎聲的譯本《詩的原理》。孫俍工在〈譯者序〉中談到，他在復旦大學擔任「詩歌原理」一課，在日文書籍中找到了許多有關的著作，非常高興，「因為在目下的中國詩歌界，這樣有系統的許多著述，還不容易看見」。他認為萩原朔太郎的《詩底原理》「其中特點可說的處所正多。但最精彩的，要算是：全書把詩的內容與詩的形式，用了主觀和客觀這兩種原則貫穿起來，作一系統的論斷」[12]。所以優先譯出了萩原朔太郎的這部著作。雖然，在現代中國，詩歌原理類的著作比較多，著作和譯作有不下二十餘種，但由著名詩人寫的系統的詩歌原理著作，恐怕就只有萩原朔太郎的《詩歌原理》了。

如果說在詩歌理論方面對中國影響較大的是萩原朔太郎，那麼在小說理論方面對中國影響較大的就要算是林村毅了。木村毅（1894-

11 《詩的原理》的兩種中文譯本均將作者「萩原朔太郎」誤用「荻原朔太郎」。

12 孫俍工：《詩底原理．譯者序》（上海市：中華書局，1933年）。

1979）是日本著名的評論家、文學史家、小說家。被菊池寬稱為文壇中「值得尊敬的學者」。早期的主要著作有《小說的創作和鑒賞》（1924）、《小說研究十六講》（1925）、《文藝東西南北》（1926）、《明治文學展望》（1928）等。其中在中國影響較大的是《小說研究十六講》。這部書被日本學術界認為是日本最早的全面系統的關於現代小說的研究著作，在日本一直重版，久盛不衰。《小說研究十六講》論述小說的性質、特點、發展、流派等，分為小說與現代生活、西洋小說發達史、東洋小說發達史、小說之目的、現實主義與浪漫主義、小說的結構、人物、性格、心理等十六講。該書在中國出了兩個版本，一個是上海北新書局的版本，一九三〇年四月初版，一九三四年九月再版；另一個是根據《小說研究十六講》編譯的《東西小說發達史》（世界文藝書社，1930年版）。其次是《小說的創作與鑒賞》，該書在中國也有兩個版本，一個是上海神州國光社一九三一年的版本，一個是根據《小說的創作與欣賞》編譯的《怎樣創作與欣賞》（上海言行社，1941年版）。在二十世紀前五〇年中國所譯介的所有外國小說理論家中，木村毅的著作是被譯介最多的一個。這兩部書對現代中國的小說理論建設、小說知識的普及產生了一定的作用和影響。據日本學者的研究，郁達夫的《小說論》在寫作上主要參照的就是木村毅的《小說研究十六講》。[13]

在文學批評史方面，對中國影響最大的日本著名學者是宮島新三郎。宮島新三郎（1892-1934）以研究世界文藝思潮史、文學批評史見長。他著有《歐洲最近的文藝思潮》、《明治文學十二講》、《大正文學十二講》、《文藝批評史》、《現代文藝思潮概說》等。中國譯有他的《歐洲最近的文藝思潮》（現代書局，1930年版）、《現代日本文學評論》（開明書店，1930年版）、《文藝批評史》等。其中，影響最大的

13 〔日〕鈴木正夫：〈郁達夫和木村毅著《小說研究十六講》〉，原載日本《野草》第27、28號（1981年4、9月）。

是《文藝批評史》。《文藝批評史》以歐洲文藝批評為主，對世界文藝批評的起源發展做了全景式的描繪，在日本屬於這一領域中先驅性的著作。該書一九二八年在日本出版後，當年中國就有人把它編譯成中文，以《世界文藝批評史》為題出版（美子譯述，廈門國際學術書社）。一九二九年和一九三〇年，先後又有上海現代書局和開明書店出版了黃清嵋和高明的兩個譯本。宮島的《文藝批評史》是現代中國翻譯的唯一一種文藝批評史著作。在西方，一九〇〇至一九〇四年曾有英國人 G. 聖茲博里出版三卷本《文學批評史》，一九三六年有美國人 L. 文杜里出版《藝術批評史》，但均未見譯成中文，而且似乎中國學者也沒有同類著作出版。如果考慮到宮島新三郎的《文藝批評史》在中國獨步幾十年，那麼它在文學批評史方面對中國的影響則是不可小覷的。

從以上的概述和舉例式的論述中可以看出，中日現代文藝理論之間有著很密切的關係。因此筆者希望文藝理論界、比較文學與比較詩學界，重視中日現代文論的比較研究，並把它作為中外詩學比較研究的不可缺少的組成部分，為建立有中國特色的比較詩學的學術體系而努力。

# 近代中日小說的題材類型及其關聯[1]

中國古代小說理論家們在小說的故事情節、人物描寫、性格塑造等方面發表了許多高明的見解，但題材意識卻相對薄弱。中國古代小說題材並不貧乏，貧乏的是對這些題材的科學的劃分和歸類。「四大奇書」之類的含糊概念長期束縛了人們對小說題材類型的清晰辨認。直到二十世紀初，「新小說」的提倡者們才看出「泰西事事物物，各有本名，分門別類，不苟假借。即以小說而論，各有體裁，各有別名」。[2] 他們以外國文學為參照，意識到了中國傳統小說題材及其分類的貧乏和狹隘。對於中國傳統小說的題材，觚庵認為：「我國小說，雖列專家，然其門類，太形狹隘。」[3] 梁啟超認為「綜其大較不出誨淫誨盜兩端」。[4] 俠人指出：「西洋小說分類甚細，中國則不然，僅可約舉為英雄、兒女、鬼神三大派。」[5] 有人則反問道：「外人之可以為歷史、政治、種族與種種小說者，吾中國何不可以為歷史、政治、種族與種種諸小說？」[6]

中國的「新小說」理論家們在談到小說的題材分類時，大都標舉西洋小說並奉為榜樣。誠然，「政治小說」、「歷史小說」、「教育小說」、「鄉土小說」等等之類的題材分類在十九世紀的歐洲就有人提出過，有關題材的小說在歐洲也曾流行過，但是，按題材分出的這些小

1 本文原載《齊魯學刊》（曲阜），1997年第3期。

2 紫英：〈新庵諧譯〉，原載《月月小說》第5號（1907年）。

3 觚庵（周桂笙）：〈觚庵隨筆〉，原載《小說林》第7期（1907年）。

4 梁啟超：〈譯印政治小說序〉，載《清議報》第1冊。

5 俠人：〈小說叢話〉，原載《新小說》第13號（1905年）。

6 世：〈小說風尚之進步以翻譯說部為風氣之先〉，原載《中外小說林》1908年第4期。

說類型一直受到歐洲學者和理論家的懷疑。正如韋勒克所說：「這種劃分似乎僅根據題材的不同，這純粹是一種社會學的分類法。循此方法去分類，我們必然會分出數不清的類型。」[7] 因此，在歐洲，這些題材分類概念僅僅是短時期內局部流行，沒有成為小說理論的核心概念或重要概念，對小說創作也沒有形成長久的和強有力的影響。特別是中國文壇大力提倡這些小說題材類型的時候，歐洲文學理論、小說理論的前沿問題和核心概念是思潮流派、創作方法而不是題材類型及其劃分。而小說的題材及其分類問題卻處於二十世紀初中國小說理論的前沿，成為小說創作和小說理論的核心與焦點。這種狀況顯然並不來自歐洲文學的直接影響。就在中國小說的「題材熱」出現之前不久，東鄰日本也出現過一股題材熱潮。明治維新以後，日本文壇是帶著強烈的題材意識來介紹和翻譯西洋文學的。他們喜歡把西洋作家作品劃分為政治、社會、家庭、歷史、科學、偵探、冒險、軍事等等題材類型，把西洋文學中不同歷史時期的小說題材加以集中、放大、突出和強調，將題材問題視為現代小說的最重要的核心的問題。這種理論走向，一方面表明日本文壇急於引進新的題材類型以促使小說的現代轉型，另一方面，也是日本傳統小說分類意識在新的條件下的強化和發展。和中國不同，日本傳統小說的題材意識原本就很強，分類也甚細。正如日本學者平川佑弘所指出的，日本的小說題材「令人吃驚的細分法，不厭其煩的區分和命名占據著支配地位。粗略考察，從初期的『假名草子』、『浮世草子』，到『黄青紙』、『灑落本』，再到『讀本』、『滑稽本』、『合卷』，還有『人情本』之類，簡直繁瑣得叫人無法記住」。[8] 明治時代的日本文壇保留了大量的江戶時代的文學傳統，

---

7 韋勒克、沃倫著，劉象愚等譯：《文學理論》（北京市：讀書・生活・新知三聯書店，1984年），頁265。

8 佐伯彰一著，載平川佑弘、鶴田欣也編：《日本人的題材意識》、《日本文學的特質》（東京：明治書院，1991年）。

其中對小說題材的瑣細劃分，不能不說與江戶時代的題材劃分有著密切聯繫。總之，西洋小說的題材被日本人加以突出強調之後，才可能對中國產生那麼大的影響。二十世紀初中國「新小說」的主要的小說題材分類概念，幾乎全都襲用了日本文壇在翻譯西洋有關小說題材類型時所創制的漢字概念，如「政治小說」、「科學小說」、「理想小說」、「歷史小說」、「社會小說」、「家庭小說」、「哲理小說」、「冒險小說」、「軍事小說」、「探偵小說」（中國最初直接用「探偵」這個日語詞，後改稱為「偵探」）等等。這些嶄新的題材分類概念，很快使得中國文壇意識到了中國傳統小說在題材上的「缺類」。一時間，「中國無政治小說」、「中國無科學小說」、「中國無偵探小說」成為文壇上的共同的概歎。於是，中國小說的「補救之方，必自輸入政治小說、偵探小說、科學小說始」[9]，也成為有識之士的共同認識。

對政治小說、科學小說、偵探小說這三種題材的優先提倡，同樣也受到了日本文壇的啟發。在日本，政治小說是現代小說的起點，也是啟蒙主義文學的主要形式，政治小說的出現，使日本文學和現代社會政治密切聯繫起來，使小說創作處在了新思潮的前沿。在日本文壇的直接影響下，中國文壇對新的題材類型的提倡也是從政治小說開始的。政治小說成為中日近代小說的起點，這一點具有十分重要的意義，它為新的社會思潮成為新的小說題材開了風氣。事實上，無論是中國還是日本，「新小說」之「新」首先並不體現為小說美學觀念和創作方法之「新」，而是題材之「新」。對於長期閉關自守的東方國家日本和中國來說，最新的題材自然是新的政治制度（實際是英國式的君主立憲制）、近代科學技術和近代法律與司法制度。因此，與此相關的政治小說、科學小說、偵探小說就自然成為中日兩國優先提倡的題材類型。在日本明治初年的翻譯與創作中，政治小說與科學小說幾乎二分天下，英國李頓的政治小說《花柳春話》、迪斯雷里的《政海

---

9　定人：〈小說叢話〉，原載《新小說》第13號（1905年）。

情波》、法國凡爾納的科學小說《月界旅行》、《海底兩萬里》，以及日本人自己的創作，如矢野龍溪、東海散士的政治小說《經國美談》、《佳人奇偶》，押川春浪的科學小說《海底軍艦》等，成為當時讀書界的熱點。而日本的這些譯作和創作大都較快地被轉譯或被翻譯成中文。但是，和日本比較起來，這三類題材的小說在中國僅僅是理論上的鼓吹和西洋、日本有關作品的譯介，創作上很不景氣。就政治小說而言，日本的政治小說作家靈活地利用當時讀者喜聞樂見的愛情故事來處理政治題材，擁有眾多的讀者，並且或多或少地對時政產生了一些影響。而中國的梁啟超等人則有意凸現政治題材，把政治小說寫成了乾巴巴的說教，其讀者不多，並且對現實政治甚少影響。至於科學小說，也必須承認，處於教育立國大氛圍中的日本明治時代的作家讀者，與處於社會動盪中的中國的作家讀者，其科學知識修養頗有高低之差。日本的科學小說在譯介西洋科學小說之後不久，就有了矢野龍溪的《浮城物語》、押川春浪的《海底軍艦》那樣的自著的科學小說，而中國在提倡了十幾年的科學小說之後，評論界不得不承認：「惜國人科學程度太低，自著者甚少。」[10] 事實上，在整個中國現代文學史上，科學小說創作在各類題材的創作中一直是最薄弱的。在中國，科學小說作為一種獨立的題材雖然未能發展起來，但它卻和偵探小說合二為一，就是說，偵探小說中包含著科學小說的某些因素。較早創作偵探小說的劉半農曾經指出，偵探小說「乃集合種種科學而成之一種混合科學」[11]。被稱為「中國偵探小說第一人」的程小青也認為：「偵探小說是一種化裝的通俗科學教科書，除了文藝的欣賞以外，還具有喚醒好奇和啟發理智的作用。」[12] 這種科學和偵探兩種題

10 成之：〈小說叢話〉，原載《中華小說界》1914年第3-8期。

11 劉半農：《福爾摩斯偵探案全集・跋》（北京市：中華書局，1916年4月）。

12 程小青：〈偵探小說的多方面〉，原載《霍桑探案》（上海市：文華美術圖書公司，1933年）。

材混合交叉的情況，在二十世紀二〇至三〇年代的日本也很普遍。一些著名的科學小說同時也是很好的偵探小說，如小酒井不木的《人工心臟》、大下宇陀的《電氣殺人》、小栗蟲太郎的《太平洋漏水孔》、蘭郁三郎的《腦波操縱者》等。把現代科學知識與誘人的偵探故事結合在一起，一方面使科學小說得以生存，一方面又很容易取消科學小說的獨立品格。在日本，近代科學小說的演變大體經歷了這樣兩條路徑：第一條路徑：科學小說——偵探小說——推理小說——當代科幻小說；第二條路徑：科學小說——武俠小說——軍事小說。而在中國，科學小說的演變只有一條路徑，即：科學小說——偵探小說——武俠小說。偵探小說與武俠小說兩種題材雖然一「洋」一「中」，但在中國卻很容易轉化。當偵探小說抽取了現代科學的因素，而代之以俠義和武藝的時候，偵探小說也就會演變成為帶有強烈國粹色彩的武俠小說。

日本也有武俠小說這種題材類型。明治時代後期，日本文壇開始使用「武俠小說」這一題材類型概念。據說中國正式使用「武俠小說」這一名稱是在一九一五年十二月。[13] 看來日本使用這一名稱似乎比中國為早。無論在中國還是在日本，對這類題材的提倡都出於改造懦弱國民性的目的。晚清以來，由於中國不斷遭受列強欺侮，文學界頗有提倡「尚武精神」者，認為武俠小說「可以振起國人強健尚武之風」[14]。林紓、陳景韓等人起初操筆寫武俠小說，其動機似乎也在於此。但是，中國的武俠小說很快地消解了它的現代性，不僅完全脫離了科學小說，而且還宣揚了許多封建迷信，最終與傳統的公案俠義小說合流。所以沈雁冰說它是灌給小市民的「一碗迷魂湯」[15]。而日本的武俠小說卻始終以現代科學為基礎，它宣揚的主要不是中國武俠小

13 曹正文：《中國俠文化史》（上海市：上海文藝出版社，1994年），頁90。

14 成之：〈小說叢話〉，原載《中華小說界》1914年第3-8期。

15 沈雁冰：〈封建的小市民文藝〉，原載《東方雜誌》第30卷第3號（1933年）。

說那樣的劫富濟貧、仗義行俠之類的陳腐可哂的封建觀念，而是對外實行擴張的大日本民族主義、軍國主義乃至現代法西斯主義。最早寫作科學小說的押川春浪，曾創作了《武俠的日本》、《新造軍艦》、《武俠艦隊》、《東洋武俠團》等武俠小說，包含了大量的現代科技知識，同時又宣揚了日本的職責就是把亞洲乃至非洲從歐美帝國主義的統治下「解放」出來的現代軍國主義意識，奠定了日本武俠小說的思想基調。這種武俠小說發展到三、四〇年代，又演變為所謂「軍事小說」。山中峰太郎的系列作品《日東劍俠兒》、《亞細亞的曙光》、《大東的鐵人》等，均以軍事偵探為主人公，宣揚軍國主義，是武俠小說和軍事小說兩種題材的混合形態。而在中國，這樣的形態卻極為罕見。雖然不少有識之士也熱切地提倡過軍事小說，認為「多著此等小說，於社會大有裨益也」。[16] 更有人以日本的同類題材的小說為參照，把軍事小說的有無提高到國家的前途命運的高度來認識。徐念慈曾指出：「日本蕞爾三島，其國民咸以武俠自命、英雄自期，故博文館（一出版機構——引者注）發行之押川春浪名書，若《海底軍艦》……《武俠之日本》……《新造軍艦》……《新日本島》等，一書之出，爭先快讀，不匝年而重版十餘次矣。」而中國，「專寫軍事、冒險、科學、立志諸書為最下，十僅得一二矣」。[17] 然而，提倡者有心，作者讀者無意，正如當時有人所總結的，「今日讀小說者，喜軍事小說遠不如喜言情小說」。[18] 在這種情況下，中國的科學小說、偵探小說沒有像日本那樣發展為軍事小說。軍事小說長期以來是中國文學題材的一個缺項和空白。

除政治小說、科學小說、偵探小說、軍事小說之外，中國的所謂「滑稽小說」、「社會小說」、「家庭小說」等題材類型，與日本的有關

16 管達如：〈論小說〉，原載《小說月報》第3卷第7號（1912年）。

17 徐念慈（覺我）：〈余之小說觀〉，載《小說林》第9期（1908年）。

18 觚庵：〈觚庵隨筆〉，原載《小說林》第7期（1907年）。

的題材類型也有較為密切的聯繫。如「滑稽小說」這種題材類型，既受西洋的狄更斯等作家的幽默、滑稽作品的影響，又受日本江戶時代後期以至明治初期的滑稽小說的影響。滑稽小說在日本稱為「滑稽本」，江戶時代的式亭三馬和明治初期的假名垣魯文等都是著名的滑稽小說作家。中國近代最有代表性的滑稽小說作家徐卓呆（號半梅）曾長期留學日本，曾有人評論他的作品「慣於滑稽，信筆所至，都成妙語」，「很帶日本色彩」[19]。同樣地，社會小說作為一種題材類型，也主要受到了日本文壇的影響。「社會小說」這一題材類型概念，在西洋不常使用。而在日本，一八八六年，評論家高田半峰就在一篇文章中使用了「社會小說」這一概念。一八九六年，日本文壇曾圍繞「社會小說」的題材範圍展開了一場討論。次年，《早稻田文學》雜誌對討論中提出的什麼是社會小說的問題作了整理歸納：一、為平民百姓說話；二、描寫被以前的作家忽略了的下層社會的真相；三、改變先前對戀愛題材的偏重，重視政治、宗教和社會全貌；四、以社會為主體，以個人為客體；五、領導時代潮流，作社會發展的預言家。評論家金子筑水也在一八九七年寫了一篇題為〈所謂社會小說〉的文章，發表了自己對社會小說題材範圍的看法。中國文壇在二十世紀初年引進了「社會小說」這一概念，但當時的評論家們並不把它看作中國沒有的新的題材種類，而是把《水滸》、《儒林外史》等視為「社會小說」。在對社會小說的理解上，中日兩國文壇大致相同，但也略有不同偏重。成之所謂「以描寫社會腐敗情形為主，使人讀之而有所警戒，與趣味之中兼具教訓之目的」[20] 云云，是對中國社會小說題材特徵的很好的概括，代表了當時中國文壇對「社會小說」的理解。中國的社會小說帶有一定的政治性，也可以說是政治小說的一種變體。它

---

19 慕芳：〈文苑群芳譜〉，原載《紅玫瑰》第1卷第32期（1925年）。

20 成之：〈小說叢話〉，原載《中華小說界》第3-8期（1914年）。

消解了政治小說的理想主義色彩，同時又保持了政治小說的社會批判精神。而日本社會小說的題材範圍要比中國的社會小說寬泛得多，除了社會政治問題之外，其他一切問題都可以籠統地歸為社會問題。所以，日本的所謂「社會小說」是一個很有包容性的題材概念。特別是帶有一定社會性的婚姻家庭題材的小說，如德富蘆花的《不如歸》那樣的家庭小說，也常常被稱為「社會小說」。而在中國，則是把《不如歸》作為家庭小說看待的。《不如歸》由林紓譯成中文後，對中國的家庭小說創作，乃至近代話劇中的「家庭劇」的創作都有不小的影響。林紓在譯序中認為該作品「以為家庭之勸懲，用意良也」。[21]其實，這部作品描寫的是家長干涉所造成的婚姻悲劇，小說歌頌了堅貞不渝的愛情，對封建家長制也做了含蓄的批判。林紓說它「意在勸懲」，似乎有點「仁者見仁」。但一般說來，日本的家庭小說對傳統道德批判甚少，卻更多地宣揚婦女的「隱忍」的美德。《不如歸》中的女主人公浪子正是這種「隱忍」的典型。此外，像村井弘齋的《小貓》、尾崎紅葉的《金色夜叉》等家庭小說也都順應或宣揚了傳統道德。比較而言，中國的家庭小說多倡導「女權」，一定程度地表現了現代的婦女觀。浴血生一九〇五年就說過「近頃著書倡導女權為言者充棟」[22]，雖不無誇張，但也言之有據。連思想比較保守的林紓也曾提出「倡女權，興女學」[23] 所以在那個時代出現《黃繡球》那樣的倡導女權的小說，絕不是偶然的。從家庭小說所表現的女權觀念上看，中國顯然走在了日本的前頭。

中日兩國近代小說不僅在主要的題材類型上有密切的聯繫，而且兩國近代小說的題材轉型和變革也有大致相同的背景，也出現了大致相同的問題。兩國近代小說題材轉型的直接推動力都來自維新政治和

---

21 林紓：《不如歸・序》（上海市：商務印書館，1908年）。

22 浴血生：〈小說叢話〉，原載《新小說》第17號（1905年）。

23 林紓：《紅礁畫槳錄・序》（上海市：商務印書館，1906年）。

思想啟蒙。政治小說的提倡基於政治宣傳的迫切需要，科學小說的倡導與當時兩國的「唯科學主義」思潮密切相關，偵探小說的譯介與創作意在培養現代法律意識，軍事小說、冒險小說出於改造懦弱國民性的動機，社會小說則與各種社會現實問題互為表裡。因此，無論在中國還是在日本，最初提出文學題材變革要求的人主要不是純文學家，而是政治家和啟蒙主義思想家。他們最關心的是小說「寫什麼」的問題，而不是「怎麼寫」的問題。這就決定了兩國近代小說轉型和革新，首要的是題材的轉型和革新，內容的轉型和革新。由於題材的變革與現實的社會政治需要有這樣緊密的聯繫，當時兩國所提倡的各種新的題材類型往往具有強烈的時效性，某種題材在某個時期內被極力提倡，但往往雷聲大雨點小，未能把社會思潮轉化為創作思潮。由於題材的提倡與創作方法、文藝思潮等問題沒有密切地結合，孤立地談題材問題，因而有關題材的理論就顯得比較浮淺，缺乏深刻的理論價值。在日本，雖然評論家在提倡題材類型時也提倡「寫實」，如把「社會小說」也稱作「寫實小說」，但這裡的「寫實」並不具備創作方法的意義，而是與「空想」（幻想）相對而言的概念，其實也屬於廣義的題材概念。當時中國從日本引進了「寫實」這一概念，其含義也和日本基本相同。日本在坪內逍遙的《小說神髓》出現之前，中國在「五四」之前，均未能把題材的提倡與創作方法的提倡結合起來，也未能與當時西洋最新的文學思潮相銜接，只是單純、孤立地強調題材類型，就會使題材分類絕對化、簡單化。事實上，一部內涵豐富的作品是很難用一種題材類型加以概括的。因此就出現了比較多的題材類型相交叉，或同時用幾種題材類型稱呼同一部作品的情況。如日本德富蘆花的《不如歸》就被評論家劃到「社會小說」、「家庭小說」、「人情世態小說」三種類型之中；中國的《紅樓夢》就被稱為「政治小說」、「種族小說」、「寫情小說」等。題材分類本身是為了清晰地劃分題材的類別界限，但有時又不得不消弭或模糊題材之間的界限。題材類型劃得過粗則不能清楚具體地分門別類，過細則又不足以概括作品的題材範圍。近代中日兩國題材理論都不同程度地陷入了這種理論上的困境，並使題材類型理論失去了進一步開拓和深化的餘地。

另一方面，中日兩國題材類型的理論提倡，又都經歷了一個由啟蒙動機向商業宣傳滑落的過程。題材類型的提倡本來就帶有強烈的功利色彩，而提倡者又常常使用報刊雜誌作廣告宣傳，這種廣告宣傳又很容易與商業市場相連通。在日本，許多情況下，「政治小說」、「科學小說」、「家庭小說」之類的名目都被作為小說標題的一部分，帶有明顯的商業廣告的色彩。當一類題材類型在讀者中失去市場的時候，另一種新的題材名目便會取而代之。如明治三〇年代初期在家庭題材中，有所謂「悲慘小說」，專寫醜惡、悲慘的事件，讀者厭倦之後，又出現了反對「悲慘小說」的所謂「光明小說」。在中國，新的題材類型本來是由近代啟蒙主義者首先引進並加以提倡的，但後來便被商業市場所利用，使題材分類按讀者的嗜好和口味不斷花樣翻新，喪失了題材分類原有的嚴肅性、合理性。當時的小說理論家也坦率地承認：「人之愛讀小說者，其嗜好往往因材料而殊。是則按其所載之事實，而錫之以特殊之名稱，於理論上雖無足取，而於實際亦殊不容已也。」[24]這種不得已而為之的「特殊之名稱」，當然是受了商業因素的左右。想當年，鴛鴦蝴蝶派的最常用的廣告促銷手段就是利用小說的題材分類。梁啟超主持的《新小說》開始只列了「寫情小說」這種類型（「寫情小說」顯然與日本的「世態人情小說」屬同一題材類型），但到了鴛鴦蝴蝶派，就在「寫情小說」這一種類型中分出了所謂「言情小說」、「俠情小說」、「奇情小說」、「苦情小說」、「癡情小說」，還有「哀情小說」、「怨情小說」、「豔情小說」、「懺情小說」、「慘情小說」、「災情小說」、「醜情小說」、「喜情小說」等等名堂。題材分類完

24 成之：〈小說叢話〉，原載《中華小說界》第3-8期（1914年）。

全成了花裡胡哨的商業標籤。所以，中國文壇通常把社會小說、家庭小說、偵探小說、滑稽小說等，看成是鴛鴦蝴蝶派通俗小說的同義詞。在日本，關東大地震（1923）以後，科學小說、偵探小說、社會小說、家庭小說等就被評論家歸入了通俗的「大眾文學」。有人則乾脆將政治小說、家庭小說、冒險小說、偵探小說等稱為「煽情文藝」（日夏耿之介語）。在日本「純文學」家看來，小說創作不必強調題材，強調題材就勢必忽視「藝術」，以致到了三〇年代後期，日本文壇曾展開了一場所謂「題材派」（「素材派」）與「藝術派」的論爭。事實上，中日兩國那些按題材劃分的小說類型最終大都成為大眾文學、通俗文學的代稱。它們有著最時髦、最「現代」的內容題材，同時也大多暗含著遊戲消遣或勸善懲惡的傳統小說的陳舊觀念。看來，新的題材類型的提倡固然可以推動小說的現代轉型，但僅此還不可能完成傳統小說觀念向現代小說觀念的根本轉變。

# 文體與自我

## ——中日「私小說」比較研究中的兩個基本問題新探[1]

「私小說」作為產生於日本、影響到中國的一種現代小說形式，具有不同於其他小說的獨有的文體特徵。研究私小說，首先要研究它的文體特徵，而它的文體特徵，又是由如何描寫和表現「私」（自我）所決定的。因此，「文體」和「自我」既是私小說本身的兩個基本問題，也是中日兩國私小說比較研究中的兩個基本問題。而這兩個基本問題在中日私小說比較研究中還沒有得到透澈的解決，還需要做進一步的分析和探索。

### 一　流派與文體

私小說在日本有時被看作是自然主義流派的一種小說文體，有時又被看作是多流派通用的、超流派的小說文體。那麼在中國，影響郭沫若、郁達夫等中國作家「私小說」創作的究竟是日本自然主義流派的私小說，還是一種超流派的、作為文體的私小說？

日本私小說起源於自然主義文學流派，它是隨著日本自然主義文學的發展演變而逐漸形成的。中村武羅夫曾指出，私小說是「自然主義系統的最後一種小說」。[2] 說它是自然主義的「最後一種小說」，是

1　本文原載《四川外語學院學報》（重慶），1996年第4期，中國人民大學複印資料《外國文學》1996年第12期轉載。

2　中村武羅夫：〈通俗小說的傳統及其發達的過程〉，原載《新潮》1月號（1930年）。

因為在私小說產生之前，自然主義還使用過其他的文體形式。起初，永井荷風、田山花袋等作家摹仿法國自然主義文學，寫出了《地獄之花》、《重右衛門的最後》等作品，這些作品都是左拉式的法國自然主義小說文體的移植。即使到了島崎藤村的《破戒》（這部小說被認為是日本自然主義的第一部成熟的代表作），也還保留著左拉式的寫實風格和較廣闊的社會視野。直到一九〇七年，田山花袋發表了中篇小說《棉被》，日本自然主義小說文體的獨特性才開始確立起來。這部小說的特點可以歸結為：一、視野的收縮，由社會收縮到個人家庭；二、私生活，主要是個人醜惡性欲的如實「告白」；三、柔弱的筆調和感傷的抒情。由於它具備了以上幾個特徵，被認為是日本自然主義的私小說的濫觴。此後的自然主義作家，在創作上廣泛運用這種私小說的形式，如島崎藤村的《家》，田山花袋的《生》、《妻》、《緣》三部曲，岩野泡鳴的《放浪》等五部系列長篇小說等等。在這個意義上說，私小說是日本自然主義的典型的小說文體。然而，問題在於，受日本私小說影響的郁達夫、郭沫若等中國創造社的作家們，都曾明確表示反對或不同意自然主義文學觀。如郁達夫在談到自然主義所提倡的「客觀描寫」的主張時就曾說過：「若真的純客觀的態度，純客觀的描寫是可能的話，那藝術家的才氣可以不要，藝術家存在的理由也就消滅了。」他還進一步反問道：「左拉的文章，若是『純客觀的描寫的標本』，那麼他著的小說何必要署左拉的名字呢？」[3] 既然連自然主義的基本主張「客觀描寫」都給否定了，那如何還會接受自然主義的私小說的影響呢？這裡必須明確，日本自然主義雖然是直接受到左拉的自然主義影響的，但日本的自然主義和法國的自然主義卻有一個本質的區別。在歐洲文學中，自然主義是作為浪漫主義的反動而出現的。相反，日本的自然主義卻與浪漫主義保持了極為密切的關係。

---

3 郁達夫著，王自立、陳子善編：〈五、六年來創作生活的回顧〉，載《郁達夫研究資料》（天津市：天津人民出版社，1982年）。

由於十九世紀末二十世紀初日本自由民權運動的失敗，「大逆事件」後天皇制政府對言論的嚴密控制，以及浪漫主義文學領袖北村透谷的自殺，日本浪漫主義文學運動未能充分發展就橫遭夭折。在那種情況下，一批本來屬於浪漫主義陣營的作家，如國木田獨步、島崎藤村、田山花袋等，紛紛轉向了標榜「真實」、客觀」的自然主義。但這些作家卻也自覺不自覺地把濃厚的浪漫主義氣質帶到自然主義中來。他們一開始就以浪漫主義的眼光理解（準確地說是曲解）自然主義。首先，他們把歐洲自然主義的客觀科學的自然觀，曲解為主觀的自然觀。如田山花袋在〈作家的主觀〉一文中，就把「主觀」區分為「作家的主觀」和「大自然的主觀」兩種，並認為左拉和易卜生的自然主義就屬於「大自然的主觀」。他不久又在《太平洋》雜誌上撰文進一步解釋說：「我所說的大自然的主觀，指的是 nature（自然——引者注）發展為自然、天地的那種形態。由此推論下去，可以說作家即個人的主觀中也就包含了大自然的面貌。所以，作家所使用的主觀當然是能夠同大自然的主觀相一致的。」他由此得出結論說：「自我的內心也是一個自然。正如外部的宇宙是自然一樣，自我也是一個自然。」「從根本上講，自然主義完全具有主觀的性質。」在這裡，田山花袋徹底改造了歐洲自然主義的非自我、純客觀的性質，取消了主觀自我與外在自然之間的區別和界限。正如片岡良一在《近代日本文學導論》中所指出的那樣：「日本自然主義沒有發展為泯滅作家主觀的客觀主義，而是……在很大程度上變成了表現作家主觀的工具。……他們沒有達到徹底的客觀，反而動輒長籲短歎，描寫個人的傷感。」本來，主觀性或客觀性的偏重是浪漫主義和自然主義的基本分野，日本的自然主義卻以東方式的天人合一、主客一體的觀念，把主觀加以客觀化，從而將自然主義與浪漫主義相互滲透、相互統一起來了。正如中村光夫在他的《風俗小說論》中所說的，日本自然主義對歐洲自然主義存有莫大的誤解，它在本質上還是浪漫主義。這就不難理解，為什麼郁達夫雖然排斥自然主義，卻不只一遍地閱讀《棉被》，並對田山花袋表示讚賞了。因為歸根到柢，這種浪漫主義化了的自然主義和創造社的浪漫主義是有共同之處的。在郁達夫看來，自然主義所標榜的排除作家個性的「純客觀描寫」並不是真實的描寫；真實是作品的生命，真實的描寫必須基於事實，而事實又必須基於作家個人的經驗和體驗。所以他確信文學作品「都是作家的自敘傳」。一方面強調個性，一方面強調真實（而且認為事實即真實）。這種自然主義與浪漫主義相混雜的文學觀同日本的田山花袋等私小說作家的文學觀如出一轍。

這種混合型的，或者說不拘於某一流派的文學觀念，顯然有助於中國作家從文體的角度接受日本私小說。因為私小說本身的發展成熟和演變的過程就是各種文學流派相互融合、相互滲透的過程。日本私小說不僅包容著自然主義和浪漫主義的成分，也融合了大正時期日本文壇上各種思潮流派的各種因素。我們知道，郁達夫、郭沫若等人是在大正時期留學日本並走上文學道路的。那時，日本自然主義已是日薄西山了，文壇上出現了好幾個反自然主義的文學流派，如主張人道主義與理想主義的白樺派，還有唯美派、新理智派等。自然主義作為一種思潮流派實際上已從文壇上退出，而與此同時，源出於自然主義的私小說卻越來越成為一種為各種思潮流派所通用的一種文體形式了。白樺派的志賀直哉，唯美派的佐藤春夫、谷崎潤一郎，新理智派的芥川龍之介、久米正雄等，都寫了大量的私小說。「早稻田派」的宇野浩二、葛西善藏，還把私小說進一步發展改造為更注重表現內心體驗的「心境小說」。到了大正年間，私小說實際上已經成為超越流派的共同觀念了。也就是說，私小說已經成為為各種流派所通用的一種小說文體了。文體作為文學樣式的高度凝鍊，它本身就具有超流派性。就私小說來說，它脫胎於自然主義，成熟和定型於白樺派、唯美派、新思潮派等各種流派。郁達夫、郭沫若所接受的私小說，正是作為文體的私小說，所以，他們對運用私小說文體進行創作的各種不同流派的成功作品都表示讚賞。據郁達夫自稱，自然主義作家田山花袋，白樺派作家志賀直哉，早稻田派「新自然主義」作家葛西善藏，唯美主義作家佐藤春夫等人的作品，他都喜歡。他說過：「在日本現代小說家中，我最崇拜佐藤春夫。……我每想學到他的地步，但是終於畫虎不成（〈海上通信〉）。」他稱讚志賀直哉是「一個具備全人格的大藝術家」，「文字精妙絕倫」，其作品「篇篇都是珠玉」；他對葛西善藏備加推崇，對其作品「感佩得了不得」（〈村居日記〉）。可見，中國作家對日本私小說的接受是不拘於流派的，在創作上也雜糅了日本各文學流派私小說的諸種特點。在日本，每個不同流派的作家在各自的私小說創作中都有所屬流派的主色調：自然派側重肉欲苦悶的真實暴露和描寫，白樺派追求個性自由、同情博愛的人道主義，唯美派則著意表現世紀末的憂鬱和頹廢。而在郁達夫、郭沫若等人的有關作品中，這些特徵都是兼而有之的。從根本上說，中國作家所接受的不是自然主義流派的私小說，換言之，不是作為某種創作思潮的私小說，而是對超流派的日本私小說文體的仿用。內容的自敘性，材料的日常性，風格的抒情性、感傷性，情節的散文化，結構的散漫化，構成了郁達夫、郭沫若前期小說的顯著的「私小說」文體特徵。

## 二　封閉的自我與社會的自我

文體特徵是一種總體的、外在的特徵。透過上述外在的文體特徵，就會發現中日兩國的私小說隱含著深刻的內在差異。這種差異歸根到柢是兩種「自我」（「私」）的差異。對於中日私小說來說，自我是作品的核心，也是創作的根本出發點。而如何描寫自我、如何表現自我，又取決於如何處理自我與時代、自我與社會的關係。換言之，「私小說」中的自我的性質只能從自我與社會的關係中才能得以確認。

在日本私小說中，自我是一種孤立於社會，或力圖孤立於社會的一種存在。表現在小說的空間設置上，日本私小說的空間大都侷限於個人的家庭和生活圈子。島崎藤村在談到自己的創作的時候就曾說過：「我寫《家》的時候，一切都只限於屋內的光景，寫了廚房、寫了大門、寫了庭院，只有到了能夠聽見河水響聲的屋子裡才寫到河……運用這種筆法要寫好這部《家》的上下兩卷、長達十二年的歷史，是不容易的。」[4] 這種不無得意的自白，表明了日本私小說作家的共同而又自覺的追求。而中國作家對這種封閉的小說空間在理論上不贊成，在創作上是不接受的。郁達夫曾一針見血地指出：「我覺得那些東西（指私小說——引者注）局面太小，模仿太過，不能……為我們所取法。」[5] 表現在創作上，同樣是寫家庭，寫個人身邊瑣事，日本私小說寫得內縮而又封閉，極少有意表現家庭、個人與社會、與時代的聯繫；而中國的「私小說」卻十分注意家庭、個人、身邊瑣事與時代、與社會的關聯。郭沫若的《漂流三部曲》、《行路難》都屬於描寫個人及家庭的「私小說」，但「局面」卻並不小，從日本到中國，從中國到日本，足之所至，目之所及，展現了廣闊的社會空間。從創作主體上看，日本私小說作家是有意識地逃離社會，躲到文學的象牙塔中去的。伊藤整在《小說的方法》一書中指出，私小說作家是「實際生活中的失敗者」，是由現實逃往文學世界的「逃亡奴隸」，其心理傾向是由社會上的「賤民」變為文壇上的「選民」，從而「彌補失落感」。他認為，日本文壇內部的人都是「為日本社會現實所不容的具有特殊意識的特殊生活者」，作家們「成了和現實社會無關的一種存在」。杉浦明平在〈私小說〉一文中在論述日本私小說時也談到了私小說中的「自我」的超社會性的特點，即：與歷史社會相游離；

4 轉引自枕流譯：《家．譯序》（南京市：江蘇人民出版社，1981年）。

5 郁達夫：〈林道的短篇小說〉，載《郁達夫文集》（廣州市：花城出版社．香港：三聯書店，1982年），第6卷，頁250。

興趣只在茶餘飯後的瑣事和自我的感想；不承擔揭露社會矛盾的任務。道家忠道在〈私小說的基礎〉一文中就斷言，日本的私小說「不具有社會意識」。[6] 在這方面，中國作家的有關作品與日本的私小說形成了鮮明對照。對郁達夫、郭沫若等中國作家來說，他們不是文壇上的「逃亡奴隸」，郁達夫、郭沫若當初在日本走上文學道路，「覓進文藝的新潮」，主要是受五四時期反帝、反封建鬥爭的感染，還有一個弱國子民在異國他鄉所遭受的恥辱，以及由恥辱所產生的愛國心。郁達夫、郭沫若最早的創作都是表達愛國情懷、抒發浪漫豪情的詩篇。早期的小說創作受日本私小說的影響，寫的雖然都是個人的生活體驗，但他們是自覺地把個人、自我作為社會、作為「階級」的一分子加以描寫的。郁達夫說過：「我相信暴露個人的生活，也就是代表暴露這社會中的階級的生活。」[7] 從而保持著日本私小說所沒有的濃厚的社會意識。和日本私小說一樣，郁、郭兩人的早期小說也都描寫了個人的苦悶、孤獨感傷以至病態的頹廢傾向。然而，他們的遭遇、他們的切身體驗，使他們把這些自我的情緒表現與時代、與社會緊密地聯繫起來，而不像日本私小說作家那樣一味在內心深處咀嚼著孤獨與感傷。從個人地位境遇上看，日本私小說作家大都屬於中產階級（少部分人屬於小資產階級）知識份子，他們一般都有一份較穩定的職業，在比較重視教育、重視知識的日本現代社會中，他們對社會有一定的認同感。他們在私小說中所表現出的苦悶與其說來自社會的壓迫，不如說更多地來自家庭、愛情、婚姻的不滿和不幸，如田山花袋的《棉被》、島崎藤村的《家》、志賀直哉《和解》、谷崎潤一郎的《異端者的悲哀》等。有些則源於個人行為的失誤和性格的缺陷，如

---

6　有關日本學者對私小說及其特點的論述，可參見勝山功著《大正私小說研究》（東京：明治書院，1980年）。

7　轉引自許雪雪：〈郁達夫先生訪問記〉，載鄒嘯編《郁達夫論》（上海市：北新書局，1932年）。

島崎藤村的《新生》、葛西善藏的《湖畔日記》、佐藤春夫的《田園的憂鬱》等。但是，郁達夫、郭沫若等中國留日學生的苦悶和感傷，卻是與國難家愁密切相關的。旅日時飽受生活艱辛和民族歧視，回國後又顛沛流離，飽嘗失業、失意之苦，痛感「踏入了一個並無鐵窗的故國的囚牢」。這些，在郭沫若的《漂流三部曲》、郁達夫的《沉淪》、《蔦蘿集》等作品中都有細緻的描寫。我們在這些作品中處處可以看到作者對不公正的醜惡社會的憤怒控訴和指責。他們常常站在社會批判者的立場上，把個人的命運遭際與國家、與社會聯繫起來。郁達夫的《沉淪》中哀歎祖國貧弱，把主人公的自殺歸因於祖國的那段著名的結尾，以日本私小說的標準來看，自是「很不自然」，但這正是它那強烈的社會意識的一個很好的證明。在郁達夫的《蔦蘿行》中，主人公直截了當地把自己的人生失敗和家庭悲劇歸咎於社會，認為：「因社會組織的不良，致使我不能得到適當的職業，你（指「我」的妻子——引者注）不能過安樂的日子，因而產生這種家庭悲劇。」並且進一步明確指出：「現代的社會，就應該負這責任！」在郭沫若的小說《喀爾美蘿姑娘》中，甚至當「我」一聽說心愛的姑娘生病，就立刻大罵社會：「牡丹才在抽芽時便有蟲來蛀了。不平等的社會喲，萬惡的社會喲！」中國的私小說作家就是這樣，他們敏感地意識到了社會的壓迫，但並沒有逃避社會，沒有放棄對社會的聲討和抗爭。正如鄭伯奇所說，對於郭沫若、郁達夫等人來說，「所謂象牙之塔一點沒有給他們準備著，他們依然是在社會的桎梏中呻吟的『時代兒』」。[8]

## 三　懺悔的自我與反省的自我

中國的「私小說」作家就是這樣，把個人的痛苦和不幸歸咎於社

8　鄭伯奇：《中國新文學大系・小說二集導言》。

會、歸咎於國家，而日本的私小說作家們卻把國家、社會視為遠離自我的存在，他們不在自我之外尋找不幸的根源，一味在自我的心靈內部「反芻著罪的意識」（伊藤整語）。從這個意義上說，中國的「私小說」是「反省」的，而日本私小說則是「懺悔」的。反省和懺悔構成了中日兩國私小說的兩種情緒狀態。有人說郁達夫的作品是五四時期表現「懺悔意識」的代表作。誠然，私小說這種文體要求把自我的行為和心境真實坦率地加以暴露（日本人稱為「告白」），它本身就具有懺悔或懺悔錄的某些特點。但是，僅僅暴露自我並不就是懺悔。把中日私小說做一比較，這一點就更清楚了。日本學者荒正人、伊藤整、平野謙把日本的私小說分為「破滅型」、「調和型」兩類。以表現生存的不安、生存的危機感為創作動機的是「破滅型」的；試圖克服這種不安以消解危機的是「調和型」的。從外部特徵上看，郁達夫、郭沫若的「私小說」似乎是屬於「破滅型」的。然而，郁達夫、郭沫若的「破滅」與其說是自我的「破滅」，不如說是自我與社會的關係的「破滅」。換言之，這種「破滅」不是自我懺悔後的不得解脫，主要不是對自我的絕望，而是對社會、對時代的絕望。至於日本的所謂「調和型」的私小說，其懺悔就進一步帶上了宗教性的懺悔的性質。本來，「懺悔」這個詞就是個宗教（佛教）詞彙，嚴格意義上的懺悔必須帶有某種宗教情緒。在談到日本私小說的時候，豐田三郎曾經指出，私小說是佛教禪宗的藝術化，是「禪身的宗教」，「私小說的最高形式是對人生的祈禱，是對自然的精進齋戒，是向絕對者的皈依，是肉體的客觀化」。[9] 如島崎藤村在《新生》中懺悔了「我」與侄女的亂倫關係，在那裡，懺悔本身就是在自我中排斥非我，滌除虛偽，以真誠立身，懺悔的過程就是自我的超越，自我的修煉的過程，是讓有罪的「我」在懺悔後獲得「新生」。同樣，志賀直哉的著名的長篇私

9　豐田三郎：〈理想派與現實派〉，原載《新潮》（1937年）。

小說《暗夜行路》中的主人公，面對家庭和愛情生活的一連串的打擊，在山上病了一夜之後，忽然頓悟，「進入了廣闊的泛神論的擁抱一切的境界」（山室靜語）。這就是日本私小說的懺悔：懺悔者本身具有罪感意識和贖罪之心，懺悔者帶有一種宗教的或「準宗教」的情緒，懺悔的過程就是求道的過程，懺悔後達到內心世界的淨化和平衡。顯然，在郁達夫和郭沫若那裡，這樣的懺悔是沒有的。中國和日本不同，日本的私小說是在張揚個性的浪漫主義趨於瓦解之後形成的，對自我與個性的狂熱崇拜已經降溫，孕育私小說的自然主義所提倡的客觀性原則有助於作家對自我與個性做較為冷靜的反思。而在中國五四時期個性主義高漲的年代裡，作家們相信個性、相信自我，遠勝於相信社會與時代。個性和自我是他們觀察問題思考問題的根本的出發點，是衡量一切的基本尺度。他們不是沒有認識到自我與個性並非至善至美，但他們確信個性與自我的不完善不是個性與自我本身的問題，而是時代和社會的錯誤。顯然，從這種對自我、個性與社會關係的認識中不會產生內向的懺悔之心，而只能產生外向的社會批判意識。社會批判意識體現了中國「私小說」作家的特有思維定勢，那就是在自我與他人、自我與社會的聯繫中反觀自我，通過在社會中尋找個人行為、個人錯誤的客觀原因，來減輕或轉移自我的心理負荷。不是向內拓展自我的內宇宙，以求得淡泊、寧靜和恬然，而是通過坦露自我，讓他人理解、同情以至寬宥自我。正如郁達夫所表白的：「我若要辭絕虛偽的罪惡，我只好赤裸裸地把我的心境寫出來。……我只求世人不說我對自家的思想取虛偽的態度就對了，我只求世人能夠了解我內心的苦悶就對了。」[10] 在郁達夫和郭沫若的「私小說」中，當然也有自我譴責，尤其在描寫到「我」的變態性欲的時候，傳統的性

10 郁達夫著，王自立、陳子善編：〈寫完了《蔦蘿集》的最後一集〉，載《郁達夫研究資料》（天津市：天津人民出版社，1982年），頁188。

道德與自我的肉欲衝動使得「我」流露出道德上的焦慮。如郁達夫筆下的「于質夫」就罵自己是「以金錢為蹂躪人的禽獸」；郭沫若筆下的「我」也自罵「該死的惡魔」、「卑劣的落伍者，色情狂，二重人格者」。然而，這些自責自罵並不是懺悔，因為在這種自責自罵的同時，又常常連帶著自我的辯白與開脫。如郭沫若的《喀爾美蘿姑娘》、郁達夫的《沉淪》都把「我」的變態的性欲及其痛苦歸因於自己是一個被日本姑娘瞧不起的中國人。郁達夫還常常在作品的「自序」中為自己做辯護。在《蔦蘿集・自序》中，郁達夫有這樣一段話：「人家都罵我是頹廢派，是享樂主義者，然而他們哪裡知道我何以要去追求酒色的原因？唉唉，清夜酒醒，看看我胸前睡著的被金錢買來的肉體，我的哀愁，我的悲歎，比自稱道德家的人，還要沉痛數倍。我豈是甘心墮落者？我豈是無靈魂的人？不過看定了人生的命運，不得不如此自遣耳。」當被問及為什麼要如此消沉時，郁達夫回答說：「……我的消沉也是對國家、對社會的。」[11] 這樣的辯解，顯然大大地消解了作品中的罪感意識，不是在人性本身，在自我本身尋找罪過的根源，而是把自我的罪過、人性的缺陷歸因於外在的、非自我、非人性的東西。他們把懺悔所本有的內省性質給外向化了，不是諦觀自我而是審察社會。因此他們不可能脫離時代與社會進行嚴格意義上的純人性的懺悔，而只能以懺悔的形式為自我辯護，或是以懺悔形式進行社會批判。

11 郁達夫：〈北國的微音〉，載《郁達夫文集》，第3卷，頁91。

# 從「餘裕」論看魯迅與夏目漱石的文藝觀[1]

「餘裕」論是日本現代文豪夏目漱石文學論中最有特色、最讓人感興趣的一個理論主張。夏目漱石在一九〇七年為作家高濱虛子的小說集《雞冠花》所寫的序言中，提出了「餘裕派」和「非餘裕派」的小說分類法，倡導所謂「有餘裕的小說」。他說：「所謂有餘裕的小說，顧名思義，是從容不迫的小說，是避開『非常』情況的小說，是普通平凡的小說。如果借用近來流行的一個詞，就是所謂有所觸及和無所觸及這兩種小說中的無所觸及的小說。……有人以為無所觸及就不成其為小說，所以我特地劃出無所觸及的小說這樣一個範圍，認為無所觸及的小說也和有所觸及的小說一樣具有存在的權利，而且能夠取得同樣的成功。……品茶澆花是餘裕，開玩笑是餘裕，以繪畫雕刻消遣是餘裕，釣魚、唱小曲、看戲、避暑、溫泉療養也都是餘裕。只要日俄戰爭不再打下去，只要世界上不再有很多鮑爾庫曼（俄國將領——引者注）那樣的人，就到處都有餘裕。所以，以這些餘裕做素材寫成小說，也是適當的。」夏目漱石還解釋說，有餘裕的小說也就是「低徊趣味」的小說，這種趣味「是留連忘返、依依不捨的趣味」，「也可以稱為『依依趣味』或『戀戀趣味』」。他還進一步說明了什麼是「沒有餘裕的小說」：「一言以蔽之，沒有餘裕的小說指的就是高度緊張的小說，是絲毫不能信步遛彎兒、繞路兜圈兒或閑磨蹭的小

---

1　本文原載《魯迅研究月刊》（北京），1995年第4期。

說，是沒有舒緩的成分，沒有輕鬆因素的小說。」「沒有餘裕的小說」當中「出現的都是生死攸關的問題，發生的是人生沉浮的事件」。[2] 夏目漱石的這種「餘裕」論在當時的文壇引起了較大的反響，評論家長谷川天溪、大町桂月等人紛紛著文評論。有的文學史家們認為以夏目漱石為中心，形成了一個以「有餘裕」為特點的，包括鈴木三重吉、高濱虛子、伊藤左千夫、森田草平等作家在內的「餘裕派」。

夏目漱石的「有餘裕的文學」及其「餘裕論」，與中國現代文學有著密切的關係。在中國，最早譯介夏目漱石的是魯迅先生。從一開始，魯迅就是著眼於「餘裕」來譯介夏目漱石的。換言之，魯迅眼中的漱石是作為「餘裕派」的漱石，儘管現在看來「餘裕」只是夏目漱石前期的創作主張，並不能概括他的全部創作。一九二三年，魯迅在與周作人合譯的《現代日本小說集》的〈附錄・關於作者的說明〉中，認為夏目漱石「所主張的是所謂『低徊趣味』，又稱『有餘裕的文學』」，他還抄引了漱石的《雞冠花・序》中的一段原文，來說明「有餘裕」是夏目漱石「一派的態度」。[3] 魯迅對漱石的這種評介和周作人一九一八年在〈日本近三十年小說之發達〉中對漱石的評介完全一致。這種以「餘裕」為中心對夏目漱石的評介和評價，長期以來也影響了整個中國現代文壇對夏目漱石文學的認識和評價。如謝六逸在一九二九年發表的〈二十年來的日本文學〉一文和同年出版的專著《日本文學史》中，均把「餘裕」及「低徊趣味」作為漱石文學的特色；章克標在為自己翻譯的《夏目漱石集》所寫的譯序中，也認為有餘裕的低徊趣味「流貫於漱石的全部作品中」。[4] 中國文壇對夏目漱

---

2 夏目漱石：〈高濱虛子著《雞冠花》序〉，《漱石全集》（東京：岩波書店，1966年），第11卷，頁550-560。

3 魯迅：《現代日本小說集・附錄・關於作者的說明》。

4 章克標：《夏目漱石集・關於夏目漱石》（上海市：開明書店，1932年），頁4。

石「餘裕」文學的特殊興趣不僅表現在理論評介上，也鮮明地體現在漱石作品的翻譯選題上，從二〇至三〇年代一直到四〇至五〇年代，中國翻譯出版的夏目漱石作品幾乎都是能夠體現「餘裕」特色的前期作品，如《我是貓》、《哥兒》、《草枕》等。「餘裕」特色表現得最突出的《草枕》，就有崔萬秋、李君猛、豐子愷等幾個譯本。其中崔萬秋一九二九年在上海真善美書店出版的譯本，次年即被「美麗書店」盜版翻印，並冠以「郭沫若譯」的字樣。以《草枕》為代表的「餘裕」文學如何受中國讀者青睞，由此可見一斑。既然魯迅所推崇的、中國其他作家和大批讀者所欣賞的夏目漱石，是作為「餘裕派」的夏目漱石，那麼，夏目漱石與中國現代文學關係的研究，特別是夏目漱石與魯迅的比較研究，就應該以「餘裕」為中心。而且，留心一下就會發現，在貫穿魯迅一生的許多文章和作品中，「餘裕」是經常出現的一個核心詞之一。魯迅從漱石那裡借來了這個詞，並把它改造成為表述自己文學觀的一個重要的概念。

魯迅對「餘裕」文學的熱心提倡，曾使人大惑不解。據魯迅的學生、作家孫席珍自述：「一知半解的我，因而曾發生過這樣的疑問：一貫主張勇猛前進的魯迅先生，怎麼會欣賞這種文學流派，而對漱石氏特別表示喜愛呢？……我私下想，所謂『觸著』（魯迅把漱石的「有所觸及」譯為「觸著」——引者注）大概是指反映現實而言，那麼，為什麼不反映現實的作品就算好呢？」後來他「重讀」魯迅的《華蓋集·忽然想到的（二）》，「才頓然有所領悟」：「主要的還在魯迅對『餘裕』這一概念及其本質意義的深刻理解。在這篇雜文裡，魯迅……以外國的講學術文藝的書為例，說它們往往夾雜閒話或笑談，以增添活氣，使讀者更感興趣，但中國的有些譯本卻偏偏把它刪去，單留下艱難的講學語，正如折花者除去枝葉，單留花朵，使花枝的活氣都被滅盡了。於是下結論道：『人們到了失去餘裕心，或不自覺地滿抱了不留餘地心時，這民族的將來恐怕就可慮。』……魯迅把『餘裕』的意義提到如此的高度，這是很值得我們去好好領會的。」[5] 在這裡，孫席珍的「領會」固然不錯，但這只是魯迅對「餘裕」的一個方面的闡發，那就是，作為文學、學術等精神產品，不可只注重實用；好的書籍，應該留足天地，「前後總有一兩張空白的副頁，否則，想在書上寫上一點意見或別的什麼，也無地可容，翻開書來，滿本是密密層層的黑字；加以油臭撲鼻，使人發生一種壓迫和窘促之感，不特很少『讀書之樂』，且覺得彷彿人生已沒有『餘裕』，『不留餘地』了」。魯迅在此是以書籍裝幀為例，強調產品的精神價值和審美價值。在魯迅看來，一切產品，都應體現出一點「餘裕」，以有益於人的心靈的陶冶和精神的自由空間的拓展，否則，「在這樣『不留餘地』的空氣的圍繞裡，人們的精神大抵要被擠小的」。[6] 這種觀點和魯迅一貫的改造國民精神的主張是相關相通的，同時和夏目漱石的「餘裕」論也是一致的。夏目漱石所說的「餘裕」指的也是一種精神上的輕鬆、舒緩、悠然的狀態。上述魯迅舉的書籍裝幀的例子與漱石在《雞冠花・序》中舉的兩個例子，具有相同的含義。漱石舉的一個例子是：幾隻漁船因風大浪急無論如何也靠不了岸，於是全村人都站在海邊上，一連十幾個小時憂心如焚地望著起伏欲沉的漁船，「沒有一個人吱聲，沒有一個人吃一口飯糰，就連屙屎撒尿都不可能，達到了沒有餘裕的極端」；另一個例子是：一個人本來要出門買東西，結果途中因為看戲、看光景，倒忘了是出來買東西的了。該買的東西沒有買。「出去是買東西的，那買東西就是目的」，可是那人卻為了過程而忘了目的。這就是「有餘裕」。可見，魯迅和漱石一樣，都主張人不能老是處在沒有餘裕的狀態中，不能老為了某一目的而不注重精神過程。日常生活如此，作為精神產品的文學更是如此。

---

5 孫席珍：〈魯迅與日本文學〉，載《魯迅研究論文集》（杭州市：浙江文藝出版社，1983年7月），頁143-145。

6 魯迅：《華蓋集・忽然想到的（二）》。

魯迅和夏目漱石一樣，一方面贊同有餘裕的文學，另一方面也不排斥「沒有餘裕的文學」。漱石認為，易卜生式的觸及人生重大基本問題的「沒有餘裕的作品」，也和「有餘裕的作品」一樣，具有自己的價值。「沒有餘裕的文學」和「有餘裕的文學」就像一種物體的顏色濃淡一樣，「沒有人會認為顏色濃就是上等，顏色淡就是下等」。在《雞冠花・序》寫出之後不久，漱石就在給鈴木三重吉的一封信中對他的「餘裕論」做了進一步補充修正，認為單純的低徊趣味的「有閑文字」、「畢竟無法撼動這個遼闊的人世。而且必須予以打擊的敵人前後左右皆有，如果以文學立命，就不能僅僅滿足於美。……一旦發生問題，管他神經衰弱也好、精神失常也好，都應抱有無所畏懼的決心，否則便不能成為文學家」。在「有餘裕」和「沒有餘裕」的關係問題上，魯迅的態度和漱石十分近似。一九三三年，魯迅在談到小品文時說：「生存的小品文，必須是匕首，是投槍，能和讀者一同殺出一條生存的血路的東西；但自然，它也能給人愉快和休息，然而這並不是『小擺設』，更不是撫慰和麻痺，它給人的愉快和休息是休養，是勞作和戰鬥之前的準備。」[7] 魯迅在這裡所說的「匕首和投槍」的文學大體相當於漱石所說的「沒有餘裕的文學」；而「給人的愉快和休息」的文學，則屬於「有餘裕的文學」。在魯迅看來，文學是為了「生存」，要生存就必須「戰鬥」，而要戰鬥就需要有「休息」和「休養」。看來，魯迅到了晚年，也沒有拋棄「餘裕」的文學觀念，而且對「有餘裕的文學」與「沒有餘裕的文學」的辯證關係做了比漱石更深刻的理解和解說。如果說，二〇年代初期魯迅是側重接受漱石的「有餘裕」的一面的話，那麼，晚年的他則不僅看到了優游餘裕的漱石，同時也看到了金剛怒目的漱石。這有助於我們理解，為什麼魯迅在逝世前十天仍對漱石抱有極大興趣，熱心地通過內山書店購買《漱

---

7　魯迅：《南腔北調集・小品文的危機》。

石全集》了。金剛怒目的漱石，就是對日本近代社會和近代文明進行辛辣諷刺和批評的漱石。漱石在《我是貓》、《哥兒》、《三四郎》、《從那以後》等一系列作品中，幾乎把日本近代社會的角角落落都諷刺遍了，大到所謂近代的「文明開化」、日本的專制政治，小到人的利己本性、資本家的貪婪無恥、知識份子的空談與清高，無不成為漱石筆下揶揄和批評的對象。所以在日本人眼裡，漱石是一個「文明批評家」。魯迅對這種文明批評是極以為然的，他在一九二五年就說過：「我早就希望中國的青年站出來，對於中國的社會，文明，都毫無忌憚地加以批評。」[8] 後來，他又在《兩地書》中憂心忡忡地說：「現今中國文壇（？）的狀況實在不佳，但究竟做詩及小說者尚有人。最缺乏的是『文明批評』和『社會批評』。」[9] 他還在〈幫忙文學與幫閒文學〉中批評有些作家「對社會不敢批評，也不能反抗」[10] 但是同時必須看到，魯迅理想的「文明批評」和「社會批評」是藝術的「文明批評」和「社會批評」，是能「以寸鐵殺人」的舉重若輕的批評，也就是漱石所主張的「從容不迫的」、「有餘裕」的批評。應該說，在日本現代文學中，積極從事社會批評與文明批評的文學家不只是夏目漱石。漱石之前的二葉亭四迷、北村透谷、高山樗牛等也都是極力提倡社會與文明批評的。但是，真正「有餘裕」地進行社會批評和文明批評的，也許只有夏目漱石了。二葉亭四迷缺乏韌性，中途放棄文學，晚年轉向冷靜的客觀主義；北村透谷過於激動和脆弱，英年自然殺身亡；而提倡做一個「作為文明批評家的文學」的高山樗牛，也浮躁不穩，由「文明批評家」最終倒向了國家主義。只有夏目漱石的「有餘裕的」社會批評與文明批評，才顯出韌性和持久來。魯迅也主要是從這一點著眼，讚賞漱石作品的「輕快灑脫、富於機智」的「新

---

8 魯迅：《華蓋集·題記》。
9 魯迅：《兩地書·一七》。
10 魯迅：《集外集拾遺·幫忙文學與幫閒文學》。

江戶藝術的主流」風格，並把這種風格視為「有餘裕的文學」的基本特徵。誠然，正像有的研究者所指出的，魯迅把夏目漱石的創作稱為「新江戶藝術的主流」，這種「認識並不全面」，「拘泥了成說」。[11] 但是，魯迅所說的「新江戶藝術的主流」本來只是就「《我是貓》、《哥兒》諸篇」而言的，並不是對漱石作品的全面的評價和介紹。這只能從一個側面表明，魯迅看重集中體現「新江戶藝術風格」的《我是貓》、《哥兒》等前期作品，看重漱石在這些作品中表現出來的高超的、「有餘裕」的諷刺藝術。不僅如此，他還在創作上接受了這種影響。周作人早已指出，魯迅的《阿Q正傳》作為「一篇諷刺小說」，其「筆法的主要來源，據我們所知的是從外國短篇小說而來的。……日本的夏目漱石、森鷗外兩人的著作也留下了不少影響……夏目漱石的影響則在他的充滿反語的傑作《我是貓》」。[12] 我認為，魯迅的《阿Q正傳》及其大量雜文與漱石的《我是貓》等作品的根本相通之處，就在於那種「有餘裕」的、「輕快灑脫」、從容不迫的諧謔、滑稽和諷刺。儘管這些東西有時用得過多，像魯迅自己所說的不免「油滑」，但魯迅在創作中卻是有意為之的。一九二六年，魯迅在〈《阿Q正傳》的成因〉一文中說過，因為當時雜誌上「要開辦〈開心話〉這一欄目」，「就胡亂加上些不必要的滑稽」，他還檢討說：「其實在全篇也是不相稱的。」[13] 不過，一年以後，魯迅就修正了這一說法。針對有人批評他的作品「頗多詼諧的意味，所以有許多小說，人家看了，只覺得發鬆可笑」，他一方面承認：「我也確有這種毛病，什麼事都不能正正經經，便是感慨，也不肯一直發到底」，但同時他又認為，倘若「整年地發感慨……則我早已感憤而死了，那裡還有什麼議論」。言

11 劉柏青：《魯迅與日本文學》（長春市：吉林大學出版社，1985年），頁80。

12 周作人：〈魯迅的青年時代・關於《阿Q正傳》〉，載周作人著、止庵編《關於魯迅》（烏魯木齊市：新疆人民出版社，1997年），頁489。

13 魯迅：〈華蓋集續編・《阿Q正傳》的成因〉。

下之意：創作倘若一味「正正經經」，一味嚴肅地「發感慨」……那作家就得「感憤而死」，作家創作應該有點餘裕之心，不能老是慷慨悲壯。因為「活著而想稱『烈士』，究竟是不容易的」。[14] 顯然，從根本上看，「餘裕」的觀念一直自覺或不自覺地支配著魯迅對問題的看法，作家的「餘裕」和作品的「有餘裕」，是魯迅和夏目漱石的共同的審美追求。總的看來，在魯迅和夏目漱石那裡，「有餘裕」就是要有一種審美的心胸、審美的態度，就是把主體置於一種自由自在的精神的優位，對於客觀的描寫對象，既能入乎其內，又能超乎其外，不急不躁、游刃有餘地審視、解剖和刻畫對象，從而顯示出一種瀟灑自如的藝術風範來。這就是「有餘裕」所能造就的藝術境界。

魯迅的「餘裕」論不僅接受和吸收了夏目漱石「餘裕」論的合理成分，而且還在一個重要方面超越了漱石的侷限。夏目漱石的「餘裕」論具有佛教禪宗哲學的唯心論性質，他的「餘裕」論就是建立在禪宗唯心論基礎上的。漱石完全沒有看到「餘裕」作為一種精神心理狀態，與客觀環境和物質條件有什麼關係，似乎作者只要具備了一種「餘裕」的心境，便有「餘裕」了。在他看來，「餘裕」只是一種「趣味」，即一種「低徊趣味」，因此，「餘裕之心」的形成，「低徊趣味」的形成全在自我的心理修煉。他在《雞冠花・序》中認為：文學作品沒有餘裕，就是因為過分執著於生死攸關的重大問題，不能擺脫生死問題的煩惱，但「倘若打破生死界限，能夠形成一種置生死於度外的人生觀」，那麼，「俳味、禪味便會在這裡產生」，「經過冥思默想，最後覺得自己和世界的壁障消失了，天地渾然一體，心地虛靈皎潔。……我們原來思索問題時，自陷羅網，走投無路，死鑽牛角尖兒，及至茅塞頓開，恍然大悟，才明白原來如此：自己本來是既非生，又非死的東西，是不增不減的不可思議的存在。」。「活著是一場

14 魯迅：〈略談香港〉，載《魯迅全集》第3卷，頁433。

夢，死了也是一場夢。既然生死都是夢，那麼不管什麼生死攸關、什麼嚴重和要緊的問題，就都像夢一樣虛幻了。」[15] 漱石認為，只要有了這種悟性，人就可以形成一種「從容不迫」、「無所觸及」的心態，也就是一種「餘裕」的心態。他在〈寫生文〉一文中，還主張作家對一切事物都要採取「大人看孩子似的態度」，要「敘述別人的哭而自己不哭」。[16] 這顯然完全是的「唯心」的「餘裕」論了。而魯迅正是在這一點上超越了漱石。魯迅把「餘裕」看成是在社會環境與物質條件有一定保障前提下的一種自由和悠閒。換言之，「餘裕」取決於社會環境和物質條件，而不單靠宗教的修煉和悟性就能奏效。魯迅認為，文學創作作為一種精神活動，要有「餘裕」才行，而要有「餘裕」，就必須有一定的客觀物質基礎。他在一次題為〈革命時代的文學〉的講演中，集中表述了這一觀點。一方面，對於創作者和個人來說，創作要處在「有餘裕」的前提之下，他據此反對「文學是窮苦的時候做的」這一說法。他以自身為例說明：「窮的時候必定是沒有文學作品的；我在北京的時候，一窮，就到處借錢，不寫一個字，到發薪俸的時候，才坐下來做文章。忙的時候也必定沒有文學作品。挑擔的人，必要把擔子放下，才能做文章；拉車的人必要把車子放下，才能做文章。」另一方面，就社會環境來說，社會也要有「餘裕」，文學才有存在之餘地。魯迅認為，大革命時代沒有文學，只有「等到大革命成功後社會的狀態緩和了，大家的生活有餘裕了，這時期又產生文學」。從這種唯物論的「餘裕」論出發，魯迅反對誇大文學的社會作用，認為在敵人的槍桿子面前，「文學文學，是最不中用的，沒有力量的人講的」，「一首詩嚇不倒孫傳芳，一炮就把孫傳芳轟走了」。魯迅的結論是：「文學總是一種餘裕的產物」，它沒那麼大的力量，但

---

15 夏目漱石：〈高濱虛子著《雞冠花》序〉，載《漱石全集》（東京：岩波書店，1966年），第11卷，頁550-560。

16 轉引自久松潛一監修：《概說日本文學史》（東京：東京書房，1951年第3版），頁136。

它「可以表示一民族的文化，倒是真的」。創作文學好比種柳樹，「待到柳樹長大，濃蔭蔽日，農夫耕作到正午，或者可以坐在樹底下吃飯，休息休息」。[17] 魯迅還在另一次題為〈文藝與政治的歧途〉的講演中講了同一個意思，他說：「我認為革命並不能和文學連在一塊兒，雖然文學中也有文學革命。做文學的人總得閒定一點，正在革命中，哪有工夫做文學。我們且想想：在生活困乏中，一面拉車，一面『之乎者也』，到底不大便當。」[18] 在〈中國小說的歷史的變遷〉一文中，魯迅還進一步用「餘裕」論來解釋文學的起源，魯迅說：「勞動雖說是發生文藝的一個源頭，但也有條件：就是要不過度。勞逸均適，或者小覺勞苦，才能發生種種的詩歌。略有餘暇，就講小說。假使勞動太多，休息時少，沒有恢復疲勞的餘裕，則眠食尚且不暇，更不必提什麼文藝了。」[19]

總之，魯迅借鑒並改造了夏目漱石的「餘裕」論，從精神產品的製作到民族精神的改造與培養，從作家的心態及創作，到文學與社會的關係、文學的發生起源，都貫穿著「餘裕」論。可以說，「餘裕」論是了解魯迅與夏目漱石文學關係的一個十分關鍵的切入點，是魯迅文藝觀、美學觀乃至文化觀的一個十分重要的組成部分。

17 魯迅：〈革命時代的文學〉，載《魯迅全集》，第3卷，頁417-423。

18 魯迅：《集外集・文藝與政治的歧途》。

19 魯迅：《中國小說史略・附錄・中國小說的歷史的變遷》。

# 魯迅雜文觀念的形成演進與日本文學[1]

「雜文」一詞最早見於劉勰的《文心雕龍》，劉勰把難以歸類的雜體文稱為「雜文」。日本的「雜文」一詞是從中國傳入的。在明治時代之前，「雜文」一詞在日本很少有人使用。日本人把相當於中國雜文的幾種文章分別稱為「消息文」、「日記」、「記行文」、「物語文」、「漫筆文」等。到了明治時代，榊原芳野在《文藝類纂》中列了一個「文章分體圖」，把文章分為「古文」（日文）和「漢文」兩個系統，但在這兩個系統中均不見有「雜文」。[2]明治時代以後，隨著現代啟蒙運動的展開，日本出現了一大批啟蒙思想家、作家和評論家。他們在報刊雜誌上發表了大量以議論、感想為主的文章，那些文章無法歸入傳統的文體中，無論從內容還是從形式上看，都很接近中國的現代雜文，但日本人把這類文章通稱之為「論文」。一九二一年周作人在〈美文〉一文中所說的「外國文學裡有一種所謂論文」云云，其中的「論文」顯然就是借用了當時日本文壇作為各類文章之總稱的「論文」概念。日本文壇把寫作這類文章的末廣鐵腸、藤田鳴鶴、尾崎學堂、犬養木堂、中江兆民、福地櫻癡、德富蘇峰、三宅雪嶺、福澤諭吉、陸羯男、竹越三叉等人稱為「論文家」。[3] 在少量的使用「雜文」的場合，一般出於兩種情況，一是自謙，二是鄙視。自謙者稱自

1　本文原載《魯迅研究月刊》（北京），1996年第2期。

2　西田直敏：〈日本的文體論〉，載《文體論入門》（東京：三省堂，1966年），頁134。

3　〈論文家的文體〉，原載《太陽》，1898年6月20日至7月5日。

己的文章為「雜文」，是說自己的文章不是嚴格的學術論文或不合文體、不成系統的文章。如在魯迅譯鶴見佑輔的《思想・山水・人物》的〈序言〉中，鶴見佑輔說：「對於肯看這樣的雜文的積極的諸位，我還是衷心奉呈甚深的感謝。」日本的魯迅研究專家伊藤虎丸在他新近出版的一本中文版文集（《魯迅、創造社與日本文學》）的後記中也說：「收集於此編的十幾篇文章中，雜文自不必說，即使那些自認是論文的文章，也都難以稱作『學問』。」這裡使用的「雜文」一詞都含有自謙之意。日本權威的詞典《廣詞苑》對「雜文」的解釋是：「非專門的文章，輕小的文章，用時多含鄙視之意。」《國語大辭典》對「雜文」的解釋是：「不太成系統的文章、無內容的文章；非專門的、隨便寫下的文章。指稱自己的文章時含卑意。」日本文壇的這種雜文觀念，從源頭上看可能是受到了中國的《文心雕龍》的影響。《文心雕龍》稱雜文為「文章之枝派，暇豫之末造也」。這種鄙薄雜文的觀念貫穿了整個日本文學史，成為被日本文壇潛移默化所接受的共同觀念。

日本文壇的雜文觀念在五四前後也影響了中國文壇，而且在一定程度上也影響了魯迅。這一點首先突出地表現在如何看待「創作」與「雜文」的關係上。「創作」一詞是近代從日本輸入中國的日語詞。「創作」作為一個文學生產的概念，在日本有著特定的內涵，它特指小說、詩歌、戲劇三類「純文學」的寫作，原本不包括散文，更不包括「雜文」。日本文壇對「創作」的這種理解，連同這個詞本身，都被中國現代文壇接受過來。直到三〇年代初，無論是反對還是提倡「雜文」的人，大都不把「雜文」包括在「創作」之內。如反對寫雜文的林希雋就提出：「與其每日寫十篇、八篇不三不四的雜文之類，縱不問寫得怎樣的精彩傑出，寧不如將同樣的工夫製作一篇完整的創作。」[4] 非常讚賞魯迅雜文的瞿秋白，一方面肯定了魯迅的雜文是

4 林希雋：〈雜文和雜文家〉，原載《現代》第5卷第5期（1934年9月）。

「文藝性的論文」，一方面又指出：「自然，這不能代替創作。」[5] 魯迅當時也已清楚地意識到「有人來削『雜文』，說這是作者的墮落的表現，因為既非詩歌小說，又非戲劇，所以不入文藝之林」。[6] 但他本人對「雜文」與「創作」關係的理解在相當長的時間裡，至少在二十世紀二〇年代，與流行的看法並無不同。在談到「雜文」與「創作」的關係的時候，魯迅曾說過這樣一句話：「有人勸我不要做這樣的短評。那好意，我是很感謝的，而且也並非不知道創作的可貴。」[7] 可見，在當時魯迅的觀念中，「創作」是不含「短評」（雜文）在內的。

不過，到了三〇年代，魯迅的這一看法就逐漸發生了變化。在〈徐懋庸作《打雜集》序〉裡，魯迅認為，中國的雜文作者沒有人想按照「文學概論」中的規定來寫作，被「文學概論」引為正宗、我們現在也奉為寶貝的小說和戲劇，先前也被視為「邪宗」，所以魯迅相信：「雜文這東西，我卻恐怕要侵入高尚的文學樓臺去的。……雜文發展起來，倘不超緊削，大約也未必沒有擾亂文苑的危險。」[8] 而且在當時的中國，正如魯迅說的，雜文事實上已經「侵入高尚的文學樓臺」，成為「創作」的一種了。中國雜文觀念在魯迅的理論和創作帶動下的這種轉變，和日本文壇的「雜文」觀念在大正後期（20年代中期）開始的轉變，具有某種相通性和聯繫性。日本學者指出：「在大正後期由隨筆的繁榮到隨筆文體確立的過程中，作家們逐漸從小說第一的觀念中解放出來。雖然還殘留著把描寫身邊瑣事的隨筆稱作『雜文』而予以輕視的傾向，但這種傾向卻逐漸淡化、消退了。」[9] 可見，在二〇年代中期到三〇年代，日本和中國文壇的「雜文」觀念先

---

5 瞿秋白：《魯迅雜感選集・序言》（上海市：青光書局，1933年7月）。

6 魯迅：《且介亭雜文二集・徐懋庸作《打雜集》序》。

7 魯迅：《華蓋集・題記》。

8 魯迅：《且介亭雜文二集・徐懋庸作《打雜集》序》。

9 福田清人：〈近代的隨筆〉，載《日本近代文學大事典》（東京：講談社，1977年），第4卷。

後都發生了相通相似的變化。當然，在這種相通相似中也還存在著值得注意的差異。在中國，「雜文」這一概念，指的既是文類（各種文章體裁的總稱），即廣義上的雜文，也是一種有自身規定性的雜中有同的獨立文體——狹義上的雜文。魯迅正是在這兩種含義上使用「雜文」概念的。他說過「凡有文章，倘若分類，都有類可歸，如果編年，那就只按作成的年月，不管文體，各種都夾在一處，於是成了『雜』。」[10] 這裡說的是廣義上的「雜文」；同時，魯迅又指出了雜文的「雜」中之「同」。即「縱意而談，無所顧忌」，「生動、潑剌、有益」、「有骨力」的「匕首和投槍」式的文章，這是狹義上的「雜文」。狹義上的「雜文」又區別於在形式上同樣短小的「小品文」，「因為它並不『小』」[11]，不是「供雅人的摩挲」的「小擺設」。[12] 而在日本，「雜文」始終是文類的概念，即廣義的雜文概念。也就是說，日本始終沒有把「雜文」視為一種獨立的文體，相當於中國雜文本體概念的是所謂「隨筆」。日本文壇的雜文觀念的變化，就是把原來視為「雜文」的「隨筆」從「雜文」中分離出來、獨立出來了。這種變化既是在本國創作實踐的推動下，也是在英國 essay 的啟發下發生的。當時，日本文壇把「隨筆」一詞作為 essay 的譯詞，後來有人看出英國的 essay 與日本的隨筆並不一樣，於是便直接將 essay 加以音譯。但儘管如此，許多人仍然是把 essay 和「隨筆」作同一觀的。魯迅譯廚川白村《出了象牙之塔》中的一段話是中國文壇所熟悉的，廚川白村在解釋 essay 時說：「如果是冬天，便坐在暖爐旁邊的安樂椅子上，倘在夏天，則披浴衣，啜苦茗，隨隨便便，和好友任心閒談，將這些話照樣地移到紙上的東西，就是 essay。」[13] 這種解釋，

10 魯迅：《且介亭雜文．序言》。

11 魯迅：《且介亭雜文二集．雜談小品文》。

12 魯迅：《南腔北調集．小品文的危機》。

13 廚川白村：〈出了象牙之塔〉，載《魯迅譯文集》，第3卷，頁140。

顯然不適合魯迅式的狹義的，即匕首投槍式的戰鬥性的雜文，而只能是狹義的隨筆或小品文。事實上，日本文壇寫得最多、最受歡迎的也就是這類隨筆小品。而廚川白村對 essay 的這段著名的解說，與其說影響了中國的雜文，倒不如說對中國的標榜「閒適」的小品文影響更大。對此，魯迅也有清醒的認識。他指出：「雜文中之一體的隨筆，因為有人說它近於英國的 essay，有些人也就頓首再拜，不敢輕薄。」[14] 這話說的是中國，其實也適用於日本。而魯迅所竭力提倡的，當然不是人們已「不敢輕薄」的「雜文中之一體的隨筆」，而是當時仍有人「輕薄」的狹義的「雜文」。

對於這狹義的雜文，魯迅賦予了它內容和功能上的明確的規定性，那就是「文明批評」和「社會批評」。魯迅一直把「文明批評」和「社會批評」作為雜文的基本要求加以提倡。他在《兩地書》中寫道：「中國現今文壇（？）的狀況，實在不佳，但究竟做詩及小說者尚有人。最缺乏的是『文明批評』和『社會批評』，我之以《莽原》起哄，大半也就為了想由此引些新的這一種批評者來，雖在割去敝舌之後，也還有人說話，繼續撕去舊社會的假面。可惜所收的至今為止的稿子，也還是小說多。」[15] 魯迅還說：「我早就很希望中國的青年站出來，對於中國的社會、文明都毫無忌憚地加以批評。」[16] 在這些話裡，我們注意到，魯迅在「文明批評」和「社會批評」兩個詞組上都加了引號。這引號不是表示強調，而是表示引用。因為這兩個詞組是日本文壇常用的兩個日語詞組。這兩個詞組形成於明治時代，據我所知較早使用「文明批評」這一詞組的是高山樗牛。他在明治三十四年發表的〈作為文明批評家的文學家〉一文中，稱尼采是十九世紀歐洲的「文明批評家」，認為日本文壇所缺少的就是尼采那樣的「文明

14 魯迅：《且介亭雜文二集．徐懋庸作《打雜集》序》。

15 魯迅：《兩地書．一七》。

16 魯迅：《華蓋集．題記》。

批評家」。[17] 當時的評論家登張竹風、桑木嚴翼等人紛紛撰寫文章專著鼓吹尼采，從而形成了日本文學史上的「尼采熱」。當年留學日本的魯迅，是深受日本的「尼采熱」感染的。日本文壇對「作為文明批評家」的尼采的宣揚，給魯迅留下了深刻的印象。魯迅對中國「最缺少的是『文明批評』和『社會批評』」的感歎，與高山樗牛認為日本文壇沒有「文明批評」的感歎完全一致。同時，還應該看到，魯迅借用了日本的這兩個詞組，其應用範圍與日本文壇有所不同。魯迅主要是在雜文中提倡「文明批評」和「社會批評」的。換言之，他是把「文明批評」和「社會批評」作為雜文藝術的功能，而不是作為小說、詩歌等的功能來提倡的。所以他說「究竟作詩及小說者尚有人。最缺少的是『文明批評』和『社會批評』」，並對來稿多是小說表示了遺憾。而在日本文壇，一開始就是把「文明批評」、「社會批評」作為小說、詩歌和戲劇的功能加以提倡的。如高山樗牛說過：「最近的歐美文學家中名噪一時，有美國的惠特曼，有俄國的托爾斯泰，有挪威的易卜生，有法國的左拉，都是文明批評家。」[18] 高山樗牛列舉的幾位都是小說家和戲劇家；同樣的，廚川白村在《走向十字街頭》中所列舉的所謂「帶著社會改造理想的文明批評家」雪萊、拜倫、斯溫班、梅瑞迪斯、哈代等，也都是詩人或小說家。魯迅和日本作家對「文明批評」、「社會批評」運用範圍所做的這種不同的解說和規定，有著不同的原因和背景。當時的日本文壇還沒有把雜文、隨筆等視為文學創作，沒有把雜文家、隨筆家視為文學家，因此他們也就不可能像對文學家一樣，對雜文家提出「文明批評」、「社會批評」的要求。另外，當時的日本文壇對文學家提出這樣的要求，是為了矯正江戶時

---

17 高山樗牛：〈作為文明批評家的文學家〉，載《日本現代文學全集8》（東京：講談社，1980年）。

18 高山樗牛：〈作為文明批評家的文學家〉，載《日本現代文學全集8》（東京：講談社，1980年）。

代遺留下來的遊戲主義傾向。高山樗牛說：「我早就希望我國的文學家更新文學觀念。只要他們不擺脫遊戲作家的氣質，一切都將無從談起。作為達到這一目的的方法，我懇切地勸告他們仔細地玩味歐美晚近的詩人小說家的創作。作為文明批評家需要怎樣的修養，怎樣的品格，是尤其需要他們注意的。」[19] 中國的情況和日本有所不同，五四以來，小說、詩歌、戲劇中已經形成了社會性、批判性的「為人生」的傳統，這種傳統從總體上看都屬於「文明批評」和「社會批評」。唯獨散文，五四運動落潮以後風行文壇的小品文，卻顯示出了逃避社會現實的消極閒適的傾向。魯迅顯然是針對這種情況，認為在小說等創作之外，中國文壇缺少「文明批評」和「社會批評」，所以把「文明批評」和「社會批評」作為雜文的主要功能加以提倡。

然而，同樣是提倡「文明批評」和「社會批評」，魯迅對「文明批評」和「社會批評」的運用、理解和日本文壇也有很大的不同。

首先是對「文明批評」的理解和運用。在日本，人們所說的「文明」，指的是現代歐美資本主義的文明。日本的「文明批評」的提法來自對尼采的宣傳，在日本文壇看來，「尼采幾乎在一切方面都反抗十九世紀的文明」──以黑格爾為代表的十九世紀哲學、以達爾文為代表的十九世紀的自然科學，以民主、平等、自由為核心的十九世紀社會政治思想等等。相反，魯迅的「文明批評」所指的「文明」，指的不是資本主義文明，而是中國的傳統的文明。值得注意的是，在魯迅談到中國傳統文化的時候，極少使用「封建」這個詞，雖然「文明」和「封建」這兩個詞都是近代從日本傳入中國的日語詞彙，但魯迅似乎不習慣使用「封建」一詞，而更多地使用「文明」、「中國的文明」之類的提法。如：「所謂中國的文明者，其實不過是安排給闊人

---

19 高山樗牛：〈作為文明批評家的文學家〉，載《日本現代文學全集8》（東京：講談社，1980年）。

享用的人肉的筵宴……」[20] 等等。這與當時日本文壇的用語習慣是一致的。「封建」一詞作為歷史唯物主義的一個基本概念，是馬克思主義在日本廣泛傳播以後才被經常使用的。魯迅借用了「文明」這一概念，所指涉的就是中國傳統的封建文化。所以，魯迅和日本文壇雖然同樣是提倡「文明批評」，但所批評的文明卻分別屬於兩種不同的性質：一個指的資本主義文明，一個指的是中國傳統的封建文明。也就是說，魯迅賦予了「文明批評」這個詞以反封建的意義。對「文明批評」做這樣的理解和改造，是由中國的實際情況所決定的。在魯迅那樣的新文化戰士看來，當時的中國的核心任務是學習和引進外國的先進文明（當然包括外國的資本主義文明），批判中國的傳統文明。而在日本，明治維新、特別是日俄戰爭前後，隨著資本主義的迅速發展，資本主義文明的弊端也開始暴露出來。作家們由明治初期的反傳統的啟蒙主義，轉向了對資本主義文明的「批評」和批判。那一時期陸續登上文壇的作家，著名的如德富蘆花、夏目漱石、永井荷風、芥川龍之介等，都是日本資本主義文明的抨擊者。以大正時代活躍於隨筆（雜文）界、對魯迅影響很大的廚川白村而言，他的「文明批評」的反封建色彩就很薄弱，而對日本資本主義發展過程中出現的問題卻持強烈的反感和批判態度。廚川白村一方面認為「西洋文明那一邊，較之東洋文明，更自然、更強」；另一方面，在《走向十字街頭》中，又認為日本的現代文明是「被強迫的文明」，「非常的不自然」，這種文明看起來急速進步，但實際上就像氣喘吁吁的火車。[21] 在《出了象牙之塔》中，廚川白村認為，日本「五十年來，急急忙忙地單是模仿了先進文明國的外部……一切都成了浮華而且膚淺」。他認為「極端的文化進步了的民族」與「極端地帶著野性的村野的國民」都

20 魯迅：《墳．燈下漫筆》。

21 廚川白村著，綠蕉、大杰譯：《走向十字街頭》（北京市：新文藝書店，1932年）。

有可取，而夾在中間的是「穿洋服而著屐子」的日本。他稱日本人為既不是「都人」又不是「村人」的「村紳」。所以廚川白村對日本提出「忠告」:「什麼外來思想是這般的那般的，在並不懂得之前，就擺出內行模樣的調嘴學舌，也還是斷然停止了好。」「股票、買空賣空、金戒指，都摔掉吧！」「回到孩子的往昔去。」[22] 顯而易見，這種對日本的傳統文化很少實質的批判，而更多的批判資本主義近代化的缺陷和弊端的「文明批評」，和魯迅的反傳統、反封建的「文明批評」是頗有不同的。魯迅譯介廚川白村的有關著作，看重的是廚川白村的「文明批評」對中國所能起到的「瀉藥」作用，而對自己與廚川白村的分歧則沒有提及。在比較魯迅與廚川白村的「雜文」創作的時候，這種差異是我們所必須看到的。

對日本作家和魯迅來說，「社會批評」和「文明批評」是相互聯繫的，同時又有差異和區別。「文明批評」是一種總體的文化批評，而「社會批評」則是對社會現實問題的批判和評論。但是，日本作家所作的「社會批評」大都是對一般的社會問題所作的批評，他們極少在文章中涉及具體的人和事，尤其是避免對當前的具體的人與事做出直接的批評。這種傳統從明治初年的福澤諭吉、德富蘇峰等第一代「論文家」、「政治家」的文章中就已經奠定了。如福澤諭吉的隨筆集《福翁百話》中的一百多篇隨筆，談了一百多個問題，但沒有一篇涉及到當前的具體的人與事，都是比較抽象地談論宗教、善惡、夫妻、家庭、教育、健康、金錢、權利、義務、名譽等等問題。魯迅所喜歡的廚川白村，在日本文壇的確算是個「霹靂手」（魯迅語）了。在《出了象牙之塔》、《走向十字街頭》等雜文隨筆集中，廚川白村的「社會批評」犀利尖刻，不留情面，多偏激之語，但卻是泛泛而論，不涉及具體的人與事。像魯迅的《華蓋集》、《華蓋集續編》那樣的被

22 廚川白村：《出了象牙之塔》，見《魯迅譯文集》，第3卷，頁140。

認為是「專門攻擊個人」的文章，在日本是很少見的。一方面，魯迅雜文在進行「社會批評」時都是有感而發，「議論往往執滯在幾件小事情上」，[23] 鮮明而又具體。如論婦女的反抗和出路，就以「娜拉走後怎樣」為題；論封建專制必須推翻，則以「論雷峰塔的倒掉」說起。這樣從具體的事象出發，避免了抽象的議論，把敘事文學中的形象、抒情文學中的意象引入雜文，從而使雜文成為一種「文藝論文」；同時，魯迅的雜文不憚於流露個人的喜怒和恩怨，不迴避對當前的人與事的評論，特別是不迴避敏感的政治問題，敢於抨擊時政。某種意義上可以說，抨擊時政是魯迅雜文「社會批評」的核心。像〈紀念劉和珍君〉那樣的痛烈抨擊軍閥政府殘暴行徑的文章，是需要勇氣和膽量的。而在日本作家的雜文隨筆中，敢於抨擊時政的文章實屬罕見。著名作家德富蘆花的〈謀反論〉是抨擊時政的不可多得的文章。該文為在「大逆事件」中被處死的幸德秋水等人打抱不平，稱幸德秋水是「有為的志士」，提出「謀反並不可怕，謀反的人也不可怕，自己當了謀反者也不用怕」，可謂大膽之言；但同時，他又稱頌天皇，表示自己「很喜歡天皇陛下」，認為殺害幸德秋水只是「輔弼的責任」。[24] 畢竟不敢戳到要害處，顯出了日本作家「社會批評」中所特有的侷限。日本作家也並不是不談政治，如在魯迅譯鶴見佑輔的雜文隨筆集《思想・山水・人物》的〈序言〉中，作者聲稱「貫穿這些文章的共通的思想，是政治。政治，是我從幼小以來的最有興味的東西」。[25] 然而，鶴見佑輔是把政治作為一門學問來研究的。政治是他的研究對象，而不是他的批評對象。他雖然談了一大堆政治，但全是他喜歡的外國政治家，宣揚的是自由的政治理論，而對日本的現實

23 魯迅：《華蓋集・題記》。

24 德富蘆花：〈謀反論〉，載陳德文編譯《德富蘆花散文選》（天津市：百花文藝出版社，1994年）。

25 鶴見佑輔：〈《思想・山水・人物》序言〉，見《魯迅譯文集》，第3卷。

政治，幾乎未做批評。所以魯迅翻譯了它，同時又聲明書中「有大背我意之處。」[26] 政治性和超政治性是中日兩國從古代文學到現代文學的兩種不同的基本傾向。這兩種不同的基本傾向即使在隨筆雜文的「社會批評」中也清楚地顯示了出來。

魯迅雜文和日本文學的這種比較，可以使我們更深刻地認識魯迅雜文思想和藝術上的獨創性。魯迅雜文觀念的形成演變是受到了日本文學的感染、啟發和影響的，看到這一點將有助於我們弄清魯迅雜文觀念的複雜的成因。但魯迅又超越了日本文學的影響，他借鑒了日本文壇提出的「文明批評」和「社會批評」的主張，同時又賦予「文明批評」和「社會批評」以新的內涵，並把它作為雜文創作的基本要求加以提倡，形成了雜文藝術的獨特而又鮮明的風格，使雜文成為中國現代文學中的一種重要的文體。而日本現代文學中則沒有形成一種作為獨立文體的「雜文」。雜文，是魯迅的驕傲，也是中國現代文學的驕傲。

26 魯迅：《譯文序跋集・思想・山水・人物題記》，見《魯迅譯文集》，第3卷。

# 周作人的文學觀念的形成演變及來自日本的影響[1]

在中國現代文學史上，周作人向來以博古通今著稱，他自己也頗以「雜學」自許，其文藝觀念的來源也相當複雜。中國古代儒家的中庸之道與中和之美，晚明公安派的「性靈」文學的主張，古典希臘的人本主義精神，俄羅斯的人道主義文學，英國藹理斯的建立在人類學、心理學基礎上的個人主義理論，日本現代的文學理論等等，都對周作人有過不同程度的影響。其中，日本的現代文論對周作人文學觀念所產生的影響，或隱或顯、或大或小，或直接或間接，貫穿於他的文學觀念形成和變遷的過程中。

## 一　人的文學

一九一八年，周作人發表了對中國新文學的建設具有重大意義的題為〈人的文學〉的文章，提出了「人的文學」的口號。這篇文章中有兩個引人注目的理論焦點：第一，是論述什麼是「人」或人性，回答是：人是從動物進化來的，具有「靈」與「肉」、也就是神性與獸性兩個方面；神性與獸性的結合就是人，靈與肉的合一就是人性，並提出：「我們所信的人類正當生活，便是這靈肉一致的生活。」第二，是論述自我與他人、個人與人類、利己與利他之間的關係，由此

1　本文原載《魯迅研究月刊》（北京），1998年第1期。

提出：「彼此都是人類，卻又各是人類的一個。所以須營一種利己而又利他，利他即是利己的生活。」並認為「人的文學」就是靈肉一致、利己又利他的文學。

上述周作人的兩個理論焦點，也是日本現代文學中的兩個基本的理論支撐點。早在周作人提出這個問題之前，日本文壇已經鮮明地提出了這兩個問題並作出了自己的回答。密切關注日本文壇動向的周作人，無論是這兩個問題的提出，還是對這兩個問題的解釋回答，都與日本文壇的影響有關。首先，用「靈」與「肉」這兩個範疇來界定人性，將靈肉一致作為人生的理想狀態，看來是受了廚川白村理論的影響。廚川白村在他一九一四年出版的《文藝思潮論》一書，用靈與肉的對立統一來概括整個歐洲文學的發展歷程，從而展開了自己的獨特的文學史觀和文學觀。他寫道：「靈與肉，聖明的神性與醜惡的獸性，精神生活與肉體生活，內的自己與外的自己，基於道德的社會生活與重自然本能的個人生活，這兩者間的不調和，人類自有思索以來，便是苦惱煩悶的原因。焦心苦慮要求怎樣才能得到靈肉的調和，此蓋為人類一般的本性，而亦是伏於今日人文發達史的根底的大問題。」[2] 雖然，在歐洲，精神與物質、靈魂與肉體的關係問題自古希臘以來就有宗教理論家和哲學家們不斷探索，但是，從靈與肉的關係入手，比較系統地梳理從古至今西方文學思潮發展史的，卻不是西方學者，而是日本的廚川白村。廚川白村把靈與肉是否和諧一致，看作是文學能否健康發展的原因。例如他認為，古希臘人是「靈肉合一」的，故文學高度發達；羅馬人則一味追求肉體之歡，結果使他們的「肉的帝國」趨於崩潰；而中世紀又走向了另一個極端，實行禁欲主義，片面地壓制肉體欲望，結果造成了歐洲文化和文學的一千多年的黑暗。廚川白村的靈肉理論對二十世紀初期的日本文壇影響較大，靈

2 廚川白村，樊從予譯：《文藝思潮論》（上海市：商務印書館，1934年）。

肉分裂、靈肉一致的問題在相當長的時間裡，成為日本作家在理論和創作中探討的核心問題。如北村透谷、與謝野晶子、有島武郎等作家的文學觀、人生觀就是以靈肉關係作為切入點的。當時留學日本的中國作家自然也無可迴避這種影響。創造社的郁達夫、郭沫若、田漢等人的早期創作無一例外地都表現了靈與肉分裂的苦惱，並把靈肉一致作為理想的追求。周作人的獨特貢獻，在於最早、最明確地把「靈肉一致」作為一個理論範疇引進過來，並把它作為「人的文學」理論建設的一塊堅固的基石。但是，我們也要看到，在闡釋和使用這個概念的時候，周作人也顯示出了自己獨特的理論個性。「靈肉一致」的主張在廚川白村那裡，常常表現出向「肉」一方的偏重。例如在《文藝思潮論》中，廚川白村極為推崇美國詩人惠特曼，欣賞他對肉體的大膽的讚美；在〈從靈向肉和從肉向靈〉一文中，主張在靈肉關係中，應以肉為基礎，「從肉向靈」而不應該「從靈向肉」。而在周作人「靈」與「肉」關係的闡述中，則始終注意兩者的調和與一致，避免向任何一方的偏頗，從而顯示出他的理論主張的穩妥性。在運用靈肉一致的理論批評具體作品的時候，周作人也表現出了這種理論個性。他在關於郁達夫的〈沉淪〉的評論中說過：「所謂靈肉的衝突原只是說情欲與迫壓的對抗，並不含有批判的意思……我們鑒賞這部小說的藝術地寫出這個衝突，並不要他指點出那一面的勝利與其寓意。」[3] 可見，在周作人看來，靈與肉任何一方的「勝利」都不是理想的「人的文學」。

除靈與肉的關係之外，個人和人類的關係在周作人的「人的文學」理論構架中也占有重要的位置。而個人與人類的關係問題，也是日本的白樺派人道主義作家所探索的中心問題。周作人的人道主義思想的主要的和直接的來源是日本白樺派。他曾承認：「我的確很受過

3 周作人：《自己的園地·沉淪》(北京市：晨報社，1923年)。

《白樺》的影響」，[4] 這種影響首先表現在，和白樺派作家一樣，周作人是把個人與社會、自我與他人的關係的定位，作為「人的文學」的根本問題來看待的。那麼，周作人在個人與人類的關係上有怎樣的主張呢？在〈人的文學〉中他指出：

> 第一，人在人類中，正如森林中的一株樹木。森林盛了，各樹也都茂盛。但要森林盛，卻仍非靠各樹各自茂盛不可。第二，個人愛人類，就只為人類中有了我，與我相關的緣故。……所以我說的人道主義，是從個人做起。要講人道，愛人類，便須先使自己有人的資格，占得人的位置。耶穌說，「愛鄰如己」。如不先自愛，怎能「如己」地愛別人呢？至於無我的愛，純粹的利他，我以為是不可能的。

倘若把這種主張和武者小路實篤的主張相比一下，就很容易看出它們之間的聯繫。在〈《為自己》及其他〉、〈《白樺》的運動〉、〈來自我孫子的消息〉等文章中，武者小路實篤指出：個性化的自我，是人類中的一員。個人要對人類有所貢獻，就要首先在人類中「活出自己」來；「為了人類的成長，首先需要個人的成長」；個人做有益於社會的事必須出於自願，而不能受「社會本能」的壓制。所謂「愛所有的人」、「愛敵人」，是難以做到的，也不應該強己所難，勉力為之。

顯而易見，這種主張既不同於基督教的廣濟博施、自我犧牲的人道主義，也不同於否定自我欲望和自我發展的托爾斯泰主義的人道主義；既不同於車爾尼雪夫斯基以獲得自己的良心和道德上的滿足為原則的「合理的利己主義」，也不同於森鷗外的「東方式的」、「利他的個人主義」。而是把自我、個人置於優先地位，首先發展自我，然後

4 周作人：《藥堂雜文・關於日本畫家》（北京市：新民印書館，1944年）。

顧及他人。用周作人自己的話來概括，就是「個人主義的人間本位主義」。這種「個人主義的人間本位主義」與日本白樺派的人道主義具有相同的理論構造。兩者都是梅特林克的個人主義批判地否定了托爾斯泰主義之後的產物。這種思想主張的形成在白樺派裡是經歷了一個過程的。由於先後受托爾斯泰和梅特林克的影響，白樺派、特別是武者小路實篤的思想明顯地形成了前後兩個階段。前期是托爾斯泰主義占支配地位，後期則是梅特林克的思想占支配地位。武者小路實篤曾在〈《為自己》及其他〉一文中談到了從前期到後期的轉變，他說：「我大概從那時起，就開始反抗托爾斯泰主義。……托爾斯泰忽視了『自己的力量』這一思想內涵。這曾使我倍感苦惱。從苦惱中把我拯救出來的，就是上述的梅特林克。他教導我：必須以『自己的力量』為中心作文章，要不斷充實『自己的力量』……」同樣地，托爾斯泰對早期的周作人也曾有過不小的影響，但是在接觸白樺派之後，周作人便對托爾斯泰的侷限做了反思。他在一九二二年曾說過：「我以前很佩服托翁之議論（至今也仍有大部分之佩服），但現在覺得似乎稍狹一點了。」[5] 他在〈人的文學〉中斷然否定了「無我之愛」和「純粹的利他」，表明那時的他已經在白樺派的影響下，完成了從托爾斯泰主義向梅特林克的個人主義的人道主義的轉變。

## 二　平民文學與貴族文學

在〈人的文學〉發表僅僅十幾天後，周作人又發表了題為《平民文學》的文章，提出了「平民文學」和「貴族文學」的概念。對平民文學的提倡，是中國新文學建立和發展的必然的內在要求，但從外部條件看，日本的「平民主義」和「平民文學」對周作人的「平民文

5　周作人：〈通信〉，原載《詩》第1卷第4期（1922年4月）。

學」觀也是有一定影響的。在周作人留學日本時，日本思想界、文學界的「平民主義」思想盛行。明治時代影響很大的「民友社」的指導思想就是「平民主義」。民友社的領袖德富蘇峰曾斷言：「貴族的現象一去不返，平民的現象就要到來，這是歷史的事實。」日本的浪漫主義文學領袖北村透谷也採取平民主義立場。他在〈內在生命論〉一文中指出：「明治在思想上必須經歷一場大革命，必須打破貴族的思想，創興平民的思想。」明治時期的社會主義者堺利彥、幸德秋水創辦《平民新聞》，聲稱：「為了實現人類的自由，我們必須奉行平民主義。」與此同時，文壇上也出現了「平民文學」現象，以至評論家津田左右吉曾發表著作《表現在文學上的我國國民思想的研究·平民文學的時代》，對當時的平民文學做了專門的研究。那時在日本留學的周作人，自然會受到日本的「平民主義」、「平民文學」某種程度的啟發和影響。他在〈平民文學〉一文中，還曾引用過津田左右吉的上述著作中的一段話。

但是，周作人的平民文學和貴族文學觀，又有他鮮明的理論個性。在〈平民文學〉中，他強調指出：「平民文學絕不是通俗文學……不是專做給平民看的，乃是研究平民生活——人的生活——的文學。他的目的，並非要將人類的思想趣味，竭力按下，同平民一樣，乃是將平民的生活提高，得到適當的一個地位。」此處隱含了這樣的邏輯：平民的思想和生活水平是不高的，所以需要提高，需要有人來做平民文學，來「研究」平民生活。在不久以後發表的〈貴族的與平民的〉一文中，周作人對〈平民文學〉中的觀點又做了補充修正。他說：「關於文藝上貴族的與平民的精神這個問題，已經有許多人討論過，大都以為平民的最好，貴族的全是壞的。我自己以前也是這樣想，現在卻覺得有點懷疑。」他不但表示「懷疑」，而且認為貴族精神優於平民精神，「平民的精神可以說是叔本好耳（現通譯叔本華——引者注）所說的求生意志，貴族的精神就是尼采所說的求勝意志了」，所以他得出結論，「真正的文學發達的時代必須多少含有貴族的精神」，「我想文藝當以平民的精神為基調，再加以貴族的洗禮，這才能夠造成真正的人的文學」。此時的周作人所理想的，就是平民的貴族化，平民文學的貴族化。在這個問題上，他非常贊同日本現代詩人萩原朔太郎的看法。萩原朔太郎認為，隨著電影、廣播、畫報等的出現，像文學這樣的東西恐怕就很少有人讀了，「文學的未來將怎樣呢？恐怕滅亡的事斷乎不會有吧。但是，今日以後大眾的普遍性與通俗性將要失掉了吧。而且與學問及科學文獻相同，都將隱退到安靜的圖書館的一室裡，只等待特殊的少數的讀者吧。在文學本身上，這樣或者反而將質的方面能有進步亦未可知」。[6] 周作人引用了萩原朔太郎的這些話，並表示「我的意思倒有幾分與萩原相同」，認為到圖書館的一角讀文學作品，「這一件事實是非常貴族的」。從提倡平民文學，到認為文學本身就是「非常貴族的」，這就等於否定了文學的平民性的存在。到了一九二八年，周作人更明確地提出，「文學家實際上是精神上的貴族」，「所謂貴族文學與平民文學之分野不但沒法分出，而且也不必分」，因為在文學作品中，平民階級和貴族階級的思想是一樣的：「全都想得到富貴尊榮，或者享有妻妾奴婢。……可見中國無產階級的思想，完全是和第三階級的升官發財是同一個鼻孔出氣的。」[7]這就連平民思想和「平民文學」本身也給否定了。

由人道主義的平民文學的提倡，走向貴族文學的理想，周作人的文學觀的形成，與白樺派作家的文學觀念的演變過程也有些相似。白樺派作家都是貴族出身，但又試圖將貴族階級與平民階級協調起來。無論是武者小路實篤主張人人平等自由的「新村」及「新村主義」，還是有島武郎的無償將土地讓給農民的「第四階級」化的嘗試，都具

6 周作人：《風雨談・文學的未來》（上海市：北新書局，1936年）。

7 周作人，陳子善、張鐵榮編：〈文學的貴族性〉，載《知堂集外文》（海口市：海南國際新聞出版中心，1995年），下集。

有旨在以貴族精神「洗禮」和提高平民的貴族式的理想主義性質。但是，當馬克思主義的階級鬥爭學說傳入和無產階級文學興起的時候，這種貴族式的人道主義的改良就顯得蒼白無力乃至趨於崩潰了。所以，有島武郎在矛盾痛苦中自殺身亡，武者小路實篤則背叛了他的人道主義的「新村主義」，走向了國家主義和法西斯主義。一九二六年，周作人就反省似地說：「我以前是夢想過烏托邦的，對於新村有極大的憧憬，在文學上也有些相當的主張。我至今還是尊敬日本新村的朋友，但覺得這種生活在滿足自己的趣味之外恐怕沒有多大的覺世的效力，人道主義的文學也正是如此。」[8]對周作人來說，出現這樣的思想變化是必然的，從一九二三年以後，他身上的那種貴族氣質——也就是他後來所說的「紳士氣」——越來越濃，對民眾越來越瞧不起，越來越不相信，認為對民眾來說，教訓是無用的。而後來興起的普羅革命文學，與他的思想、氣質和文學理想格格不入。他表示反對驅使文學家「去做侍奉民眾的樂人」，[9] 反對「用了什麼名義，強迫人犧牲了個性去侍奉白癡的社會」，[10] 所以終於從提倡「平民文學」始，以認同「貴族文學」終。

然而，另一方面，周作人對有關平民生活的文學藝術、文獻資料的興趣，卻一天天地增長起來。他喜歡神話傳說、宗教儀禮、民俗風情、民間故事、民歌民謠、民間戲曲、民間藝術等等，周作人把這些統稱之為「雜文學」。這些「雜文學」是平民的，但又不是他以前所說的那種「平民文學」，因為它是平民、甚至是野蠻人自己的東西。周作人喜歡它們，並不是因為它們符合自己的文學理想。恰恰相反，周作人認定它們是「平凡」的，甚至是「野蠻」的。而正因為「平凡」和「野蠻」，他才喜歡。周作人聲稱，自己想要了解的，都是

8 周作人：《藝術與生活・自序一》（上海市：上海群益書社，1926年）。

9 周作人：《自己的園地・詩的效用》。

10 周作人：《自己的園地・自己的園地》。

「平凡的人道」，「都是關於野蠻人的事」，認為「對於狂妄與愚昧之察明乃是這虛無的世間第一有趣味的事」。[11]在這裡，周作人的紳士氣、貴族趣味以另一種方式體現了出來。那就是以貴族的心境對野蠻的、平民的東西的鑒賞與玩味，是自覺或不自覺地以古代的、底層的民眾的鄙俗來證得自己的文明高雅。但是當他以審美的眼光去欣賞這些東西的時候，他在理智上認定是野蠻鄙俗的東西卻也往往具有了美的價值。於是，對這些民俗文化和民間文學的興趣，既滿足了周作人「研究平民生活」的理智上的要求，又滿足了對野蠻鄙俗加以嘗玩的紳士貴族式的審美趣味。就來自日本的影響而言，在理智地「研究平民的生活」這一方面，周作人受日本的民俗學奠基人柳田國男的影響。周作人的許多文章中提到柳田國男，引用他的文章及觀點。柳田國男有感於民俗文化在在現代社會的行將湮滅，大力提倡並從事民間歌謠、故事、傳說的搜集、整理和研究。這對周作人的民俗學的研究影響較大，所以他曾說「柳田氏著書極富……給我很多的益處」。[12]而在以紳士貴族的趣味賞玩民俗風情和民間文藝方面，周作人又與日本作家永井荷風有著深深的共鳴。永井荷風最緬懷江戶時代的風俗人情和文學藝術，而在日本傳統文學中，周作人也最喜歡日本江戶時代的文藝，原因是，江戶時代是「平民文學時代」。[13] 對江戶時代的式亭三馬的市井小說《浮世澡堂》、《浮世理髮店》，平民喜劇「狂言」、民間曲藝「落語」、滑稽小詩「川柳」等，周作人不但寫了許多文章加以研究介紹，而且還將其中的不少作品譯成了中文。特別是對江戶時代的民俗畫「浮世繪」，周作人和永井荷風一樣喜愛不置。他至少在不同的文章中前後有三次引用永井荷風在《江戶藝術論》中的一段話，並從那「由與蟲豸同樣的平民之手製作於日光曬不到的小胡同的

11 周作人：《看雲集·偉大的捕風》（上海市：開明書店，1932年）。

12 周作人：《苦茶——周作人回想錄·二〇三》（蘭州市：敦煌文藝出版社，1995年）。

13 周作人：《浮世澡堂·引言》（北京市：人民文學出版社，1958年）。

雜院裡」的浮世繪中，看出了「東洋人悲哀」。

## 三　餘裕、遊戲和閒適的文學

當周作人放棄了「平民文學」的主張，開始以貴族心境研究和玩賞民俗文藝的時候，他的「閒適」文學觀也就隨之形成了。一九二三年，他出版《自己的園地》，希求用「自己的園地」把自己與時代、與社會劃分開來。聲稱，「我因寂寞，在文學上尋求慰安」，並明確提出「文藝只是自己的表現」的主張，認為「想與社會有益，就太抹殺了自己」。周作人閒適文學觀的形成，是他思想發展變化的必然邏輯。同時，作為外因，日本文學的影響也起了一些作用。其中，在這方面對他影響最大的是夏目漱石的「餘裕」的文學主張和森鷗外的「遊戲」文學論。周作人早在一九一八年做的〈日本近三十年小說之發達〉的演講中，就特別介紹夏目漱石的「低徊趣味」及「有餘裕的文學」，並翻譯引用了夏目漱石在《雞冠花・序》中的一段話：

> 餘裕的小說，即如名字所示，非緊迫的小說也。避非常一字之小說也。日用衣服之小說也。如借用近來流行之文句，即或人所謂觸著不觸著[14]之中，不觸著的小說也。……或人以為不觸著者，即非小說；餘今故明定不觸著的小說之範圍，以為不觸著的小說，不特與觸著的小說，同有存在之權利且亦能收同等之成功……世界廣矣，此廣闊世界之中，起居之法，種種不同。隨緣臨機，樂此種種起居，即餘裕也。或觀察之，亦餘裕也。或玩味之，亦餘裕也。

14 「觸著不觸著」，現可譯為「有所觸及」、「無所觸及」，意思是觸及不觸及人生的根本的、重大的問題。

除了周作人譯引的這一段之外，在《雞冠花・序》中，夏目漱石還寫道：

> 品茶澆花是餘裕，開開玩笑是餘裕，以繪畫雕刻來消遣也是餘裕，釣魚、唱小曲、看戲、避暑、溫泉療養都是餘裕。只要日俄戰爭不再打下去，只要世間不再充滿鮑爾庫曼（俄國將軍——引者注）那樣的人，就到處都是餘裕。而我們除那不得已的場合之外，都喜歡這種餘裕。

徵之周作人後來的生活與創作，漱石的「低徊趣味」的「有餘裕的文學」簡直也就是周作人創作的自畫像。在《北京的茶食》一文中，周作人也說過和夏目漱石同樣意思的話：

> 我們於日用必需的東西之外，必須還有一點無用的遊戲與享樂，生活才覺得有意思。我們看夕陽，看秋河，看花，聽雨，聞香，喝不求解渴的酒，吃不求飽的點心，都是生活上必要的——雖然是無用的妝點，而且是俞精煉愈好。

實際上，在《雞冠花・序》中，夏目漱石不只是片面地提倡「有餘裕的文學」，而是鑒於以前有人不承認這種文學，所以特別提出來加以說明。漱石只是認為這種「有餘裕的文學」應該和易卜生那樣的「觸著」重大社會問題的「沒有餘裕」的作品一樣，有存在的權利，並且也能夠取得創作上的成功。但是，漱石的這一層意思，周作人在介紹的時候有意無意地忽略了。

同樣的情況也表現在周作人對另一個日本作家——森鷗外的介紹上。在介紹了夏目漱石之後，周作人接著介紹森鷗外。他說，森鷗外「近來的主張，是遣興文學」，「他的著作，也多不觸著人生。遣興主義，名稱雖然不同，到底也是低徊趣味一流，稱作餘裕派，也沒什麼不可」。他還引用森鷗外的短篇小說〈遊戲〉中的一段話，說明作者是「遊戲」的。一九二二年，周作人在為紀念森鷗外逝世而寫的〈森鷗外博士〉一文中，仍然持著這種看法。他說：「森鷗外的《涓滴》在一九一〇年出版，其中有〈杯〉及〈遊戲〉二篇最可注意，因為他著作的態度與風格在這裡邊最明顯地表現出來了。拿著火山的熔岩色的陶杯的第八個少女，不願借用別人雕著『自然』二字的銀杯，說道：『我的杯並不大，但是，我用我自己的杯飲水。』這即是他的小說。〈遊戲〉裡的木村，對於萬事總存著遊戲的心情，無論什麼事，都是一種遊戲……這種態度與夏目漱石的所謂低徊趣味可以相比。」誠然，森鷗外在〈杯〉中表現的個性主義、在〈遊戲〉中表現的遊戲主義，某種程度地反映了他的思想和創作態度。但是，這僅僅是他思想態度的一個側面。他身上雖然有某些冷靜理智、甚至保守妥協的傾向，但又是一個熱情的浪漫主義者、理想主義者。他寫了〈涓滴〉、〈遊戲〉那樣的小說，但幾乎同時他也寫了像《沉默之塔》(1911)那樣的被日本學者認為是「猛烈地批判了政府濫用權力」、「最勇敢最明了的政策性批判[15]的作品。周作人對森鷗外，只看重其「遊戲」，不過是「仁者見仁」罷了。周作人對森鷗外的這種看法，也與魯迅形成了對比。魯迅在有關森鷗外的介紹中，也引用了上述周作人引用的《涓滴》中用自己的杯喝水那段話，但魯迅更看重的卻是對社會做批判諷刺的《沉默之塔》，認為「我們現在也正可借來比照中國」，[16]並把它譯成中文。

對夏目漱石的「餘裕」、森鷗外的「遊戲」的看重和推崇，很大程度地體現了周作人的文學趣味。夏目漱石的「餘裕」也好，森鷗外

15 加藤周一著，葉渭渠、唐月梅譯：《日本文學史序說》(下)(北京市：開明出版社，1995年9月)，頁314。

16 魯迅：〈譯文序跋集·《沉默之塔》譯者附記〉。

的「遊戲」也好，其實都是後來周作人「閒適」文學觀的一種注腳。周作人清楚地知道，在現代中國的亂世中談「閒適」，絕非那麼容易。一方面，這種「閒適」和社會、和時代的大氛圍格格不入；另一方面，周作人自己身上也經常發生「叛徒」與「隱士」、「流氓鬼」和「紳士鬼」、「正經文章」與「閒適文章」的矛盾衝突。所以，他不得不經常為自己的「閒適」做辯解，一會兒說他的「閒適」是「苦悶的象徵」，說「閒適原來是憂鬱的東西」，頗以閒適為不得已；一會兒說「閒適是一種難得的態度……並不是容易學得會的」，又頗以閒適為自得。看來，周作人「閒適」得也未免不太「閒適」了。在這種狀況下，夏目漱石的「餘裕」和森鷗外的「遊戲」，庶幾對他也算是一種支援吧。

# 廚川白村與中國現代文藝理論[1]

## 一

要說廚川白村是對中國現代文藝理論影響最大的日本文藝理論家，恐怕是沒有什麼異議的。自一九二五年魯迅先後翻譯廚川白村的《苦悶的象徵》和《出了象牙之塔》，並對廚川做了高度評價之後，廚川白村的著作在中國很快流行起來。在二十世紀二〇年代後半期的短短的四、五年時間裡，廚川白村的主要著作幾乎全都被譯成中文。其中包括《近代文學十講》、《歐洲文學評論》、《文藝思潮論》、《近代的戀愛觀》、《走向十字街頭》、《歐洲文藝思想史》、《小泉八雲及其他》等，此外還有許多單篇的論文。在二〇至三〇年代中國所撰著的許多文學理論著作和論文中，廚川白村的理論均被作為一家之言，或被引述，或被評論，或被作為立論的重要依據。廚川白村的文藝思想從不同的側面，影響了中國現代文學史上一大批重要的人物，除魯迅受其影響為眾所周知之外，還有郭沫若、郁達夫、田漢、豐子愷、石評梅、胡風、路翎、許欽文等等。廚川白村的文論著作，特別是他的《苦悶的象徵》，是五四以後，特別是二〇年代在中國流傳最早、傳播最廣、影響最大的兩種外國文論著作之一（另一種是托爾斯泰的《藝術論》）。

廚川白村的文藝理論在中國之所以會產生那麼大的影響，這本身

1　本文原載《文藝理論研究》（上海），1998年第2期，中國人民大學複印資料1998年第7期轉載。

就是中日現代文學交流史上的一個有趣的現象。作為一個學者和教授，廚川白村在大正年間的日本青年中有過較大的影響，曾一度和著名作家有島武郎二分天下。但對日本青年發生影響的，卻主要不是他的文藝理論著作，而是批判傳統的婚姻觀念、倡導自由愛情和婚姻的《近代戀愛觀》。他不是作家，因而在日本文學史上談不上有多高的地位，幾乎所有的《日本文學史》上都找不到他的名字。作為一個理論家，他的文藝理論著作的價值也沒有得到日本文學理論批評史家的普遍認可。二〇年代後半期日本曾兩次出版過他的七卷本和六卷本的全集，但從那以後的半個多世紀以來，他的著作一直未見再版。現當代日本文學理論史或批評史一般不提到他。日本有的學者甚至認為，廚川白村「博學多識但缺乏獨創，所以被遺忘得也快」。[2] 但是，在本國並不受重視的廚川白村，在中國的影響卻超過了日本任何一位著名的理論家批評家。和某些日本學者的看法正相反，在中國最先譯介廚川白村的魯迅認為廚川白村及其《苦悶的象徵》是有獨創性的，他指出：《苦悶的象徵》「在目下同類的群書中，殆可以說，既異於科學家似的專斷和哲學家似的玄虛，而且也並無一般文學論者的繁碎。作者自己就很有獨創力的，於是此書也就成為一種創作，而對於文藝，即多有獨到的見地和深切的會心」。[3]

我讚賞魯迅的獨具慧眼，在許多的「文學論者」當中選擇了廚川白村，在「同類的群書」中選擇了《苦悶的象徵》。魯迅說《苦悶的象徵》是「有獨創力的」，並不是單單出於一己之好，而是和同類理論家、同類著作做了充分比較得出的結論。在日本，在廚川白村之前和之後，介紹和評述西方文學的書籍數不勝數，談文學的書近乎汗牛充棟，而即使今天在我們看來，廚川白村及其著作在其中也確實是出

2 安田保雄撰寫《新潮日本文學小辭典》「廚川白村」條（東京：東京社，1968年），頁401。

3 魯迅：《苦悶的象徵・引言》，載《魯迅全集》（北京市：人民文學出版社，1981年），第10卷。

類拔萃的。誠然，廚川白村的基本的理論體系、基本的概念術語大都是借用西方的。但是，日本文明的獨特的構建方式──吸收外來的東西加以改造消化，使其更合理更精緻更先進──在廚川白村在理論構建中表現得非常明顯。對此，魯迅看得很清楚。魯迅說：「作者據伯格森一流的哲學，以進行不息的生命力為人類生活的根本，又從弗羅特一流的科學，尋出生命力的根柢來，即用以解釋文藝──尤其是文學。然與舊說小有不同，伯格森以未來為不可測，作者則以詩人為先知，弗羅特歸生命力的根柢於性欲，作者則云即其力的突進與跳躍。」[4] 的確如魯迅所說，在對弗洛伊德的精神分析的借鑒和改造方面，特別表現了廚川白村對外來學說進行批判吸收，並獨創新說的能力。廚川白村一方面對弗洛伊德學說表現了濃厚的興趣，用他自己的話說，《苦悶的象徵》的全書的立論就是「借了」弗洛伊德的學說「發表出來」的。但是同時，廚川白村對弗洛伊德學說又做了明確的批評，他指出：「這學說也還有許多不備和缺陷，有難於立刻首肯的地方。尤其是應用在文藝作品的說明解釋的時候，更顯出最甚的牽強附會的痕跡來。」又說：「我最不滿意的是他將那一切都歸在『性的渴望』裡的偏見，部分地單從一面來看事物的科學家癖。」[5]不僅如此，廚川白村還批判分析了當時對弗洛伊德學說做了部分修正、現在被稱為「新弗洛伊德主義」的代表人物，如阿德勒（A. Adler）、莫特爾（A. Mordell）等人的觀點。廚川白村認為，這些人的書「多屬非常偏僻之談，或則還沒有絲毫觸著文藝上的根本問題」，並以為「可惜」。廚川白村就是在這種廣泛借鑒、批判吸收的基礎上，提出了他自己的文藝觀。那就是，「生命力受了壓抑而生的苦惱乃是文藝的根柢，而其表現法乃是廣義的象徵主義」。在二十世紀頭二十年間，不

4 魯迅：《苦悶的象徵・引言》，載《魯迅全集》（北京市：人民文學出版社，1981年），第10卷。

5 廚川白村，魯迅譯：《苦悶的象徵》（北京市：人民文學出版社，1981年）。

管是在西方還是在日本，如此言簡意賅、富有包容性、深刻性和鮮明個性的文藝觀，還沒有人提出來過。儘管那時榮格、阿德勒等人對弗洛伊德學中的泛性欲主義進行了批判和修正，試圖以社會文化決定論取代性欲決定論，但是，這些人的理論建樹還侷限在心理學、社會學的領域，沒有在精神分析學的基礎上形成自己的文藝理論。況且，「新弗洛伊德主義」的主要的代表人物，如沙利文、卡倫、霍妮、弗洛姆、卡丁納等，其理論活動都在三〇年代以後。因此，如果我們權且把廚川白村算在「新弗洛伊德主義」學派中的話，那麼，廚川白村也算得上是本世紀頭二十年最早的有自己的文藝理論建樹的「新弗洛伊德主義」者了。

關於廚川白村提出的文藝創作的動力來源於人生的苦悶這一理論命題，古今中外的作家詩人都有相同的體會。錢鍾書先生在其大作《管錐篇》中的不少段落和題為〈詩可以怨〉的演講中，列舉了大量古今中外的有關材料。中國古代就有一個頗為流行的所謂「發憤著書」的看法，如屈原說「發憤以抒情」；司馬遷說創作「皆意有所鬱積」，是「發憤之所為作也」；宋代陸游說「蓋人之情，悲憤積於中而無言，始發為詩，不然無詩矣」；明代湯顯祖說「士不窮愁不能著書」。在西方，雪萊說「最甜美的詩歌就是那些訴說最憂傷的思想的」，繆塞說：最美麗的詩歌就是最絕望的，有些不朽的篇章是純粹的眼淚」，愛倫．坡說「憂鬱是詩歌裡最合理合法的情調」，弗羅斯特說「詩是關於憂傷的奢侈」。在現代中國，作家們對苦悶憂傷的體驗格外的痛切。五四以後，青年們從魯迅所說的「昏睡」中覺醒過來，而體驗了前所未有的覺醒之後的苦悶：性愛的苦悶、家庭的苦悶、事業的苦悶、社會的苦悶、時代的苦悶。作家們就是滿懷著這樣的苦悶，拿起筆來寫作的。魯迅說過，他的《狂人日記》是「憂憤深廣」

的產物，[6] 他寫作雜文是為了「舒憤懣」，是「借此釋憤抒情」。[7] 盧隱說：「只要我什麼時候想寫文章，什麼時候我的心便被陰翳漸漸地遮滿，深深地沉到悲傷的境地去。」[8] 巴金聲稱他在創作是「為了發散我的熱情，宣洩我的悲憤」，[9] 郁達夫說作家的創作「不外乎他們的滿腔鬱憤，無處發洩，只好把現實懷著的不滿的心思，和對社會感得的熱烈的反抗，都描寫在紙上」。[10] 然而，在廚川白村的《苦悶的象徵》發表之前，無論在東方還是西方，關於苦悶憂傷與文藝創作的關係的表述，僅僅是隻言詞組的，感受性的。儘管李長之認為中國的司馬遷「發憤著書說」比廚川白村「來的更真切、更可靠、更中肯」，[11] 但司馬遷的「發憤著書說」只是一種樸素的概括，畢竟還沒有上升為科學的系統的理論。《苦悶的象徵》則以明晰透澈的邏輯語言，為中國現代作家的感受找到了現代心理學和美學的依據。這恐怕是廚川白村的最大的「獨創」吧。

## 二

廚川白村之所以對二十世紀二〇年代的中國文壇產生那麼大的影響，或者說，中國文壇之所以較為普遍地接受廚川白村的文學理論，對廚川白村的學說產生共鳴，正在於廚川白村理論既表達了中國作家

6 魯迅：《中國新文學大系．小說二集》。

7 魯迅：《華蓋集續編．小引》。

8 盧隱：〈盧隱自傳〉，載《盧隱選集》（福州市：福建人民出版社，1985年），上冊，頁602。

9 巴金：〈無題〉，載《巴金研究資料》（福州市：海峽文藝出版社，1985年），上卷，頁163。

10 郁達夫：〈文學上的階級鬥爭〉，載《郁達夫文集》（廣州市：花城出版社．香港：三聯書店，1982年3月），第5卷，頁134。

11 李長之：《司馬遷之人格與風格》（北京市：讀書．生活．新知三聯書店，1984年），頁308。

的切身體驗，又具有體系性、包容性和獨創性。這種體系性和獨創性適應了中國新文學理論建設的迫切需要。中國文學運動開展若干年來，在創作上出現了像魯迅的〈吶喊〉，郭沫若的〈女神〉等堪稱現代經典的文學作品。但中國新文學在文學理論的建設上卻顯得相對貧弱。新舊文學之間的論爭，不同流派之間的論爭，使得理論活動顯得非常繁榮，非常活躍。但是，表層的繁榮活躍之下，卻是理論的單調和膚淺。人們大多在文學「為人生」還是「為藝術」的狹隘的思維空間內思考問題，仍然沒能擺脫中國傳統文論的核心——文學功用論。就單個的作家而言，以魯迅的豐富的創作經驗和深刻的思維，雖在創作方面發表了不少真知灼見，尚且未能上升到美學的高度，形成一個完整的理論體系。其他的作家更是力不從心了。因此，中國新文學迫切需要系統的理論體系的支援，來解答新文學中許多緊迫的理論問題。在這種情況下，翻譯外國理論家的著作就不失為一種便捷的方法了。早在《苦悶的象徵》譯成中文之前，中國所翻譯的體系性的外國理論著作只有托爾斯泰的《藝術論》。托爾斯泰提出傳達人的感情是藝術的根本職能，藝術的感染性是區別真藝術和假藝術的標誌。這種以「人」為中心、以「感情」為本位的文學觀對五四新文學產生了重要影響。但是，托爾斯泰的《藝術論》是建立在他的托爾斯泰主義基礎上的。他認為好的感情是宗教感情，「藝術所表達的感情的好壞往往就是根據這種宗教意識加以評定的」，這仍然是一種宗教的文藝功用觀。托爾斯泰藝術論的侷限性就在這裡，它對中國文學的影響的閾限也在這裡。和托爾斯泰的《藝術論》比較起來，廚川白村的《苦悶的象徵》則是融合著現代哲學、科學的，視野開闊、富有時代性、包容性、體系性的理論著作。它沒有宗教的或某一特定學派的執拗和偏見，因而也更易於被中國文壇廣泛的理解和接受。另一方面，中國人向來認為「文如其人」，喜歡以文論人，或以人論文。廚川白村及其在《苦悶的象徵》、《出了象牙之塔》中表現出來的頑強向上、自由奔放的人格，乃至廚川白村的不畏挫折的堅毅性格，勇於反抗世俗的戰鬥精神，也為中國作家所激賞。魯迅就很推崇《苦悶的象徵》所提倡、所表現出的「天馬行空」般的自由創造的「大精神」，並且比照中國，感慨地說：「非有天馬行空似的大精神即無大藝術的產生。但中國現在的精神又何其萎靡錮蔽呢？」[12] 魯迅還讚賞廚川白村在《出了象牙之塔》中「於本國的微溫、中道、妥協、虛假、小氣、自大、保守等世態，一一加以辛辣的攻擊和無所假借的批評」，認為在廚川的文章中體現出了「戰士」的風範，「有『快刀斬亂麻』似的爽利」。[13] 徐懋庸在《回憶錄》中認為魯迅精神與廚川白村的精神是相通的，同時也談到了廚川白村對自己的影響。他說：「廚川在批判那種投機取巧的『聰明人』，提倡那種不計個人利害，不妥協，不敷衍的『呆子』的議論，使我對魯迅精神有了一些理解，自己也決心做個『呆子』，自然也沒有做好。」[14] 田漢在日本曾經拜訪過廚川白村，對廚川白村的為人比較了解。他說過，廚川白村是日本文藝理論界使他「感動最多的人物」。早在一九二一年，田漢就在一篇文章中讚歎廚川白村在挫折、痛苦和打擊面前所表現出來的生活勇氣。他寫道，廚川白村雖然被病魔奪去左腳，「但又信人只要根本的『生之力』（Life Force）沒有失掉，肉體上受多少損傷，原不甚要緊，並舉自動車負傷之友人法學士某君之令妹，及同年切斷了右腳之法國老女優沙拉伯拉爾自勵，謂她們雖受了苦痛，然一則依然出現於日本之樂壇，一則更活動於歐美之劇界；自己以後若不較前兩三倍的努力，則真無以對此

---

12 魯迅：《苦悶的象徵・引言》，載《魯迅全集》（北京市：人民文學出版社，1981年），第10卷。

13 魯迅：《苦悶的象徵・引言》，載《魯迅全集》（北京市：人民文學出版社，1981年），第10卷。

14 徐懋庸：〈回憶錄〉，載《徐懋庸選集》（成都市：四川人民出版社，1984年），第3卷，頁281。

婦人云云。可知他的評論文真是他的『苦悶之象徵』……」。[15]

由於上述的原因，中國作家初次接觸廚川白村的《苦悶的象徵》的時候，大都表現出欣逢知音的那種共鳴和興奮。魯迅和豐子愷在一九二五年看到《苦悶的象徵》的日文原版的時候，不約而同地決定動手翻譯。魯迅和豐子愷的兩種譯本的問世，以及魯迅使用《苦悶的象徵》作教材，推動了廚川白村的理論在中國的傳播，在青年中引起了強烈的反響。許多人在談到自己的文藝觀和人生觀時，都談到了廚川白村的影響。如胡風在〈理想主義者時代的回憶〉一文中寫道，那時的他讀了兩本「沒頭沒腦把我淹沒了的書：托爾斯泰的《復活》和廚川白村的《苦悶的象徵》」。許欽文在《欽文自傳》中談到，當時在北京大學聽魯迅講授《苦悶的象徵》時，深受影響。荊有麟在《魯迅回憶》中寫道：「曾憶有一次，在北大講《苦悶的象徵》時，書中講了一個阿那托爾法郎所作的《泰倚思》的例，先生便將《泰倚思》的故事人物先敘出來，然後再給以公正的批判，而後再回到講義上舉例的原因，時間雖然長……而聽的人，卻像入魔一般。」[16] 向培良說過，廚川白村的《苦悶的象徵》曾使他「大受感動」」。[17] 路翎在一九八五年寫的一篇文章中回憶說：「日本廚川白村的《苦悶的象徵》在中國流傳很久了，我也看過很久了。我還時常記得他的對人生有深的感情的理論觀點。藝術是人民性的正義感情和美學追求的形象思維。它是人類追求，往前追求創造自身形象的表現和工具，它也是人類美感的表徵和象徵。在黑暗的時代，自然也是正直被壓迫和被壓抑者的苦悶的象徵。我這麼說，並非想探討廚川白村的題旨『苦悶』夠不夠有力，我是說，廚川白村的感情是我歷時常常想到的。」[18]

---

15 田漢：〈白梅之園的內外〉，載《田漢文集》（北京市：中國戲劇出版社，1983年），第14卷，頁69。

16 荊有麟：《回憶魯迅》（上海市：上海雜誌公司，1947年），頁33-34。

17 向培良：《藝術通論・自序》（上海市：商務印書館，1940年）。

18 路翎：〈我與外國文學〉，原載《外國文學研究》1985年第2期。

# 三

作為有著自己獨創的文藝理論家，廚川白村對中國現代文藝理論的影響是多方面的。首先，他在相當長的時間裡影響了中國現代作家的文學觀的確立，尤其是五四時期至「革命文學」運動爆發之前許多作家的文學觀的確立。在這一段時期，馬克思主義的文學觀還很少被人了解，中國所譯介的有著自己鮮明的文學觀的外國文論著作也很少。再加上五四文學革命的幹將多在日本留學，他們熟悉廚川白村的著作，因此自然而然地受到廚川白村文學觀的影響。更為重要的是，廚川白村的文藝理論對所謂「新浪漫主義」的推崇，對文學的主觀性、理想性、表現性、情感性和反抗性的張揚，和五四時期的「泛浪漫主義」的整體氛圍非常吻合，因而成為五四時期浪漫主義文學的重要理論依據之一。那時的浪漫主義作家或具有浪漫主義氣質的作家——郭沫若、郁達夫、田漢、徐祖正、廬隱、石評梅、胡風、路翎等。或多或少地接受過廚川白村的理論薰陶。例如，郭沫若在一九二二年就說過：「文藝本是苦悶的象徵。無論它是反射的或創造的，都是血與淚的文學。……個人的苦悶、社會的苦悶、全人類的苦悶，都是血淚的源泉。」[19] 一九二三年，郭沫若在〈暗無天日之世界〉一文中更加明確地宣稱：「我郭沫若反對那些空吹血與淚以外無文學的人，我郭沫若卻不曾反對過血和淚的文學。我郭沫若所信奉的文學定義是：『文學是苦悶的象徵』。」[20] 又說，「文學是反抗精神的象徵，是生命窮促時叫出來的一種革命」，作家「唯其有此精神上的種種苦悶才生出向上的衝動，以此衝動以表現於文藝，而文藝尊嚴性才得確

19 郭沫若：〈暗無天日之世界〉，原載《創造週報》第7號（1923年6月）。

20 郭沫若：〈論國內的評壇及我對於創作上的態度〉，原載《時事新報．學燈》，1922年8月4日。

立……」。[21] 這種文藝觀和廚川白村理論的聯繫，是一目了然的。郁達夫的文學觀的來源非常駁雜，其中也有廚川白村影響的痕跡。和廚川白村一樣，郁達夫也是在廣義上理解文學中的「象徵」的，同時把藝術家的「苦悶」看成是「象徵選擇的苦悶」。他在《文學概說》中認為，文藝是自我的表現，而自我表現的手段就是「象徵」；廚川白村認為「文藝是純純然生命的表現」，提倡「專營純一不雜的創造生活的世界」，郁達夫也認為藝術家應「選擇純粹的象徵」，「因為象徵是表現的材料，(象徵）不純粹便得不到純粹的表現。這一種象徵選擇的苦悶，就是藝術家的苦悶。我們平常所說的藝術家的特性，大約也不外乎此了」。[22] 石評梅則對廚川白村「文藝是純純然生命的表現」有著深深的同感。她在評論徐祖正的《蘭生弟的日記》的時候寫道：「廚川白村說藝術的天才，是將純真無雜的生命之火紅焰焰地燃燒著自己，就照本來的面目投給世間。把橫在生命的躍進的路上的魔障相衝突的火花，捉住他呈現於自己所愛的面前，將真的自己赤裸裸的忠誠的整個的表現出。」石評梅還對廚川白村《出了象牙之塔》中的〈缺陷之美〉一文格外表示了共鳴。[23] 胡風的文學觀，也受到了廚川白村的深刻影響。胡風的「主觀戰鬥精神」、「自我擴張」和廚川白村的「生命力的突進跳躍」的理論，胡風的「精神奴役的創傷」和廚川白村的「精神底傷害」的理論，都有著深刻的內在聯繫。[24] 以胡風為核心的「七月派」作家極力表現人物那激盪而又痛苦的生命過程，展現人物騷動不安的靈魂和內心劇烈衝突的苦悶，追求一種充滿力度

21 郭沫若：〈《西廂》藝術上的批判與其作者的性格〉，載《郭沫若全集》（北京市：人民文學出版社，1990年），第15卷，頁321、326。

22 郁達夫：《文學概說》，載《郁達夫文集》，第5卷，頁67。

23 石評梅：〈再讀《蘭生弟的日記》〉，載《石評梅作品集・散文》（北京市：書目文獻出版社，1983年），頁228、231。

24 見拙文〈胡風和廚川白村〉。

的驚濤駭浪般的藝術氣勢，這些都與廚川白村的文學觀念有著深刻的內在聯繫。

其次，廚川白村的文藝理論對中國現代文學理論建設起了重要作用。《苦悶的象徵》是中國現代文藝理論著作徵引最多的外國文論著作之一，許多文學理論著作把這部著作作為參考書。《苦悶的象徵》分為「創作論」、「鑒賞論」、「關於文藝的根本問題的考察」、「文學的起源」四部分，可以說囊括了現代文藝理論的基本重大問題。而對中國現代文藝理論的建設影響最大的，則是《苦悶的象徵》中的文學本質論和文學起源論兩個問題。在二〇、三〇年代的中國人撰寫的幾十種《文學理論》、《文學原理》或《文學概論》的著作中，文學的本質（定義）和文學的起源問題幾乎是每一部著作都要談到的。而許多著作，——如田漢的《文學概論》、許欽文的《文學概論》、君健的《文學的理論與實際》、張希之的《文學概論》、曹百川的《文學概論》、陳穆如的《文學理論》、隋育楠的《文學通論》等，都援引廚川白村的理論主張。在文學的本質、文學的定義上，有的論者全面接受廚川白村的文學是「苦悶的象徵」的觀點，如許欽文在《文學概論》一書就寫道：「為什麼要有文學？為什麼會有文學？這兩個問題，可以用一句話來解答完結，就是因為苦悶。」「為著發洩苦悶，其實是因為苦悶得不得不發洩了，這就產生出文學來。」「不過，發洩在文學上的苦悶，並不是直接的訴苦，是用象徵的方式表現出來的，所以叫作『苦悶的象徵』。」[25] 田漢在《文學概論》〈文學的起源〉一章中，先是介紹了關於文學起源的諸種學說，然後大段地引述廚川白村的原文，作為文學起源論的權威觀點。[26] 隋育楠在《文學通論》〈文學的起源〉一章，在引述了西方有關諸種學說之後，又特別舉出廚川白村

---

25 許欽文：《文學概論》（上海市：北新書局，1936年），頁15-17。

26 田漢：《文學概論》（上海市：中華書局，1927年）。

《苦悶的象徵》中關於文藝起源於宗教的論述，並認為廚川白村的觀點「頗為可聽」。[27]

不過，在中國的「普羅文學」運動興起之後，廚川白村對中國現代文化的影響在二十世紀二〇年代末期之後就逐漸減弱了。許多接受了左翼文學理論的論者認清了廚川白村的理論屬於唯心主義，轉而對廚川白村進行批判乃至否定。如郭沫若，以前聲稱，「我郭沫若所信奉的文學定義是：『文學是苦悶的象徵』」，但後來就把這句話修改為「文學是批判社會的武器」了。更多的論者試圖用馬克思主義的觀點對廚川白村進行辯證的分析，如許杰就曾指出：「日本文藝的批評家廚川白村，說文學是人生苦悶的象徵，這話有一部分真理。不過，廚川白村的說法，是根據福魯伊特（今通譯弗洛伊德——引者注）的精神分析學出發的。……固然也可以說明一部分，甚至大部分文藝現象，文藝創作的心理過程；但在有些作品上面，特別是革命以後的許多俄國作家的作品裡面……是無論如何，也不能用『下意識的昇華作用』、『白日的夢』、『被壓抑的欲望的滿足』等等理由，去說明他的。」[28] 譚丕模在《新興文學概論》中寫道：「文學固然是生命力的表現……但生命力是否超出政治生活、勞動生活、社會生活之類的玄妙的東西，卻是很大的一個問題。」「廚川氏完全用唯心主義的哲學者的思想來解釋文學，當然是錯誤的。」[29] 張希之認為：「『文學』，我們可以說，在一方面是『自我表現』，在另一方面是『社會』和『時代』的表現。關於第一點，我們根據廚川白村的《苦悶的象徵》來解釋。」但是，關於第二點，他認為廚川白村的觀點尚不足為訓。[30] 隋育楠認

27 隋育楠：《文學通論》（上海市：元新書局，1934年），頁26。

28 許杰：〈現代小說過眼錄〉，載《許傑文學論文集》（上海市：華東師範大學出版社，1989年）。

29 譚丕模：《新興文學概論》（北京市：文化學社，1932年）。

30 張希之：《文學概論》（北京市：文化學社，1933年），頁75。

為在文學起源的問題上，廚川白村的解釋不如普列漢諾夫。[31]由於廚川白村理論本身具有的侷限性，由於馬克思主義的意識形態在中國逐漸占據統治地位，廚川白村文藝理論對中國現代文論的影響歷史也就逐漸宣告終結。但他在中國現代文論的形成發展的進程上所留下的痕跡，卻已成了一種不容忽視的歷史的存在。

31 隋育楠：《文學通論》（上海市：元新書局，1934年），頁26。

# 胡風和廚川白村[1]

## 一

胡風是中國現代著名的文學評論家，現實主義文學理論家。他的現實主義文學理論無論在中國，還是在世界範圍的現實主義理論中，都獨樹一幟，具有鮮明的理論個性。而他之所以能夠形成自己的鮮明的理論個性，正在於他在其現實主義的理論體系中，引人注目地使用了為一般現實主義理論家所迴避的、有「唯心主義」嫌疑的一系列概念和術語。諸如「感性的活動」、「感性直觀」、「內在體驗」、「主觀精神」、「主觀戰鬥精神」、「自我擴張」、「精神的燃燒」、「精神力量」、「精神擴展」、「精神鬥爭」、「人物的心理內容」、「戰鬥要求」、「人的欲求」、「個人意志」、「思想願望的力量」、「人格力量」、「生命力」、「衝激力」、「力感」、「突進」、「肉搏」、「擁入」、「征服」、「精神奴役的創傷」等等。這些詞語構成了胡風現實主義理論體系中的基本術語和核心概念，也是他所闡述的理論焦點。僅僅從這些概念術語上就可以看出，和同時代的其他現實主義理論，特別是流行於蘇俄、日本和中國的機械反映論、庸俗社會學的現實主義理論不同，胡風突出強調的是人的感性、精神、意志和欲求，強調的是作家的主體性。

胡風的這種獨具特色的現實主義理論是在反對極左的機械反映論、庸俗社會學（胡風稱之為「客觀主義」、「主觀公式主義」）的鬥

1　本文原載《文藝理論研究》（上海），1999年第2期，中國人民大學複印資料《文藝理論》1999年第6期轉載。

爭中建立起來的。他的理論基礎是馬克思主義的，他的理論的感性材料是以高爾基為代表的蘇俄社會主義現實主義作品和他所敬重的魯迅先生的創作。但是，馬克思主義的經典著作僅僅提出了現實主義的某些基本的指導原則，魯迅和蘇俄的有關作家作品也只是提出了一些範例。胡風現實主義理論體系的獨特性，就在於他不守陳規和教條，不但善於從盧卡契那樣的被「正統」馬克思主義視為異端的理論中尋求啟發，而且，他還善於從非馬克思主義的、非現實主義理論中尋求啟示。其中，對日本文學理論家廚川白村文學理論的借鑒和改造，是胡風現實主義理論建構過程中最值得注意的現象。某種意義上可以說，廚川白村的文學理論是胡風理論靈感的最大來源之一。胡風理論中的基本的概念術語，都可以在廚川白村的理論中找到原型。胡風在一九三四年寫的一篇回顧性文章中談到，他的青年時代，在關切社會的同時，「對於文學的氣息也更加敏感更加迷戀了。這時候我讀了兩本沒頭沒腦地把我淹沒了的書：托爾斯太底《復活》和廚川白村《苦悶的象徵》」。[2] 到了晚年，他又談到：「二〇年代初，我讀了魯迅譯的日本廚川白村的《苦悶的象徵》，他的創作論和鑒賞論是洗滌了文藝上的一切庸俗社會學的。」[3] 可見，從踏上文學之路伊始，直到晚年，廚川白村的文學理論是伴隨著胡風理論探索的整個過程的。胡風讚賞和借鑒廚川白村，意在反對現實主義文學理論中的氾濫流行的「庸俗社會學」。那麼，為什麼要從廚川白村的理論中尋求反對庸俗社會學的理論武器呢？這首先是由當時整個國際左翼現實主義的理論狀況所決定的，也是由胡風本人的理論趨向所決定的。以蘇聯為中心的國際左翼現實主義理論，長期籠罩在「拉普」的極左的理論陰影中，胡風本人在理論活動早期也深受其影響。據他本人講，他曾用了兩三年的

2 胡風：〈理想主義者時代底回憶〉，載《胡風評論集》（北京市：人民文學出版社，1984年），上冊，頁252。

3 胡風：〈略談我與外國文學〉，原載《中國比較文學》1985年第1期。

時間才擺脫了這種影響。在左翼現實主義理論家中，他曾對遭受過「拉普」派激烈批評的盧卡契的理論表示過共鳴。在世界觀與創作方法的關係問題上，在反對自然主義和形式主義的問題上，胡風贊同盧卡契的觀點。但是，正如有的文章所指出的，盧卡契的現實主義理論，其側重點在於從馬克思主義的反映論出發，強調文學的客觀性，強調文藝對於現實的依賴關係，認為「幾乎一切偉大的作家的目標就是對現實進行文學的複製」。[4]而胡風則是從馬克思主義的實踐論出發，所強調的卻是作家的主體性，是主體性的張揚，是主觀和客觀現實的「相生相剋」。所以，兩位理論家的現實主義理論是形同實異的。[5]也就是說，在文藝的主體性問題上，胡風不可能從「拉普」派的理論中獲取正面的理論啟發，甚至也不可能從反「拉普」的盧卡契的現實主義理論中找到更多的參照。

在這種情況下，廚川白村的理論對胡風的影響就具有某種必然性了。儘管廚川白村不是現實主義者，更不是馬克思主義者，他深受伯格森的生命哲學、尼采的意志哲學、叔本華的悲觀哲學、弗洛伊德和榮格的精神分析學、康德的超功利的美學、克羅齊的表現主義美學的影響，他還極力推崇「新浪漫主義」(現實主義)，把「新浪漫主義」看成是文學發展的最高、最完美的階段。因此，毋寧說廚川白村是一個現代主義者。而胡風在理論上是明確反對現代主義的，他曾說過：現代主義是「腐朽的社會力量在文藝上的反映，在現實主義底發展的進程上，它們所得到的只不過是曇花一現的生命」。[6] 但是，具有敏銳的理論感受力的胡風還是「沒頭沒腦」地蒙受了廚川白村的理論的

4 盧卡契：〈馬克思恩格斯美學論文集引言〉，載《盧卡契美學論文集》(一)(北京市：中國社會科學出版社，1980年)，頁287。

5 參見艾曉明：〈胡風與盧卡契〉，原載《文學評論》1988年第5期；張國安：〈論胡風文藝思想和外國文學的關係〉，載《胡風論集》(北京市：中國社會科學出版社，1989年)。

6 胡風：〈現實主義在今天〉，載《胡風評論集》，中冊，頁320。

啟示。這本身就是一種值得注意的複雜的理論的和文化的現象。從表層原因來說，因為胡風是服膺魯迅的，而廚川白村是魯迅所推崇的，所以胡風接受廚川白村；從深層原因來說，胡風對廚川白村的理論共鳴是不受先入之見的教條所約束，甚至不受他對現代主義所抱有的某些狹隘偏見的束縛，這顯示了胡風現實主義理論本身所具有的包容性和開放性。

## 二

廚川白村在《苦悶的象徵》中把自己的基本的文藝觀做了這樣的概括：「生命力受了壓抑而生的苦悶懊惱乃是文藝的根柢」，認為個人的「創造的生活欲求」和來自社會的「強制壓抑之力」這「兩種力」的衝突貫穿於整個人生當中。他形象地比喻說，人的生命力，就像機車鍋爐裡的蒸汽，具有爆發性、危險性、破壞性、突進性。而社會機構就像機車上的機械的各個部分，從外部將這種力加以壓制、束縛和利用，迫使它驅動機車在一定的軌道上前進。這個比喻很好地說明了個人與社會、主觀與客觀相反相成的辯證關係。而在這「兩種力」中，廚川白村又是以「創造的生活欲求」為價值本位的。他認為，「創造的生活欲求」就是「生命力」，「生命力」越是旺盛，它與「強制壓抑之力」的衝突也就越激烈。但是另一方面，「也就不妨說，無壓抑，即無生命的飛躍」。而「文藝是純純然的生命的表現；是能夠全然離了外界的壓抑和強制，站在絕對自由的心境上，表現出個性來的唯一的世界」。[7]

廚川白村的關於「兩種力」的理論，實際上並不是他自己的獨特的理論創造，而是對弗洛伊德和榮格的精神分析和文化理論的一種借

---

7 廚川白村著，魯迅譯：《苦悶的象徵》，載《苦悶的象徵‧出了象牙之塔》（北京市：人民文學出版社，1988年7月）。

用和概括。但是，沒有證據表明弗洛伊德和榮格的理論對胡風有直接影響，胡風在有關的理論問題上顯然是直接受惠於廚川白村的。胡風接受了廚川白村的「創造的生活欲求」的概念，他有時稱為「生活欲求」，有時簡稱之為「欲求」，並把它歸結為「主觀」的方面。廚川白村從文化心理衝突的角度出發，指出「強制壓抑之力」本身對「創造的生活欲求」具有進攻性，對「創造的生活欲求」實施壓抑。胡風則從創作美學出發，把廚川白村的「強制壓抑之力」歸為「客觀」的方面。在胡風看來，客觀的東西如果沒有進入作家的創作過程，那它本身還只是自在的東西，並不和作家發生關係。胡風對廚川白村的理論所做的這種改造，意在更進一步地強調人的「生活欲求」，即人的主觀的能動性。廚川白村提出「生是戰鬥」，生命的特徵就是「突進跳躍」；胡風也提出「生命力的躍進」和「主觀戰鬥精神」。兩人同樣強調人的主觀的力量。不同的是，廚川白村所謂的主觀之力，是表現在對「強制壓抑之力」的反抗上面，而文藝也就在這種對壓抑的反抗中誕生：「一面經驗著這樣的苦悶，一面參與著悲慘的戰鬥，我們就或呻，或叫，或怨嗟，或號泣。……這發出來的聲音，就是文藝。」而胡風更強調作家積極主動地向客觀現實「肉搏」、「突進」、「擁抱」和「突入」。他指出：「所謂現實，所謂生活，絕不是止於藝術家身外的東西，只要看到，擇出，采來就是，而是非得滲進藝術家底內部，被藝術家底生活欲望所肯定、所擁護、所蒸沸、所提升不可。」[8] 他認為，文藝創作，就是從「肉搏現實人生的搏鬥開始的」。[9]

基於同樣的對主觀生命力的強調，胡風和廚川白村在文藝創作的動力問題上，都突出了作家自我的能動性，認為自我是創作的出發點。廚川白村說：「作家的生育的苦痛，就是為了怎樣將存在自己胸裡的東西，煉成自然人生的感覺的事象，而放射到外界去。」胡風也

8 胡風：〈為了電影藝術的再前進〉，載《胡風評論集》，下冊，頁198-199。

9 胡風：〈置身在為民主的鬥爭裡面〉，載《胡風評論集》，下冊，頁18。

提出了一個和廚川白村的「放射」相同的概念──「自我擴張」。他說：「對於對象的體現過程或克服過程，在作為主體的作家這一面同時也就是不斷的自我擴張過程，不斷的自我鬥爭過程。在體現過程或克服過程裡面，對象的生命被作家的精神世界所擁入，使作家擴張了自己；但在這『擁入』的當中，作家的主觀一定要主動地表現出或迎合或選擇或抵抗的作用。而對象也要主動地用它的真實性來促成、修改、甚至推翻作家的或迎合或選擇或抵抗的作用。這就引起了深刻的自我鬥爭。經過了這樣的自我鬥爭，作家才能夠在歷史要求的真實性上得到自我擴張，這（就是）藝術創造的源泉。」[10] 可見無論是廚川白村的「放射」還是胡風的「自我擴張」，都是主體向客體的放射和擴張。這種「放射」和「擴張」實際上是主客觀相互作用的過程，用胡風的術語來說，就是主觀與客觀「相生相剋」的過程。它指的是「創作過程上的創作主體（作家本身）和創作對象（材料）的相生相剋的鬥爭；主體克服（深入、提高）對象，對象也克服（擴大、糾正）主體」。[11] 通過「放射」和「擴張」，通過這種「相生相剋」，最終達到主觀和客觀的融合。胡風認為，「這種主觀精神和客觀真理的結合或融合，就產生了新文藝底戰鬥的生命，我們把那叫做現實主義」。[12] 所以，他一方面堅決反對創作中的「客觀主義」，一方面也堅決反對「主觀公式主義」。他指出：「如果說，客觀主義是作家對於現實的屈服，拋棄了他的主觀作用，使人物的形象成了凡俗的虛偽的東西，那麼，相反地，如果主觀作用跳出了客觀現實的內在生命，也一定會使人物形象成了空洞的虛偽的東西。……客觀主義是，生活的現象吞沒了本質，吞沒了思想，而相反的傾向是，概念壓死了生活形象，壓死了活的具體的生活內容。」[13]

---

10 胡風：〈置身在為民主的鬥爭裡面〉，載《胡風評論集》，下冊，頁20。

11 胡風：〈人道主義和現實主義的道路〉，載《胡風評論集》，下冊，頁66。

12 胡風：〈現實主義在今天〉，載《胡風評論集》，中冊，頁319。

13 胡風：〈一個要點備忘錄》，載《胡風評論集》，中冊，頁134。

在對創作中的主客觀關係的這一看法上，胡風與廚川白村也是一致的。廚川白村也把創作中主觀與客觀的融合看成是成功的創作的標誌。他指出：「作家所描寫的客觀的事象這東西中，就包含著作家的真生命。到這裡，客觀主義的極致，即與主觀主義一致，理想主義的極致，也與現實主義合一，而真的生命的表現的創作於是成功。嚴厲地區別著什麼主觀、客觀、理想、現實之間，就是還沒有達於透澈到和神的創造一樣程度的創造的緣故。」在強調主觀和客觀「合一」的同時，廚川白村不認為區別現實主義和理想主義（浪漫主義）有什麼必要的價值。他說：「在文藝上設立起什麼樂天觀、厭生觀，或什麼現實主義、理想主義等類的分別者，要之就是還沒有生命的藝術的根柢的，表面底皮相的議論。」又說：「或人說，文藝的社會底使命有兩方面。其一是那時代和社會的誠實的反映，另一面是對於那未來的預言底使用。前者大抵是現實主義（realism）的作品，後者是理想主義（idealism）或羅曼主義（romanticism）的作品。但是從我的《創作論》的立腳地說，則這樣的區別幾乎不足以成問題。」值得注意的是，在這個問題上，胡風和廚川白村又表現出意見的一致來。胡風終生所致力的，是現實主義的理論建構。以往的理論家在談現實主義的時候，往往難以迴避與現實主義相並列的浪漫主義問題。而在胡風的文章中，卻找不到論述關於現實主義與浪漫主義關係的論述。在現實主義的理論和創作上，胡風最為推崇、引述最多的蘇聯作家高爾基就特別關心現實主義與浪漫的結合問題，高爾基一九一〇年在給尼．吉洪諾夫的信中就曾說過：「新文學，如果要成為真正的新文學的話」，就必須實現「現實主義和浪漫主義的結合」。一九二八年，他再次指出：「我認為現實主義和浪漫主義精神必須結合起來。不是現實主義者，不是浪漫主義者，同時卻又是現實主義者，又是浪漫主義者，好像同一物的兩面。」但是，在胡風的著作中，極少涉及到浪漫主義問題，更沒有提到現實主義和浪漫主義相結合的問題。在這個問題上，胡風似乎沒有接受高爾基的影響，倒是更多從廚川白村的理論中得到了啟發。也許在胡風看來，主觀性、理想性，即「主觀戰鬥精神」是現實主義必須具備的，那又何須與浪漫主義或別的什麼主義「結合」呢？

## 三

胡風對廚川白村的理論的借鑒，還表現在對廚川白村的理論術語的內涵的改造方面。這一點突出地表現在「精神奴役的創傷」這個術語的使用上。有理由認為，胡風的「精神奴役的創傷」和廚川白村的「精神底傷害」有著密切的聯繫。在廚川白村的《苦悶的象徵》中，「精神底傷害」是反覆使用的一個重要的術語。廚川白村從精神分析學的原理出發，認為個人的生命力時刻都會遭到社會力量的監督和壓抑，而「由兩種力的衝突糾葛而來的苦悶和懊惱，就成了精神底傷害，很深地被埋葬在無意識界裡的盡裡面。在我們體驗的世界，生活內容之中，隱藏著許多精神底傷害或至於可慘，但意識的卻並不覺著的」。廚川白村分別援引弗洛伊德和榮格的學說，進一步把這種「精神底傷害」分為「個人」的和「民族」的兩種。認為民族的「精神底傷害」屬於榮格所說的「集體無意識」。作為個人的「精神底傷害」從幼年到成人一直在有意無意中起著作用；作為民族的「精神底傷害」則從原始的神話時代一直到現在，都對一個民族有著影響。廚川白村還反對弗洛伊德把「精神底傷害」歸結為性欲的壓抑的觀點，他指出：「說是因了盡要滿足欲望的力和正相反的壓抑力的糾葛衝突而生的精神底傷害，伏藏在無意識力這一點，我即使單從文藝上的見地看來，對於弗羅特說也以為並無可加異議的餘地。但我最覺得不滿意的是他那將一切都歸在『性的渴望』裡的偏見。」廚川白村認為，造成人的「精神底傷害」的，是和人的生命力正相反的「機械的法則，因襲道德，法律的約束，社會的生活難」等等。

「精神奴役的創傷」是胡風對幾千年來的封建主義壓迫對中國人民所造成的思想意識上的損害的一個概括。胡風認為，中國人民「在重重的剝削和奴役下面擔負著勞動的重負，善良地擔負著、堅強地擔負著，不流汗就不能活，甚至不流血也不能活，但卻腳踏實地站在地球上面流著汗、流著血地擔負了下來。這偉大的精神就是世界的脊樑。……然而，這承受勞動重負的堅強和善良，同時又是以封建主義底各種各樣的安全精神為內容的。前一側面產生了創造歷史的解放要求，但後一方面卻又把那個要求禁錮在、麻痺在、甚至悶死在『自在的』狀態裡面；……如果封建主義沒有活在人民身上，那怎樣成其為封建主義呢？」而這種封建主義給人民造成的精神奴役的創傷，是「一種禁錮、玩弄、麻痹、甚至悶死千千萬萬的生靈的力量。」[14]

胡風的「精神奴役的創傷」與廚川白村的「精神底傷害」至少在如下幾點上具有相通、聯繫和微妙的區別。第一，廚川白村把「精神底傷害」視為超時代、超民族的、對一切人和一切民族都普遍適用的理論命題，而胡風的「精神奴役的創傷」卻有著他自己獨特的內涵，他用「精神奴役的創傷」來解釋受傳統的封建主義壓迫和毒害的中國人民所具有的精神狀態。同時，胡風和廚川白村一樣，在分析精神現象的時候，超越了、剔除了弗洛伊德主義的泛性主義，把「精神底傷害」和「精神奴役的創傷」看成是社會力量的壓迫和毒害的結果。不同的是，廚川白村所說的社會的壓抑更多的是指現代的「資本主義和機械萬能主義的壓迫」，而胡風則是指傳統的封建主義的壓迫和毒害。第二，在談到「精神底傷害」和「精神奴役的創傷」的時候，廚川白村和胡風都指出它們的兩種存在狀態，一是沉積的、潛在的狀態。二是「不可抑止」的爆發的狀態。廚川白村認為，當人對社會的壓抑採取「妥協和降服」的態度的時候，「精神奴役的創傷。就處於

14 胡風：〈論現實主義的路〉，載《胡風評論集》，下冊，頁350-351。

潛在的狀態；當人的生命力衝破壓抑和束縛，生命力「突進跳躍」的時候，「精神底傷害」就暴露出來。而如果人「反覆著妥協和降服的生活」，「就和畜生同列，即使這樣的東西聚集了幾千萬，文化生活也不會成立的」。胡風也認為，潛在的「精神奴役的創傷」是有害的，當精神奴役的創傷「『潛在著』的時候，是怎樣一種禁錮、玩弄、麻痹、甚至悶死千千萬萬的生靈的力量」。第三，鑒於這樣的認識，廚川白村和胡風同樣熱切地主張作家將人民身上的「精神底傷害」或「精神奴役的創傷」表現出來，文藝創作正是表現「精神底傷害」或「精神奴役的創傷」的最好的途徑和手段。廚川白村認為，對「精神底傷害」的揭示，是藝術創作的一種契機和動力。當「兩種力」劇烈衝突時，「精神底傷害」就作為「苦悶的象徵」表現出來。他還從藝術的最高理想出發，提出，「大藝術」就是表現「精神底傷害」的藝術，「倘不是將伏藏在潛在意識的海底裡的苦悶即精神底傷害，象徵化了東西，即非大藝術」。胡風也認為：有了「精神奴役的創傷」，就有了「對於精神奴役的火一樣仇恨」；有了「對於精神奴役的創傷的痛切的感受」，就有了求解放的熱切的要求。而這些仇恨和要求就會匯成一種「總的衝動力」。他據此認為，「精神奴役的創傷底活生生的一鱗波動，是封建主義舊中國全部存在底一個力點。……這個精神奴役的創傷所凝成的力點，就正是能夠沖出，而且確實衝出了波濤洶湧的反封建鬥爭的汪洋大海底一個源頭」。[15] 他從現實主義文藝的要求出發，認為現實主義文藝應該正視和描寫人民的「精神奴役的創傷」。這既是中國人民擺脫「亞細亞的封建殘餘」的時代要求，又符合現實主義的中心任務。他指出：「要作家寫光明，寫正面的人物，黑暗和否定環境下面的人物不能寫」，那就是「要作家說謊」，就是要「殺死現實主義的精神」。[16] 他認為只有描寫「精神奴役的創傷」，才

---

15 胡風：〈論現實主義的路〉，載《胡風評論集》，下冊，頁350-351。

16 胡風：〈現實主義在今天〉，載《胡風評論集》，中冊，頁322-323。

能使文學具有「衝激」的力量，而作為典範的魯迅的作品中的人物的特徵就是「帶著精神奴役的創傷」的具有「衝激力」的典型——「閏土帶著精神奴役的創傷，所以是一個用他的全命運衝激我們的活的人，祥林嫂帶著精神奴役的創傷，所以是一個用她的全命運衝激我們的活的人，阿 Q 更是滿身帶著精神奴役的創傷，所以是一個用他的全命運沖激我們的活的人」。[17]

胡風就是這樣，把他在早年思想形成時期「沒頭沒腦」地閱讀過、晚年還念念不忘的廚川白村的理論，自覺或不自覺地吸收、改造並消化到他的理論體系中。這就使得胡風的理論成為中國現代文藝理論中罕見的有個性、成系統的現實主義理論。但是，把廚川白村的理論納入「現實主義」乃至「社會主義現實主義」框架當中，也不免帶有勉強的、生硬的一面。胡風曾經說過，無論是對廚川白村的了解，還是對廚川白村的借鑒和吸收，他主要是以魯迅為媒介，受了魯迅影響的。他認為魯迅把廚川白村的唯心主義的立足點「顛倒過來了」，「把它從唯心主義改放在現實主義（唯物主義）的基礎之上」。[18] 但是，他沒有看到，魯迅的理論和創作是一個複雜的現象，並非用「現實主義」就可以概括得了的，而廚川白村的理論，也絕不是用「現實主義」就可以「改造」得了的。像廚川白村的《苦悶的象徵》這樣的揭示了文藝創作的某種普遍規律的理論，是超出了「現實主義」和其他什麼「創作方法」之上的。胡風一方面獨尊著現實主義、「社會主義現實主義」，一方面又力圖以廚川白村這樣的被他視為「唯心論」的文學理論，來衝破「現實主義」、「社會主義現實主義」的某些理論樊籬。這就造成了他的較為開闊的理論視野與相對狹小的現實主義理論模式架的矛盾。實際上當他在揭示文學創作的某些一般規律的時

17 胡風：〈論現實主義的路〉，載《胡風評論集》，下冊，頁350-351。

18 胡風：〈略談我與外國文學〉，原載《中國比較文學》1985年第1期。

候，卻只把它當作現實主義所特有的規律。這就使得他的許多具體的理論闡述常常溢出了現實主義和社會主義現實主義的理論框架。特別是他有意無意地忽視或輕視了「現實主義」、「社會主義現實主義」所本有的意識形態的屬性、政治屬性、乃至黨派的屬性，而試圖把它限制在文藝本身的範圍內，僅僅把它看作是文學創作的原則和方法，於是，在那個時代，他就不可避免地被視為「現實主義」的異端，遭到了來自「正統」現實主義陣營的、來自意識形態的和來自政治勢力的猛烈的批判、攻擊乃至迫害。而胡風卻以一個文學家特有的執拗，一以貫之地堅持自己的理論主張。面對著指責和批判，胡風理直氣壯地宣稱：「『主觀的戰鬥要求是唯心論』，就是這麼一個『唯』法，『精神重於一切的道路』，就是這麼一個『重』法，『把藝術創作過程神秘化的傾向』，就是這麼一個『化』法的。別的任何東西都可以而且應該『無條件』地拋棄，但這一點『難』或者叫作『重』或者叫作『化』的，卻是無論冒什麼『危險』也都非保留不可。」[19] 於是，胡風現實主義理論體系中像來自廚川白村那樣的被視為「唯心主義」的理論成分，使他個人付出了慘重的代價，也在中國現代文藝理論的發展史上留下了沉重的一頁。

19 胡風：〈論現實主義的路〉，載《胡風評論集》，下冊，頁350-351。

# 後記

對我來說是，做書稿編輯，而且寫編校者後記，平生還是第一次。這些天來，面對恩師王向遠教授這部書稿，重讀老師的這些文章，感慨頗多。

我系統地閱讀老師的書，是從二〇一四年九月購讀《王向遠著作集》開始的。那一年，我在北京外國語大學日本學研究中心做訪問學者，有朋友向我推薦王老師的書，我於是跑到北京外國語大學圖書館一看，原來那裡有十大卷的《王向遠著作集》，於是網購了一套，一頁頁、一卷卷地讀下去，從中感受到了讀學術書從來都沒有過的那種愉悅。那一年的訪學生活也因此而變得快樂又充實。那時我與王老師素不相識，讀他的書，堅定了我拜師從學的決心，於是決定報考老師的博士生。然而結果，因為只取第一名，我總成績排名第二，名落孫山了。想起付出的努力和內心的期望，內心不免失落，只好回到泰山腳下，繼續做我的日語教師。然而就在這時候，有一天忽然接到了老師的電話，說今年破例擴招一個，你被錄取了！我聽罷淚水一下子模糊了雙眼。那一瞬間的情景，早已在我心裡定格，成為永恆，成為我進取的源泉與動力。平靜下來後，我告訴自己，一定要對得起這次難得的機會，好好用功讀書做學問，以對得起老師的恩德。而如今，我作為王老師的博士生，承擔了《王向遠教授學術論文選集》第六卷的編校工作，而這一卷的內容，恰恰正是當年讀得最熟的，這難道不是緣分嗎？

這第六卷所收錄的這二十一篇文章，是向遠師早期的作品，是一九九五年至一九九八年間作為博士學位論文《中日現代文學比較論》的階段性成果陸續發表的。查查那幾年老師發表的論文清單，幾乎每年都要發表十多篇論文，所載刊物又都是重要期刊，到最終成書之前，博士論文的全部章節內容都作為單篇論文發表出來了。這要是在今天，又有多少人能夠做到呢？而且，據《中日現代文學比較論》〈後記〉記述，那幾年他還兼做中文系副主任。教學、研究與行政管理三管齊下，還有這麼大的發表量！足見當時向遠師的勤奮與創造力。而且，現在二十年過去了，這種勤奮與創造力一直保持，甚至「變本加厲」了。我們做學生的隨著對老師的了解逐漸增多，知道老師的幾乎所有時間都在讀書寫作。二十多年前行政工作兼做了一屆，之後再也不做了，只管教書、寫書，這是他至樂所在。在今天這樣追名逐利的浮躁社會，有多少人能夠甘心坐冷板凳，淡薄名利，只為學術而學術，一坐就是三十年呢？而且還會繼續坐下去。他所安坐之處，是他的書齋。記得第一次去向遠師的書齋，我就被眼前的景象驚呆了：樓下樓上，四壁皆書，且擺放整齊。向遠師自己說藏書兩萬，我目測恐怕不止，真是坐擁書城，而且一說到某本書，他可以迅速準確地找到它的所在。這就是老師所擁有的自己的天地與宇宙。

在編校過程中，我對這些文章反覆細讀，不斷地感受到了這些文章的風格魅力。我一直在琢磨：為什麼本來枯燥的學術論文，讀起來非但不枯燥，而且反覆品味，每次都有不同的感受感覺呢？我在心裡自問，也試圖從中尋求學術創作的底奧。感到老師文章最大的特點，就是能夠深入淺出而又邏輯嚴謹地將深奧的道理講得明明白白，從不裝腔作勢，從不強詞奪理，從不故作高深，從不無病呻吟。他善於發現問題，並以問題的新穎性而使人耳目一新，以問題提出的方式而給人啟發，以解決問題的步驟與方法而使人入彀，以水到渠成的結論而令人信服。用字用詞也十分精準，許多地方讓人覺得用字用語無可代替，而且不同文章的風格又搖曳多姿，如〈從「餘裕」論看魯迅與夏目漱石的文藝觀〉輕快舒暢，〈新感覺派文學及其在中國的變異〉雄辯滔滔，〈日本的侵華文學與中國的抗日文學〉冷峻凝重，又如〈「戰國策派」和「日本浪漫派」〉慷慨激昂。無論哪種風格，都以豐富的資料實證、細緻的文本分析，科學的比較研究而運思行文。

向遠師也常跟我們說：不僅文學作品應該有審美價值，好的學術論文也應該具有審美的價值。記得又一次我在本科生課堂上旁聽，聽他講：自己在學術著作閱讀中所得到的快感，往往比在虛構性的小說中所得到的快感更多；又說：假如是出於休息消遣，身邊放著兩本書，一本是虛構性作品如小說之類，一本是非虛構的學術著作，兩者選其一，那麼自己很可能會不由自主地把學術書拿過來。這話，大多數年輕學生恐怕都難以理解和共鳴。對知識與思想的接受消化，本身就是艱苦的勞作，因而讀學術書會覺得很累，這應該是不少年輕人的感受吧。但是，像我這樣已經做過幾年大學教師的人，現在是能夠充分理解向遠師的話了。的確，讀學術書、讀論文原來是很有快感的。這種快感來自於多種方面。滿足了求知欲，覺得滿足；發現了新材料，覺得欣喜；有了新的發想，覺得振奮；獲得了新的思維方法，覺得茅塞頓開；弄懂了邏輯與論法，覺得酣暢淋漓。而且那些準確、洗練、嚴謹而又文氣沛然的語言，也有相當的美感。

或許正是因為這些原因，向遠師的文章就特別耐讀。常見許多論文，時過境遷變作故紙，內容上淺陋，基本上用眼睛掃描一下就夠了，因為其選題、材料、觀點都是舊的。而向遠師的這些文章，需要一字字、一句句地讀。讀的過程卻一點也不艱澀、一點也不枯燥，常常會充滿發現的喜悅與頓悟的豁朗。但即便如此，讀完之後，仍覺得難以完整復述。因為這些文章的從選題、材料、到觀點與論證，都太新穎了。我們以前的知識儲備太少，往往一時難以全部消化，也難以全面理解掌握，於是就需要再讀、三讀。人都說藝術欣賞是有重複性的，例如一首音樂作品需要聆聽多次，體味與理解才能逐漸加深。其實，好的學術論文的閱讀何嘗不是如此！它也需要反覆閱讀，每讀一遍都有會有新鮮的獲得。也正因為這樣的緣故，老師的這些關於中日現代文學比較研究的文章，雖然問世了二十多年，讀起來卻舊文如新，經受住時間的考驗與讀者的檢驗。在相關論題上，這些文章是很難被覆蓋掉的，已經成為學術史上堅實的存在。

我常想，從事學術有兩種人可能會成功，一種是勤奮型，還有一種是「天才＋勤奮」型，向遠師顯然屬於後者，我以及「王門」的弟子們都是這樣看的。但有時我們談到這個話題，向遠師從來都不承認自己有才，說自己日常生活中往往顧此失彼、丟三落四的，自己對自己都很不滿意，哪有什麼「才」呀！故而只承認自己較為勤奮刻苦。我想，即便我等晚輩無才，但願能像老師這樣，有理想、有付出，勤奮刻苦，踐行生活上的「極簡主義」，堅守學者之道，追求學問之美，不然何以望老師之項背！

寇淑婷

二〇一六年八月於泰山天平湖

# 作者簡介

王向遠教授一九六二年出生於山東，文學博士、著作家、翻譯家。

一九八七年北京師範大學畢業後留校任教，一九九六年破格晉升教授，二〇〇〇年起擔任比較文學與世界文學專業博士生導師。現任北京師範大學東方學研究中心主任、中國東方文學研究會會長、中國比較文學教學研究會會長，中國作家協會會員。

主要研究領域：東方學與東方文學、比較文學與翻譯文學、日本文學與中日文學關係等，長期講授外國（東方）文學史、比較文學等基礎課，獲「北京師範大學教學名師」稱號。

主持國家社科基金重大項目一項，重大項目子課題一項，獨立承擔國家社科基金一般項目兩項，國家社科基金後期資助項目一項，教育部、北京市社科基金項目共四項。兩部著作入選為國家社科基金項目中華學術外譯項目。

在《中國社會科學》、《文學評論》、《外國文學評論》、《外國文學研究》、《中國比較文學》、《北京師範大學學報》等刊物發表論文二百二十餘篇。著有《王向遠著作集》（全十卷，寧夏人民出版社，2007

年）及各種單行本著作二十多種，合著四種。譯作有《日本古典文論選譯》（二卷4冊）、《審美日本系列》（4種）、《日本古代詩學匯譯》（上下卷）及井原西鶴《浮世草子》、夏目漱石《文學論》等日本古今名家名作十餘種共約三百萬字。

曾獲首屆「高校青年教師教學基本功比賽」一等獎、第四屆「寶鋼教育獎」全國高校優秀教師獎、第六屆「霍英東教育獎」高校青年教師獎、教育部「新世紀優秀人才獎」；有關論著曾獲第六屆「北京市哲學社會科學優秀成果」一等獎、第六屆「中國人民解放軍優秀圖書獎」（不分等級）、首屆「『三個一百』原創出版工程」獎等多種獎項。

東方學研究叢書　1801001

# 王向遠教授學術論文選集

## 第六卷　中日現代文學關係研究（上）

作　　者　王向遠
叢書策畫　李　鋒、張晏瑞
責任編輯　蔡雅如
特約校對　林秋芬

發 行 人　陳滿銘
總 經 理　梁錦興
總 編 輯　陳滿銘
副總編輯　張晏瑞
編 輯 所　萬卷樓圖書股份有限公司
排　　版　林曉敏
印　　刷　百通科技股份有限公司
封面設計　斐類設計工作室

發　　行　萬卷樓圖書股份有限公司
臺北市羅斯福路二段 41 號 6 樓之 3
電話 (02)23216565 傳真 (02)23218698
電郵 SERVICE@WANJUAN.COM.TW
大陸經銷　廈門外圖臺灣書店有限公司
電郵 JKB188@188.COM
香港經銷　香港聯合書刊物流有限公司
電話 (852)21502100

**第六卷 ISBN 978-986-478-074-7**
**全　套 ISBN 978-986-478-063-1**
2017 年 3 月初版
**定價：18000 元（全十冊不分售）**

**如何購買本書：**

1. 轉帳購書，請透過以下帳戶
   合作金庫銀行 古亭分行
   戶名：萬卷樓圖書股份有限公司
   帳號：0877717092596
2. 網路購書，請透過萬卷樓網站
   網址 WWW.WANJUAN.COM.TW

大量購書，請直接聯繫我們，將有專人為您服務。客服：(02)23216565 分機 10



**國家圖書館出版品預行編目資料**

王向遠教授學術論文選集 / 王向遠著.
李　鋒、張晏瑞 叢書策畫.
-- 初版. -- 臺北市 : 萬卷樓, 2017.03
冊 ;　公分. -- (王向遠教授學術著作集)
ISBN 978-986-478-063-1(全套 : 精裝)
ISBN 978-986-478-074-7(第六卷 : 精裝)
1.文學 2.學術研究 3.文集
810.7　106002083